Elogios para
Quien pierde paga

"El nuevo y espléndido *thriller* de Stephen King que no podrás dejar de leer es un hábil y conmovedor relato sobre una obsesión literaria que nos recuerda a su clásico de 1987, *Misery*. Una oda a la alegría que proporciona la lectura... Maravillosa, escalofriante, emotiva".

— *The Washington Post*

"Un *thriller* intenso sobre la delgada línea que separa a los aficionados de los fanáticos. Bellamy es uno de los seres más extraños de cuantos ha creado Stephen King: un personaje inteligente, con quien sentirse identificado, pero repulsivo al mismo tiempo".

— *Publishers Weekly*

"Los miles de fans de King adorarán esta nueva novela, sobre todo aquellos que disfrutaron con *Misery*, pero el segundo volumen de esta trilogía que comenzó con *Mr. Mercedes* llamará la atención de todos aquellos que buscan intriga y acción, y de cualquiera que valore una historia sobre la lucha interna entre el bien y el mal".

— *Library Journal*

"Como ya ocurrió en *Misery* y en *El resplandor*, King se sumerge en la extraña relación que une a escritor y lector. La narración resuena y vibra como un vehículo de alto rendimiento. Entretenimiento de primera calidad".

—*Kirkus Reviews*

"*Quien pierde paga* demuestra una envidiable profundidad y sentimiento para narrar los 'tiempos muertos', una endiablada habilidad para administrar la creciente tensión del crescendo".

—Rodrigo Fresán, *ABC Cultural*

STEPHEN KING
Quien pierde paga

Stephen King es el maestro indiscutible de la narrativa de terror contemporánea, con más de treinta
libros publicados. En 2003 fue galardonado con
la Medalla de la National Book Foundation por
su contribución a las letras estadounidenses, y en
2007 recibió el Grand Master Award, que otorga
la asociación Mystery Writers of America. Entre
sus títulos más célebres cabe destacar *El misterio
de Salem's Lot*, *El resplandor*, *Carrie*, *La zona
muerta*, *Ojos de fuego*, *IT (Eso)*, *Maleficio*, *La milla verde* y las siete novelas que componen la serie
La Torre Oscura. Vive en Maine, con su esposa Tabitha King, también novelista.

TAMBIÉN DE STEPHEN KING

Quien pierde paga

Quien pierde paga

Stephen King

Traducción de Carlos Milla Soler

VINTAGE ESPAÑOL

Penguin
Random House
Grupo Editorial

Título original: *Finders Keepers*
Primera edición: noviembre de 2021

© 2015, Stephen King
© 2021, Penguin Random House Grupo Editorial USA, LLC
8950 SW 74th Court, Suite 2010
Miami, FL 33156

Traducción: Carlos Milla Soler
Diseño de cubierta: Megan Wilson

Impreso en México / *Printed in Mexico*

ISBN: 978-0-593-31160-8

21 22 23 24 25   10 9 8 7 6 5 4 3 2 1

En recuerdo de John D. MacDonald

Es al caer en el abismo cuando recuperamos
los tesoros de la vida.

JOSEPH CAMPBELL

No hay mierda que importe una mierda.

JIMMY GOLD

PRIMERA PARTE
TESORO ENTERRADO

1978

—Despierte, genio.

Rothstein no quería despertar. En el sueño, demasiado bueno para interrumpirlo, aparecía su primera esposa meses antes de convertirse en su primera esposa, a sus diecisiete años, perfecta de la cabeza a los pies. Desnuda y esplendorosa. Desnudos los dos. Él, de diecinueve, tenía grasa bajo las uñas, pero eso a ella la tenía sin cuidado, al menos en aquel entonces, porque en la cabeza de él bullía un sinfín de sueños, y eso era lo que a ella le importaba. Su fe en esos sueños era aún mayor que la de él, y se trataba de una fe justificada. En el sueño, ella se reía y tendía la mano hacia la parte de él que era más fácil de agarrar. Él pretendía llegar más lejos, pero de pronto una mano le sacudió el brazo, y el sueño reventó como una pompa de jabón.

Ya no tenía diecinueve años ni vivía en un piso de dos habitaciones en New Jersey; le faltaban seis meses para cumplir los ochenta y vivía en una granja de New Hampshire, donde, como se especificaba en su testamento, debía dársele sepultura. Había unos hombres en su dormitorio. Llevaban pasamontañas: uno rojo, otro azul y el tercero amarillo canario. Al verlos, intentó convencerse de que era solo otro sueño —el sueño grato había degenerado en pesadilla, como a veces sucedía—, pero en ese momento la mano le soltó el brazo, lo sujetó por el hombro y lo arrojó al suelo. Se golpeó la cabeza y dejó escapar un grito.

—Eso no —ordenó el del pasamontañas amarillo—. ¿Quieres que pierda el conocimiento?

—Fíjense —el del pasamontañas rojo señaló con el dedo—. El viejo la tiene tiesa. Debía de estar pasándolo bomba en sueños.

El del pasamontañas azul, el que lo había sacudido, dijo:

—Son simples ganas de mear. A esa edad, solo se les para por eso. Mi abuelo...

—Cállate —atajó el del pasamontañas amarillo—. Aquí tu abuelo no le interesa a nadie.

Aunque aturdido y envuelto aún en una raída cortina de soñolencia, Rothstein comprendió que estaba en un grave aprieto. Un término afloró a su mente: *allanamiento de morada*. Con la cabeza dolorida (le saldría un moretón enorme en el lado derecho, por los anticoagulantes que tomaba) y el corazón de paredes peligrosamente finas batiéndole con fuerza en el lado izquierdo de la caja torácica, miró al trío que había irrumpido en su dormitorio. Los tres, de pie junto a él, llevaban las manos enguantadas y chamarras a cuadros ligeras bajo aquellos aterradores pasamontañas. Allanadores de morada, y allí estaba él, a ocho kilómetros del pueblo.

Rothstein, sacudiéndose el sopor, puso en orden sus ideas en la medida de lo posible y se dijo que la situación tenía su lado bueno: si se cubrían los rostros para que él no los viera, no tenían intención de matarlo.

Quizá.

—Caballeros... —dijo.

El Señor de Amarillo soltó una carcajada y alzó los pulgares.

—Buen comienzo, genio.

Rothstein movió la cabeza en un gesto de asentimiento, como en respuesta a un cumplido. Echó una ojeada al reloj de la mesilla de noche, vio que eran las dos y cuarto de la madrugada y volvió a mirar al Señor de Amarillo, que acaso fuera el jefe.

—Tengo solo un poco de dinero, pero es suyo... si me dejan ileso.

Fuera se oía el crujir de las hojas caídas del otoño, impulsadas por ráfagas de viento contra la fachada oeste de la casa. Rothstein advirtió que la caldera se ponía en funcionamiento por primera vez ese año. ¡Pero si hacía nada era aún verano!

—Según nuestra información, no es solo un poco lo que tienes —este era el Señor de Rojo.

—Silencio —el Señor de Amarillo tendió una mano a Rothstein—. Levántese del suelo, genio.

Rothstein aceptó su mano. Tembloroso, se puso en pie y se sentó en la cama. Le costaba respirar, pero era muy consciente (para él, ser en exceso consciente de sí mismo había tenido siempre sus pros y sus contras) de la imagen que debía ofrecer: un viejo con una holgada pijama azul, ya sin más pelo que unos vaporosos mechones blancos, como hojaldre de maíz, por encima de las orejas. En eso se había convertido el escritor que salió en la portada de la revista *Time* el mismo año que John Fitzgerald Kennedy llegó a la presidencia: JOHN ROTHSTEIN, EL GENIO SOLITARIO DE ESTADOS UNIDOS.

Despierte, genio.

—Recobre el aliento —dijo el Señor de Amarillo. Por su tono de voz, parecía preocupado de verdad, pero Rothstein no podía estar seguro—. Luego iremos a la sala, donde mantienen sus conversaciones las personas normales. Sin prisas. Serénese.

Rothstein respiró lenta y profundamente, y el corazón se le sosegó un poco. Intentó pensar en Peggy, con sus pechos del tamaño de tazas de té (pequeños pero perfectos) y sus piernas largas y suaves, pero el sueño se había esfumado en igual medida que la propia Peggy, ahora un vejestorio que vivía en París. A expensas de Rothstein. Al menos Yolande, su segunda tentativa en cuanto a dicha conyugal, había muerto, poniendo fin así al pago de la pensión.

El del pasamontañas rojo había salido de la habitación, y ahora Rothstein lo oía revolver en su despacho. Algo cayó al suelo. Ruido de cajones que se abrían y cerraban.

—¿Mejor? —preguntó el Señor de Amarillo, y a continuación, ante el gesto de asentimiento de Rothstein, indicó—: Vamos, pues.

El anciano se dejó llevar hasta la pequeña sala, flanqueado por el Señor de Azul a su izquierda y el Señor de Amarillo a su derecha. El Señor de Rojo seguía revolviendo en el despacho.

Pronto abriría el armario y, al apartar las dos chamarras y los tres suéteres, quedaría a la vista la caja fuerte. Era inevitable.

Da igual. Siempre y cuando dejen los cuadernos, ¿y por qué iban a llevárselos? A los matones como estos solo les interesa el dinero. Seguramente la única lectura a su alcance son las cartas de los lectores publicadas por Penthouse.

Solo que, en cuanto al hombre del pasamontañas amarillo, albergaba sus dudas. Ese parecía tener cierta cultura.

En la sala estaban todas las luces encendidas y las persianas subidas. Algún vecino desvelado quizá se preguntara qué ocurría en casa del viejo escritor... eso en el supuesto de que tuviera vecinos. Los más cercanos vivían a cuatro kilómetros de allí, por la carretera principal. No tenía amigos, ni recibía visitas. A veces se presentaba algún que otro vendedor, pero se los quitaba de encima de malas maneras. Rothstein sencillamente tenía un carácter difícil. El viejo escritor retirado. El ermitaño. Pagaba sus impuestos y exigía que lo dejaran en paz.

Azul y Amarillo lo llevaron hasta el sillón situado frente al aparato de televisión, que casi nunca miraba, y el Señor de Azul, viendo que se quedaba de pie, lo obligó a sentarse de un empujón.

—¡Calma! —dijo Amarillo con aspereza, y Azul, rezongando, retrocedió un poco. Allí mandaba el Señor de Amarillo, no cabía duda. El Señor de Amarillo era el perro guía.

Inclinándose hacia Rothstein, apoyó las manos en las rodillas del pantalón de pana.

—¿Quiere un traguito de algo para tranquilizarse?

—Si se refiere a una bebida alcohólica, lo dejé hace veinte años. Por indicación del médico.

—Bien hecho. ¿Iba a las reuniones?

—No era *alcohólico* —respondió Rothstein, ofendido. Resultaba absurdo ofenderse en semejante situación... ¿o no? A saber cómo debía reaccionar uno cuando lo arrancaban de la cama en plena noche unos individuos con pasamontañas de colores. Se preguntó cómo escribiría una escena así y no se le ocurrió nada; él no escribía sobre situaciones como esa.

—La gente da por sentado que en el siglo XX todo escritor blanco era *alcohólico*.

—Ya, ya —dijo el Señor de Amarillo como si apaciguase a un niño malhumorado—. ¿Agua?

—No, gracias. Lo que quiero es que se marchen los tres, así que le seré sincero —se preguntó si el Señor de Amarillo entendía la regla más básica del discurso humano: cuando alguien anuncia que va a hablar con sinceridad, en la mayoría de los casos está preparando el terreno para mentir con todos los dientes—. La billetera está en la cómoda del dormitorio. Hay poco más de ochenta dólares. En la repisa de la chimenea verán una tetera de loza…

La señaló. El Señor de Azul se volvió a mirar, pero el Señor de Amarillo no. El Señor de Amarillo continuó atento a Rothstein, y a sus ojos, bajo el pasamontañas, asomó una expresión casi risueña. *Esto no da resultado*, pensó Rothstein, pero perseveró. Ahora que estaba despierto, empezaba a sentir, además de miedo, cierto enojo, si bien sabía que no le convenía exteriorizarlo.

—Ahí guardo el dinero para las tareas domésticas. Cincuenta o sesenta dólares. Es lo único que hay en la casa. Tómenlo y váyanse.

—Puto embustero —dijo el Señor de Azul—. Tienes mucho más, cabrón. Lo sabemos, créeme.

Como si de una obra de teatro se tratara y aquella frase fuera el pie para su entrada en escena, el Señor de Rojo anunció a gritos desde el despacho:

—¡Premio! ¡Encontré una caja fuerte! ¡De las grandes!

Rothstein sabía de antemano que el hombre del pasamontañas rojo la encontraría, y sin embargo se le cayó el alma a los pies. Era una estupidez guardar dinero en efectivo; no había más motivo que su aversión a las tarjetas de crédito y los cheques y los valores y los documentos de transferencia, todas esas tentadoras cadenas que amarraban a la gente a la agobiante y en último extremo destructiva máquina del gasto y la deuda de Estados Unidos. Pero el dinero en efectivo podía ser su salvación.

El dinero en efectivo podía sustituirse. Los cuadernos, más de ciento cincuenta, no.

—Ahora la combinación —dijo el Señor de Azul. Chasqueó los dedos enguantados—. Suéltala.

Rothstein, airado como estaba, habría sido capaz de negarse. Según Yolande, la ira había sido su posición por defecto durante toda la vida («Probablemente ya desde la maldita cuna», decía ella). Pero el cansancio y el temor hacían mella en él. Si oponía resistencia, le sonsacarían la combinación a golpes. Tal vez incluso sufriera otro infarto, y uno más sería su final casi con toda certeza.

—Si les doy la combinación de la caja fuerte, ¿tomarán el dinero que hay dentro y se marcharán?

—Señor Rothstein —dijo el Señor de Amarillo con una amabilidad que parecía sincera (y por tanto grotesca)—, no está usted en situación de negociar. Freddy, ve a traer las bolsas.

Rothstein sintió una corriente de aire gélido cuando el Señor de Azul, también conocido como Freddy, salió por la puerta de la cocina. El Señor de Amarillo, entretanto, volvía a sonreír. Rothstein aborrecía ya esa sonrisa. Esos labios rojos.

—Vamos, genio: suéltala. Cuanto antes empecemos, antes acabaremos.

Rothstein exhaló un suspiro y recitó la combinación de la caja Gardall oculta en el armario de su despacho.

—Treinta y uno, dos vueltas a la derecha; tres, dos vueltas a la izquierda; dieciocho, una vuelta a la izquierda; noventa y nueve, una vuelta a la derecha, y luego otra vez a cero.

Detrás del pasamontañas, los labios rojos se desplegaron en una sonrisa aún más ancha, ahora dejando los dientes a la vista.

—Tendría que haberlo adivinado. Es su fecha de nacimiento.

Mientras Amarillo repetía la combinación en voz alta al hombre que esperaba en el despacho, Rothstein extrajo ciertas conclusiones desagradables. El Señor de Azul y el Señor de Rojo estaban allí por el dinero, y acaso el Señor de Amarillo se quedara su parte, pero dudaba que el dinero fuese el objetivo principal del hombre que lo llamaba «genio» repetidamente. Como para remarcar esta circunstancia, el Señor de Azul reapareció, acompañado de otra corriente de aire frío. Cargaba con cuatro costales, dos a cada hombro.

—Oiga —dijo Rotsthein al Señor de Amarillo, y fijó la mirada en sus ojos—. No lo haga. En la caja fuerte no hay nada que valga la pena llevarse, aparte del dinero. Lo demás son solo garabatos sin ton ni son, pero importantes para mí.

Desde el despacho, el Señor de Rojo exclamó:

—¡Estamos de suerte, Morrie! ¡Le pegamos al gordo! ¡Colegas, aquí hay un dineral! ¡Todavía en los sobres del banco! ¡Docenas!

Sesenta como mínimo, podría haber dicho Rothstein; incluso ochenta, tal vez. Cada uno de los cuales contiene cuatrocientos dólares. Remitidos por Arnold Abel, mi contador en Nueva York. Jeannie hace efectivos los cheques para gastos y me trae los sobres con el dinero, y yo los guardo en la caja fuerte. Solo que tengo muy pocos gastos porque Arnold también paga las facturas principales desde Nueva York. Doy una propina a Jeannie de cuando en cuando, y al cartero por Navidad, pero, por lo demás, apenas gasto dinero en efectivo. Es así desde hace años, ¿y por qué? Arnold nunca me pregunta a qué destino el dinero. A lo mejor piensa que tengo una aventura con alguna que otra fulana. A lo mejor piensa que apuesto en el hipódromo de Rockingham.

Pero lo raro es que *yo mismo* no me lo he preguntado nunca, podría haber dicho al Señor de Amarillo (también conocido como Morrie). Como tampoco me he preguntado por qué sigo llenando cuaderno tras cuaderno. Ciertas cosas sencillamente *son como son.*

Podría haber dicho todo eso, pero guardó silencio. No porque el Señor de Amarillo no fuera a entenderlo, sino porque la sonrisa sagaz dibujada en esos labios rojos indicaba que quizá sí lo entendería.

Y lo tenía sin cuidado.

—¿Qué más hay ahí dentro? —preguntó el Señor de Amarillo a su compañero alzando la voz. Mantenía la mirada fija en Rothstein—. ¿Cajas? ¿Cajas con manuscritos? ¿Del tamaño que te dije?

—Cajas no, cuadernos —respondió el Señor de Rojo—. Esto está lleno de putos cuadernos.

El Señor de Amarillo sonrió, sin apartar ni un segundo los ojos de Rothstein.

—¿Escritos a mano? ¿Así es como lo hace, genio?

—Por favor —suplicó Rothstein—. No se los lleven. Ese material no es publicable. Nada de eso está preparado para salir a la luz.

—Ni lo estará nunca, o esa impresión tengo yo. Le encanta acumular de todo, ¿eh? —el brillo de esos ojos, lo que Rothstein consideraba un brillo irlandés, ya había desaparecido—. Y por otro lado tampoco puede decirse que *necesite* publicar nada más, ¿cierto? No es que haya un *imperativo económico*. Cobra los derechos de *El corredor*. Y los de *El corredor entra en combate*. Y los de *El corredor afloja la marcha*. La famosa trilogía de Jimmy Gold. Nunca se ha descatalogado. Es lectura obligada en las universidades de todos los rincones de esta gran nación nuestra. Gracias a un contubernio entre profesores de Literatura que consideran que Saul Bellow y usted son lo máximo, cuenta con un público cautivo de estudiantes compradores de libros. Tiene la vida resuelta, ¿no? ¿Para qué arriesgarse a publicar algo que pudiera empañar una reputación intachable? Puede esconderse aquí y hacer como si el resto del mundo no existiera —el Señor de Amarillo movió la cabeza en un gesto de negación—. Con usted, amigo mío, el concepto «retentivo anal» adquiere nuevo significado.

El Señor de Azul seguía en la puerta.

—¿Qué quieres que haga, Morrie?

—Entra ahí con Curtis. Tráiganselo todo. Si en los costales no caben todos los cuadernos, echen un vistazo por la casa. Incluso un ermitaño como este debe de tener al menos una maleta. Y no pierdan el tiempo contando el dinero. Quiero largarme de aquí cuanto antes.

—De acuerdo —el Señor de Azul, Freddy, salió.

—No lo haga —dijo Rothstein, consternado al percibir el temblor en su propia voz. A veces se olvidaba de lo viejo que era, pero no esa noche.

El tal Morrie se inclinó hacia él y lo escrutó con sus ojos de color gris verdoso a través de los orificios del pasamontañas amarillo.

—Quiero saber una cosa. Si es sincero, puede que dejemos los cuadernos. ¿Será sincero conmigo, genio?

—Lo intentaré —respondió Rothstein—. Y debe saber que yo nunca me he hecho llamar «genio». Eso fue idea de la revista *Time*.

—Pero ¿que no envió una carta para quejarse?

Rothstein calló. Hijo de puta, estaba pensando. El muy hijo de puta se las da de listo. Te lo llevarás todo, ¿verdad? Al margen de lo que yo diga o deje de decir.

—He aquí lo que quiero saber: ¿por qué demonios abandonó a Jimmy Gold? ¿Por qué lo arrastró por los suelos de esa manera?

La pregunta fue tan inesperada que en un primer momento Rothstein no supo de qué le hablaba Morrie, pese a que Jimmy Gold era su personaje más famoso, aquel por el que se lo recordaría (en el supuesto de que se lo recordase por algo). En el mismo reportaje de *Time* que calificaba de genio a Rothstein, Jimmy Gold aparecía descrito como «alegoría americana de la desesperación en la tierra de la abundancia». En esencia, una sarta de idioteces, pero había servido para aumentar las ventas.

—Si quiere decir que debería haberlo dejado en *El corredor*, no es el único que lo piensa —pero casi el único, podría haber añadido. Con *El corredor entra en combate* había afianzado su prestigio como escritor estadounidense de peso, y *El corredor afloja la marcha* había sido el colofón de su trayectoria: críticas elogiosas a mansalva; en la lista de libros más vendidos de *The New York Times* durante sesenta y dos semanas. Además, Premio Nacional de Literatura, aunque no había acudido a recogerlo en persona. «La *Ilíada* de la novela estadounidense posterior a la guerra», se afirmaba en una reseña, refiriéndose no solo al último volumen sino a la trilogía completa.

—No estoy diciendo que debería haberlo dejado en *El corredor* —respondió Morrie—. *El corredor entra en combate* era igual de buena, quizá incluso mejor. Eran novelas *auténticas*. El problema fue la última. Vaya bodrio, amigo mío. ¿Publicista? En serio, *¿publicista?*

Al ver lo que el Señor de Amarillo hacía a continuación, Rothstein sintió un nudo en la garganta y un peso en el vientre. Despacio, casi con actitud pensativa, se despojó del pasamontañas amarillo y dejó a la vista las clásicas facciones de un joven bostoniano de origen irlandés: pelo rojizo, ojos verdosos, piel lechosa que siempre se quemaría y nunca se broncearía. Amén de aquellos labios rojos.

—¿Una casa en las *afueras*? ¿Un Ford sedán en el *camino de acceso*? ¿Mujer y dos *peques*? Todo el mundo se vende: ¿era ese el mensaje que pretendía transmitir? ¿Todo el mundo sucumbe al veneno?

—En los cuadernos…

Los cuadernos contenían otras dos novelas de Jimmy Gold, eso quería decir, las que cerraban el círculo. En la primera, Jimmy comprende la vacuidad de su vida en las afueras y abandona a su familia, su trabajo y su confortable casa en Connecticut. Se va a pie, sin nada más que una mochila y la ropa que lleva puesta. Se convierte en una versión mayor del muchacho que dejó los estudios, rechazó a su familia por materialista y decidió alistarse en el ejército después de vagar borracho todo un fin de semana por la ciudad de Nueva York.

—En los cuadernos ¿qué? —preguntó Morrie—. Vamos, genio, hable. Dígame por qué tuvo que noquearlo y pisotearle la cabeza.

En El corredor se va al oeste *se convierte otra vez en sí mismo,* quiso decir Rothstein. *En su propia esencia.* Solo que el Señor de Amarillo ya le había mostrado el rostro, y en ese momento sacaba una pistola del bolsillo delantero derecho de la chamarra de cuadros. Se veía pesaroso.

—Usted creó uno de los personajes más importantes de la literatura estadounidense y luego se cagó en él —dijo Morrie—. Un hombre capaz de eso no merece vivir.

La ira brotó dentro de Rothstein como una grata sorpresa.

—Si es eso lo que piensas —dijo—, no has entendido ni una sola palabra de todo lo que escribí.

Morrie lo apuntó con la pistola. La boca del cañón era un ojo negro.

Rothstein lo apuntó también, con un dedo nudoso a causa de la artritis, como si esa fuese su arma, y sintió satisfacción al ver que Morrie parpadeaba y se estremecía un poco.

—No me vengas con idioteces de criticastro literario. Estaba ya hasta la coronilla de eso mucho antes de que tú nacieras. ¿Qué edad tienes, por cierto? ¿Veintidós? ¿Veintitrés? ¿Qué sabes tú de la vida, y no digamos ya de la literatura?

—Edad suficiente para saber que no todo el mundo se vende —contestó Morrie. Rothstein, atónito, vio anegarse en lágrimas aquellos ojos irlandeses—. No me dé lecciones sobre la vida, no después de pasarse los últimos veinte años escondido del mundo como una rata en un agujero.

Ese reproche, la crítica de siempre —¿cómo se había *atrevido* a abandonar el cuadro de honor de la fama?—, fue la chispa que transformó el enojo de Rothstein en cólera con todas las de la ley, una cólera que Peggy y Yolande habrían reconocido, uno de esos arrebatos en que era capaz de lanzar vasos y romper muebles. Rothstein se alegró de ello. Mejor morir iracundo que amilanado y suplicante.

—¿Cómo convertirás mi trabajo en dinero? ¿Has pensado en eso? Supongo que sí. Supongo que sabes que será como intentar vender un cuaderno de Hemingway robado, o un cuadro de Picasso. Pero tus amigos no son tan cultos como tú, ¿verdad que no? Se nota en la forma de hablar. ¿Saben ellos lo que tú sabes? Seguro que no. Pero los has engañado. Les has llenado la cabeza de humo y ahora tienen vanas esperanzas. Te creo muy capaz de eso. Tienes un pico de oro, me parece a mí. Pero sospecho que es oro falso.

—Cállese. Habla como mi madre.

—Eres un vulgar ladrón, amigo mío. Y hay que ser imbécil para robar algo invendible.

—Cállese, genio, se lo advierto.

Rothstein pensó: Y si aprieta el gatillo ¿qué? Se acabaron las pastillas. Se acabaron las lamentaciones por el pasado, y por el reguero de relaciones rotas que quedaron a lo largo del camino como coches accidentados. Se acabó también la escritura obsesiva, esa acumulación de cuadernos, uno tras otro, como pequeñas montañas de excrementos de conejo esparcidas por un sendero en el bosque. Quizá una bala en la cabeza no estaría tan mal. Mejor que el cáncer, o el Alzheimer, el mayor de los horrores para cualquiera que se haya ganado la vida mediante el ingenio. La noticia atraería titulares, eso por descontado, y él ya había sido objeto de muchos incluso antes del jodido reportaje en *Time*... pero si aprieta el gatillo, no tendré que leerlos.

—Eres un *imbécil* —dijo Rothstein. De pronto se hallaba en una especie de éxtasis—. Te crees más listo que esos otros dos, pero no lo eres. Al menos ellos entienden que el dinero puede gastarse —se inclinó hacia delante con la mirada fija en aquel rostro pálido y pecoso—. ¿Sabes qué, jovenzuelo? Los tipejos como tú son la deshonra de los lectores.

—Último aviso —repuso Morrie.

—Me cago en el aviso. Y me cago en tu puta madre. Pégame un tiro o sal de mi casa.

Morris Bellamy le pegó un tiro.

2009

La primera discusión por razones de dinero en casa de los Saubers —al menos la primera que los niños oyeron— se produjo una noche de abril. No fue una gran discusión, pero incluso las mayores tormentas empiezan con una suave brisa. Peter y Tina Saubers estaban en la sala, Pete haciendo sus tareas y su hermana viendo un DVD de *Bob Esponja*. Era uno que ya había visto, y muchas veces, pero al parecer nunca se cansaba de verlo, lo cual era una suerte, porque por aquel entonces en casa de los Saubers no tenían acceso a Cartoon Network. Tom Saubers había dado de baja el servicio de televisión por cable hacía dos meses.

Tom y Linda Saubers se hallaban en la cocina, donde Tom ajustaba las correas de su vieja mochila después de cargar barritas energéticas, un tóper con verduras troceadas, dos botellas de agua y una lata de Coca-Cola.

—Estás mal de la cabeza —reprochó Linda—. De verdad, siempre he sabido que eras una personalidad de tipo A, pero esto lo lleva a un límite totalmente nuevo. Si quieres poner el despertador a las cinco, bien. Recoges a Todd, llegan al Centro Cívico a las seis, y de todas formas serán los primeros en llegar.

—¡Eso quisiera! —dijo Tom—. Según Todd, el mes pasado hubo una feria de empleo como esta en Brook Park, y la gente empezó a hacer fila el día anterior. ¡*El día anterior*, Lin!

—Todd habla mucho. Y tú te lo crees todo. Recordarás que Todd dijo también que a Pete y Tina les *encantaría* aquello de los Monster Trucks...

—Ahora no hablamos de una carrera de Monster Trucks, ni de un concierto en el parque, ni de un espectáculo de fuegos artificiales. Aquí están en juego nuestras *vidas*.

Pete apartó la vista de sus tareas y cruzó una breve mirada con su hermana pequeña. Tina se encogió de hombros en un gesto elocuente: *cosas de padres.* Él volvió a centrarse en su álgebra. Cuatro problemas más, y podría marcharse a casa de Howie. A lo mejor Howie había comprado algún cómic nuevo. Desde luego Pete no tenía ninguno que cambiar; su mesada había seguido los pasos de la televisión por cable.

En la cocina, Tom había empezado a pasearse de un lado a otro. Linda se acercó a él y lo tomó del brazo con delicadeza.

—Sé que son nuestras vidas lo que está en juego —afirmó.

Habló en voz baja, en parte por miedo a que los niños los oyeran y se pusieran nerviosos (sabía que Pete ya lo estaba), pero sobre todo para no caldear más los ánimos. Sabía cómo se sentía Tom, y le dolía en el alma. El temor era ya malo de por sí; la humillación de no poder cumplir con lo que consideraba su responsabilidad fundamental —esto es, mantener a su familia— era aún peor. Y en realidad, «humillación» no era la palabra precisa; lo que Tom sentía era vergüenza. Durante sus diez años al servicio de la agencia inmobiliaria Lakefront, se había contado asiduamente entre los mejores vendedores, y a menudo su retrato sonriente aparecía en el escaparate del local. El dinero que ella aportaba como maestra, dando clase a niños de tercero, no era más que un extra. Hasta que un buen día, en otoño de 2008, la economía se desplomó y los Saubers pasaron a ser una familia con un único ingreso.

No se trataba solo de que hubiesen dejado ir a Tom y tal vez volviesen a llamarlo cuando la situación mejorase; la inmobiliaria Lakefront era ahora un edificio vacío con grafitis en las paredes y el letrero EN VENTA O RENTA en la fachada. Los hermanos Reardon, que heredaron el negocio de su padre (como antes este lo heredó del suyo), tenían grandes inversiones en Bolsa, y lo perdieron casi todo cuando el mercado se desplomó. Para Linda no supuso un gran consuelo que el mejor amigo de

Tom, Todd Paine, fuese en el mismo barco. Consideraba a Todd un tarado.

—¿Has visto el informe meteorológico? Yo sí. Va a hacer frío. De madrugada niebla procedente del lago, quizá incluso llovizna gélida. *Llovizna gélida*, Tom.

—Bien. Tanto mejor. Así habrá menos gente y aumentarán nuestras probabilidades —la tomó por los antebrazos, pero con delicadeza. Sin sacudidas, sin gritos. Eso llegaría más adelante—. Tengo que conseguir algo, Lin, y esta primavera la feria de empleo es mi mejor oportunidad. He estado pateando las calles...

—Lo sé...

—Y no hay *nada*. O sea, nada de *nada*. Ah, sí, unos cuantos puestos de trabajo en los muelles, y alguna que otra cosa en la construcción, en el centro comercial que hay cerca del aeropuerto, pero ¿me imaginas a mí en empleos así? Me sobran quince kilos y hace veinte años que estoy bajo de forma. Este verano podría encontrar algo en el centro... un trabajo de oficina, quizá... si las cosas mejoran un poco... pero un empleo así estaría mal pagado y sería temporal. De manera que Todd y yo nos plantaremos allí a las doce de la noche y haremos fila hasta que abran las puertas por la mañana, y te prometo que volveré con un empleo remunerado como es debido.

—Y seguramente con algún virus que nos contagiarás a todos. Entonces tendremos que escatimar en comida para pagar las facturas del médico.

Fue ahí cuando Tom montó en cólera.

—Me gustaría recibir un poco de apoyo en esto.

—Tom, por Dios, *inten*...

—Quizá incluso unas palabras de ánimo: «Eso es mostrar iniciativa, Tom. Da gusto ver que te dejas la piel por la familia, Tom». Esas cosas. Si no es mucho pedir.

—Lo único que digo...

Pero la puerta de la cocina se abrió y se cerró sin darle tiempo a acabar la frase. Él había salido a la parte de atrás para fumarse un cigarro. Esta vez, cuando Pete levantó la vista, vio congoja y preocupación en el rostro de Tina. Al fin y al cabo, tenía solo ocho años. Pete sonrió y le guiñó un ojo. Tina, en respuesta, le dirigió una sonrisa de incertidumbre y volvió a sumirse en las vicisitudes de esa ciudad sumergida llamada Fondo de Bikini, donde los padres no perdían el trabajo ni levantaban la voz, y los niños no perdían la mesada. A menos que se portaran mal, claro está.

Antes de marcharse esa noche, Tom llevó a su hija a la cama y le dio un beso de despedida. Añadió otro para la Señora Beasley, la muñeca preferida de Tina: para que me dé suerte, dijo.

—¿Papá? ¿Todo va a estar bien?

—Dalo por hecho, cielo —contestó él. Eso Tina lo recordaba: el tono de seguridad—. Todo irá de maravilla. Ahora duérmete.

Se fue, con su andar normal. Eso Tina también lo recordaba, porque nunca más lo vio caminar así.

En lo alto de la empinada cuesta que comunicaba Marlborough Street con el estacionamiento del Centro Cívico, Tom dijo:

—¡Cuidado! ¡Alto, para!

—Hombre, vienen coches detrás —replicó Todd.

—Será solo un segundo —Tom alzó el teléfono y sacó una foto de la fila de gente. Debía de haber ya un centenar de personas. Eso como mínimo. Sobre las puertas del auditorio, una pancarta rezaba: ¡1.000 EMPLEOS GARANTIZADOS! Y debajo: *¡No abandonamos a las personas de nuestra ciudad!* RALPH KINSLER, ALCALDE.

Detrás del Subaru oxidado de 2004 de Todd Paine, alguien tocó el claxon.

—Tommy, no quiero aguarte la fiesta mientras inmortalizas esta extraordinaria ocasión, pero…

—Sigue, sigue. Ya está —y cuando Todd entró en el estacionamiento, donde los lugares más cercanos al edificio se hallaban ya ocupados, añadió—: No te imaginas las ganas que tengo de enseñarle esa foto a Linda. ¿Sabes qué me dijo?

Que aunque llegáramos aquí a las seis de la mañana, seríamos los primeros.

—Yo te lo dije, hombre. Aquí el gran Todd no miente —el gran Todd se estacionó. El motor del Subaru se detuvo con una trompetilla y un resuello—. Cuando amanezca, habrá aquí… qué sé yo, dos mil personas. Y la televisión. Todos los canales. *City at Six*, *Morning Report*, *MetroScan*. Igual nos entrevistan.

—Me conformo con un empleo.

Linda sí había acertado en una cosa: era una noche húmeda. Se olía el lago en el aire: ese ligero aroma a cloaca. Y apretaba el frío, tanto que casi se empañaba el aliento. Unos postes unidos con cinta amarilla, en la que se leía PROHIBIDO EL PASO, obligaban a los aspirantes a un empleo a formar una tortuosa fila semejante a un acordeón humano. Tom y Todd ocuparon su lugar entre los últimos postes. Otros se colocaron detrás de ellos casi de inmediato, en su mayoría hombres, algunos con gruesas chamarras de forro polar, algunos con abrigos de ejecutivo y cortes de pelo de ejecutivo que empezaban a perder su cuidado contorno de peluquería. Tom calculó que, al amanecer, la fila llegaría hasta el fondo del estacionamiento, y entonces aún faltarían al menos cuatro horas para que abrieran las puertas.

Captó su atención una mujer con un bebé colgado al frente. Estaba un par de curvas por delante en el pasillo en zigzag. A Tom le costó imaginar el grado de desesperación que debía de impulsar a una persona a salir con un recién nacido en una noche fría y húmeda como esa. La criatura iba en una de esas mochilas portabebés. La mujer hablaba con un hombre robusto que llevaba una bolsa de dormir sujeta al hombro, y el bebé miraba de uno a otro alternativamente, como si fuera el espectador de tenis más pequeño del mundo. La escena tenía algo de cómico.

—¿Necesitas un poco de calentamiento, Tommy? —Todd había sacado de la mochila una botella de medio litro de Bell's, y se la tendía.

Tom estuvo a punto de rehusar el ofrecimiento, recordando la frase de despedida de Linda —*Oye, espero que cuando vuel-*

vas no te huela el aliento a alcohol—, pero finalmente aceptó la botella. Allí a la intemperie hacía frío, y un traguito no le haría ningún daño. Notó el calor del whisky garganta abajo y en el vientre.

Enjuágate la boca antes de acercarte a cualquiera de los estands de la feria, se recordó. A la gente que huele a alcohol nadie la contrata.

Cuando Todd le ofreció otro sorbo —rondaban las dos de la madrugada—, Tom lo rechazó. Pero cuando volvió a ofrecérselo a eso de las tres, Tom aceptó la botella. Tras comprobar el nivel, dedujo que el gran Todd se había estado tonificando de manera pródiga para combatir el frío.

En fin, qué demonios, pensó Tom, y se echó al cuerpo algo más que un sorbo; esa vez fue un trago en toda regla.

—¡Bravo, muchacho! —exclamó Todd con la voz mínimamente empañada—. Desmelénate.

Seguían llegando buscadores de empleo, que enfilaban Marlborough Street arriba en sus coches a través de la niebla, cada vez más espesa. La fila, ahora mucho más allá de los postes, no continuaba ya en zigzag. Hasta ese momento Tom creía entender las dificultades económicas que asediaban en la actualidad al país —¿acaso no había perdido él mismo un empleo, un excelente empleo?—, pero a medida que aparecían coches y crecía la fila (ya no veía el final), empezaba a formarse una perspectiva nueva y aterradora. Quizá «dificultades» no era la palabra precisa. Quizá la palabra precisa era «calamidad».

A su derecha, en el laberinto de postes y cinta que conducía a las puertas del auditorio a oscuras, el bebé empezó a llorar. Tom miró alrededor y vio al hombre de la bolsa de dormir sujetar los laterales del portabebés para que la mujer (Dios mío, pensó Tom, no aparenta ni veinte años) pudiera sacar a la criatura.

—¿Qué diablos es eso? —preguntó Todd, ahora con la voz mucho más empañada que antes.

—Un niño —contestó Tom—. Una mujer con un niño. Una *muchacha* con un niño.

Todd miró con atención.

—Válgame —dijo—. Opino que eso es una irre... irri... bueno, ya me entiendes, que es una falta de responsabilidad.

—¿Estás borracho? —preguntó Tom.

Linda sentía antipatía por Todd, no veía su lado bueno, y en ese instante Tom tampoco estaba muy seguro de verlo.

—Un poquito. Estaré perfectamente cuando abran las puertas. También he traído caramelos de menta.

Tom pensó en preguntarle al gran Todd si también llevaba gotas para los ojos —los tenía muy enrojecidos—, pero decidió que no quería mantener una discusión así en ese momento. Volvió a dirigir la atención hacia el lugar donde poco antes estaba la mujer con el bebé llorón. Al principio pensó que había desaparecido. Luego bajó la vista y la vio deslizarse, con el bebé contra el pecho, en la bolsa de dormir del hombre robusto. Este mantenía abierta la boca de la bolsa para que ella entrara. El recién nacido seguía berreando.

—¿Nadie puede hacer callar a ese niño? —espetó un hombre a voz en grito.

—Alguien debería avisar a los servicios sociales —añadió una mujer.

Tom se acordó de Tina a esa edad, la imaginó en una madrugada fría y brumosa como esa, y contuvo el impulso de decir a aquel hombre y aquella mujer que se callaran... o mejor aún, que echaran una mano en la medida de lo posible. Al fin y al cabo, todos corrían la misma suerte, ¿no? Todo ese hatajo de gente desdichada y hundida.

El llanto se atenuó, cesó.

—Seguramente lo está amamantando —comentó Todd. Se dio un apretón en el pecho a modo de aclaración.

—Sí.

—¿Tommy?

—¿Qué?

—Ya sabes que Ellen perdió el trabajo, ¿verdad?

—Dios mío, no. *No* lo sabía —fingió no ver el miedo en el rostro de Todd. O el asomo de humedad en sus ojos. Quizá por efecto del alcohol o el frío. O quizá no.

—Le dijeron que ya la llamarán cuando las cosas mejoren, pero lo mismo me dijeron a mí, y va para medio año que estoy sin trabajo. Cobré el seguro de desempleo. Eso ya ha volado. ¿Y sabes cuánto nos queda en el banco? Quinientos dólares. ¿Sabes cuánto duran quinientos dólares cuando una barra de pan en Kroger's cuesta un dólar?

—No mucho.

—Demonios, puedes estar seguro de que no. *Necesito* conseguir algo aquí. Lo *necesito*.

—Encontrarás algo. Los dos encontraremos algo.

Todd señaló con el mentón al hombre fornido, que ahora parecía montar guardia ante la bolsa de dormir para que nadie pisara sin querer a la mujer y el niño refugiados dentro.

—¿Crees que estarán casados?

Tom no se había detenido a pensarlo. Contempló la posibilidad en ese momento.

—Puede ser.

—Entonces deben de estar sin trabajo los dos. Si no, uno se habría quedado en casa con el niño.

—A lo mejor piensan que presentándose con el bebé tendrán más probabilidades —dijo Tom.

Todd se animó.

—¡El recurso de la lástima! ¡No es mala idea! —tendió la botella—. ¿Quieres un trago?

Tom tomó un sorbito, pensando: Si no me lo bebo yo, se lo beberá Todd.

Tom, que se había quedado medio dormido por efecto del whisky, despertó cuando alguien, exultante, gritó:

—¡Han descubierto vida en otros planetas!

Esta ocurrencia provocó risas y aplausos.

Miró alrededor y vio la luz del día. Débil y envuelta en niebla, pero luz del día así y todo. Al otro lado de la hilera de puertas del auditorio, un hombre uniformado de gris —un hombre con empleo, tipo afortunado— desplazaba una cubeta y un trapeador por el vestíbulo.

—¿Qué pasa? —preguntó Todd.

—Nada —respondió Tom—. Solo un conserje.

Todd echó un vistazo en dirección a Marlborough Street.

—Dios mío, y siguen llegando.

—Sí —confirmó Tom. Pensó: Y si le hubiese hecho caso a Linda ahora estaríamos al final de una fila que llega a medio camino entre aquí y Cleveland.

La idea le produjo cierta satisfacción: siempre resultaba agradable demostrar que uno tenía la razón. Aun así, lamentaba no haber rehusado la botella de Todd. Tenía en la boca un sabor a arena para gatos. No es que la hubiera *probado*, pero...

Alguien un par de curvas más adelante en el pasillo en zigzag —no muy lejos de la bolsa de dormir— preguntó:

—¿Eso es un Mercedes? Parece un Mercedes.

Tom vio una silueta alargada en lo alto de la cuesta que ascendía desde Marlborough, tras el resplandor de unos faros antiniebla amarillos. No se movía; estaba allí parado.

—¿Ese qué pretende? —preguntó Todd.

El conductor del coche situado inmediatamente detrás debió de preguntarse lo mismo, porque tocó el claxon: un bocinazo largo y furibundo que suscitó agitación, resoplidos y miradas alrededor entre los presentes. Por un momento el coche de las luces antiniebla amarillas permaneció donde estaba. De pronto arrancó con un acelerón. No a la izquierda, hacia el estacionamiento ahora lleno hasta el tope, sino derecho hacia la multitud acorralada en el laberinto de postes y cinta.

—¡Eh! —exclamó alguien.

La muchedumbre retrocedió en una tumultuosa ola. Tom se vio lanzado contra Todd, que cayó de espaldas. Tom intentó conservar el equilibrio, casi lo consiguió, y acto seguido el hombre que tenía delante —con un grito, no, con un *alarido*— le hincó el trasero en la entrepierna y le asestó un codazo en el pecho. Tom cayó encima de su compañero, oyó romperse la botella de Bell's en algún lugar entre ellos y percibió el hedor penetrante del whisky al desparramarse por el asfalto.

Estupendo, pensó, ahora oleré como los baños de un bar un sábado por la noche.

A duras penas consiguió levantarse a tiempo de ver el coche —era un Mercedes, en efecto, un gran sedán tan gris como aquella mañana brumosa— arremeter contra el gentío, lanzar cuerpos por el aire a su paso, describir una trayectoria curva como la de un conductor en estado de embriaguez. Goteaba sangre de la rejilla del radiador. Una mujer, descalza, resbaló y rodó por el cofre con las manos abiertas. Soltó un manotazo al cristal, intentó agarrarse a una de las varillas del limpiaparabrisas, se le escapó y cayó a un lado. La cinta amarilla con el letrero PROHIBIDO EL PASO se rompió. Un poste golpeó ruidosamente el costado del enorme sedán, que no redujo la velocidad en lo más mínimo. Tom vio las ruedas delanteras pasar por encima del saco de dormir y el hombre robusto, que, a gatas, se había echado sobre el saco con una mano en alto en actitud protectora.

Ahora el coche iba derecho hacia él.

—¡Todd! —vociferó—. ¡Todd, *levanta*!

Tendió los brazos hacia Todd, lo sujetó de una mano y jaló. Alguien topó contra Tom, que volvió a caer de rodillas. Oía las altas revoluciones del coche descontrolado. Ya muy cerca. Trató de apartarse a rastras, y recibió un puntapié en la sien. Vio las estrellas.

—¿Tom? —ahora Todd estaba detrás de él. ¿Cómo había ocurrido eso?—. ¿Qué *diablos...*?

Un cuerpo cayó sobre él, y de pronto tenía encima otra cosa, un peso enorme lo aplastaba, amenazaba con triturarlo. Se le tronchó la cadera con un chasquido semejante al que emitiría un hueso reseco de pavo. Al cabo de un momento el peso desapareció. Lo sustituyó enseguida el dolor, que era a su manera otro peso.

Tom intentó levantar la cabeza y consiguió separarla del asfalto lo justo para ver las luces de los faros traseros menguar en la niebla. Vio resplandecientes esquirlas de cristal de la botella hecha añicos. Vio a Todd tendido de espaldas, inanimado, y la sangre que manaba de su cabeza y se encharcaba en el suelo. Unas huellas de neumáticos de color carmesí se alejaban en la penumbra neblinosa.

Pensó: Linda tenía razón. Debería haberme quedado en casa.

Pensó: Voy a morir, y quizá sea lo mejor. Porque, a diferencia de Todd Paine, no he llegado a cobrar el dinero del seguro.

Pensó: Aunque probablemente, con el tiempo, lo habría cobrado.

Después, negrura.

Cuando Tom Saubers despertó en el hospital cuarenta y ocho horas más tarde, Linda estaba sentada a su lado. Sostenía su mano. Él preguntó si sobreviviría. Ella sonrió, le dio un apretón y dijo que podía apostar lo que fuera a que sí.

—¿Me quedé paralítico? Dime la verdad.

—No, cariño, pero tienes muchas fracturas.

—¿Y Todd?

Ella desvió la mirada y se mordió los labios.

—Está en coma, pero creen que al final saldrá. Lo saben por las ondas cerebrales o algo así.

—Había un coche. No pude apartarme.

—Ya lo sé. No fuiste el único. Un loco los embistió. Se escapó, y por el momento no lo han encontrado.

A Tom le tenía sin cuidado el conductor del Mercedes-Benz. No haber quedado paralítico era buena noticia, pero…

—¿Estoy muy mal? No me engañes… sé sincera.

Linda posó los ojos en los de él por un instante, pero no pudo sostenerle la mirada. Fijando la vista de nuevo en las tarjetas dispuestas sobre la mesa, en que le deseaban una pronta recuperación, dijo:

—Estás… en fin, tardarás un tiempo en volver a caminar.

—¿Cuánto?

Ella levantó la mano de Tom, surcada de rasguños, y se la besó.

—No lo saben.

Tom Saubers cerró los ojos y lloró. Linda escuchó su llanto por un rato, y cuando ya no lo soportó más, se inclinó al frente y apretó el botón de la bomba de infusión de morfina. Siguió pulsándolo hasta que el aparato dejó de administrar. Para entonces Tom se había dormido.

1978

Morris tomó una cobija del último estante del armario del dormitorio y tapó con ella a Rothstein, que ahora yacía en el sillón, despatarrado y torcido, sin la tapa de los sesos. La materia gris que había concebido a Jimmy Gold, a Emma, la hermana de Jimmy, y a los padres egocéntricos y semialcohólicos de Jimmy —muy parecidos a los del propio Morris— se secaba ahora en el papel pintado de la pared. Morris no estaba conmocionado, no exactamente, pero desde luego sí sorprendido. Él preveía un poco de sangre, y un orificio entre los ojos, pero no esa aparatosa expectoración de cartílago y hueso. Era un fallo de la imaginación, supuso, la razón por la que podía *leer* a los gigantes de la literatura estadounidense moderna —leerlos y saber valorarlos—, pero no ser uno de ellos.

Freddy Dow salió del despacho con dos costales cargados a los hombros. Curtis lo seguía con la cabeza gacha, sin nada a cuestas. De repente apretó el paso, circundó a Freddy y entró a toda prisa en la cocina. La puerta del jardín trasero, movida por el viento, batía contra la fachada lateral de la casa. A continuación se oyeron unas arcadas.

—Parece que se encuentra mal —comentó Freddy. Poseía un talento especial para expresar obviedades.

—¿Tú estás bien? —preguntó Morris.

—Sí.

Freddy salió por la puerta delantera sin mirar atrás y, ya en el pórtico, se detuvo a recoger la palanca apoyada en la mecedora.

Habían acudido preparados para forzar la entrada, pero la puerta delantera no tenía el cerrojo echado; la de la cocina tampoco. Por lo visto, Rothstein había depositado toda su confianza en su caja fuerte, la Gardall. Eso sí era un fallo de la imaginación.

Morris entró en el despacho y observó el ordenado escritorio de Rothstein y la máquina de escribir tapada. Miró las fotografías de la pared. Colgaban allí las dos exesposas, jóvenes, risueñas y hermosas, vestidas y peinadas conforme a las modas de los años cincuenta. Tenía su interés que Rothstein mantuviera a esas mujeres rechazadas allí donde podían verlo mientras escribía, pero Morris no disponía de tiempo para detenerse a reflexionar sobre ello, ni para investigar el contenido del escritorio, cosa que habría hecho de muy buena gana. Pero ¿era acaso necesaria esa investigación? Tenía los cuadernos, al fin y al cabo. Tenía el contenido de la *mente* del escritor. Todo lo que había escrito desde que dejó de publicar hacía ya dieciocho años.

Freddy se había llevado las pilas de sobres con dinero en la primera tanda (cómo no: el dinero era lo que Freddy y Curtis entendían), pero quedaban aún muchos cuadernos en los estantes de la caja fuerte. Eran Moleskine, de aquellos que utilizaba Hemingway, de aquellos con los que soñaba Morris durante su estancia en el reformatorio, donde también soñaba con llegar a ser escritor. Pero en el Centro Penitenciario de Menores de Riverview el papel estaba racionado y le correspondían solo cinco cuartillas de pésimo Blue Horse por semana, cantidad insuficiente para empezar a escribir la Gran Novela Americana. Rogar que le asignaran más no le sirvió de nada. Una vez que le ofreció a Elkins, el encargado de intendencia, una mamada a cambio de una docena de hojas más, Elkins le asestó un puñetazo en la cara. Cosa curiosa si uno se paraba a pensar en todo el sexo sin mutuo consentimiento en que se había visto obligado a participar durante su condena de nueve meses, por lo general de rodillas y en más de una ocasión amordazado con sus propios calzoncillos sucios.

No consideraba a su madre *totalmente* responsable de esas violaciones, pero desde luego sí merecía su parte de culpa. Anita

Bellamy, famosa profesora de Historia cuyo libro sobre Henry Clay Frick había sido nominado para el Pulitzer. Tan famosa que presumía de saberlo todo, además, sobre la literatura estadounidense moderna. Fue una discusión sobre la trilogía de Gold lo que, una noche, indujo a Morris a irse, colérico y decidido a emborracharse. Cosa que hizo, pese a ser menor de edad y aparentarlo.

A Morris no le sentaba bien el alcohol. Cuando bebía, realizaba acciones que después no recordaba, y nunca eran buenas acciones. Aquella noche se trató de un allanamiento de morada, vandalismo y un altercado con un guardia de seguridad del vecindario que intentó retenerlo hasta que llegara la policía de verdad.

De eso hacía casi seis años, pero conservaba aún un vivo recuerdo. Había sido todo una solemne estupidez. Robar un coche, pasearse con él por la ciudad y luego abandonarlo (quizá después de mearse en el tablero) era una cosa. No muy inteligente, pero, con un poco de suerte, uno podía salir impune de algo así. Pero ¿entrar por la fuerza en una casa de Sugar Heights? Eso era una estupidez por partida doble. Él no quería *nada* de esa casa (o nada que después recordase). ¿Y qué había obtenido cuando sí quiso algo? ¿Cuando ofreció su boca por unas míseras cuartillas de Blue Horse? Un puñetazo en la cara. Así que se había echado a reír, porque era eso lo que Jimmy Gold habría hecho (al menos hasta que Jimmy maduró y se vendió a cambio de lo que él llamaba el «Pavo Dorado»), ¿y qué ocurrió a continuación? Recibió otro puñetazo en la cara, aún más fuerte. Fue el crujido ahogado de su nariz al fracturarse la causa de sus lágrimas.

Jimmy nunca habría llorado.

Todavía examinaba con avidez los Moleskine cuando regresó Freddy Dow con los otros dos costales. Llevaba también una gastada bolsa de viaje de piel.

—Esto estaba en la despensa. Junto con un montón de latas de alubias y atún. Vete tú a saber. Un tipo raro. A lo mejor esperaba el acropolipsis. Vamos, Morrie, ponte las pilas. Igual alguien ha oído el tiro.

—No hay vecinos. La granja más cercana está a más de tres kilómetros. Relájate.

—Las cárceles están llenas de gente que en su momento se relajó. Tenemos que salir de aquí.

Morris empezó a recoger cuadernos a brazadas, pero no pudo resistirse a echar un vistazo a uno, solo por asegurarse. Rothstein en efecto era un «tipo raro», y no podía descartarse la posibilidad de que hubiese abarrotado su caja fuerte de cuadernos en blanco, en la idea de que quizá algún día escribiera algo en ellos.

Pero no era así.

Ese al menos estaba cuajado de texto: la letra pequeña y pulcra de Rothstein llenaba todas las páginas, de arriba abajo, de lado a lado, con márgenes tan finos como hilos.

> *… no estaba seguro de por qué le importaba aquello, ni de por qué no podía dormir mientras el vagón vacío de ese tren de carga nocturno lo transportaba a través de aquel mundo rural y olvidado hacia Kansas City y el país dormido que se extendía más allá, el vientre repleto de Estados Unidos en reposo bajo su acostumbrado edredón de noche, y sin embargo los pensamientos de Jimmy volvían insistentemente a…*

Freddy le tocó el hombro, y no con delicadeza.

—Saca la nariz de ahí y sigue cargando. Ya tenemos a uno vomitando y prácticamente inservible.

Morris dejó el cuaderno en uno de los costales y tomó otras dos pilas con ambas manos sin pronunciar palabra, resplandeciendo en su mente un sinfín de posibilidades. Se olvidó del despojo oculto bajo la cobija en la sala, se olvidó de Curtis Rogers vomitando entre las rosas o las zinnias o las petunias o lo que fuese que crecía en la parte de atrás. ¡Jimmy Gold! ¡Rumbo al oeste, en un vagón de carga! ¡Rothstein no había acabado con él, después de todo!

—Estos están llenos —dijo a Freddy—. Llévatelos. Meteré el resto en la valija.

—¿Así llamas tú a esas bolsas?

—Sí, creo que así las llaman —no lo creía; lo sabía—. Vamos. Ya casi hemos acabado.

Freddy se cargó los costales al hombro por las correas, pero se detuvo todavía un momento.

—¿Tienes claro lo de estos cuadernos? Porque, según Rothstein...

—Era un coleccionista que pretendía salvar su colección. Habría dicho cualquier cosa. Anda.

Freddy salió. Morris metió la última tanda de cuadernos en la valija y se apartó del armario. Curtis se hallaba junto al escritorio de Rothstein. Se había quitado el pasamontañas; ninguno de los tres lo llevaba ya. Estaba blanco como el papel y tenía unas oscuras ojeras como consecuencia de la conmoción.

—No hacía falta matarlo. No *debías* matarlo. No formaba parte del plan. ¿Por qué lo hiciste?

Porque me dejó en ridículo. Porque insultó a mi madre, y eso me correspondía a mí. Porque me llamó «jovenzuelo». Porque merecía un castigo por convertir a Jimmy Gold en uno de *ellos*. Sobre todo, porque nadie con un talento como el suyo tiene derecho a esconderse del mundo. Pero Curtis eso no lo entendería.

—Porque así los cuadernos tendrán más valor cuando los vendamos —cosa que no ocurriría hasta que él los hubiese leído de cabo a rabo, pero Curtis no comprendería la necesidad de eso, ni necesitaba saberlo. Como tampoco Freddy. Procuró mantener un tono paciente y razonable—. Ahora tenemos toda la producción de John Rothstein que existe, y nunca aparecerá nada más. Así el material inédito es aún más valioso. Eso lo entiendes, ¿no?

Curtis se rascó la mejilla pálida.

—Bueno... supongo... sí.

—Además, así no podrá sostener que son falsificaciones cuando salgan a la luz. Cosa que habría hecho, por puro rencor.

He leído mucho sobre él, Curtis, casi todo, y era de lo más rencoroso, el muy cabrón.

—Bueno…

Morrie se abstuvo de decir: Ese es un tema en extremo profundo para una mente tan superficial como la tuya. En lugar de eso le tendió la valija.

—Tómala. Y no te quites los guantes hasta que estemos en el coche.

—Deberías habernos hablado del asunto, Morrie. Somos tus *socios*.

Curtis hizo ademán de salir, pero de pronto se dio la vuelta.

—Quería hacerte una pregunta.

—Dime.

—¿Sabes si en New Hampshire hay pena de muerte?

Cruzaron la estrecha franja norte de New Hampshire y llegaron a Vermont. Freddy iba al volante del Chevrolet Biscayne, que era viejo y no llamaba la atención. Morris viajaba en el asiento del copiloto con un mapa de Rand McNally extendido sobre el regazo, y de vez en cuando encendía la luz del techo para asegurarse de que no se desviaban de la ruta prevista. No era necesario recordar a Freddy que respetara el límite de velocidad. Esa no era la primera andanza de Freddy Dow.

Curtis iba tendido en el asiento de atrás, y no tardaron en oírlo roncar. Morris lo consideraba afortunado; parecía haberse sacudido el horror de encima con la vomitona. Morris pensó que posiblemente pasaría cierto tiempo hasta que él mismo pudiera disfrutar de una buena noche de sueño. Seguía viendo la materia gris chorrear en el papel pintado. No era el homicidio lo que permanecía grabado en su mente; era el talento derramado. Toda una vida dedicada a moldear y pulir destruida en menos de un segundo. Todas esas historias, todas esas imágenes, y lo que salió de dentro presentaba el mismo aspecto que un potaje. ¿Qué sentido tenía?

—¿De verdad crees, pues, que podremos vender esos cuadernitos? —preguntó Freddy. Volvía a la carga con lo suyo—. Por un buen dinero, quiero decir.

—Sí.

—¿Y sin que nos cojan?

—Sí, Freddy, estoy seguro.

Freddy Dow guardó silencio durante tanto rato que Morris pensó que el asunto había quedado zanjado. Pero al final volvió a sacar el tema. Dos palabras. Ásperas y desprovistas de tono.

—Lo dudo.

Más adelante, encarcelado una vez más —en esta ocasión no en el centro penitenciario de menores—, Morris pensaría: Fue entonces cuando decidí matarlos.

Pero algunas noches cuando, con el culo escocido y untuoso después de ser sodomizado una docena de veces en las duchas con jabón a modo de lubricante, no podía conciliar el sueño, admitiría que eso no era verdad. Lo había sabido desde el principio. Eran un par de zoquetes, y delincuentes profesionales. Más tarde o más pronto (más pronto que tarde) uno de ellos sería detenido por algún otro delito, y caería en la tentación de trocar lo que sabía de esa noche por una sentencia más benévola, o por la suspensión de la pena.

Sencillamente yo sabía que tenían que desaparecer, pensaría durante esas noches en la galería de celdas cuando «el vientre repleto de Estados Unidos estaba en reposo bajo su acostumbrado edredón de noche». Era inevitable.

En el norte del estado de Nueva York, cuando aún no había amanecido pero a sus espaldas se perfilaba ya el contorno oscuro del horizonte, doblaron hacia el oeste por la Estatal 92, una carretera que discurría más o menos paralela a la I-90 hasta Illinois, donde torcía al sur e iba a morir a la ciudad industrial de Rockford. En la carretera la circulación era aún escasa a esa hora, pese a que oían (y a veces veían) el tráfico de camiones de alto tonelaje en la interestatal a su izquierda.

Dejaron atrás un indicador donde se leía ÁREA DE DESCAN-SO 3 KM, y Morris se acordó de *Macbeth*. Si había que darle fin, más valía darle fin pronto. No era una cita literal, tal vez, pero en ese caso, dadas las circunstancias, bastaba y sobraba.

—Para aquí —dijo a Freddy—. Tengo que orinar.

—Seguro que también hay máquinas expendedoras —comentó el vomitador desde el asiento de atrás. Curtis iba ya sentado, con el pelo revuelto—. No les haría el feo a unas galletas de crema de cacahuate.

Morris sabía que tendría que dejarlo correr si había otros coches en el área de descanso. La I-90 había absorbido la mayor parte del tráfico de largo recorrido que antes viajaba por esa carretera, pero en cuanto despuntara el día habría mucho tránsito vecinal, desplazamientos cortos de pueblucho en pueblucho.

De momento no había nadie en el área de descanso, debido al menos en parte a la señal de PROHIBIDO ESTACIONAR CÁMPERES DURANTE LA NOCHE. Se estacionaron y se bajaron. En los árboles gorjeaban los pájaros, charlando de la noche recién terminada y de sus planes para el nuevo día. Unas cuantas hojas —en esa región del mundo empezaban a cambiar de color por esas fechas— caían y correteaban por el estacionamiento.

Curtis fue a inspeccionar las máquinas expendedoras mientras Morris y Freddy, uno al lado del otro, se encaminaban hacia la sección de los baños reservada a los hombres. Morris no estaba especialmente nervioso. Quizá era verdad lo que decían: Después del primero, resulta más fácil.

Con una mano, Morris mantuvo la puerta abierta para dejar pasar a Freddy y, con la otra, sacó la pistola del bolsillo de la chamarra. Freddy le dio las gracias sin voltear. Morris soltó la puerta antes de levantar el arma. Colocó el cañón a menos de dos centímetros de la nuca de Freddy Dow y apretó el gatillo. En aquel espacio recubierto de azulejos, la detonación fue un estampido seco, pero quien la oyese a lo lejos pensaría que eran los tronidos de una motocicleta en la I-90. Lo que le preocupaba era Curtis.

No tenía por qué preocuparse.

Curtis seguía en el rincón de los tentempiés, bajo un tejadillo de madera y un letrero rústico que rezaba OASIS DE CARRETE-RA. En una mano sostenía una bolsa de galletas de crema de cacahuate.

—¿Has oído ese ruido? —preguntó a Morris. A continuación, viendo el arma, habló con tono de franca perplejidad—: ¿Para qué es eso?

—Para ti —contestó Morris, y le descerrajó un tiro en el pecho.

Curtis se desplomó, pero —eso sí fue como un jarro de agua fría para Morris— no murió. Ni siquiera parecía *cerca* de la muerte. Se retorcía en el suelo. Una hoja caída revoloteaba ante su nariz. La sangre empezó a extenderse bajo su cuerpo. Aún tenía las galletas en la mano. Alzó la vista desde detrás del cabello negro y untuoso que le caía sobre los ojos. Por la Estatal 92, al otro lado de la cortina de árboles, pasó un camión en dirección este.

Morris no quería volver a disparar contra Curtis. Allí fuera, al aire libre, una detonación no produciría el mismo sonido hueco semejante a un petardeo, y además podía aparecer alguien de un momento a otro.

—Si había que darle fin, más valía darle fin pronto —dijo, e hincó una rodilla en el suelo.

—Me diste un tiro —se quejó Curtis, al parecer asombrado, con la respiración entrecortada—. ¡Carajo, Morrie, me diste un *tiro*!

Pensando en lo mucho que detestaba ese diminutivo de su nombre —lo había detestado toda su vida, e incluso lo llamaban así sus profesores, que deberían haber sabido que eso no se hacía—, dio la vuelta a la pistola y empezó a propinar culatazos a Curtis en el cráneo. Tres golpes contundentes sirvieron de poco. Al fin y al cabo, el arma era solo una calibre 38, y no pesaba lo suficiente para causar más que lesiones menores. La sangre empezó a empapar el pelo de Curtis y resbalar por sus mejillas entre el asomo de barba. Gemía y miraba a Morris con desesperación en los ojos azules. Blandió una mano débilmente.

—¡Para, Morrie! ¡Para, eso *duele*!

Mierda. Mierda, mierda, *mierda*.

Morris volvió a guardarse el arma en el bolsillo. La empuñadura estaba ahora manchada de sangre y pelo. Limpiándose la mano en la chamarra, se dirigió al Biscayne. Abrió la puerta del conductor, vio que la llave no estaba en el contacto y, entre dientes, dijo «carajo». Lo susurró como una plegaria.

En la Estatal 92, pasaron un par de coches y luego una camioneta café de UPS.

Corrió de vuelta al baño de hombres, abrió la puerta, se arrodilló y empezó a registrar los bolsillos de Freddy. Encontró las llaves del coche en el delantero del lado izquierdo. Se puso en pie y regresó apresuradamente al rincón de los tentempiés, convencido de que a esas alturas algún coche o camión se habría detenido ya en el área de servicio. El tráfico era cada vez más denso, *alguien* tendría que parar a echar una meada o tomarse su café de la mañana, y a él no le quedaría más remedio que matar también a *ese*, y con toda probabilidad al que viniese detrás. Acudió a su mente la imagen de unas siluetas de papel encadenadas.

Pero aún no había nadie.

Subió al Biscayne, adquirido de manera legal, pero ahora con placa robada de Maine. Curtis Rogers, ayudándose de las manos y empujándose débilmente con los pies, se arrastraba muy despacio por la pasarela de cemento en dirección a los baños, dejando un reguero de sangre como la baba de un caracol. Era imposible saberlo con certeza, pero Morris pensó que tal vez pretendía llegar al teléfono público instalado en la pared entre el baño de hombres y el de mujeres.

En principio no era así como tenían que ocurrir las cosas, pensó a la vez que arrancaba el motor. Fue una estupidez, un acto irreflexivo, y posiblemente acabarían deteniéndolo. Eso lo llevó a recordar lo que había dicho Rothstein en sus últimos momentos. *¿Qué edad tienes, por cierto? ¿Veintidós? ¿Veintitrés? ¿Qué sabes tú de la vida, y no digamos ya de la literatura?*

—Sé que yo no me vendo —dijo—. Eso lo sé.

Puso el Biscayne en marcha y avanzó despacio hacia el hombre que reptaba por la pasarela de cemento. Quería marcharse de allí, su cerebro le pedía *a gritos* que se marchara de allí, pero aquello debía hacerse con cuidado y sin ensuciar más de lo absolutamente necesario.

Curtis miró alrededor, sus ojos desorbitados, con expresión de horror, tras el follaje selvático de su pelo sucio. Levantó una mano para indicarle que *se detuviese* con gesto mortecino; al minuto siguiente, Morris no lo veía ya porque se lo impedía el cofre. Condujo con cuidado y siguió adelante poco a poco. La parte delantera del coche se sacudió cuando subió a la banqueta. El aromatizante de pino colgado del retrovisor osciló.

No notó nada… y nada… y de pronto el coche volvió a sacudirse. Se oyó un *plop* ahogado, el sonido de una pequeña calabaza al estallar en un horno microondas.

Morris giró el volante a la izquierda y se produjo otra sacudida cuando el Biscayne bajó de nuevo de la pasarela. Miró por el espejo y vio que la cabeza de Curtis había desaparecido.

Bueno, no. No exactamente. Estaba allí, pero desparramada. Aplastada. Ninguna pérdida de talento en *esa* porquería, pensó Morrie.

Enfiló hacia la salida, y cuando tuvo la certeza de que no circulaba nadie por la carretera, aceleró. Tendría que parar y examinar la parte delantera del coche, en especial la llanta que había arrollado la cabeza de Curtis, pero antes quería recorrer treinta kilómetros. Treinta como mínimo.

—Veo un túnel de lavado en mi futuro —dijo. Esto se le antojó gracioso (*asaz* gracioso, y esa era una palabra que ni Freddy ni Curtis habrían entendido), y soltó una larga y sonora carcajada. Mantuvo la velocidad justo por debajo del límite. Observó el velocímetro, e incluso a noventa por hora cada vuelta parecía prolongarse cinco minutos. Estaba seguro de que la llanta había dejado un rastro de sangre en la salida del área de descanso, pero a esas alturas ya habría desaparecido. Hacía mucho. Aun así, ya era hora de volver a viajar por carreteras de segundo orden, quizá incluso de tercer orden.

Lo inteligente sería parar y tirar en el bosque todos los cuadernos, también el dinero. Pero no tenía intención de hacerlo. Eso no lo haría jamás.

Unas probabilidades del cincuenta por ciento, se dijo. Quizá menos. Al fin y al cabo, nadie había visto el coche. Ni en New Hampshire ni en el área de descanso.

Llegó a un restaurante abandonado, dejó el carro en el estacionamiento contiguo y examinó la trompa del Biscayne y la rueda delantera del lado derecho. Le pareció que, en conjunto, la cosa no pintaba mal, pero advirtió un poco de sangre en la defensa delantera. Arrancó un puñado de hierbajos y la limpió. Volvió a montar y se dirigió hacia el oeste. Asumía la posibilidad de toparse con algún control de carretera, pero no había ninguno.

Tras cruzar la línea divisoria del estado de Pennsylvania, a la altura de Gowanda, encontró un túnel de lavado que funcionaba con monedas. Los cepillos cepillaron, los chorros enjuagaron, y el coche salió de un limpio reluciente, por abajo y por arriba.

Morris viajó hacia el oeste, con rumbo a la ciudad pequeña y roñosa que sus habitantes llamaban la «Joya de los Grandes Lagos». Tenía que esperar durante un tiempo, y tenía que ver a un viejo amigo. Además, hogar es el sitio donde, cuando te presentas, tienen que recibirte —el Evangelio según Robert Frost—, y eso se cumplía especialmente cuando no había allí nadie para protestar por el retorno del hijo pródigo. Con su querido padre ilocalizable desde hacía años y su querida madre en Princeton durante el primer semestre como profesora invitada para disertar sobre los «barones ladrones», la casa de Sycamore Street estaría vacía. No era una gran casa para una profesora de altos vuelos —y menos aún para una escritora nominada en su día al Pulitzer—, pero la culpa de eso la tenía su querido padre. Por otro lado, a Morris nunca le había molestado vivir allí; esa había sido una aversión de su madre, no de él.

Morris escuchó las noticias, pero no dijeron nada del asesinato del novelista que, según aquel reportaje publicado en *Time*, fue «una voz que gritaba a los niños de los mudos años cincuenta para que despertaran y levantaran sus propias voces». Ese silencio radiofónico era buena noticia, pero no imprevista; según el informante de Morris en el reformatorio, la mujer de la limpieza de Rothstein iba solo una vez por semana. Había también un operario de mantenimiento, pero solo pasaba por allí cuando lo llamaban. Morris y sus difuntos socios habían tenido eso en cuenta al elegir el momento, y por tanto cabía esperar que el cadáver no se descubriera hasta transcurridos otros seis días.

Esa tarde, en el Ohio rural, pasó por delante de un almacén de antigüedades y dio media vuelta. Después de echar un vistazo a la mercancía, compró un cofre de segunda mano por veinte dólares. Era viejo pero parecía resistente. Morris lo consideró una ganga.

2010

Ahora los padres de Pete Saubers tenían muchas discusiones. Tina las llamaba «trapatiestas». En opinión de Pete, no le faltaba razón, porque eso era lo que parecía oírse cuando se enzarzaban: trap-trap-trap. A veces a Pete le entraban ganas de acercarse a lo alto de la escalera y, a gritos, pedirles que terminaran ya. *Están asustando a los niños*, deseaba decirles a voz en cuello. *En esta casa hay niños*, niños, *¿se les olvida eso, par de idiotas?*

Pete se hallaba en casa porque los alumnos incluidos en el cuadro de honor que después del almuerzo solo tenían un periodo de estudio o actividades podían marcharse antes. Como la puerta de su habitación estaba abierta, oyó el rápido golpeteo de las muletas de su padre a través de la cocina en cuanto el coche de su madre entró en el camino de acceso. Pete daba por hecho que los festejos del día empezarían cuando su padre comentase que ella, caramba, llegaba a casa antes de hora. Su madre respondería que, al parecer, él nunca se acordaba de que ahora era el miércoles el día que salía antes. Su padre contestaría que aún no se había acostumbrado a vivir en esa parte de la ciudad, diciéndolo con el mismo tono que si se hubiesen visto obligados a trasladarse a lo más profundo y lóbrego de Lowtown en lugar de mudarse solo a la zona de Tree Streets de Northfield. Una vez superados los prolegómenos, podrían centrarse ya en la verdadera trapatiesta.

Al propio Pete no le entusiasmaba el Lado Norte, pero no era un *horror*, e incluso a sus trece años parecía comprender mejor que su padre la realidad económica de su situación. Tal vez porque él, a diferencia de su padre, no se metía en el cuerpo dosis de OxyContin cuatro veces al día.

Ahora vivían allí porque la escuela de enseñanza media Grace Johnson, donde antes daba clases su madre, había cerrado como consecuencia de la política de recortes del ayuntamiento. Muchos de los profesores de la escuela GJ estaban ahora desempleados. Linda, al menos, había sido contratada en la escuela primaria de Northfield para ocuparse en parte de la biblioteca, en parte de la supervisión en los periodos de estudio. Los miércoles salía antes porque ese día la biblioteca cerraba a las doce del mediodía. Era la norma en todas las bibliotecas escolares, otro de los efectos de la política de recortes. El padre de Pete despotricaba contra eso, señalando que los concejales no habían recortado sus *salarios* y añadiendo que eran una pandilla de hipócritas del maldito Tea Party.

De eso Pete no sabía nada. Lo que sí sabía era que por entonces Tom Saubers despotricaba contra todo.

El Ford Focus, ahora su único coche, se detuvo en el camino de acceso y su madre salió, arrastrando su maletín viejo y gastado. Rodeó el charco de hielo que siempre se formaba en la zona de sombra bajo la canaleta del pórtico. Esta vez le tocaba a Tina echarle sal, pero, como de costumbre, se había olvidado. Su madre, encorvada, subió lentamente por los peldaños. A Pete no le gustaba verla caminar así, como si llevara a hombros un costal de ladrillos. Entretanto, se oía en la sala el golpeteo de las muletas de su padre, ahora a paso ligero.

La puerta de la calle se abrió. Pete esperó. Albergaba la esperanza de oír algo agradable como: *Hola, cariño, ¿qué tal estuvo tu mañana?*

Ya podía esperar sentado.

No se trataba ni mucho menos de que *quisiese* escuchar a escondidas las discusiones, pero la casa era pequeña y resultaba casi imposible no oírlas… a no ser que se marchara, claro está, una retirada estratégica a la que durante ese invierno recurría cada vez con mayor frecuencia. Y a veces pensaba que, como hijo mayor, tenía la *responsabilidad* de escuchar. El señor Jacoby, en clase de Historia, se complacía en decir que el conocimiento era poder, y Pete suponía que por esa razón se sentía obligado a vigilar la escalada de violencia verbal de sus padres. Porque a cada discusión se tensaba más el tejido del matrimonio, y uno de esos días se rompería del todo. Convenía estar preparado.

Pero ¿preparado para qué? ¿Para el divorcio? Ese parecía el desenlace más probable. En ciertos aspectos, quizá las cosas mejorasen si se separaban —esa era una impresión cada vez más arraigada en Pete, pese a que aún no la había enunciado en forma de pensamiento consciente—, aunque ¿qué implicaría exactamente un divorcio en *el mundo real* (otra de las expresiones preferidas del señor Jacoby)? ¿Quién se quedaría y quién se iría? Si se iba su padre, ¿cómo se las arreglaría sin coche cuando apenas podía caminar? De hecho, ¿cómo iba a poder darse ese *lujo* cualquiera de los dos? No tenían un céntimo.

Al menos aquel día Tina no estaba allí para presenciar el animado intercambio de opiniones entre progenitores. No había salido aún de la escuela, y probablemente no regresaría a casa justo después de clase. Quizá no llegara hasta la hora de la cena. Por fin había encontrado una amiga, una tal Ellen Briggs, una niña con dientes de conejo que vivía en la esquina de Sycamore con Elm. Pete opinaba que Ellen tenía el cerebro de un hámster, pero al menos así Tina no se pasaba la vida deambulando cabizbaja por la casa, echando de menos a sus amigas del antiguo barrio y, a veces, llorando. A Pete no le gustaba ver llorar a Tina.

Entretanto, amigos, quiten el sonido a sus teléfonos celulares y desactiven sus bípers. Van a apagarse las luces y está a punto de empezar el episodio de esta tarde de *Con la mierda hasta el cuello*.

TOM: Vaya, llegas a casa antes de hora.

LINDA (sin energía): Tom, hoy es…

TOM: Sí, ya, miércoles. El día que la biblioteca cierra temprano.

LINDA: Has estado fumando otra vez dentro de casa. Huele.

TOM (con el humor ya un poco torcido): Solo uno. En la cocina. Con la ventana abierta. Hay hielo en los peldaños de atrás, y preferí no arriesgarme a caerme. A Pete se le olvidó echar la sal.

PETE (en un aparte al público): Como él debería saber, porque el plan de tareas lo organizó él, en realidad esta semana le toca echar la sal a Tina. Esos OxyContin que toma no son solo para el dolor; son para la estupidez.

LINDA: Aun así, huele, y sabes que en el contrato de alquiler se prohíbe expresamente…

TOM: Muy bien, de acuerdo, entendido. La próxima vez saldré con las muletas y me arriesgaré a resbalar.

LINDA: No es *solo* por el contrato de alquiler, Tommy. Los niños son fumadores pasivos. Ya hemos hablado del tema.

TOM: Y hablado, y hablado…

LINDA (metiéndose ya en la boca del lobo): Además, ¿cuánto cuesta un paquete de tabaco hoy día? ¿Cuatro cincuenta? ¿Cinco dólares?

TOM: Fumo un paquete a la *semana*, por Dios.

LINDA (abriendo brecha en las defensas de Tom mediante un ataque aritmético con la contundencia de una división Panzer): A cinco dólares el paquete, suman veinte dólares al mes. Y todo sale de mi salario, porque ahora es el único…

TOM: Vaya, ya estamos con eso…

LINDA: … que tenemos.

TOM: Nunca te cansas de restregármelo, ¿eh? Pensarás que me dejé atropellar adrede. Para poder quedarme en casa holgazaneando.

LINDA (después de una larga pausa): ¿Queda vino? Porque no me vendría mal media copa.

PETE (aparte): Di que sí, papá. Di que sí.

TOM: Se ha acabado. A lo mejor quieres que tome las muletas y vaya a Zoney's por otra botella. Aunque, eso sí, tendrías que darme un adelanto de mi *paga*.

LINDA (sin llorar pero, a juzgar por su tono, al borde del llanto): Actúas como si tuviese yo la culpa de lo que te pasó.

TOM (levantando la voz): *Nadie* tiene la culpa, ¡y eso es lo que me saca de quicio! ¿Es que no lo entiendes? ¡Ni siquiera han detenido a ese individuo!

En ese punto Pete decidió que estaba harto. Aquella era una obra de teatro absurda. Quizá ellos no fueran conscientes, pero él sí se daba cuenta. Cerró el libro de literatura. Ya leería esa noche el relato que les habían puesto de tarea, un texto de un tal John Rothstein. En ese momento necesitaba salir a respirar en un ambiente menos conflictivo.

LINDA (en voz baja): Al menos no moriste.

TOM (incurriendo ya de pleno en un tono de telenovela): A veces pienso que habría sido lo mejor. Mírame: adicto al OxyContin, y aun así no se me pasa el dolor, porque esa mierda ya no me hace efecto, a no ser que tome una dosis suficiente para quedarme medio muerto. Viviendo del salario de mi mujer... que gana mil dólares menos que antes, gracias a esos cabrones del puto Tea Party...

LINDA: Vigila el vocab...

TOM: ¿La casa? Voló. ¿La silla de ruedas motorizada? Voló. ¿Los ahorros? Casi se han acabado. ¡Y ahora no puedo ni fumarme un puto cigarro!

LINDA: Si crees que con el lloriqueo vas a resolver algo, tú sabrás, pero...

TOM (bramando): ¿Lloriqueo, lo llamas? Yo lo llamo realidad. ¿Quieres que me baje el pantalón para que le eches un buen vistazo a lo que me queda de las piernas?

Pete bajó descalzo, con sigilo. La sala estaba allí mismo, al pie de la escalera, pero sus padres no lo vieron; uno frente al otro, permanecían abstraídos en la representación de un drama de mierda que nadie pagaría por ver: su padre cargaba torpemente el peso del cuerpo en las muletas, con los ojos enrojecidos y un asomo de barba en las mejillas; su madre sostenía el bolso ante el pecho como si fuera un escudo y se mordía los labios. Resultaba bochornoso, ¿y qué era lo peor? Que los quería.

Su padre se había olvidado de mencionar el Fondo de Emergencia, puesto en marcha un mes después de producirse la Matanza del Centro Cívico por el único periódico que quedaba en la ciudad, en colaboración con las tres cadenas de televisión locales. Brian Williams incluso había mencionado el hecho en *NBC Nightly News:* esa ciudad pequeña y tenaz velaba por los suyos cuando azotaba el desastre, todas esas almas caritativas, todas esas manos solidarias, todo ese bla-bla-bla, y ahora unas palabras de nuestro patrocinador. El Fondo de Emergencia permitió a todos sentirse bien durante unos seis días, más o menos. Lo que no se dijo en los medios de comunicación fue lo poco que en realidad había recaudado el fondo, a pesar de las marchas benéficas, a pie y en bicicleta, y de un concierto a cargo de un grupo que había quedado finalista del concurso *American Idol.* El Fondo de Emergencia era exiguo porque corrían tiempos difíciles para todo el mundo. Y la recaudación, claro está, tuvo que repartirse entre muchos. La familia Saubers recibió un cheque por valor de mil doscientos dólares, luego otro por quinientos, luego uno por doscientos. El último cheque mensual, con la leyenda ÚLTIMO PAGO, ascendía a cincuenta dólares.

Un gran hurra.

Pete entró calladamente en la cocina, tomó las botas y la chamarra, y salió. Lo primero que vio fue que no había hielo en los peldaños de atrás: una mentira descarada por parte de su padre. La temperatura no justificaba heladas, por lo menos al sol. Faltaban seis semanas para la primavera, pero el deshielo había empezado hacía ya casi una semana, y en el jardín trasero quedaban solo unos cuantos círculos de escarcha bajo los árboles. Pete se dirigió hacia la cerca y cruzó el enrejado.

Una ventaja de vivir en la zona de Tree Streets del Lado Norte era el terreno sin urbanizar que se extendía por detrás de Sycamore. Tenía una superficie equivalente a la manzana de ciudad como mínimo, una enmarañada hectárea de maleza y árboles achaparrados que descendían hasta un arroyo helado. Según el padre de Pete, ese terreno llevaba así desde hacía mucho y posiblemente seguiría igual aún más tiempo debido a la interminable disputa jurídica para establecer quién era el propietario y qué podía construirse allí. «Al final, en estos casos, solo salen ganando los abogados —dijo a Pete—. No lo olvides.»

En opinión de Pete, los niños que deseaban descansar un poco de sus padres por una cuestión de salud mental también salían ganando.

Un tortuoso sendero discurría en diagonal entre los invernales árboles deshojados, hasta el polideportivo de Birch Street, que era desde hacía años uno de los centros de reunión juveniles de Northfield y ahora tenía los días contados. En el buen tiempo rondaban por el camino muchachos mayores —fumando tabaco, fumando droga, bebiendo cerveza y cogiéndose a sus novias—, pero no en esa época del año. En cuanto desaparecían los muchachos mayores, se acababan los conflictos.

En ocasiones Pete se llevaba a su hermana por el sendero si las discusiones de sus padres subían de tono, cosa que ocurría cada vez más a menudo. Cuando llegaban al polideportivo, se lanzaban el balón, veían videos o jugaban a las damas. No sabía adónde podría llevarla cuando cerraran el polideportivo. No había ningún otro sitio salvo Zoney's, el pequeño supermercado. Sin ella, casi siempre iba únicamente hasta el arroyo, donde lanzaba piedras al cauce si corría el agua, o las hacía rebotar sobre el hielo si estaba helado. Para ver si lograba hacer agujeros en la superficie y disfrutar del silencio.

Las trifulcas pasaban ya de la raya, pero el mayor temor de Pete era que su padre —ahora siempre un poco entonado a causa del OxyContin— llegara al punto de levantarle la mano a su madre. Eso casi con toda seguridad acabaría de romper el tirante tejido del matrimonio. ¿Y si no era así? ¿Y si ella toleraba los golpes? Eso sería aún peor.

No ocurrirá, se decía Pete. Papá nunca haría una cosa así.

Pero ¿y si lo hacía?

Esa tarde el hielo cubría aún el arroyo, pero se veía deteriorado, con grandes manchas amarillas, como si un gigante se hubiese detenido a echar una meada allí. Pete no se atrevería a pasar por encima. No es que fuera a ahogarse ni nada por el estilo si el hielo cedía —el agua llegaba solo a la altura del tobillo—, pero no tenía ningunas ganas de verse obligado a explicar en casa por qué se le habían mojado los calcetines y el pantalón. Se sentó en un árbol caído, lanzó unas cuantas piedras (las pequeñas rebotaron y rodaron, las grandes traspasaron las manchas amarillas) y luego se quedó mirando al cielo durante un rato. Nubes grandes y vaporosas, de esas que parecían más primaverales que invernales, se desplazaban de oeste a este. Una simulaba una anciana con joroba (o tal vez fuera una mochila cargada a la espalda); otra era un conejo; otra era un dragón; había una que parecía…

Lo distrajo un leve ruido a tierra removida a su izquierda. Al voltear, vio que una porción en saliente del ribazo, reblandecida después de una semana de deshielo, se había desmoronado, dejando a la vista las raíces de un árbol que se inclinaba ya precariamente. El espacio creado por el corrimiento semejaba una cueva, y si la vista no lo engañaba —supuso que podía tratarse solo de una sombra—, allí dentro había algo.

Pete se acercó al árbol, se agarró a una de las ramas deshojadas y se inclinó para ver mejor. Allí dentro había algo, sin duda, y parecía grande. ¿El extremo de una caja, quizá?

Para descender por el ribazo, improvisó unos peldaños hincando los tacones de las botas en el lodo. En cuanto estuvo bajo el lugar donde se había producido el pequeño corrimiento de tierra, se puso en cuclillas. Vio cuero negro agrietado y refuerzos metálicos con remaches. El objeto tenía en un extremo un asa del tamaño del estribo de una silla de montar. Era un cofre. Alguien había enterrado allí un cofre.

Movido ya tanto por la curiosidad como por la impaciencia, Pete agarró el asa y dio un tirón. El cofre no se movió. Estaba firmemente encajado. Pete tiró otra vez, pero sin la menor convicción. No conseguiría sacarlo de allí. No sin herramientas.

Aún en cuclillas, puso las manos suspendidas entre los muslos, como hacía antes su padre hasta que para él la posibilidad misma de agacharse fue ya agua pasada. En esa postura, se limitó a contemplar el cofre que asomaba de la tierra negra y plagada de raíces. Probablemente era absurdo pensar en *La isla del tesoro* (también en «El escarabajo de oro», un cuento que había leído el año anterior en la clase de Literatura Inglesa), pero en eso estaba *pensando*. ¿Y era absurdo? ¿De verdad lo era? El señor Jacoby, además de decirles que el conocimiento era poder, hacía mucho hincapié en la importancia del pensamiento lógico. ¿No era lógico pensar que si alguien enterraba un cofre en el bosque era porque contenía algo valioso?

Además, ese cofre llevaba allí su tiempo. Saltaba a la vista. El cuero estaba agrietado, y en algunos sitios el negro se había degradado en gris. Pete sospechaba que si jalaba por el asa con todas sus fuerzas y seguía jalando, tal vez se rompiera. Los refuerzos metálicos habían perdido el brillo y estaban revestidos de óxido.

Tomó una decisión y, a toda prisa, volvió sobre sus pasos por el sendero en dirección a casa. Cruzó la verja, se acercó a la puerta de la cocina y escuchó con atención. No oyó voces, ni la televisión. Tal vez su padre se había retirado al dormitorio (el de la planta baja, donde tenían que dormir él y su madre, pese a lo reducido que era, porque ahora a su padre le costaba subir escaleras) para echar una siesta. Quizá su madre había entrado con él —a veces se reconciliaban así—, pero era más probable que estuviese en el cuarto de la lavadora, que ella utilizaba también como despacho, donde reelaboraba su currículum y presentaba solicitudes de empleo por internet. Acaso su padre hubiese tirado la toalla (y Pete debía admitir que no le faltaban razones para ello), pero no así su madre. Ella quería volver a la docencia de tiempo completo, y no únicamente por el dinero.

Disponían de un pequeño estacionamiento independiente, pero su madre nunca guardaba allí el Focus a menos que amenazase ventisca. Dentro almacenaban objetos de la antigua casa que no cabían en esta otra de alquiler, menos espaciosa. Allí estaban la caja de herramientas de su padre (Tom había puesto a la venta las herramientas en alguna web de anuncios clasificados, pero no había podido obtener por ellas lo que consideraba un precio justo) y algunos de los juguetes viejos de Tina y de él, además del depósito de la sal con su paleta. Había también, apoyados en la pared del fondo, unos cuantos utensilios de jardinería. Pete eligió una pala y, sosteniéndola al frente como un soldado con el fusil cruzado ante el pecho, volvió a marcharse corriendo sendero abajo.

Valiéndose de los peldaños improvisados anteriormente, descendió con facilidad casi hasta el arroyo y se puso manos a la obra en el pequeño corrimiento que había dejado a la vista el cofre. Echó al hoyo abierto bajo el árbol tanta tierra desprendida como pudo. No fue capaz de rellenarlo hasta el punto de cubrir las raíces nudosas, pero sí logró tapar el extremo del cofre, que era su intención.

De momento.

En la cena se desencadenó otra ligera trapatiesta, no gran cosa, y a Tina no pareció importarle, pero entró en la habitación de Pete justo cuando él terminaba sus tareas. Vestía su mameluco y llevaba a rastras a la Señora Beasley, su última y más importante muñeca quitapesares. Era como si hubiese sufrido una regresión a los cinco años.

—¿Puedo acostarme en tu cama un rato, Petie? Tuve una pesadilla.

Se planteó mandarla a su cuarto, pero (titilando en su mente imágenes del cofre enterrado) decidió que quizá eso le trajera mala suerte. Además, habría sido desconsiderado por su parte, viendo las manchas oscuras que se dibujaban bajo sus preciosos ojos.

—Bueno, sale, un rato. Pero no te acostumbres —esta era una de las frases preferidas de su madre.

Tina subió rápidamente a la cama y se colocó contra la pared: su sitio preferido para dormir, como si planeara pasar allí la noche. Pete cerró el libro de Ciencias de la Naturaleza, se sentó junto a ella e hizo una mueca.

—Un aviso sobre la muñeca, Teens. Tengo la cabeza de la Señora Beasley en el trasero.

—La apretujaré a mis pies. Ahí. ¿Mejor así?

—¿Y si se ahoga?

—No respira, tonto. Es solo una muñeca, y dice Ellen que pronto me cansaré de ella.

—Ellen es una boba.

—Es amiga mía —repuso Tina. Pete, con cierto regodeo, cayó en la cuenta de que no disentía de él exactamente—. Y puede que tenga razón. La gente se hace mayor.

—Tú no. Tú serás siempre mi hermanita. Y no te duermas. Volverás a tu habitación dentro de unos cinco minutos.

—Diez.

—Seis.

Ella se detuvo a pensarlo.

—Sale.

Abajo se oyó un gemido ahogado y a continuación el golpeteo de las muletas. Pete siguió la trayectoria del sonido hasta la cocina, donde su padre se sentaría, encendería un cigarro y echaría el humo por la puerta de atrás. Con eso se pondría en marcha la caldera, y lo que la caldera quemaba, según su madre, no era gasóleo sino billetes de dólar.

—¿Tú crees que van a divorciarse?

Pete quedó doblemente sorprendido: primero por la pregunta, segundo por el tono franco y adulto. Se dispuso a contestar «No, claro que no», y recordó entonces lo mucho que le desagradaban las películas en las que los mayores mentían a los niños, que era como decir *todas* las películas.

—No lo sé. En cualquier caso, no esta noche. Los juzgados están cerrados.

Tina se rio. Tal vez eso era buena señal. Pete esperó a que dijera algo. Ella no habló. A él se le fue la mente de nuevo al cofre enterrado en el ribazo bajo el árbol. Había conseguido mantener a raya esos pensamientos mientras hacía las tareas, pero...

No, no lo he conseguido, se dijo. El asunto le rondaba continuamente la cabeza.

—¿Teens? Ni se te ocurra dormirte.

—No me duermo...

Pero poco le faltaba, a juzgar por su voz.

—¿Qué harías si encontraras un tesoro? ¿Un cofre enterrado lleno de joyas y doblones de oro?

—¿Qué son doblones?

—Monedas antiguas.

—Se lo daría a papá y mamá. Para que no se pelearan más. ¿Tú no?

—Sí —contestó Pete—. Ahora regresa a tu cama, antes de que tenga que llevarte yo a cuestas.

Conforme a su póliza de seguro médico, Tom Saubers ya solo tenía derecho a tratamiento dos veces por semana. Una camioneta adaptada pasaba a recogerlo todos los lunes y viernes a las nueve de la mañana y lo llevaba de regreso a las cuatro de la tarde, después de la hidroterapia y de una reunión donde personas con lesiones de larga duración y dolor crónico se sentaban en círculo y hablaban de sus problemas. Con lo cual esos días la casa quedaba vacía durante siete horas.

El jueves por la noche Pete, antes de acostarse, se quejó de molestias en la garganta. A la mañana siguiente, al despertar, dijo que aún le molestaba, y además, pensaba, tenía fiebre.

—Estás caliente, sí —dictaminó Linda después de tocarle la frente con el interior de la muñeca. Pete eso esperaba, desde luego, porque antes de bajar había mantenido la cara a cinco centímetros de la lámpara de su mesilla de noche—. Si mañana no estás mejor, quizá tenga que verte el médico.

—¡Buena idea! —exclamó Tom desde su lado de la mesa, donde desplazaba unos huevos revueltos por el plato. Parecía no haber pegado ojo—. ¡Un especialista, a lo mejor! Y déjame que llame a Bautista, el chofer. Tina ya pidió el Rolls para ir a su clase de tenis en el club de campo, pero creo que la limusina está disponible.

Tina soltó una risita. Linda lanzó una mirada severa a Tom, pero Pete, sin darle tiempo a responder, declaró que no se encontraba *tan* mal, y probablemente se le pasaría quedándose un día en casa. Si eso no bastaba, tenía por delante todo el fin de semana.

—Es posible —dijo Linda con un suspiro—. ¿Se te antoja algo de comer?

A Pete sí se le antojaba, pero consideró poco prudente decirlo, ya que se suponía que tenía molestias en la garganta. Ahuecó la mano ante la boca y simuló una tos.

—Un poco de jugo, igual. Me parece que luego subiré a mi habitación e intentaré dormir un rato más.

Tina fue la primera en marcharse de casa, y se alejó bailoteando hacia la esquina, donde Ellen y ella charlarían de las cosas raras de las que charlaban las niñas de nueve años mientras aguardaban el autobús del colegio. Luego su madre partió hacia su escuela al volante del Focus. El último fue su padre, quien, con ayuda de sus muletas, se dirigió hacia la camioneta que lo esperaba. Pete lo observó desde la ventana de su habitación, pensando que ahora su padre parecía más pequeño. El cabello que asomaba en torno a la gorra de los Groundhogs había empezado a encanecer.

Cuando la camioneta se fue, Pete se vistió, tomó una de las bolsas para la compra reutilizables que su madre guardaba en la despensa y salió al estacionamiento. De la caja de herramientas de su padre eligió un martillo y un cincel, que echó a la bolsa. Empuñó la pala, y cuando se disponía ya a marcharse, se dio media vuelta y agarró también la palanca. Nunca había sido boy scout, pero tenía la firme convicción de que era mejor ser prevenido.

La temperatura matutina era baja, tanto como para empañarse el aliento, pero cuando Pete había cavado ya lo suficiente para pensar que acaso fuera posible sacar el cofre, el aire superaba holgadamente los cero grados y él sudaba bajo el abrigo. Lo colgó de una rama baja y lanzó una ojeada alrededor (como había hecho ya varias veces) para comprobar que seguía solo allí junto al arroyo. Tras asegurarse, tomó un poco de tierra y se frotó con ella las palmas de las manos, como un bateador preparándose para golpear. Agarró bien el asa del cofre, recordándose que debía estar atento por si se rompía. Nada deseaba menos que rodar ribazo abajo. Si caía en el arroyo, podía acabar enfermando de verdad.

Además, con toda probabilidad no había allí dentro más que un montón de ropa vieja y mohosa… pero ¿por qué iba alguien a enterrar un cofre lleno de ropa vieja? ¿Por qué no quemarla, o llevarla a una tienda de Goodwill?

Solo había una manera de averiguarlo.

Pete respiró hondo, retuvo el aire en los pulmones y jaló. El cofre permaneció en su sitio, y la vieja asa emitió un crujido de advertencia, pero Pete cobró ánimo. Descubrió que ahora podía mover el cofre un poco de lado a lado. Ante eso recordó que cuando Tina tenía flojo un diente de leche pero este no se desprendía por sí solo, su padre ataba un hilo alrededor y daba un tirón seco.

Se arrodilló (pensando que haría bien en lavar después esos pantalones o esconderlos en lo más hondo de su armario) y examinó el interior del hoyo. Vio que una raíz se había enredado en torno a la parte de atrás del cofre y lo sujetaba como un brazo. Tomó la pala, empuñó el mango lo más arriba posible y golpeó la raíz con el filo. Era una raíz gruesa, y Pete tuvo que descansar varias veces, pero al final logró cortarla totalmente. Dejó la pala y agarró de nuevo el asa. Ahora notaba el cofre más suelto, casi a punto de salir. Consultó la hora en su reloj. Las diez y cuarto. Pensó que su madre telefonearía a casa durante el recreo para saber cómo se encontraba. No representaba mayor problema: al ver que él no contestaba, pensaría que dormía. Pero se recordó que debía revisar la contestadora automática cuando regresara. Empuñó de nuevo la pala y, cavando alrededor del cofre, aflojó la tierra y cortó unas cuantas raíces más pequeñas. Luego volvió a echar mano al asa.

—Esta vez sí, hijo de tu madre —susurró—. Esta vez seguro.

Tiró. El cofre se deslizó hacia delante tan fácil y repentinamente que Pete se habría caído si no hubiese tenido los pies muy separados y bien apuntalados. Ahora el cofre asomaba del hoyo, cubierta la tapa de hierbajos y terrones. Veía los cierres en la parte delantera, anticuados, como los de una lonchera de obrero. También un candado enorme. Agarró de nuevo el asa, y esta vez se partió.

—¡Carajo! —exclamó Pete, y se miró las manos. Las tenía rojas y palpitantes.

Bueno, de perdidos al río (otro de los dichos preferidos de su madre). Sujetó el cofre por los costados en un torpe abrazo y se echó atrás afianzando los tacones. Por fin salió por completo de su escondrijo a la luz del sol, con toda certeza por primera vez en años, una reliquia húmeda y sucia con los herrajes oxidados. Medía unos ochenta centímetros de largo y unos cincuenta de ancho. Quizá más. Pete sopesó el extremo y calculó que podía pesar más de veinticinco kilos, más o menos la mitad de su propio peso, pero era imposible saber cuánto correspondía al contenido y cuánto al propio cofre. En todo caso, no eran doblones; si el cofre hubiese estado lleno de oro, no habría podido sacarlo, y menos aún levantarlo.

Abrió los cierres, de los que se desprendieron pequeñas lluvias de tierra, y luego se inclinó hacia el candado, dispuesto a reventarlo mediante el martillo y el cincel. Después, si seguía sin ceder —como probablemente así sería—, recurriría a la palanca. Pero antes... nunca se sabía hasta que se probaba...

Jaló la tapa, que se levantó con un chirrido de bisagras sucias. Más tarde deduciría que alguien había comprado el cofre de segunda mano, posiblemente a buen precio porque la llave se había perdido, pero en ese momento no hizo más que quedarse mirando. Permanecía ajeno a la ampolla que tenía en la palma de una mano, al dolor en la espalda y los muslos, al sudor que le corría por la cara manchada de tierra. No pensaba en su madre, ni en su padre, ni en su hermana. Tampoco pensaba en las trapatiestas, al menos no en ese momento.

El cofre había sido forrado de plástico transparente para protegerlo de la humedad. Debajo, Pete vio pilas de lo que parecían cuadernos. Utilizando el borde de la mano a modo de limpiaparabrisas, trazó una media luna en las finas gotas que cubrían el plástico. Eran cuadernos, sin duda, de buena calidad, con tapas de piel auténtica, posiblemente. Calculó que había como mínimo cien. Pero eso no era todo. Contenía también sobres como los que su madre llevaba a casa cuando hacía efectivo un cheque. Pete retiró el plástico y contempló el interior del cofre medio lleno. En los sobres se leía BANCO ESTATAL DE GRANITE y *«¡Somos su amigo en el pueblo!»*. Más tarde advertiría ciertas diferencias entre esos sobres y los que su madre recibía en el Banco y Sociedad Fiduciaria Corn —no llevaban dirección de correo electrónico, ni referencia alguna a la posibilidad de retirar dinero en los cajeros por medio de la tarjeta—, pero de momento se quedó solo mirando. El corazón le latía de tal modo que veía ante los ojos puntos negros pulsátiles, y temió desmayarse.

«Tonterías, eso solo les pasa a las niñas.»

Podía ser, pero desde luego sentía aturdimiento, y cayó en la cuenta de que parte del problema se debía a que se había olvidado de respirar desde el instante en que abrió el cofre. Aspiró profundamente, expulsó el aire y volvió a aspirar. Derecho hasta los dedos de los pies, o esa sensación tuvo. Se le despejó la cabeza, pero el corazón le martilleaba aún con más fuerza que antes y le temblaban las manos.

«Esos sobres de banco están vacíos. Lo sabes, ¿no? La gente encuentra dinero enterrado en los libros y en las películas, pero no en la vida real.»

Solo que no *parecían* vacíos. Parecían *repletos*.

Pete hizo ademán de tomar uno, y en ese momento oyó un leve movimiento al otro lado del arroyo y ahogó una exclamación. Volteó en el acto y vio allí dos ardillas retozar entre las hojas muertas, pensando probablemente que una semana de deshielo significaba que había llegado la primavera. Agitando las colas, treparon con rapidez a un árbol.

Pete volvió a centrarse en el cofre y tomó uno de los sobres de banco. La solapa no estaba pegada. La levantó con un dedo que se notó aterido, a pesar de que la temperatura debía de rondar los cinco grados. Presionó los bordes del sobre para abrirlo y miró dentro.

Dinero.

Billetes de veinte y de cincuenta.

—Bendito sea Nuestro Señor Jesucristo que está en los cielos —susurró Pete Saubers.

Extrajo el fajo e intentó contarlo, pero al principio las manos le temblaban tanto que se le cayeron algunos billetes. Revoloteando, fueron a parar al pasto, y tan recalentado tenía Pete el cerebro que, antes de recogerlos atropelladamente, creyó que Ulysses Grant le había guiñado el ojo desde uno de ellos.

Los contó. Cuatrocientos dólares. Cuatrocientos dólares en ese sobre, y había *docenas* de sobres.

Metió de nuevo los billetes en el sobre, tarea nada fácil, porque ahora las manos le temblaban más que al abuelo Fred en su último año de vida. Echó el sobre al cofre y miró alrededor, con los ojos muy abiertos, desorbitados. Los sonidos del tráfico que en aquella porción de tierra cubierta de maleza siempre le habían parecido tenues, lejanos e intrascendentes ahora se le antojaban cercanos y amenazadores. Eso no era la Isla del Tesoro; eso era una ciudad con más de un millón de habitantes, ahora muchos desempleados, y todos ansiarían lo que contenía ese cofre.

Piensa, se dijo Pete Saubers. *Piensa*, por Dios. Esto es lo más importante que te ha pasado en la vida, quizá sea lo más importante que te pase jamás, así que piensa a fondo y piensa con acierto.

Lo primero que acudió a su mente fue Tina, acurrucada junto a la pared en su cama. *¿Qué harías si encontraras un tesoro?*, había preguntado él.

Dárselo a papá y a mamá, había contestado ella.

Pero ¿y si su madre quería devolverlo?

Esa era una pregunta vital. Su padre nunca lo devolvería —eso a Pete le constaba—, pero su madre era distinta. Tenía sólidas convicciones sobre lo que estaba bien y lo que no lo estaba. Si enseñaba a sus padres ese cofre y su contenido, podía dar pie a la peor trapatiesta por dinero de todas.

—Además, ¿devolvérselo a *quién*? —susurró Pete—. ¿Al banco?

Eso era absurdo.

¿O no lo era? ¿Y si el dinero era realmente el tesoro de unos piratas, solo que no procedía de bucaneros sino de atracadores de banco? Pero, en tal caso, ¿por qué estaba en sobres, como dinero retirado de una cuenta? ¿Y qué eran todos esos cuadernos negros?

Ya se detendría a pensar en esos detalles más tarde, pero no en ese momento; en ese momento lo que debía hacer era *actuar*. Consultó su reloj y vio que eran ya cuarto para las once. Aún tenía tiempo, pero debía aprovecharlo.

—Aprovéchalo, o lo perderás —susurró, y empezó a meter los sobres de dinero del Banco Estatal de Granite en la bolsa de tela que contenía el martillo y el cincel. Dejó la bolsa en lo alto del ribazo y la tapó con su chamarra. Remetió el plástico en torno a los cuadernos, cerró la tapa del cofre y, con todas sus fuerzas, volvió a introducirlo en el hoyo. Hizo un alto para enjugarse la frente, que tenía embadurnada de tierra y sudor; a continuación, empuñó la pala y empezó a rellenar el hoyo febrilmente. Cubrió el cofre —en su mayor parte— y luego, tras tomar la bolsa y la chamarra, regresó a todo correr por el sendero hacia su casa. Ocultaría la bolsa al fondo del armario, de momento eso serviría, y comprobaría si su madre había dejado un mensaje en la contestadora. Si todo estaba en orden por lo que se refería a su madre (y si su padre no había llegado de la sesión de terapia antes de hora: eso sería un horror), podía volver a toda prisa al arroyo y esconder mejor el cofre. Más adelante echaría un vistazo a los cuadernos, pero mientras iba camino de casa aquella soleada mañana de

68

febrero, su único pensamiento con respecto a los cuadernos era que tal vez hubiese más sobres de dinero entre ellos. O debajo.

Pensó: Tendré que bañarme. Y después limpiar la tierra de la bañera para que mamá no pregunte qué hacía fuera cuando supuestamente estaba enfermo. Tengo que andarme con mucho cuidado, y no puedo contárselo a nadie. A nadie en absoluto.

En la regadera se le ocurrió una idea.

1978

Hogar es el sitio donde, cuando te presentas, tienen que recibirte, pero cuando Morris llegó a la casa de Sycamore Street, ninguna luz iluminaba la penumbra vespertina, ni salió nadie a la puerta a darle la bienvenida. ¿Por qué habría de ser de otro modo? Su madre estaba en New Jersey, dando clases sobre una bola de hombres de negocios que, en el siglo XIX, se habían propuesto expoliar a Estados Unidos. Dando clases a estudiantes de posgrado que probablemente acabarían expoliando todo aquello a lo que pudieran echar el guante en su persecución del Pavo Dorado. Sin duda algunos pensarían que el propio Morris había ido en persecución de unos cuantos Pavos Dorados en New Hampshire, pero eso no era así. Él no había ido allí por dinero.

Quería guardar el Biscayne en el estacionamiento, donde nadie lo viera. ¡Qué demonios! Quería que el Biscayne *desapareciera*, pero eso tendría que esperar. Su máxima prioridad era Pauline Muller. Los vecinos de Sycamore Street, en su mayoría, tenían los ojos tan pegados a sus televisiones en cuanto empezaba la hora de máxima audiencia que no habrían visto un ovni aunque aterrizara en su jardín, pero no era ese el caso de la señora Muller; esta vecina de los Bellamy, la de la casa de al lado, había elevado el fisgoneo a la categoría de arte. Así que Morris fue allí en primer lugar.

—¡Vaya, mira quién está aquí! —exclamó la señora Muller al abrir la puerta… como si no hubiera estado observando por la

71

ventana de la cocina cuando Morris paró en el camino de acceso—. ¡Pero si es Morrie Bellamy, el mismo que viste y calza! ¡Y tan guapo como siempre!

Morris desplegó su mejor sonrisa de falsa modestia.

—¿Qué tal, señora Muller?

La mujer le dio un abrazo del que Morris podría haber prescindido, pero que devolvió con la debida cortesía. A continuación la señora Muller ladeó la cabeza, con el consiguiente vaivén de papada, y exclamó:

—¡Bert! *¡Bertie!* ¡Está aquí Morrie Bellamy!

Desde la sala llegó un doble gruñido que podría haber significado «Qué tal».

—¡Pasa, Morrie! ¡Vamos, pasa! ¡Prepararé café! ¿Y adivina qué? —enarcó las cejas, antinaturalmente negras, en un horrendo gesto de coqueteo—. ¡Hay panqué de mantequilla Sara Lee!

—Debe de estar delicioso, pero acabo de volver de Boston. Vine en coche de un jalón. Estoy molido. Solo quería avisarles para que no llamaran a la policía al ver luces en la casa de al lado.

La señora Muller soltó una risotada semejante a un chillido de mono.

—¡Qué *considerado* eres! Siempre lo has sido. ¿Cómo está tu madre, Morrie?

—Bien.

Morris no tenía la menor idea. Desde su etapa en el reformatorio a los diecisiete años y su posterior fracaso en el City College a los veintiuno, las relaciones entre Morris y Anita Bellamy se reducían a alguna que otra llamada telefónica. Estas eran frías pero educadas. Después de una última discusión la noche que lo detuvieron por allanamiento de morada y otras hazañas diversas, en esencia se habían abandonado mutuamente.

—Te veo mucho más musculoso —comentó la señora Muller—. *Eso* debe de gustar a las chicas. Antes eras tan *flacucho…*

—He estado trabajando en la construcción.

—¡En la *construcción*! *¡Tú!* ¡Dios bendito! ¡Bertie! *¡Morris ha estado trabajando en la construcción!*

Esto dio lugar a unos cuantos gruñidos más en la sala.

—Pero el trabajo fue a menos, y por eso he vuelto. Mi madre me dijo que no había inconveniente en que utilizara la casa, mientras no consiguiera alquilarla, pero lo más seguro es que no me quede mucho tiempo.

¡Cuánta razón tenía en *eso*, como después se vio!

—Pasa a la sala, Morrie, y saluda a Bert.

—Más vale que lo deje para mejor momento —a fin de atajar la machaconería de la señora Muller, dijo en voz alta—: *¡Hola, Bert!*

Otro gruñido, ininteligible por encima de las risas grabadas de la serie *Welcome Back, Kotter.*

—Mañana, pues —insistió la señora Muller, y enarcó una vez más las cejas. Parecía imitar a Groucho—. Reservaré el panqué. Incluso puede que *bata* un poco de *crema.*

—Estupendo —dijo Morris. Era poco probable que la señora Muller muriese de un infarto antes del día siguiente, pero no imposible; como dijo otro gran poeta, la esperanza mana eterna del pecho humano.

Las llaves de la casa y el estacionamiento seguían donde siempre habían estado, colgadas bajo el alero a la derecha de la escalinata. Morris guardó el Biscayne en el estacionamiento y dejó el cofre del almacén de antigüedades en el suelo de concreto. Se moría de ganas de hincar el diente a esa cuarta novela de Jimmy Gold, pero los cuadernos estaban revueltos, y además se le nublaría la vista antes de acabar de leer una sola página escrita en la diminuta letra de Rothstein; realmente no podía con su alma.

Mañana, se prometió. Después de hablar con Andy, y hacerme una idea de cómo quiere manejar este asunto, los pondré en orden y empezaré a leer.

Metió el cofre bajo el que fue el banco de trabajo de su padre y lo tapó con una lámina de plástico que encontró en el rincón. A continuación entró en la casa y recorrió su antigua vivienda. Ofrecía más o menos el mismo aspecto de antes, que era deplorable. En el refrigerador no había nada salvo un tarro de pepinillos en vinagre y una caja de bicarbonato de sodio, pero el congelador contenía unos cuantos envases de comida precocinada. Puso uno en el horno, fijó la temperatura en ciento ochenta grados y subió a su habitación de antaño.

Lo he hecho, pensó. Lo he conseguido. Me he apropiado de dieciocho años de manuscritos inéditos de John Rothstein.

En su cansancio extremo, era incapaz de sentir euforia, o siquiera una gran satisfacción. Casi se quedó dormido en la regadera, y otra vez ante un pastel de carne y un puré de papas instantáneo francamente incomibles. Aun así, lo engulló todo y volvió a subir no sin esfuerzo por la escalera. Cuarenta segundos después de apoyar la cabeza en la almohada, ya dormía, y no despertó hasta las nueve y veinte de la mañana siguiente.

Ya bien descansado, bajo el haz de sol que iluminaba la cama de su infancia, Morris sí sintió euforia, y estaba impaciente por compartirla con alguien. Es decir, con Andy Halliday.

Encontró en su armario un pantalón caqui y una bonita camisa de madrás, se alisó el pelo y echó una ojeada al estacionamiento para asegurarse de que allí todo seguía en orden. Cuando se encaminó por la calle hacia la parada del autobús, saludó a la señora Muller (que una vez más observaba entre las cortinas) con un gesto de desenfado, o así esperaba que lo interpretase ella. Llegó al centro poco antes de las diez, recorrió a pie una manzana y, desde la esquina de Ellis Avenue, lanzó un vistazo en dirección al Happy Cup, con mesas en la acera bajo sombrillas de color rosa. Como había previsto, Andy disfrutaba de su descanso para el café. Mejor aún, se hallaba de espaldas a Morris, lo que permitió a este acercarse sin ser visto.

—¡Buuu! —exclamó, y agarró a Andy por el hombro de su trasnochado saco de pana.

Su viejo amigo —en realidad su único amigo en esa ridícula ciudad sumida en la ignorancia— volteó, sobresaltado. Volcó la taza y derramó el café. Morris retrocedió. Su intención era asustar a Andy, pero no *tanto*.

—Eh, perdo…

—¿Qué has *hecho*? —preguntó Andy en un susurro grave y chirriante. Le destellaban los ojos detrás de los lentes, unos de armazón de carey que Morris siempre había considerado en cierto modo una afectación—. ¿Qué carajos has *hecho*?

Esa no era la bienvenida que Morris esperaba. Se sentó.

—Aquello de lo que hablamos —examinó el semblante de Andy y no vio el menor asomo de la risueña superioridad intelectual que acostumbraba exhibir su amigo. Andy parecía tener miedo. ¿De Morris? Quizá. ¿Por sí mismo? Casi con toda seguridad.

—No conviene que me vean cont…

Morris llevaba una bolsa de papel de estraza que había tomado en la cocina. Sacó de ella uno de los cuadernos de Rothstein y lo dejó en la mesa, evitando el charco de café derramado.

—Este es de muestra. Uno de muchos. Ciento cincuenta por lo menos. Aún no he tenido ocasión de contarlos, pero es el premio gordo.

—¡Guarda eso! —Andy hablaba aún en susurros, como un personaje de una mala película de espionaje. Miraba a uno y otro lado, y al final los ojos se le iban siempre al cuaderno—. ¡Pedazo de idiota, el asesinato de Rothstein es noticia de primera plana en *The New York Times* y sale en todos los canales de televisión!

Eso sorprendió a Morris. Teóricamente deberían haber pasado al menos tres días más hasta que se descubriera el cadáver del escritor, quizá incluso seis. La reacción de Andy lo sorprendía aún más. Parecía una rata acorralada.

Morris procuró desplegar una imitación aceptable de la sonrisa con la que a veces Andy semejaba decir: Soy tan listo que me aburro.

—Cálmate. En esta parte de la ciudad hay niños con cuadernos por todas partes —señaló hacia la otra acera, en dirección a Government Square—. Ahí va uno.

—¡Pero no con Moleskine! ¡Dios santo! La mujer de la limpieza sabía en qué clase de cuadernos escribía Rothstein, y según el periódico, la caja fuerte de su habitación estaba abierta y vacía. *¡Guárdalo!*

Morrie, por el contrario, lo empujó hacia Andy, evitando de nuevo la mancha de café. Estaba cada vez más irritado con Andy —«encabronado», como habría dicho Jimmy Gold—, pero también sentía cierto placer perverso al ver a ese hombre encogerse de miedo en su silla, como si el cuaderno fuese una ampolla con bacilos de la peste.

—Anda, échale un vistazo. En este casi todo es poesía. Venía hojeándolo en el autobús…

—¿En el *autobús*? ¿Estás *loco*?

—… y no es muy buena —prosiguió Morris como si no lo hubiera oído—, pero sin duda es suya. Un manuscrito ológrafo. Muy valioso. Hablamos del asunto. Varias veces. Hablamos de cómo…

—*¡Guárdalo!*

A Morris no le gustaba admitir que la paranoia de Andy era contagiosa, pero en cierto modo lo era. Metió el cuaderno en la bolsa y miró a su viejo amigo (su único amigo) con expresión adusta.

—Tampoco es que yo haya propuesto que los vendamos en la calle o algo por el estilo.

—¿Dónde están los otros? —y antes de que Morris pudiera contestar, añadió—: Déjalo. No quiero saberlo. ¿Es que no lo entiendes? Este asunto quema… los cuadernos, *tú*.

—Yo no quemo —dijo Morris, pero en cierto modo sí quemaba, al menos en sentido físico; de pronto le ardían las mejillas y la nuca. Andy actuaba como si él, en lugar de haber perpetrado el crimen del siglo, se hubiese cagado en el pantalón—. Nadie puede relacionarme con Rothstein, y ya *sé* que tardaremos un tiempo en poder venderlos a un coleccionista privado. No soy tonto.

—Venderlos a un col… Morrie, ¿tú *oyes* lo que dices?

Morris cruzó los brazos y fijó la mirada en su amigo. O más bien en el hombre que antes era su amigo.

—Te comportas como si nunca hubiésemos hablado del tema. Como si nunca lo hubiésemos planeado.

—¡No planeamos *nada*! Era un cuento que nos contábamos, creía que eso lo entendías.

Lo que Morris entendía era que Andy Halliday diría exactamente eso a la policía si él, Morris, era detenido. Y Andy *preveía* que lo detuvieran. Por primera vez Morris tomó plena conciencia de que Andy no era todo un intelectual deseoso de colaborar con él en una tropelía existencial, sino una mediocridad más. Un dependiente de librería solo unos años mayor que Morris.

No me vengas con idioteces de criticastro literario, había dicho Rothstein a Morris en sus últimos dos minutos de vida. *Eres un vulgar ladrón, amigo mío.*

Empezaron a palpitarle las sienes.

—Tendría que haberlo sabido. Tanta palabrería sobre los coleccionistas privados, las estrellas de cine, los príncipes saudíes y yo qué sé quiénes más. Sencillamente eso: palabrería. Eres un fantasma.

Ahí puso el dedo en la llaga. De pleno en la llaga sin lugar a dudas. Morris lo advirtió y se alegró, igual que cuando consiguió hacer mella en su madre una o dos veces durante su última discusión.

Andy se inclinó al frente, enrojecido, pero cuando se disponía a hablar, apareció una mesera con un revoltijo de servilletas.

—Permítame limpiar el café derramado —dijo, y lo enjugó. Era joven, de pelo rubio ceniza natural, bonita dentro de su palidez, quizá incluso hermosa. Sonrió a Andy. Él le respondió con una mueca forzada a la vez que se apartaba de ella tal como antes había rehuido el cuaderno Moleskine.

Es marica, pensó Morris, sorprendido. Es un puñetero marica. ¿Cómo es posible que no me haya dado cuenta? ¿Cómo es posible que no lo haya visto nunca? Solo le falta llevarlo escrito en la frente.

En fin, eran muchas las cosas sobre Andy que él nunca había sabido ver, ¿o no? Morris se acordó de una frase que decía uno de sus compañeros en el ramo de la albañilería: *Mucha pistola y poca munición.*

En cuanto la mesera se fue, llevándose consigo su tóxica feminidad, Andy volvió a inclinarse al frente.

—Esos coleccionistas andan por ahí —aseguró—. Acumulan cuadros, esculturas, primeras ediciones... Un magnate del petróleo texano tiene una colección de grabaciones antiguas en cilindros de cera que vale un millón de dólares, y otro tiene todos los números de todas las revistas del oeste, ciencia ficción y terror publicadas entre 1910 y 1955. ¿Crees que todo eso se compró y vendió legítimamente? Con una mierda. Los coleccionistas están locos, y a los peores entre ellos les tiene sin cuidado si los objetos que codician han sido robados o no, y desde luego no desean compartirlos con el resto del mundo.

Morris había oído ese rollo ya antes, y debió de traslucirse en su rostro, porque Andy se inclinó todavía más. Ahora las narices de ambos casi se rozaban. Morris percibió el olor a English Leather, y se preguntó si ese sería el aftershave preferido de los maricas. Como una señal secreta o algo así.

—Pero ¿crees que alguno de esos individuos me haría el menor caso a *mí*?

Morris Bellamy, que ahora veía a Andy Halliday con nuevos ojos, respondió que posiblemente no.

Andy hizo un mohín.

—Aunque algún día sí me harán caso. Dalo por seguro. En cuanto tenga mi propia tienda y me cree una clientela. Pero para eso pasarán *años*.

—Hablamos de esperar unos cinco años.

—¿*Cinco*? —Andy soltó una carcajada y se echó atrás, hacia su lado de la mesa—. Es posible que pueda abrir mi *tienda* dentro de cinco años: ya he puesto los ojos en un pequeño local de Lacemaker Lane; ahora hay allí una tienda de telas, pero no tiene mucha actividad. Pero el caso es que encontrar clientes con dinero y ganarse la confianza del público requiere más tiempo.

Muchos peros, pensó Morris, pero antes no había peros.

—¿Cuánto?

—¿Por qué no acudes a mí con esos cuadernos más o menos a principios del siglo XXI, si todavía los tienes? Aun si *dispusiese* ahora mismo, hoy, de una lista de coleccionistas privados, ni los más chiflados tocarían algo así; eso quema, como te decía.

Morris lo miró fijamente, al principio incapaz de hablar. Por fin respondió:

—No me dijiste nada de *eso* cuando planeábamos…

Andy se llevó las manos a los lados de la cabeza y se presionó.

—¡No planeamos *nada*! ¡Y no quieras cargarme a mí el muerto! ¡Eso ni se te ocurra! Te conozco, Morrie. No los has robado para venderlos, al menos no antes de leerlos. Después, supongo, quizá estés dispuesto a ceder algunos de los cuadernos al mundo, si el precio lo justifica. Pero en esencia, por lo que se refiere a John Rothstein, eres un obseso.

—No me llames así —las sienes le palpitaban aún más.

—Si es la verdad, y lo es, bien puedo decirlo. Y por lo que se refiere a Jimmy Gold, también eres un obseso. Por eso acabaste en el reformatorio.

—Acabé en el reformatorio por mi madre. Es como si ella misma me hubiera encerrado.

—Como tú digas. Eso ya es agua pasada. Esto otro es el presente. A menos que tengas mucha suerte, la policía te hará una visita dentro de muy poco, y probablemente se presenten con una orden de registro. Si encuentran esos cuadernos cuando llamen a tu puerta, estás perdido.

—¿Por qué habrían de venir por mí? Nadie nos vio, y mis compañeros… —guiñó el ojo—. Digamos que los muertos no hablan.

—Los… ¿cómo? ¿Los has *matado*? ¿*También* los has matado? —cuando Andy tomó conciencia de la magnitud del hecho, su semblante se demudó en la viva imagen del horror.

Morris sabía que eso debería habérselo callado, pero —resultaba gracioso que ese «pero» siguiera repitiéndose una y otra vez— Andy estaba comportándose como un imbécil.

—¿Cómo se llama el pueblo donde vivía Rothstein? —Andy volvió a lanzar miradas a uno y otro lado, como si pensara que la policía, con sus armas desenfundadas, estrechaba ya el cerco—. Talbot Corners, ¿no?

—Sí, pero básicamente son granjas. Lo que llaman Corners se reduce a una cafetería, una tienda de comestibles y una gasolinera en el cruce de dos carreteras estatales.

—¿Cuántas veces estuviste allí?

—Unas cinco, quizá —en realidad se acercaba más a una docena, entre 1976 y 1978. Al principio él solo, después con Freddy o Curtis o con los dos.

—¿Preguntaste alguna vez por el vecino más famoso del pueblo cuando estuviste allí?

—Sí, claro, una o dos veces. ¿Y eso qué más da? Seguramente todo el que para en esa cafetería pregunta por…

—No, ahí es donde te equivocas. A los foráneos, en su mayoría, les importa un carajo John Rothstein. Si preguntan algo es cuándo termina la veda del ciervo o qué peces se pescan en el lago cercano. ¿Crees que los lugareños no te recordarán cuando la policía pregunte si algún forastero curioso se interesó por el hombre que escribió *El corredor*? ¿Algún forastero curioso que visitó el lugar repetidamente? ¡Además tienes *antecedentes*, Morrie!

—Era menor de edad. Protección jurídica del expediente.

—Después de algo tan grave como esto, no me extrañaría que retiraran la protección. ¿Qué me dices de tus compañeros? ¿Alguno de *ellos* tenía antecedentes?

Morris calló.

—No sabes quién te vio, ni sabes ante quién pudieron alardear tus socios sobre el gran robo que iban a cometer. La policía podría encontrarte *hoy* mismo, pedazo de idiota. Si eso ocurre y mencionas mi nombre, negaré que hayamos hablado del tema. Pero te daré un consejo: deshazte de *eso* —señalaba la bolsa de papel de estraza—. De eso y de todos los demás cuadernos. Escóndelos en algún sitio. ¡Entiérralos! Quizá así, si la cosa se complica, puedas convencerlos de tu inocencia. Siempre en el supuesto de que no hayan dejado huellas, o algo así.

No dejamos, pensó Morris. No soy tonto. Tampoco soy un marica hablador y cobarde.

—Quizá podamos reconsiderar el asunto —dijo Andy—, pero dentro de mucho tiempo, y solo si no te atrapan —se puso de pie—. Entretanto, no te acerques a mí, o avisaré a la policía yo mismo.

Se alejó rápidamente con la cabeza baja, sin mirar atrás.

Morris se quedó allí sentado. La bonita mesera regresó para preguntarle si podía servirle algo. Morris negó con la cabeza. Cuando ella se fue, recogió la bolsa que contenía el cuaderno y se marchó también él. En sentido contrario.

Conocía bien la deplorable falacia, claro está —esa de que los sentimientos de los seres humanos tenían su reflejo en la naturaleza—, y sabía que era un recurso pobre utilizado por los escritores de segunda fila para crear una determinada atmósfera, pero aquel día daba la impresión de que en efecto era eso lo que ocurría. Por la mañana, la viva luz del sol replicaba y a la vez amplificaba su estado de euforia, pero a mediodía el sol era solo un tenue círculo detrás de una masa de nubes y a las tres de la tarde, a la par que sus preocupaciones se multiplicaban, el día se oscureció y empezó a lloviznar.

Al volante del Biscayne, fue a las galerías comerciales cercanas al aeropuerto, siempre atento a la posible aparición de coches de policía. En Airline Boulevard, cuando uno se aproximó ruidosamente desde atrás con las luces azules encendidas, el estómago se le heló y el corazón pareció subirle a la boca. Cuando lo adelantó a toda velocidad sin aminorar la marcha, no sintió alivio.

Encontró un boletín informativo en la emisora BAM-100. La noticia de cabecera era una conferencia de paz entre Sadat y Begin en Camp David (Ya, como si *eso* fuese a hacerse realidad algún día, pensó Morris, distraído), pero la segunda noticia trataba del asesinato del insigne escritor estadounidense John Rothstein. Según fuentes policiales, era obra de «una banda de ladrones», y se seguían diversas pistas. Probablemente eso no era más que pura propaganda del departamento de relaciones públicas de la policía.

O quizá no.

Morris dudaba mucho que pudieran dar con él como consecuencia de sus conversaciones con los vejetes medio sordos que frecuentaban la cafetería Yummy de Talbot Corners, al margen de lo que pensara Andy, pero otra cuestión lo inquietaba mucho más. Freddy, Curtis y él habían trabajado los tres para la constructora Donahue, que edificaba viviendas en Danvers y North Beverly. La empresa disponía de dos cuadrillas, y durante la mayor parte de los dieciséis meses que Morris pasó allí acarreando tablones y martilleando clavos, estuvo en Danvers, mientras Curtis y Freddy bregaban en la otra obra, a ocho kilómetros de distancia. Sin embargo durante un tiempo sí *habían* coincidido en la misma cuadrilla, e incluso después de separarse a menudo se organizaban para almorzar juntos.

Eso lo sabía mucha gente.

Estacionó el Biscayne junto con otros mil coches en el extremo de las galerías donde estaba la tienda de JC Penny, limpió bien todas las superficies que había tocado, y dejó las llaves en el contacto. Se alejó rápidamente, se subió el cuello de la chamarra y se caló la gorra de los Indians. Ante la entrada principal de las galerías, esperó en un banco hasta que llegó el autobús de Northfield, y echó los cincuenta centavos en el cobrador automático. La lluvia arreció y el viaje de regreso fue lento, pero no le importó. Así dispuso de un rato para pensar.

Andy era un cobarde y un engreído, pero tenía razón en un detalle. Morris debía esconder los cuadernos, y debía hacerlo de inmediato, por más que deseara leerlos, empezando por la novela inédita de Jimmy Gold. Si la poli se *presentaba* y no encontraba los cuadernos en su poder, no podría hacer nada… ¿no? Solo les quedaría la sospecha.

¿No?

Nadie miraba por entre las cortinas en la casa contigua, lo cual le ahorró otra conversación con la señora Muller, y quizá tener que explicar que había vendido el coche. La lluvia se había convertido en aguacero, y eso era bueno. Nadie rondaría por el terreno sin urbanizar entre Sycamore y Birch. Y menos después del anochecer.

Lo sacó todo del cofre de segunda mano, resistiendo el impulso casi insoportable de hojear los cuadernos. No podía hacerlo, por más que lo anhelara, porque en cuanto empezara, sería incapaz de parar. Más adelante, Morrie, pensó. Debes aplazar tus gratificaciones. Buen consejo, pero expresado en la voz de su madre, y con eso la cabeza volvió a palpitarle. Al menos no tendría que aplazar las gratificaciones durante mucho tiempo; si transcurrían tres semanas, y no había recibido la visita de la policía —un mes a lo sumo—, podría relajarse e iniciar sus investigaciones.

Revistió el cofre con plástico, para asegurarse de que el contenido se conservaba seco, y volvió a guardar dentro los cuadernos, incluido el que se había llevado para enseñárselo a Andy. Colocó encima los sobres de dinero. Cerró el cofre, reflexionó y lo abrió de nuevo. Apartó el plástico de un manotazo y sacó unos doscientos dólares de uno de los sobres de banco. Aunque lo registraran, seguramente ningún policía consideraría que eso era una cantidad excesiva. Podía decirles que se trataba de su indemnización, o algo así.

El sonido de la lluvia sobre el tejado del estacionamiento no resultaba tranquilizador. A Morris se le antojó el tamborileo de unos dedos esqueléticos, y agravó su dolor de cabeza. Cada vez que pasaba un coche se quedaba paralizado, esperando ver el camino de acceso bañado por los haces de unos faros y el resplandor pulsátil de unas luces estroboscópicas azules. Que se joda ese Andy Halliday por meterme en la cabeza todas estas preocupaciones sin sentido, pensó. Que se jodan él y su mariconería.

Solo que quizá esas preocupaciones no careciesen de sentido. Conforme la tarde se diluía gradualmente en el crepúsculo, la idea de que la poli pudiera relacionar a Curtis y Freddy con Morris Bellamy cobró cada vez más visos de realidad. ¡Aquella puta área de descanso! ¿Por qué, como mínimo, no había llevado los cadáveres a rastras hasta el bosque? Aunque eso no habría retrasado mucho la intervención de la poli en cuanto alguien parase allí, viese toda aquella sangre y llamase al 911. La poli tendría perros…

—Además —dijo al cofre—, tenía prisa. ¿O no?

La carretilla de su padre seguía en el rincón, junto con un pico y dos palas oxidadas. Morris cargó el cofre en posición vertical en la carretilla, lo sujetó con las correas de que esta iba provista y echó un vistazo por la ventana del estacionamiento. Todavía demasiada claridad. Ahora que estaba a punto de deshacerse de los cuadernos y el dinero (temporalmente, se dijo a modo de consuelo, esto es solo una medida provisional), su certeza de que la poli no tardaría en presentarse era cada vez mayor. ¿Y si la señora Muller lo había denunciado por comportamiento sospechoso? Parecía poco probable: esa mujer era de lo más apocada e indecisa. Pero nunca se sabía.

Se obligó a embucharse otra cena congelada, pensando que acaso le aliviase el dolor de cabeza. Muy al contrario, su jaqueca empeoró. Buscó en el botiquín de su madre por si había una aspirina o un ibuprofeno, y encontró… nada. Al carajo contigo, mamá, pensó. En serio. De verdad. Al carajo… *contigo.*

La vio sonreír. Afilada como un garfio, esa sonrisa.

A las siete de la tarde aún había luz —el maldito horario de verano, ¿a qué genio debía de habérsele ocurrido *esa* brillante idea?—, pero las ventanas de la casa contigua seguían a oscuras. Eso era bueno, pero Morris sabía que los Muller podían volver de un momento a otro. Además, en su estado de nervios, era incapaz de seguir esperando. Revolvió en el armario del vestíbulo hasta encontrar un poncho.

Salió por la puerta trasera del estacionamiento y, jalando la carretilla, cruzó el jardín de atrás. El césped estaba mojado, la tierra esponjosa, y costaba avanzar. El sendero que había recorrido tantas veces de niño —normalmente para ir al polideportivo de Birch Street— se hallaba al amparo de las ramas de los árboles, y allí consiguió desplazarse con mayor facilidad. Para cuando llegó al arroyo que atravesaba en diagonal ese baldío de una superficie equivalente a la manzana de una ciudad, era ya noche cerrada.

Había llevado una linterna y, alumbrándose a breves ráfagas, eligió un emplazamiento aceptable en el ribazo del arroyo, a distancia prudencial del sendero. La tierra estaba blanda, y cavó sin dificultad hasta toparse con la maraña de raíces de un árbol de amplio ramaje. Se planteó probar en otro sitio, pero el hoyo ya casi tenía cabida suficiente para alojar el cofre, y por nada del mundo empezaría desde cero otra vez, y menos cuando aquello no era más que una precaución temporal. Dejó la linterna dentro del hoyo, apoyada en una piedra para que el haz iluminase las raíces, y las cortó con el pico.

Introdujo el cofre en el hoyo y, sin pérdida de tiempo, volvió a echar la tierra encima y alrededor. Para acabar, la apisonó con la parte plana de la pala. Pensó que con eso ya bastaba. En la orilla apenas crecía el pasto, así que ese pequeño calvero no destacaría. Lo importante era que el cofre no estuviera en la casa, ¿o no?

¿O no?

No sintió alivio mientras regresaba por el sendero con la carretilla a rastras. Nada estaba saliendo como debía, nada de nada. Parecía que la fatalidad se interpusiera entre él y los cuadernos tal como se había interpuesto entre Romeo y Julieta. Esta comparación se le antojó absurda y, a la vez, plenamente atinada. Él *era* un amante. El maldito Rothstein lo había desairado con *El corredor afloja la marcha*, pero eso no cambiaba las cosas.

Su amor era sincero.

Cuando regresó a la casa, fue inmediatamente a la regadera, tal como haría muchos años más tarde un niño llamado Pete Saubers en ese mismísimo baño, después de visitar ese mismísimo ribazo y ese árbol de amplio ramaje. Morris permaneció bajo los chorros hasta que se le arrugaron los dedos y se acabó el agua caliente; luego se secó y se vistió con ropa limpia del armario de su dormitorio. Le parecieron prendas infantiles y pasadas de moda, pero aún eran de su talla (más o menos). Echó a la lavadora el pantalón y la camiseta embarrados, acción que también repetiría Pete Saubers años más tarde.

Morris encendió la televisión, se sentó en el viejo sillón de su padre —su madre decía que lo conservaba como recordatorio, por si alguna vez volvía a sentir la tentación de cometer otra estupidez— y vio la habitual ración de sandeces promovidas por la publicidad. Pensó que cualquiera de esos anuncios (frascos de laxante saltarines, mamás emperifolladas, hamburguesas cantoras) podría haber sido obra de Jimmy Gold, y eso le agravó más aún el dolor de cabeza. Decidió acercarse a Zoney's y comprar cafiaspirina. Quizá incluso un par de cervezas. La cerveza no le haría daño. Eran los alcoholes de alta graduación los que causaban problemas, y a ese respecto había aprendido la lección.

Tomó la cafiaspirina, pero la idea de beber cerveza en una casa con libros que no quería leer y una televisión que no quería ver lo llevó a sentirse aún peor. Y más pensando que aquello que sí *quería* leer se hallaba tan desesperadamente cerca. Morris rara vez bebía en bares, pero de pronto lo asaltó la sensación de que si no salía, buscaba compañía y oía un poco de música animada, perdería la razón por completo. Tenía la certeza de que, en esa noche lluviosa, habría en algún lugar una joven deseosa de bailar.

Pagó las aspirinas y, casi con indiferencia, preguntó al joven dependiente si había un bar con música en vivo adonde pudiera llegarse en autobús.

El joven contestó que sí.

2010

Cuando Linda Saubers llegó a casa aquel viernes a las tres y media de la tarde, Pete, sentado a la mesa de la cocina, con el pelo todavía húmedo de la regadera, bebía una taza de leche con chocolate. Colgó el abrigo en una de las perchas junto a la puerta de atrás y volvió a tocarle la frente con el interior de la muñeca.

—Fresco como una lechuga —dictaminó—. ¿Te sientes mejor?

—Sí —respondió él—. Cuando Tina llegó a casa le preparé unas galletas con crema de cacahuate.

—Eres un buen hermano. ¿Dónde está Tina?

—En casa de Ellen, ¿dónde va a estar?

Linda alzó la mirada al techo, y Pete se echó a reír.

—Virgen santa, ¿es la secadora eso que oigo?

—Sí. Había un montón de ropa en la canasta, y la puse a lavar. No te preocupes, seguí las instrucciones que hay en la puerta de la lavadora, y todo salió bien.

Ella se inclinó y le dio un beso en la sien.

—¿No eres un ángel?

—Lo intento —respondió Pete. Cerró la mano derecha para esconder la ampolla que le había salido en la palma.

El primer sobre llegó apenas una semana más tarde, un jueves de nevadas intermitentes. La dirección —señor Thomas Saubers, Sycamore Street 23— iba escrita a máquina. En el ángulo superior derecho llevaba pegado un sello de cuarenta y cuatro centavos dedicado al Año del Tigre. No había remitente. Tom —el único miembro del clan de los Saubers presente en casa al mediodía— lo abrió en el recibidor, previendo que fuese propaganda personalizada, o un aviso de incumplimiento de pago. Bien sabía Dios que de un tiempo a esa parte había recibido no pocos de estos. Pero no era propaganda, ni un aviso de incumplimiento de pago.

Era dinero.

El resto del correo —catálogos de artículos caros que no podían permitirse y circulares publicitarias dirigidas al OCUPANTE— se le cayó de la mano, inadvertido, y revoloteó en torno a sus pies. En voz baja, casi un gruñido, Tom Saubers dijo:

—¿Qué *carajo* es *esto*?

Cuando Linda llegó a casa, el dinero estaba en el centro de la mesa de la cocina. Tom, sentado ante el ordenado fajo, tenía las manos entrelazadas y el mentón apoyado en ellas. Parecía un general estudiando un plan de combate.

—¿Qué es eso? —preguntó Linda.

—Quinientos dólares —Tom mantuvo la mirada fija en los billetes: ocho de cincuenta y cinco de veinte—. Han llegado con el correo.

—¿Quién los envía?

—No lo sé.

Linda dejó caer el maletín, se acercó a la mesa y tomó el fajo. Lo contó y a continuación lo miró con los ojos muy abiertos.

—¡Dios mío, Tommy! ¿Qué decía la carta?

—No había carta. En el sobre solo venía el dinero.

—Pero ¿quién...?

—No lo sé, Lin. Pero sí sé una cosa.

—¿Qué?

—Nos viene bien.

—¡Puta madre! —exclamó Pete cuando se lo dijeron. Había salido más tarde del colegio porque participaba en la competencia interna de voleibol, y llegó casi a la hora de la cena.

—No digas ordinarieces —lo regañó Linda, pero parecía tener la mente en otra parte. El dinero seguía en la mesa de la cocina.

—¿Cuánto hay? —dijo. Y al recibir la respuesta de su padre, añadió—: ¿Quién lo ha mandado?

—Pregunta acertada —contestó Tom—. Pasemos ahora a la segunda ronda de *Jeopardy*, donde más puntos hay en juego —era el primer comentario en broma que Pete oía a su padre desde hacía mucho tiempo.

Entró Tina.

—Papá tiene un hada madrina, eso pienso yo. ¡Eh, papá, mamá! ¡Mírenme las uñas! Ellen tenía esmalte con purpurina, y me lo prestó.

—Te queda de maravilla, corazón —dijo Tom.

El primer comentario en broma, luego un cumplido. A Pete le bastaron esos detalles para convencerse de que había obrado bien. Había obrado *muy bien*. En rigor, no podían devolverlo, ¿no? Sin remite, no. Y por cierto, ¿cuánto hacía que su padre no llamaba «corazón» a Teens?

Linda dirigió una mirada penetrante a su hijo.

—*Tú* no sabrás nada de esto, ¿verdad?

—Pues no, pero ¿puedo quedarme algún billete?

—Sigue soñando —contestó su madre. En jarras, se volvió hacia su marido—. Tom, es evidente que alguien se ha equivocado.

Tom reflexionó al respecto, y cuando respondió, no hubo exaltación alguna. Habló con voz serena.

—Eso parece poco probable —empujó el sobre hacia ella y apoyó el dedo en el nombre y la dirección.

—Sí, pero...

—Nada de peros, Lin. Estamos en deuda con la empresa del gasóleo, y antes de pagarles a ellos, tenemos que liquidar la deuda de tu MasterCard. O si no, te la retirarán.

—Sí, pero…

—Si te retiran la tarjeta de crédito, pierdes la calificación de solvencia —aún sin asomo de iniciar una pelea. Tono tranquilo y razonable. Persuasivo. Para Pete, era como si su padre, después de un periodo de fiebre alta, de pronto se hubiese curado. Incluso sonrió. Sonrió y tocó la mano a Linda—. Resulta que, por ahora, tu calificación de solvencia es la única que tenemos, así que debemos protegerla. Además, puede que Tina tenga razón. A lo mejor tengo un hada madrina.

No, pensó Pete. Un hado *hijino*, eso es lo que tienes.

—¡No, un momento! —dijo Tina—. Ya sé de dónde salió en realidad.

Se voltearon hacia ella. De repente Pete sintió calor por todo el cuerpo. No podía saberlo, ¿o sí? *¿Cómo* podía haberse enterado? Aunque él había dicho aquella estupidez del tesoro enterrado y…

—¿De dónde, cielo? —preguntó Linda.

—Del Fondo de Emergencia aquel. A lo mejor les ha llegado un poco más de dinero, y ahora lo reparten.

Pete dejó escapar una bocanada de aire insonora, y solo cuando esta pasó entre sus labios tomó conciencia de que había estado conteniendo la respiración.

Tom alborotó el pelo a Tina.

—El fondo no enviaría dinero en efectivo, corazón. Enviaría un cheque. Junto con un montón de impresos que firmar.

Pete se acercó a los fogones.

—Voy a preparar más leche con chocolate. ¿Alguien quiere?

Resultó que todos querían.

Los sobres siguieron llegando.

El precio del franqueo aumentó, pero la cantidad no varió nunca. Seis mil dólares al año, poco más o menos. No era una gran suma, pero estaba libre de impuestos y bastaba para evitar que la familia Saubers se ahogara en deudas.

Prohibieron a los niños que hablaran de ello.

—Tina será incapaz de guardar el secreto —advirtió Linda a Tom una noche—. Lo sabes, ¿no? Se lo dirá a esa idiota de amiga suya, Ellen Briggs, y ella lo pregonará a los cuatro vientos.

Pero Tina no reveló el secreto, en parte porque su hermano, a quien idolatraba, la amenazó con no dejarla entrar nunca más en su habitación si lo sacaba a la luz, y sobre todo porque se acordaba de las trapatiestas.

Pete escondió los sobres de dinero en un hueco enguirnaldado de telarañas detrás de un trozo de zoclo suelto en su armario. Cada cuatro semanas aproximadamente sacaba quinientos dólares y los guardaba en su mochila, junto con un sobre en el que constaba ya la dirección, uno de las varias docenas que había preparado en una computadora del aula de Economía de la Empresa del colegio. Se ocupó de los sobres una tarde a última hora, después de un partido de la competencia interna, cuando el aula estaba vacía.

Utilizaba distintos buzones de la ciudad para enviarlos al señor Thomas Saubers, residente en el número 23 de Sycamore Street, llevando a cabo esta obra benéfica para el sostén de su familia con la destreza de un consumado delincuente. Siempre temía que su madre descubriera qué se traía entre manos, se opusiera (probablemente de manera enérgica) y todo volviera a ser como antes. Ahora todo era idílico; se producía aún alguna que otra trapatiesta, pero, suponía él, las cosas no eran perfectas en ninguna familia, salvo en las antiguas comedias televisivas de Nick de Noche.

Podían ver Nickelodeon, y Cartoon Network, y la MTV, y todas las demás, porque, señoras y señores, *volvían* a tener televisión por cable.

En mayo se produjo otro hecho afortunado: su padre encontró un empleo de medio tiempo en una nueva agencia inmobiliaria, en el puesto de «investigador preventa» o algo así. Pete no sabía qué era, y le daba lo mismo. Su padre podía hacerlo desde casa, mediante el teléfono y la computadora, y aportaba un poco de dinero, eso era lo importante.

Otras dos circunstancias importantes concurrieron en los meses posteriores al momento en que empezó a llegar el dinero. Las piernas de su padre comenzaron a mejorar, esa fue una de las circunstancias. En junio de 2010 (cuando por fin fue atrapado el autor de la «Matanza del Centro Cívico», como se dio en llamarlo), Tom empezó a andar sin muletas parte del tiempo, y también a reducir gradualmente las pastillas de color rosa. La otra circunstancia era más difícil de explicar, pero Pete la percibía. Tina también. Sus padres se sentían... en fin... *bienaventurados*, y ahora cuando discutían, exteriorizaban, además de enfado, sentimiento de culpabilidad, como si no mostraran la debida gratitud por la misteriosa buena fortuna que había recaído en ellos. A menudo se interrumpían y hablaban de otros asuntos antes de que la cosa se pusiera seria. A menudo hablaban del dinero, y de quién podía estar enviándolo. Esas discusiones quedaban en nada, y eso era bueno.

No me descubrirán, se dijo Pete. No debo permitirlo, y no lo permitiré.

Un día de agosto de ese año, sus padres llevaron a Tina y Ellen a Happydale Farm, una granja interactiva. Esa era la oportunidad que Pete venía esperando pacientemente, y en cuanto se marcharon, regresó al arroyo provisto de dos maletas.

Tras asegurarse de que no había moros en la costa, volvió a excavar el ribazo para sacar el cofre y cargó los cuadernos en las maletas. Enterró nuevamente el cofre y acto seguido regresó a casa con su botín. En el pasillo del piso de arriba, tiró de la escalera abatible y subió las maletas al desván, un espacio reducido y de poca altura, muy frío en invierno y sofocante en verano. La familia casi nunca lo utilizaba; sus objetos sobrantes seguían almacenados en el estacionamiento. Las escasas reliquias guardadas allí arriba eran probablemente cachivaches abandonados por alguna de las familias que habían vivido con anterioridad en el número 23 de Sycamore. Había un mugriento cochecito de bebé ladeado, una lámpara de pie con aves tropicales en la pantalla, ejemplares antiguos de las revistas *Redbook* y *Good Housekeeping* atados con cordel, una pila de cobijas mohosas que apestaban.

Pete amontonó los cuadernos en el rincón del fondo y los tapó con las cobijas, pero antes tomó uno al azar, se sentó bajo uno de los dos focos colgantes del desván y lo abrió. Estaba escrito en letra corrida, muy pequeña, pero bastante cuidada y fácil de leer. No había tachones, cosa que Pete consideró digna de mención. Aunque tenía ante los ojos la primera página del cuaderno, el número encerrado en un pequeño círculo en lo alto era el 482, lo que lo indujo a pensar que ese no era simplemente la continuación de uno de los otros cuadernos, sino de media docena. Media docena, como mínimo.

Capítulo 27

La trastienda del Drover seguía igual que cinco años atrás; el mismo olor a cerveza antigua se mezclaba con el hedor de los corrales y el tufo a gasóleo de las cocheras de las compañías de transporte que se alineaban frente a esa mitad del gran vacío de Nebraska. Stew Logan también seguía igual: el mismo delantal blanco, el mismo pelo sospechosamente negro, incluso la misma corbata de loros y guacamayas estrangulando aquel cuello sanguíneo.

—Vaya, qué ven mis ojos, pero si es Jimmy Gold —dijo, y sonrió a su desagradable manera de siempre, como diciendo no nos caemos bien pero hagámoslo ver—. ¿Has venido a pagarme lo que me debes, pues?

—Sí —contestó Jimmy, y se palpó el bolsillo trasero, donde descansaba la pistola. Le pareció pequeña e inapelable, un objeto capaz (si se utilizaba correctamente, y con valor) de saldar todas las deudas.

—Siendo así, adelante —dijo Logan—. Toma una copa. Se te ve polvoriento.

—Lo estoy —contestó Jimmy—, y además de una copa, me vendría bien...

Sonó un claxon en la calle. Pete se levantó de un salto y, con aire de culpabilidad, miró alrededor, como si hubiese estado jalándosela en lugar de leyendo. ¿Y si llegaban a casa antes de hora porque la boba de Ellen se había mareado en el coche o algo así? ¿Y si lo encontraban allí con los cuadernos? Todo podía venirse abajo.

Metió el que estaba leyendo bajo las cobijas viejas (uf, qué peste) y fue a gatas hasta la trampilla, permitiéndose aún lanzar una mirada a las maletas. No tenía tiempo para eso. Al bajar por la escalerilla y pasar del sofoco del desván al calor normal de agosto, reaccionó con un escalofrío al cambio de temperatura. Plegó la escalera y la empujó hacia arriba, oyendo con una mueca el chirrido del resorte oxidado y el golpe de la trampilla al cerrarse.

Entró en su habitación y echó un vistazo al camino de acceso.

Allí no había nadie. Falsa alarma.

Gracias a Dios.

Regresó al desván y recuperó las maletas. Las devolvió al armario de la planta baja, se bañó (acordándose una vez más de limpiar después la tina), se puso ropa limpia y se tendió en la cama.

Pensó: Es una novela. Con tantas páginas tiene que serlo. Y podría haber más de una, porque ninguna novela es tan larga como para llenar todos esos cuadernos. Ni siquiera la Biblia llenaría todos esos cuadernos.

Además… era interesante. No le importaría rebuscar entre los cuadernos y encontrar el comienzo. Ver si de verdad era buena. Porque uno no podía saber si una novela era buena a partir de una única página, ¿no?

Pete cerró los ojos y empezó a amodorrarse. Normalmente no era muy propenso a dormir de día, pero había sido una mañana ajetreada, la casa estaba vacía y en silencio, y decidió abandonarse al sueño. ¿Por qué no? Todo iba bien, al menos en ese momento, y era obra suya. Se merecía una siesta.

Sin embargo, ese nombre: Jimmy Gold.

Pete habría jurado que lo había oído ya antes. ¿En clase, quizá? ¿La información de contexto que les había dado la señora

Swidrowski sobre uno de los autores que estaban leyendo? Quizá. Era muy aficionada a eso.

A lo mejor luego lo busco en Google, pensó Pete. Puede que haga eso. Puede…

Se durmió.

1978

Morris, sentado en una litera de acero con la cabeza agachada, palpitándole, y las manos suspendidas entre las perneras del pantalón de color naranja, respiraba los efluvios emponzoñados de la orina, los vómitos y el desinfectante. Su estómago era una bola de plomo que parecía haberse expandido hasta llenarlo todo, desde la entrepierna hasta la nuez de Adán. Los ojos le latían en las cuencas. La boca le sabía a contenedor de basura. Le dolían el vientre y la cara. Tenía los senos nasales tapados. En algún lugar una voz ronca y desesperada entonaba:

—Necesito una amante que no me vuelva *lo-co*, necesito una amante que no me vuelva *lo-co*, necesito una amante que no me vuelva *lo-co*...

—¡Cállate! —exclamó alguien—. ¡Tú sí que me estás volviendo loco a *mí*, imbécil!

Una pausa. Luego:

—¡Necesito una amante que no me vuelva *lo-co*...!

El plomo de su vientre se licuó y borboteó. Se descolgó de la litera, cayó de rodillas (con lo que una nueva punzada le traspasó la cabeza), y colocó la boca abierta sobre el funcional inodoro de acero. Por un momento no salió nada. Luego, contrayéndose todo él, expulsó algo similar a cinco litros de dentífrico amarillo. Durante unos segundos la intensidad del dolor fue tal que pensó que la cabeza iba a estallarle sin más, y durante esos segundos Morris abrigó la esperanza de que así fuera. Cualquier cosa con tal de poner fin a ese dolor.

En lugar de morir, volvió a vomitar. En esta ocasión solo medio litro en lugar de cinco, pero ahora el líquido *ardía*. Siguieron arcadas en seco. No, no del todo en seco: gruesos hilos de mucosidad, oscilantes, pendían de sus labios como telarañas. Tenía que limpiárselos.

—¡Alguien lo está *lamentando*! —exclamó una voz.

Vocerío y carcajadas en respuesta al comentario jocoso. Al oír ese barullo, Morris tuvo la sensación de estar encerrado en un zoológico, y supuso que en cierto modo lo estaba, solo que este era uno de esos zoos en los que las jaulas contenían seres humanos. El overol de color naranja que llevaba puesto era prueba de ello.

¿Cómo había llegado hasta allí?

No se acordaba, igual que no se acordaba de cómo había entrado en la casa que había destrozado en Sugar Heights. Lo que sí recordaba era su propia casa, en Sycamore Street. Y el cofre, por supuesto. Los esfuerzos para enterrar el cofre. Con dinero en el bolsillo, doscientos dólares del dinero de John Rothstein, había ido a Zoney's a por un par de cervezas porque le dolía la cabeza y se sentía solo. Había hablado con el dependiente, de eso estaba casi seguro, pero no recordaba el tema de la conversación. ¿El beisbol? No lo creía. Él llevaba una gorra de los Groundhogs, pero ahí acababa su interés. Después de eso, apenas nada. Lo único que le constaba era que algo se había torcido gravemente. Cuando uno despierta vestido con un overol naranja, esa era una deducción fácil de extraer.

Volvió a rastras hasta la litera, se encaramó a ella, encogió las rodillas contra el pecho y se las rodeó con las manos. En la celda hacía frío. Empezó a tiritar.

Puede que preguntara al dependiente cuál era su bar preferido, pensó. Uno al que pudiera llegar en autobús. Y fui allí, ¿o no? Fui allí y me emborraché. Pese a saber los efectos que el alcohol tiene en mí. Y no es que terminara un poco alegre, no; agarré una borrachera marca diablo, tan tomado que me tambaleaba.

Sí, sin duda, pese a saber los efectos que tenía. Lo cual era malo, pero no se acordaba de los desaguisados posteriores, y eso era peor. Después de la tercera copa (a veces la segunda), se precipitaba en un pozo oscuro y no volvía a salir hasta que despertaba con cruda pero sobrio. Episodios de amnesia alcohólica, así lo llamaban. Y esos episodios siempre acababan... en fin, digamos que en juergas. Debido a una juerga había terminado en el Centro Penitenciario de Menores de Riverview, y sin duda también debido a eso había terminado aquí. Dondequiera que fuese *aquí*.

Las juergas.

Las putas juergas.

Morris confió en que hubiese sido una clásica pelea de bar y no otro allanamiento de morada. En otras palabras, no una repetición de su aventura en Sugar Heights. Porque no era ya ni mucho menos un adolescente, y esta vez no lo mandarían al reformatorio, de eso nada. Aun así cumpliría la condena si había cometido el delito. Siempre y cuando el delito no guardara relación con el asesinato de cierto genial escritor estadounidense, eso no, Dios, por favor. Si guardaba relación con eso, no volvería a respirar aire libre en mucho tiempo. Quizá nunca. Porque además no era solo Rothstein, ¿no? Y de pronto lo asaltó un recuerdo: el momento en que Curtis Rogers le preguntó si en New Hampshire había pena de muerte.

Morris, tiritando, se tendió en la litera y pensó: Esa no puede ser la razón por la que estoy aquí. *No* puede ser.

¿Puede ser? Debía admitir que era posible, y no solo porque la policía pudiera haberlo relacionado con los muertos del área de descanso. Se veía a sí mismo en un bar o un local de striptease en alguna parte, Morris Bellamy, el exestudiante universitario sin título y el sedicente experto en literatura estadounidense, pegándole al bourbon y teniendo una experiencia extracorporal. Alguien empieza a hablar sobre el asesinato de John Rothstein, el gran escritor, el *genio* solitario de Estados Unidos, y Morris Bellamy —borrachísimo, rebosante de esa desmesurada ira que normalmente mantenía encerrada en una jaula, esa bestia negra de ojos amarillos— voltea hacia la persona que ha hablado y dice: No tenía mucha pinta de genio cuando le volé la cabeza.

—*Jamás* haría una cosa así —susurró. Le dolía la cabeza más que nunca, y además le pasaba algo en el lado izquierdo de la cara. Le *ardía*—. *Jamás* haría una cosa así.

Pero ¿eso cómo lo sabía? Cuando bebía, cualquier día podía convertirse en el Día En Que Todo Es Posible. La bestia negra salía. En su adolescencia, la bestia había campado a sus anchas por aquella puta casa de Sugar Heights, dejándola prácticamente arrasada, y cuando la policía atendió la llamada de la alarma silenciosa, él ofreció resistencia hasta que uno lo dejó inconsciente de un golpe de macana, y cuando lo registraron, encontraron en sus bolsillos joyas a puñados, muchas de ellas simple bisutería pero algunas, dejadas por descuido fuera de la caja fuerte de la señora, extremadamente valiosas, y se armó la gorda: de cabeza a Riverview, donde nos dejarán el joven y tierno culo como un bebedero de patos y entablaremos nuevas amistades apasionantes.

Pensó: La persona que montó semejante número es perfectamente capaz de alardear, en plena borrachera, de asesinar al creador de Jimmy Gold, y tú lo sabes.

Aunque también podría haber sido la poli. Si lo habían identificado y habían difundido un aviso de busca y captura. Eso no era improbable.

—¡Necesito una amante que no me vuelva *lo-co*!

—¡Cállate! —esta vez fue el propio Morris quien protestó, e intentó decirlo a voz en cuello, pero solo salió de su garganta un graznido pastoso por efecto del vómito. ¡Cómo le dolía la cabeza! Y la *cara*, no digamos. Se pasó la mano por la mejilla izquierda y, como embobado, se quedó mirando las escamas de sangre seca adheridas a la palma. Volvió a palparse y notó los arañazos, tres como mínimo. Arañazos de uñas, y profundos. ¿Qué podemos deducir de eso, alumnos? Bueno, por lo común, aunque toda regla tiene su excepción, los hombres dan puñetazos y las mujeres arañan. Las féminas usan las uñas porque muy a menudo las tienen largas, muy aptas para arañar.

¿Me insinué a alguna, y me rechazó con las uñas?

Morris intentó recordar y no pudo. Recordó la lluvia, el poncho y las raíces iluminadas por la linterna. Recordó el pico.

Medio recordó el deseo de oír música rápida y estridente y la conversación con el dependiente en el Zoney's Go-Mart. ¿Y después de eso? Solo oscuridad.

Pensó: Quizá haya sido por el coche. El maldito Biscayne. Quizá alguien lo vio salir del área de descanso de la Estatal 92 con manchas de sangre en el lado derecho de la parte delantera, y quizá dejé algo en la guantera. Algo con mi nombre.

Pero eso le parecía poco probable. Freddy había comprado el Chevrolet a la parroquiana medio borracha de una cervecería de Lynn, pagando a partes iguales entre los tres. Según constaba en el cambio de titularidad que ella había firmado, el comprador se llamaba Harold Fineman, que casualmente era el nombre del mejor amigo de Jimmy Gold en *El corredor*. La mujer no había visto ni una sola vez a Morris Bellamy, que supo que le convenía quedarse al margen de ese trato en particular. Además, cuando dejó el coche en las galerías, solo le faltó escribir en el parabrisas POR FAVOR, RÓBENME. No, el Biscayne estaba ahora en un solar de Lowtown o en un descampado junto al lago, desmantelado hasta los ejes.

¿Cómo he acabado aquí, pues? De vuelta a ese punto, como una rata corriendo en una rueda. Si una mujer me marcó la cara con las uñas, ¿provoqué yo una riña con ella? ¿Le rompí quizá la mandíbula?

Algo reverberó tras las cortinas de su amnesia. Si ese era el caso, probablemente lo acusarían de agresión, y por eso podía acabar en Waynesville; un viaje en el gran autobús verde con tela metálica en las ventanillas. Waynesville sería un mal asunto, pero podía cumplir unos años de condena por agresión si no quedaba más remedio. Una agresión no era un asesinato.

Por favor, que no sea por Rothstein, pensó. Tengo mucho material de lectura por delante, y está a buen recaudo, esperándome. Lo bueno es que, además, dispongo de dinero para mantenerme mientras me dedico a eso, más veinte mil dólares en billetes de veinte y cincuenta sin marcar. Eso durará lo suficiente, si vivo con moderación. Así que por favor, que no sea por asesinato.

—¡Necesito una amante que no me vuelva *lo-co*!

—¡Una sola vez más, hijo de puta! —exclamó alguien—. ¡Una sola vez más, y te sacaré el culo por la boca!

Morris cerró los ojos.

Aunque a mediodía se encontraba mejor, rechazó la bazofia que allí pasaba por comida: fideos flotando en una salsa que parecía sangre. Más tarde, a eso de las dos, un cuarteto de celadores recorrieron el pasillo entre las celdas. Uno llevaba una tablilla sujetapapeles y enumeraba nombres a voz en grito.

—¡Bellamy! ¡Holloway! ¡McGiver! ¡Riley! ¡Roosevelt! ¡Titgarden! ¡Un paso al frente!

—*Tea*garden, señor; no *Tit*garden —corrigió el negro corpulento que ocupaba el calabozo contiguo al de Morris.

—Por mí como si te llamas John Q. Hijoputa. Si quieres hablar con el abogado de oficio, da un paso al frente. Si no, quédate ahí sentado y acumula más tiempo de condena.

La media docena de presos nombrados dio un paso al frente. Eran los últimos que quedaban, al menos en ese pasillo. Los otros detenidos de la noche anterior (incluido afortunadamente el individuo que había estado destrozando la canción de John Mellencamp) habían sido puestos en libertad o trasladados al juzgado para la comparecencia matutina. Eran los casos de poca monta. La comparecencia vespertina, como Morris sabía, se reservaba para delitos más serios. Él, después de su pequeña aventura en Sugar Heights, había comparecido por la tarde. Ante la juez Bukowski, una mala puta.

Morris rezó al Dios en el que no creía cuando la puerta del calabozo se abrió con un chasquido: Agresión, Dios mío, ¿sale? Solo eso, sin agravantes. Asesinato no. Dios mío, que no se enteren de lo que pasó en New Hampshire, o en cierta área de descanso en el norte del estado de Nueva York, ¿sale? ¿Conforme?

—Salgan, muchachos —ordenó el celador de la tablilla—. Salgan y pónganse de cara a la derecha. A un brazo de distancia del americano que tienen delante de ustedes. Nada de calzones chinos ni de toqueteos. No nos jodan y les devolveremos el favor.

Bajaron en un elevador con espacio suficiente para un pequeño rebaño de vacas, siguieron por otro pasillo y después —a saber por qué, habida cuenta de que calzaban sandalias y los overoles no tenían bolsillos— pasaron por un detector de metales. Al otro lado había una sala de visitas, con ocho cubículos separados por tabiques como los de las bibliotecas. El celador de la tablilla mandó a Morris al número tres. Morris se sentó ante el abogado de oficio, situado tras un acrílico de plexiglás que habían ensuciado a menudo y limpiado muy rara vez. El hombre en el lado de la libertad era un friki con el pelo mal cortado y un problema de caspa. Tenía irritada la piel en torno a uno de los orificios nasales a causa de un catarro y sostenía en el regazo un maletín gastado. Aparentaba diecinueve años cumplidos.

Esto es lo que recibo, pensó Morris. Dios santo, esto es lo que recibo.

El abogado señaló el teléfono instalado en el tabique del cubículo de Morris y abrió el maletín. De este extrajo una sola hoja y el inevitable bloc amarillo de papel pautado propio de su profesión. En cuanto colocó lo uno y lo otro en la repisa ante él, dejó el maletín en el suelo y descolgó el auricular de su propio teléfono. No habló con la voz aguda y vacilante de tenor que cabía esperar en un adolescente, sino con una voz de barítono ronca y aplomada, en apariencia demasiado grande para aquel pecho estrecho agazapado detrás del trapo morado que llevaba por corbata.

—Está usted con la mierda hasta el cuello, señor... —echó una ojeada a la hoja extendida sobre el bloc—. Bellamy. Debe prepararse para una larguísima estancia en la prisión estatal, creo. A menos que tenga algo con que negociar, claro.

Morris pensó: Se refiere a utilizar los cuadernos en la negociación.

Le subió por los brazos una sensación de frialdad, como las pisadas de unas hadas malévolas. Si estaba allí por Rothstein, estaba allí por Curtis y Freddy. Eso significaba cadena perpetua sin posibilidad de libertad condicional. Jamás tendría ocasión de recuperar el cofre, jamás averiguaría el destino final de Jimmy Gold.

—Hable —dijo el abogado, como si se dirigiera a un perro.

—Dígame antes con quién hablo.

—Elmer Cafferty, temporalmente a su servicio. Va a comparecer dentro de... —consultó su reloj, un Timex más barato aún que su traje—. Treinta minutos. La juez Bukowski es muy puntual.

Morris sintió en la cabeza una punzada de dolor que no tenía nada que ver con la resaca.

—¡No! ¡Esa no! ¡No puede ser! ¡Esa bruja es más vieja que la sarna!

Cafferty sonrió.

—Deduzco que ha tenido ya tratos con la Gran Bukowski.

—Consulte el expediente —dijo Morris con visible desaliento. Aunque probablemente eso no constaba. El asunto de Sugar Heights estaba bajo protección jurídica, como le había dicho a Andy.

El puto Andy Halliday, pensó. Esto es más culpa de él que mía.

—Marica.

Cafferty frunció el entrecejo.

—¿*Qué* ha dicho?

—Nada. Siga.

—El *expediente* del que yo dispongo se reduce al informe de la detención de anoche. El lado positivo es que, cuando llegue a juicio, su destino estará en manos de otro juez. Más positivo aún, al menos para mí, si pensamos que para entonces lo representará otra persona. Mi mujer y yo nos trasladamos a Denver, y usted, señor Bellamy, será solo un recuerdo.

A Morris tanto le daba si se iba a Denver o al infierno.

—Dígame de qué se me acusa.

—¿No se acuerda?

—Tengo amnesia.

—¿En serio?

—Pues sí —contestó Morris.

Quizá *pudiera* utilizar los cuadernos en la negociación, pero le dolía la sola idea de planteárselo. Además, aun si hacía el ofrecimiento —o si lo hacía Cafferty—, ¿comprendería el fiscal la importancia de lo que esos cuadernos contenían? No resultaba muy probable. Los abogados no eran eruditos. Para un fiscal, la gran literatura era probablemente Erle Stanley Gardner. Aun cuando los cuadernos —todos aquellos preciosos Moleskine— tuvieran algún valor para el representante del ministerio público, ¿qué ganaría él, Morris, por entregarlos? ¿Una cadena perpetua en lugar de tres? Vaya ganga.

«No puedo, por nada del mundo. *No* lo haré.»

Andy Halliday bien podía ser un marica y ponerse English Leather, pero no le faltaba razón en cuanto al verdadero móvil de Morris. Curtis y Freddy se habían metido en el asunto por el dinero; cuando Morris les aseguró que el viejo podía haber acumulado cien mil como mínimo, le creyeron. En cuanto a los textos de Rothstein… bueno, para aquellos dos tarados el valor de la obra de Rothstein desde 1960 era solo una nebulosa posibilidad, como una mina de oro perdida. Era a Morris a quien le interesaban los textos. Si las circunstancias se hubiesen desarrollado de otro modo, habría propuesto a Curtis y Freddy un cambio, cederles su parte del dinero y quedarse íntegramente la palabra escrita, y no le cabía duda de que ellos habrían aceptado. Si ahora entregaba los cuadernos —y más teniendo en cuenta que contenían la continuación de la saga de Jimmy Gold—, todo habría sido en vano.

Cafferty golpeteó el plexiglás con el auricular y luego se lo acercó otra vez al oído.

—Cafferty llamando a Bellamy, Cafferty llamando a Bellamy; conteste, Bellamy.

—Perdone. Estaba pensando.

—Ya es un poco tarde para eso, ¿no le parece? Procure prestarme atención, si es tan amable. En la comparecencia se le leerán tres cargos. Mi consejo, si decide aceptarlo, es que se declare inocente de cada uno de los cargos sucesivamente. Después, cuando vaya a juicio, puede pasar a declararse culpable si representa alguna ventaja para usted. Ni se plantee la libertad bajo fianza, porque Bukowski no va a reírse, se carcajeará como la Bruja Hazel.

Morris pensó: Esta es una de esas ocasiones en que se cumplen los peores temores. Rothstein, Dow y Rogers. Tres cargos por asesinato en primer grado.

—¿Señor Bellamy? El tiempo vuela, y se me está agotando la paciencia.

Morris, flaqueando, bajó el auricular pero, no sin esfuerzo, se obligó a acercárselo de nuevo. Ya todo daba igual, y aun así ese abogado de rostro ingenuo con un vago parecido a Richie Cunningham y extraña voz de barítono de mediana edad seguía vertiendo palabras en su oído, que en algún momento empezaron a tener sentido.

—Irán de menos a más, señor Bellamy, en función de la gravedad. Cargo número uno: resistirse a la detención. A efectos de la primera comparecencia, se declara inocente. Cargo número dos: agresión con agravantes, y no solo a la mujer, también le sacudió de pleno a un policía, el primero en llegar al lugar del hecho, antes de que lo esposara. Se declara inocente. Cargo número tres: violación con agravantes. Puede que después añadan intento de asesinato, pero de momento es solo violación… si es que puede decirse «solo» cuando hablamos de violación. Se declara…

—Un momento —atajó Morris. Se tocó los arañazos de la cara, y lo que sintió fue… esperanza—. ¿*Violé* a alguien?

—En efecto —respondió Cafferty, aparentemente complacido. Tal vez porque daba la impresión de que su cliente por fin lo seguía—. Cuando la señorita Cora Ann Hooper… —sacó una hoja de su maletín y la consultó—. Ocurrió poco después de salir ella de la cafetería donde trabaja de mesera. Se dirigía a la parada de autobús de Lower Marlborough. Sostiene que usted se abalanzó sobre ella y la llevó a rastras hasta un callejón contiguo a la taberna Shooter's, donde había pasado varias horas libando Jack Daniels, antes de que le pidieran que se marchara por darle una patada a la rocola. La señorita Hooper llevaba un dispositivo de alarma a pilas en la bolsa y consiguió activarlo. Además, le arañó la cara. Usted le rompió la nariz, la inmovilizó, la medio estranguló y procedió a desenfundar la estilográfica e insertarla. Cuando el agente Philip Ellenton lo apartó de ella, no había usted plasmado aún su firma.

—Violación. ¿Por qué iba yo…?

Una pregunta estúpida. ¿Por qué se había pasado tres horas destrozando aquella casa en Sugar Heights, tomándose solo un breve descanso para mearse en la alfombra de Aubusson?

—No tengo ni idea —contestó Cafferty—. La violación es algo ajeno a mi forma de vida.

Y a la mía, pensó Morris. Normalmente. Pero bebí Jack y me abandoné a la juerga.

—¿Cuánto tiempo me echarán?

—El fiscal pedirá cadena perpetua. Si se declara culpable en el juicio y apela a la clemencia del tribunal, puede que solo le caigan veinticinco años.

En el juicio, Morris se declaró culpable. Dijo que se arrepentía de sus actos. Lo atribuyó todo a la bebida. Apeló a la clemencia del tribunal.

Y le cayó cadena perpetua.

2013-2014

Cuando cursaba segundo de preparatoria, Pete Saubers había decidido ya su siguiente paso en la vida: una buena universidad de Nueva Inglaterra donde fuesen de la mano, no devoción y aseo personal, sino devoción y literatura. Empezó a investigar a través de internet y a reunir folletos. Las candidatas más probables parecían Emerson o British Columbia, pero quizá Brown estuviera también a su alcance. Sus padres le aconsejaron que no se hiciera demasiadas ilusiones, pero a ese respecto Pete discrepaba. Consideraba que si uno no concebía esperanzas y ambiciones en la adolescencia, tenía un futuro muy crudo por delante.

En cuanto al proyecto de estudiar literatura, no le cabía la menor duda. Seguramente eso se debía en parte a John Rothstein y las novelas de Jimmy Gold; por lo que Pete sabía, él era la única persona en el mundo que había leído las dos últimas, y le habían cambiado la vida.

Howard Ricker, su profesor de Literatura en segundo, también le había cambiado la vida, pese a que muchos chicos se burlaban de él, apodándolo Ricky el Hippy, por las camisas floreadas y los pantalones de pata de elefante que lucía. (La novia de Pete, Gloria Moore, lo llamaba «Pastor Ricky», porque tenía la costumbre de agitar las manos por encima de la cabeza cuando se exaltaba.) Aun así, casi nadie faltaba a las clases del señor Ricker. Entretenía, rebosaba entusiasmo y —a diferencia de muchos de los profesores— parecía sentir sincera simpatía por los alumnos, a quienes llamaba «mis jóvenes damas y caballeros».

Alzaban la vista al techo, horrorizados, ante su atuendo retro y su risa estridente... pero el atuendo le confería cierta estrafalaria distinción y la risa estridente era, dentro de su rareza, tan amigable que resultaba contagiosa.

En Literatura de segundo, el primer día de curso, el señor Ricker llegó como un soplo de aire fresco, les dio la bienvenida y a continuación escribió algo en el pizarrón que Pete Saubers nunca olvidaría:

¡Esto es una estupidez!

—A ver, damas y caballeros, ¿qué conclusión sacan de esto? —preguntó—. ¿Qué demonios puede *significar*?

La clase se quedó en silencio.

—Se lo diré yo, pues. Es casualmente la crítica más habitual entre las damas y los caballeros jóvenes como ustedes, condenados a un curso que empieza con fragmentos de *Beowulf* y acaba con Raymond Carver. Entre los profesores, a veces llamamos a estos cursos de introducción generales AGEVG: Al Galope Entre Viejas Glorias.

Muy animado, soltó su estridente risa, acompañada de un revoloteo de manos a la altura de los hombros. La mayoría de los chicos se rieron también, Pete entre ellos.

—¿Veredicto de la clase sobre *Una modesta proposición* de Jonathan Swift? ¡Esto es una estupidez! ¿«El joven Goodman Brown» de Nathaniel Hawthorne? ¡Esto es una estupidez! ¿«Reparar el muro» de Robert Frost? ¡Esto es una estupidez aceptable! ¿El obligado fragmento de *Moby Dick*? ¡Esto es una estupidez *extrema*!

Más risas. Ninguno de ellos había leído *Moby Dick*, pero todos sabían que era un libro difícil y tedioso; en otras palabras, una estupidez.

—¡Y a veces! —exclamó el señor Ricker, alzando un dedo y señalando en actitud teatral las palabras escritas en el pizarrón—. A veces, mis jóvenes damas y caballeros, *esa crítica no va desencaminada*. Me planto aquí ante ustedes y, en mi impotencia, lo reconozco. Estoy obligado a incluir en mis cursos ciertas antiguallas que preferiría no incluir. Veo la pérdida de entusiasmo en sus ojos, y mi alma gime. ¡Sí! ¡Gime! Pero yo sigo en la brecha, porque sé que gran parte de lo que enseño *no* es una estupidez. Incluso algunas de las antiguallas con las que consideran que ni ahora ni nunca tendrán afinidad alguna poseen profundas resonancias que al final saldrán a la luz. ¿Les digo cómo se distingue lo *no estúpido* de lo *sí estúpido*? ¿Les revelo ese gran secreto? Puesto que aún nos quedan cuarenta minutos de clase y todavía no hay grano que moler en el molino de nuestros intelectos combinados, creo que sí se los diré.

Inclinándose, apoyó las manos en la mesa, y su corbata osciló como un péndulo. Pete tuvo la sensación de que el señor Ricker lo miraba directamente a él, como si conociera —o al menos intuyera— el colosal secreto que Pete guardaba bajo una pila de cobijas en el desván de su casa. Algo mucho más importante que el dinero.

—En algún momento de este curso, quizá incluso esta misma noche, leerán algo difícil, algo que solo entenderán parcialmente, y su veredicto será *esto es una estupidez*. ¿Se los rebatiré cuando expongan esa opinión en clase al día siguiente? ¿Por qué iba yo a hacer algo tan inútil? Mi tiempo con ustedes es breve, solo treinta y cuatro semanas de clases, y no lo malgastaré en discusiones sobre los méritos de tal relato o tal poema. ¿Por qué molestarme si al fin y al cabo esas opiniones son subjetivas, y no puede alcanzarse jamás una resolución final?

Algunos de los alumnos —Gloria entre ellos— ahora parecían desorientados; Pete, en cambio, entendía de qué hablaba exactamente el señor Ricker, alias Ricky el Hippy, porque desde que inició la lectura de los cuadernos, había leído docenas de ensayos críticos sobre John Rothstein. En muchos se consideraba a Rothstein uno de los grandes autores estadounidenses del siglo xx, a la altura de Fitzgerald, Hemingway, Faulkner y Roth. En otros —una minoría, pero estridente— se afirmaba que su obra era mediocre y vacía. Pete había leído un artículo en *Salon* donde el crítico llamaba a Rothstein «rey de las astracanadas y santo patrón de los necios».

—El tiempo es la respuesta —dijo el señor Ricker aquel primer día del segundo curso de Pete en la preparatoria. Se paseaba de arriba abajo, acompañado del susurro de sus anticuados pantalones de pata de elefante, intercalando algún que otro aspaviento—. ¡Sí! El tiempo es la criba que separa sin piedad lo *no estúpido* de lo *sí estúpido*. Es un proceso darwiniano natural. Es la razón por la que las novelas de Graham Greene se encuentran en cualquier buena librería, y las novelas de Somerset Maugham no; estas novelas todavía existen, por supuesto, pero hay que encargarlas, y uno solo las encargará si conoce su existencia. La mayoría de los lectores modernos no la conocen. Que levanten la mano quienes conozcan siquiera de oídas a Somerset Maugham. Y se lo deletrearé.

Nadie levantó la mano.

El señor Ricker asintió con la cabeza. Muy lúgubremente, le pareció a Pete.

—El tiempo ha dispuesto que el señor Greene es *no estúpido* y que el señor Maugham, por el contrario, es… bueno, no exactamente estúpido pero sí digno de olvido. Escribió unas cuantas novelas excelentes, en mi opinión… *La luna y seis peniques* es extraordinaria, mis jóvenes damas y caballeros, *extraordinaria*… y también escribió muchos relatos magníficos, pero su libro de texto no incluye ninguno.

»¿Debo llorar por eso? ¿Debo enfurecerme y alzar los puños y declarar que es injusto? No. No lo haré. Esa criba es un proceso natural. A ustedes les pasará, mis jóvenes damas y caballeros, aunque cuando ocurra yo ya seré una imagen en su retrovisor. ¿Quieren que les diga *cómo* ocurre? Leerán algo… quizá "Dulce et Decorum Est" de Wilfred Owen. ¿Utilizamos eso como ejemplo? ¿Por qué no?

De pronto el señor Ricker adoptó una voz más profunda, y Pete sintió un escalofrío en la espalda y tensión en la garganta.

—«Como viejos mendigos ocultos bajo sacos —recitó—, tropezando, tosiendo como ancianos, cruzamos por el lodo…»

y demás. Etcétera, etcétera. Algunos de ustedes dirán: *Esto es una estupidez.* ¿Incumpliré mi promesa de no rebatírselo, pese a que considero que los versos del señor Owen son la mejor poesía surgida de la Primera Guerra Mundial? ¡No! Esta es solo mi opinión, ¿entienden? ¿Y en qué se parece una opinión a un culo? En que todo el mundo tiene el suyo.

Ante esto, todos prorrumpieron en risas, damas y caballeros por igual.

El señor Ricker se irguió.

—Puede que les imponga algún castigo si alborotan en clase... exigir disciplina no me representa el menor problema... pero *siempre* respetaré su opinión. ¡Y aun así! ¡Y aun así!

Levantó el dedo.

—¡El tiempo pasará! *Tempus fugit!* Es posible que el poema de Owen se borre de su memoria, y esa será la prueba de que el veredicto de *sí estúpido* era acertado. Al menos para ustedes. Pero en algunos casos esos versos reaparecerán. Y reaparecerán. Y reaparecerán. Cada vez que eso pase, como consecuencia de su continuado proceso de maduración, ahondarán en las resonancias del poema. Cada vez que este asome furtivamente a su conciencia, les parecerá un poco menos estúpido y un poco más vital. Un poco más importante. Hasta *resplandecer*, mis jóvenes damas y caballeros. Hasta *resplandecer*. Así termina mi perorata inaugural, y les pido que pasen a la página dieciséis de ese excelente libro de *Lengua y Literatura*.

Uno de los relatos que asignó el señor Ricker ese año como tarea fue «El caballito de madera» de D. H. Lawrence, y muchos de los jóvenes damas y caballeros del señor Ricker (incluida Gloria Moore, de quien Pete empezaba a cansarse, a pesar de sus magníficos pechos) lo consideraron, en efecto, una estupidez. No así Pete, debido en gran parte a que, por las circunstancias de la vida, había madurado mucho para su edad. Cuando 2013 dio paso a 2014 —el año del famoso vórtice polar, cuando las calderas de toda la zona norte del Medio Oeste tuvieron que funcionar a máxima potencia, quemando dinero a todo tren—, ese relato reapareció en su conciencia a menudo, y sus resonancias fueron cada vez más profundas. Y recurrentes.

La familia del cuento parecía tenerlo todo, pero no era así; nunca había bastante, y el héroe, un niño llamado Paul, siempre oía susurrar a la casa: «¡Hace falta más dinero! ¡Hace falta más dinero!». Pete Saubers supuso que algunos chicos consideraban eso una estupidez. Eran los afortunados que nunca se habían visto obligados a oír riñas nocturnas en el momento de decidir qué facturas pagar. O por el precio del tabaco.

El niño protagonista del relato de Lawrence descubrió una manera sobrenatural de obtener dinero: viajando a lomos de su caballo de madera hasta el lugar imaginario donde estaba la suerte, Paul adivinaba los ganadores de las carreras de caballos en el mundo real. Ganó mil dólares, y la casa siguió susurrando: «¡Hace falta más dinero!».

Tras realizar un último viaje épico en el caballito de madera —y obtener una última gran suma de dinero—, Paul murió repentinamente de una hemorragia cerebral o algo así. Pete ni siquiera tuvo un dolor de cabeza después de encontrar el cofre enterrado, pero ese seguía siendo su caballito de madera, ¿o no? Sí. Su caballito de madera particular. Pero en 2013, el año que Pete conoció al señor Ricker, el caballito de madera aminoraba la marcha. El dinero del cofre casi se había acabado.

Ese dinero había ayudado a sus padres a superar una etapa espinosa y temible en que acaso su matrimonio habría entrado en crisis y se habría ido a pique; eso Pete lo sabía, y ni una sola vez lamentó haber desempeñado el papel de ángel de la guarda. El dinero del cofre había formado un puente sobre aguas turbulentas, como decía aquella vieja canción, y en la otra orilla las cosas eran mejores, *mucho* mejores. La peor parte de la crisis había quedado atrás. Su madre volvía a dar clases de tiempo completo y ganaba tres mil dólares más al año que antes. Su padre tenía ahora un pequeño negocio, no en la venta inmobiliaria exactamente, sino en algo conocido como «investigaciones inmobiliarias». Sus clientes eran varias agencias de la ciudad. Pete no entendía del todo cómo funcionaba, pero sí sabía que ingresaba algún dinero, y podía ingresar más en el futuro, si la tendencia del mercado inmobiliario seguía al alza. Además, actuaba como agente de unos cuantos inmuebles por su cuenta. Y lo mejor de todo: no consumía fármacos y caminaba sin dificultad. Las muletas llevaban más de un año en el armario, y solo utilizaba el bastón los días que llovía o nevaba cuando le dolían los huesos y las articulaciones. Todo iba bien. Estupendamente, de hecho.

Y aun así, como el señor Ricker decía al menos una vez en cada clase. ¡Y aun así!

Había que pensar en Tina: ese era un *y aun así* enorme. Muchas de sus amigas del antiguo vecindario del Lado Oeste, incluida Barbara Robinson, a quien Tina idolatraba, se inscribirían en Chapel Ridge, un colegio preuniversitario privado con un excelente historial en lo tocante a enviar alumnos a buenas universidades. Su madre había dicho a Tina que no veía cómo ella y su padre iban a poder permitirse mandarla allí directamente después de la enseñanza secundaria. Quizá pudiera cursar allí el segundo año, si la economía de la familia seguía mejorando.

—Pero para entonces ya no conoceré a *nadie* —había dicho Tina, echándose a llorar.

—Conocerás a Barbara Robinson —dijo su madre, y Pete (escuchando desde la habitación contigua) adivinó por su tono de voz que también ella estaba al borde del llanto—. Y a Hilda y Betsy.

Pero Teens era un poco menor que esas chicas, y Pete sabía que en realidad solo Barbs había sido verdadera amiga de su hermana en los tiempos del Lado Oeste. Hilda Carver y Betsy DeWitt probablemente ni siquiera se acordaban de ella. Como tampoco se acordaría Barbara, pasado un año o dos más. Por lo visto, su madre no recordaba lo importante que era la preparatoria, y lo deprisa que uno se olvidaba de los amigos de la infancia en cuanto llegaba allí.

La respuesta de Tina resumió esos pensamientos con admirable concisión.

—Sí, pero ellas no me conocerán a *mí*.

—Tina...

—¡Tienes ese dinero! —exclamó Tina—. ¡Ese dinero misterioso que llega todos los meses! ¿Por qué no puedo yo disponer de un poco para Chapel Ridge?

—Porque aún estamos recuperándonos de los malos tiempos, cielo.

Ante esto, Tina no pudo decir nada, porque era verdad.

Los planes universitarios de Pete eran otro *y aun así*. Sabía que para algunos de sus amigos, tal vez la mayoría, la carrera parecía algo tan lejano como los planetas exteriores del sistema solar. Pero si quería estudiar en una buena universidad (*Brown*, susurraba su mente, *Literatura en Brown*), tenía que presentar las solicitudes muy pronto, en el primer semestre del último curso. Las propias solicitudes costaban dinero, al igual que las clases de verano que necesitaría para mejorar si quería sacar al menos una puntuación de 670 en el apartado de Matemáticas de las pruebas de acceso. Tenía un trabajo de medio tiempo en la biblioteca de Garner Street, pero treinta y cinco dólares semanales no daban para mucho.

El negocio de su padre había crecido hasta el punto de que convenía ya abrir un despacho en una zona céntrica: ese era el *y aun así* número tres. Bastaría una oficina de alquiler módico en las plantas superiores de algún edificio, y establecerse cerca del ajetreo reportaría ganancias, pero eso implicaba una inversión previa, y Pete sabía —aunque nadie lo expresaba en voz alta— que su padre contaba con el dinero misterioso para superar la etapa crítica. Al final, todos habían acabado dependiendo del dinero misterioso, y solo Pete sabía que dejaría de llegar antes de finales de 2013.

Y sí, de acuerdo, Pete había gastado un poco para sí mismo. No una gran cantidad —eso habría despertado sospechas—, pero sí cien por aquí, cien por allá. Un blazer y un par de mocasines para un viaje con la clase a Washington. Unos cuantos CD.

Y libros. Desde la lectura de los cuadernos y su fascinación con John Rothstein había desarrollado verdadera pasión por los libros. Continuó con los coetáneos judíos de Rothstein, como Philip Roth, Saul Bellow e Irwin Shaw (en su opinión, *El baile de los malditos* era una maravilla, y no se explicaba por qué no se lo consideraba un clásico), y a partir de ahí fue ampliando el abanico. Siempre compraba libros de bolsillo, pero incluso esos costaban doce o quince dólares el ejemplar, a menos que uno los encontrara de segunda mano.

En «El caballito de madera» veía resonancias, eso sin duda, resonancias a lo grande, porque Pete oía susurrar a su propia casa: *Hace falta más dinero...* y muy pronto habría menos. Pero no era dinero lo único que contenía el cofre, ¿verdad que no?

Ese era otro *y aun así*, en el que Pete Saubers pensaba cada vez más conforme transcurría el tiempo.

Para su trabajo de investigación de fin de curso en Al Galope Entre Viejas Glorias del señor Ricker, Pete elaboró un análisis de dieciséis páginas sobre la trilogía de Jimmy Gold, incluyendo citas textuales de diversas reseñas y material de algunas entrevistas que Rothstein había concedido antes de retirarse a su granja de New Hampshire y no volver a dar señales de vida. Terminó con un comentario sobre la visita de Rothstein a los campos de la muerte alemanes como periodista al servicio del *New York Herald*, cuatro años antes de publicar el primer libro de la serie de Jimmy Gold.

«Creo que ese fue el acontecimiento más importante en la vida del señor Rothstein —escribió Pete—. Sin duda el acontecimiento más importante en su vida como autor. La búsqueda de sentido en que se embarca Jimmy siempre vuelve a lo que el señor Rothstein vio en aquellos campos, y es por eso por lo que Jimmy, cuando intenta llevar la vida de un ciudadano estadounidense normal y corriente, siempre se siente vacío. Para mí, eso queda patente con especial claridad cuando lanza un cenicero contra la pantalla de la televisión en *El corredor afloja la marcha*.

Lo hace durante la emisión de un noticiario especial de la CBS sobre el Holocausto.»

Cuando el señor Ricker les devolvió los trabajos, Pete vio un 10 en la portada, que era una foto escaneada de Rothstein en su juventud, sentado en Sardi's con Ernest Hemingway.

Debajo del 10, el señor Ricker había escrito: *Ven a verme después de clase.*

Cuando los otros chicos se marcharon, el señor Ricker miró a Pete tan fijamente que él temió por un momento que su profesor preferido fuera a acusarlo de plagio. Al final, el señor Ricker sonrió.

—Ese es el mejor trabajo que he leído en mis veintiocho años en la docencia. Porque es el que denota más seguridad y mayor profundidad de sentimiento.

Pete se ruborizó de satisfacción.

—Gracias. En serio. Muchas gracias.

—Pero pondría en duda la conclusión —dijo el señor Ricker, retrepándose en la silla y entrelazando los dedos detrás de la nuca—. La descripción de Jimmy como «noble héroe americano, comparable a Huck Finn» se viene abajo en el volumen final de la trilogía. Sí, lanza un cenicero contra la pantalla de la televisión, pero ese no es un acto heroico. El logo de la CBS es un ojo, como sabes, y la acción de Jimmy es una forma ritual de cegar su propio ojo interior, el que ve la verdad. Eso no es una interpretación mía; es una cita casi literal de un artículo titulado «El corredor vuelve la espalda», del que es autor John Crowe Ransom. Leslie Fiedler sostiene más o menos lo mismo en *Amor y muerte en la novela estadounidense.*

—Pero…

—No pretendo echar por tierra tu teoría, Pete; solo digo que debes atenerte a las pruebas que te ofrece cualquier libro te lleven *a donde* te lleven, y eso implica no omitir circunstancias cruciales contrarias a tu tesis. ¿Qué hace Jimmy *después* de lanzar el cenicero contra la televisión, y después de pronunciar su mujer su frase antológica: «Serás cabrón, ¿y ahora cómo van a ver los niños a Mickey Mouse?».

—Sale y compra otra televisión, pero…

—No *cualquier* televisión, sino *la primera televisión a color de la manzana*. ¿Y luego?

—Crea una campaña publicitaria de gran éxito para el detergente de uso doméstico Duzzy-Doo. Pero…

El señor Ricker enarcó las cejas en espera del pero. ¿Y cómo podía contarle Pete que Jimmy, pasado un año, entra furtivamente en la agencia de publicidad a altas horas de la noche con cerillos y una lata de queroseno? ¿Que Rothstein augura todas las manifestaciones contra Vietnam y en favor de los derechos civiles con la escena en que Jimmy provoca un incendio que prácticamente destruye el edificio conocido como «Templo de la Publicidad»? ¿Que Jimmy abandona Nueva York pidiendo aventón sin volver la vista atrás, dejando allí a su familia y emprendiendo viaje hacia otras tierras, al igual que Huck y Jim? No podía decir nada de eso, porque era el argumento de *El corredor se va al oeste*, una novela que existía solo en diecisiete cuadernos escritos con apretada letra, cuadernos que habían permanecido enterrados en un viejo cofre durante más de treinta años.

—Adelante con tus peros —dijo el señor Ricker con ecuanimidad—. Nada me complace más que una buena discusión sobre libros con alguien capaz de mantenerse firme en su razonamiento. Imagino que ya has perdido el autobús, pero con mucho gusto te llevaré a casa en coche —tamborileó con los dedos en la portada del trabajo de Pete, la foto de Johnny R. y Ernie H., esos dos titanes de la literatura estadounidense, alzando enormes vasos de martini en un brindis—. Al margen de esa conclusión sin fundamento, que atribuyo a un conmovedor deseo de ver la luz al final de una última novela lúgubre en extremo, este es un trabajo extraordinario. Sencillamente extraordinario. Así que vamos, adelante con tus peros.

—Pero… nada, supongo —contestó Pete—. Puede que tenga usted razón.

Solo que el señor Ricker no la tenía. Si alguna duda quedaba al final de *El corredor se va al oeste* sobre la incapacidad de

Jimmy Gold para venderse, se disipaba por completo en la novela final y más larga de la serie: *El corredor iza la bandera*. Esta era el mejor libro que Pete había leído jamás. También el más triste.

—En tu trabajo no abordas la muerte de Rothstein.

—No.

—¿Puedo preguntarte por qué?

—Porque no tenía relación con el tema, supongo. Y el trabajo se habría alargado mucho. Además... bueno... fue decepcionante que muriera así, asesinado de una manera absurda por unos ladrones que entraron en su casa.

—No debería haber guardado dinero en efectivo en la casa —dijo el señor Ricker afablemente—, pero lo hizo, y mucha gente lo sabía. No lo juzgues con demasiada severidad por eso. Muchos escritores han sido estúpidos y poco previsores con el dinero. Charles Dickens acabó manteniendo a una familia de holgazanes, incluido su propio padre. Samuel Clemens quedó casi en la quiebra a causa de malas transacciones inmobiliarias. Arthur Conan Doyle perdió miles de dólares con falsos médiums y gastó otros muchos miles en fotos falsas de hadas. Al menos Rothstein había terminado ya su gran obra. A no ser que creas, como algunos...

Pete consultó su reloj.

—Mmm, ¿señor Ricker? Si me doy prisa, aún puedo tomar el autobús.

El señor Ricker ejecutó su peculiar revoloteo de manos.

—Ve, ve, no faltaba más. Solo quería darte las gracias por un trabajo tan excelente... y ofrecerte una amistosa advertencia: cuando te plantees estas cuestiones el año que viene... y en la universidad... no permitas que tu bondad natural empañe tu ojo crítico. El ojo crítico siempre debe permanecer frío y claro.

—No lo permitiré —contestó Pete, y salió apresuradamente.

Nada más lejos de sus deseos que hablar con el señor Ricker de la posibilidad de que los ladrones que habían quitado la vida a John Rothstein hubiesen robado un montón de manuscritos inéditos además de dinero, y tal vez los hubiesen destruido tras decidir que carecían de valor. Una o dos veces Pete había barajado la idea de entregar los cuadernos a la policía, pese a que entonces sus padres casi con toda seguridad averiguarían de dónde procedía el dinero misterioso. Los cuadernos eran, al fin y al cabo, la prueba de un delito, así como un tesoro literario. Pero era un delito *antiguo*, historia antigua. Mejor dejarlo correr.

¿O no?

El autobús ya se había marchado, naturalmente, y eso implicaba una caminata de más de tres kilómetros hasta casa. A Pete no le importó. Estaba aún radiante tras los elogios del señor Ricker, y tenía mucho en que pensar. En la obra inédita de Rothstein, sobre todo. Los relatos eran desiguales, consideraba; solo unos cuantos le parecían verdaderamente buenos, y los poemas que había intentado escribir, en la humilde opinión de Pete, dejaban mucho que desear. Pero esas dos últimas novelas de Jimmy Gold eran… en fin, oro puro. A juzgar por las pruebas dispersas en ellas, Pete deducía que la última, donde Jimmy iza una bandera en llamas en una concentración por la paz en Washington, se había acabado de escribir alrededor de 1973, porque al final de la historia Nixon era aún presidente. Para Pete resultaba inexplicable que Rothstein no hubiese publicado los últimos libros de la serie Gold (además de otra novela, esta sobre la guerra de Secesión). ¡Eran buenísimos!

Pete solo bajaba del desván un Moleskine cada vez, y cuando había en casa otros miembros de la familia, lo leía con la puerta cerrada y el oído atento por si alguien se presentaba en su habitación de improviso. Siempre dejaba otro libro a mano, y si oía acercarse pasos, escondía el cuaderno bajo el colchón y tomaba el libro de reserva. Solo lo sorprendió una vez Tina, que tenía la reprobable costumbre de pasearse descalza.

—¿Qué es eso? —le había preguntado desde la puerta.

—Nada. No te metas donde no te llaman —había contestado él a la vez que colocaba el cuaderno bajo la almohada—. Y como se lo digas a mamá o a papá, te vas a enterar, así que cuidadito.

—¿Es porno?

—¡No! —aunque el señor Rothstein escribía algunas escenas muy subidas de tono, para ser tan viejo como era. Por ejemplo, la de Jimmy con aquellas dos hippies…

—¿Y entonces por qué no quieres que lo vea?

—Porque es una cosa privada.

A Tina se le iluminaron los ojos.

—¿Es tuyo? ¿Estás escribiendo un *libro*?

—Puede ser. ¿Y qué, si lo estoy escribiendo?

—¡Qué increíble! ¿De qué trata?

—De Bugs dándole al sexo en la luna.

Ella se rio.

—¿No decías que no era porno? ¿Podré leerlo cuando lo termines?

—Ya veremos. Tú no vayas a andar de indiscreta, ¿sale?

Ella había accedido, y justo era reconocer que Teens casi nunca incumplía una promesa. De eso hacía dos años, y Pete estaba seguro de que su hermana ya no se acordaba.

Billy Webber se acercó con una reluciente bicicleta de diez velocidades.

—¡Eh, Saubers! —como casi todo el mundo (a excepción del señor Ricker), Billy pronunciaba su apellido «Sobbers» en lugar de «Sou-bers», pero qué más daba. Era un apellido complicado se dijera como se dijese—. ¿Qué vas a hacer este verano?

—Trabajar en la biblioteca de Garner Street.

—¿Todavía?

—Los he convencido para trabajar veinte horas semanales.

—¡Carajo, hombre, eres muy joven para vivir esclavizado por un salario!

—No me importa —dijo Pete, y era verdad. La biblioteca significaba tiempo de computadora gratis, entre otros incentivos, sin que nadie mirara por encima del hombro—. ¿Y tú?

—Iré a nuestra casa de verano en Maine. En China Lake. Montones de chicas guapas en biquini, hombre, y las de Massachusetts saben lo que se hacen.

Pues quizá puedan enseñarte algo a ti, pensó Pete con malignidad, pero cuando Billy le tendió la mano abierta, Pete se la chocó y lo observó alejarse con cierta envidia. Una bicicleta de diez velocidades debajo del trasero; unos Nike caros en los pies; casa de verano en Maine. Por lo visto, algunos se habían recuperado ya de los malos tiempos. O quizá ni siquiera los habían padecido. No era ese el caso de la familia Saubers. Ellos salían adelante, pero...

«Hace falta más dinero —susurraba la casa en el relato de Lawrence—. Hace falta más dinero.» Y vaya si había ahí *resonancias*.

¿Podrían transformarse en dinero los cuadernos? ¿Habría alguna manera? Pete no quería ni pensar en la posibilidad de desprenderse de ellos, pero al mismo tiempo reconocía que no estaba bien tenerlos escondidos en el desván. La obra de Rothstein, en especial los dos últimos libros de la serie de Jimmy Gold, merecían compartirse con todo el mundo. Devolverían a Rothstein su buen nombre, de eso Pete estaba seguro; aunque en realidad tampoco tenía tan mala reputación, y además, no era eso lo importante. Gustarían a la gente, eso era lo importante. *Encantarían* a la gente, si era como Pete.

Solo que los manuscritos no eran como los billetes de veinte y cincuenta, imposibles de rastrear. Localizarían a Pete, y quizá fuera a la cárcel. No sabía bien de qué delito se lo acusaría exactamente —no de recibir propiedad robada, eso desde luego, porque no la había recibido; solo la había encontrado—, pero estaba convencido de que tratar de vender algo que no era suyo debía de ser delito de *algún* modo. Donar los cuadernos al alma máter de Rothstein podía ser una solución, solo que tendría que hacerlo de forma anónima, o todo saldría a la luz y sus padres se enterarían de que su hijo había estado manteniéndolos con el dinero robado a la víctima de un asesinato. Además, por una donación anónima no se obtenía nada de nada.

A pesar de que no había escrito sobre el asesinato de Rothstein en su trabajo de investigación de fin de curso, Pete lo había leído todo al respecto, en su mayor parte en la sala de computadoras de la biblioteca. Sabía que Rothstein había recibido un solo disparo, «a modo de ajusticiamiento». Sabía asimismo que la policía había encontrado ante la puerta huellas distintas suficientes para llegar a la conclusión de que habían intervenido dos, tres o incluso cuatro personas, y que, basándose en el tamaño de esas huellas, probablemente todos eran hombres. Pensaban también que dos de esos hombres habían sido asesinados en un área de descanso de Nueva York no mucho más tarde.

Margaret Brennan, la primera esposa del autor, había sido entrevistada en París poco después del homicidio. «Todo el mundo hablaba de él en aquel villorrio donde vivía —dijo—. ¿De qué más iban a hablar? ¿De las vacas? ¿Del nuevo esparcidor de estiércol de tal o cual granjero? Para esos provincianos, John era lo máximo. Tenían la errónea idea de que los escritores ganan tanto como los grandes banqueros, creían que acumulaba cientos de miles de dólares en esa granja ruinosa suya. Algún forastero oiría esas habladurías impertinentes, así de sencillo. ¡Qué van a ser discretos los norteños ni qué puñetas! Considero tan culpables a los lugareños como a los matones que lo hicieron.»

Cuando se le preguntó sobre la posibilidad de que Rothstein hubiese guardado manuscritos además de dinero, Peggy Brennan dejó escapar lo que en la entrevista se describía como «una risita ronca de fumador».

«Más rumores, encanto. Johnny se retiró del mundo por una razón y solo una. Estaba acabado y, orgulloso como era, se negaba a admitirlo.»

¡Qué perdida andabas!, pensó Pete. Seguro que se divorció de ti porque se cansó de esa risita ronca de fumador.

Los artículos de periódicos y revistas que Pete había leído contenían un sinfín de especulaciones, pero él personalmente prefería lo que el señor Ricker definía como «el principio de la Navaja de Ockham». Según este, la explicación más sencilla y evidente solía ser la acertada. Entraron en la casa tres hombres, y uno de ellos mató a sus compañeros para poder quedarse con todo el botín. Pete ignoraba por qué ese individuo viajó después a su ciudad, o por qué enterró el cofre, pero de algo sí *estaba* seguro: el ladrón superviviente nunca regresaría por él.

Las matemáticas no eran el punto fuerte de Pete —por eso necesitaba ese curso en verano para ponerse al día—, pero no hacía falta ser Einstein para hacer unas sencillas cuentas y evaluar determinadas posibilidades. Si el ladrón superviviente tenía treinta y cinco años en 1978, lo cual a Pete le parecía un cálculo razonable, contaría sesenta y siete en 2010, cuando Pete encontró el cofre, y unos setenta en la actualidad. Para él, setenta era la tercera edad. Si ese individuo se presentaba en busca del botín, a buen seguro sería con andadera.

Pete sonrió al doblar por Sycamore Street.

Pensó que eran tres las posibilidades por las que el ladrón superviviente no había vuelto para rescatar su cofre, todas igual de probables. Una, estaba en la cárcel, a saber dónde, por otro delito. Dos, estaba muerto. La tercera era una combinación de la primera y la segunda: había muerto en la cárcel. Comoquiera que fuese, Pete consideraba que no tenía por qué preocuparse. Los cuadernos, en cambio, eran un asunto muy distinto. En cuanto a estos, eran muchas sus preocupaciones. Quedárselos solo para él era como tener escondido un montón de hermosos cuadros robados que uno nunca podría vender.

O una caja llena de dinamita.

En septiembre de 2013 —cuando se cumplían casi exactamente treinta y cinco años desde el asesinato de John Rothstein—, Pete metió el último fajo de dinero del cofre en un sobre dirigido a su padre. Ese último envío ascendía a trescientos cuarenta dólares. Y en la idea de que alimentar vanas esperanzas era una crueldad, añadió una nota de una sola línea:

Este es el último. Lamento que no haya más.

Fue en autobús hasta el centro comercial de Birch Hill, donde había un buzón entre Discount Electronix y la tienda de yogures. Echó un vistazo alrededor, para asegurarse de que nadie lo observaba, y dio un beso al sobre. Acto seguido, lo introdujo por la ranura y se alejó. Lo hizo a la manera de Jimmy Gold: sin mirar atrás.

Una o dos semanas después de Año Nuevo, Pete estaba en la cocina, preparándose un sándwich de crema de cacahuate y mermelada, cuando oyó una conversación entre sus padres y Tina en la sala. Hablaban de Chapel Ridge.

—Pensaba que quizá *pudiéramos* pagarlo —decía su padre—. Teens, si te he creado falsas esperanzas, no sabes cuánto lo siento.

—Es porque ha dejado de llegar el dinero misterioso —dijo Tina—. ¿Verdad?

—En parte, pero no solo por eso —intervino su madre—. Papá pidió un préstamo al banco, pero no se lo han concedido. Examinaron sus antecedentes comerciales e hicieron no sé qué…

—Un análisis de viabilidad a dos años vista —apuntó su padre. Parte de la antigua amargura posterior al accidente asomó a su voz—. Muchos elogios, porque eso es gratis. Dijeron que a lo mejor me concederían el préstamo en 2016, si el negocio crece un cinco por ciento. Entretanto, con el maldito vórtice polar… estamos pasándonos muchísimo del presupuesto de tu madre en gasto de calefacción. Como todo el mundo, desde Maine hasta Minnesota. Sé que no sirve de consuelo, pero es lo que hay.

—Cielo, lo sentimos muchísimo —dijo su madre.

Pete esperaba que Tina estallase en un berrinche de aquellos —eran cada vez más frecuentes a medida que se acercaba a los fatídicos trece años—, pero no fue así. Dijo que lo entendía, y que en todo caso Chapel Ridge era probablemente un colegio muy fresa. Luego fue a la cocina y preguntó a Pete si le preparaba un sándwich, porque el suyo tenía buena pinta. Él así lo hizo, y se fueron a la sala, donde los cuatro vieron juntos la tele y se rieron un rato con *The Big Bang Theory*.

Sin embargo, más tarde esa noche, oyó llorar a Tina detrás de la puerta cerrada de su habitación. Pete se sintió fatal. Entró en su cuarto, sacó un Moleskine de debajo del colchón y empezó a releer *El corredor se va al oeste*.

Ese semestre asistía al curso de escritura creativa impartido por la señora Davis, y aunque sacaba dieces en sus relatos, en febrero sabía ya que nunca sería un autor literario. Se le daban bien las palabras, cosa que no necesitaba que la señora Davis le dijese (aunque ella se lo decía a menudo), pero sencillamente no poseía la chispa creativa necesaria. Su mayor interés era *leer* literatura, y después tratar de analizar lo que había leído, situándolo en un contexto más amplio. Había desarrollado el gusto por esa labor detectivesca cuando preparaba el trabajo sobre Rothstein. En la biblioteca de Garner Street buscó uno de los libros que el señor Ricker había mencionado, *Amor y muerte en la novela estadounidense* de Fiedler, y le gustó tanto que se compró su propio ejemplar con la intención de subrayar ciertos párrafos y hacer anotaciones en los márgenes. Deseaba más que nunca dedicarse a los estudios literarios en su carrera, y algún día dar clases como el señor Ricker (aunque quizá no en una preparatoria, sino en una universidad), y con el tiempo escribir un libro como el del señor Fiedler, enfrentándose a críticos más tradicionales y poniendo en tela de juicio su enfoque.

¡Y aun así!

Hacía falta más dinero. El señor Feldman, el consejero académico, le advirtió que obtener una beca completa para una universidad de élite era «bastante improbable», y Pete supo que incluso eso pecaba de optimista. Él era solo un chico de clase media como tantos, alumno de una preparatoria común y corriente del Medio Oeste, con un empleo de medio tiempo en una biblioteca y unas cuantas actividades extraescolares tan poco impresionantes como la colaboración en el periódico y el anuario. Incluso si conseguía una beca completa, tenía que pensar en Tina. En el colegio ella en esencia iba sobrellevándolo, a base sobre todo de aprobados y bienes, y por esas fechas parecía más interesada en el maquillaje, los zapatos y la música pop que en los estudios. Necesitaba un cambio, hacer borrón y cuenta nueva. Pete, pese a no haber cumplido aún los dieciséis, tenía ya discernimiento suficiente para saber que quizá Chapel Ridge no fuese el colegio idóneo para su hermana menor... pero quizá sí lo fuese, claro. Porque no estaba perdida del todo. Al menos no todavía.

Necesito un plan, pensó, solo que no era exactamente eso lo que necesitaba. Lo que necesitaba era una *historia*, y aunque nunca sería un gran narrador como el señor Rothstein o el señor Lawrence, sí era capaz de construir una trama. Eso era lo que tenía que hacer ahora. Solo que toda trama se sostenía en una idea, y a ese respecto seguía sin ocurrírsele nada.

Había empezado a pasar mucho tiempo en la librería de Water Street, donde el café era barato e incluso los libros de bolsillo nuevos se vendían con un descuento del treinta por ciento. Se acercó allí una tarde de marzo, de camino a su empleo de después de clase en la biblioteca, pensando en comprar algo de Joseph Conrad. En una de sus contadas entrevistas, Rothstein había dicho que Conrad era «el primer gran escritor del siglo xx, pese a escribir sus mejores obras antes de 1900».

Frente a la librería habían instalado una mesa larga bajo un toldo. LIQUIDACIÓN DE PRIMAVERA, rezaba el letrero. UN SETENTA POR CIENTO DE DESCUENTO EN TODO LO QUE HAY EN ESTA MESA. Y debajo: ¡QUIÉN SABE QUÉ TESOROS ENTERRADOS ENCONTRARÁN! Para dar a entender que era una broma, dos grandes smileys amarillos flanqueaban la frase, pero Pete no le vio la gracia.

Por fin tenía una idea.

Un día, pasada una semana, se quedó a hablar con el señor Ricker después de clase.

—Encantado de verte, Pete —el señor Ricker llevaba una camisa verde con estampado de turquesas y mangas abulladas, junto con una corbata psicodélica. Pete pensó que esa combinación era una clara prueba de por qué la generación del amor y la paz había fracasado—. La señora Davis habla muy bien de ti.

—Es buena profe —dijo Pete—. Estoy aprendiendo mucho.

Lo cierto es que no era así, y pensaba que en clase no aprendía ni él ni nadie. La señora Davis era amable, y muy a menudo tenía cosas interesantes que decir, pero Pete empezaba a pensar que en realidad la escritura creativa no podía enseñarse, sino solo aprenderse.

—¿Qué puedo hacer por ti?

—¿Recuerda que una vez habló de lo valioso que sería un manuscrito de Shakespeare?

El señor Ricker sonrió.

—Siempre hablo de eso en alguna clase hacia la mitad de la semana, cuando noto a la gente amodorrada. Nada como un poco de codicia para espabilar a los chicos. ¿Por qué? ¿Has encontrado un folio, Malvolio?

Pete sonrió por cortesía.

—No, pero cuando fuimos a ver a mi tío Phil a Cleveland durante las vacaciones de febrero, entré en su estacionamiento y encontré un montón de libros antiguos. La mayoría era sobre Tom Swift, un chico inventor.

—Me acuerdo bien de Tom y de su amigo Ned Newton —dijo el señor Ricker—. *Tom Swift y su motocicleta*, *Tom Swift y su asistente de cámara*. Cuando yo era niño, en broma decíamos: *Tom Swift y su abuela eléctrica*.

Pete renovó su sonrisa de cortesía.

—Había también una docena o algo así de una chica detective que se llamaba Trixie Belden, y otra que se llamaba Nancy Drew.

—Me parece que ya veo adónde quieres llegar con eso, y lamento desilusionarte, pero es mi deber. Tom Swift, Nancy Drew, los Hardy, Trixie Belden… interesantes reliquias de una era pasada todos ellos, y una magnífica referencia para juzgar lo mucho que ha cambiado la llamada «literatura juvenil» en los últimos ochenta años poco más o menos, pero esos libros tienen poco valor económico o ninguno, aun cuando se conserven en perfecto estado.

—Lo sé —dijo Pete—. Lo consulté en *Fine Books*. Es un blog. Pero mientras hojeaba esos libros, el tío Phil vino al estacionamiento y dijo que tenía otra cosa que quizá me interesara más. Porque yo le había contado que estaba muy metido en la lectura de John Rothstein. Era un ejemplar firmado de *El corredor* en tapa dura. No dedicado, solo con una sencilla firma. El tío Phil me contó que se lo dio un tal Al para saldar una deuda de diez dólares que había perdido en una partida de póquer. El tío Phil me dijo que lo tenía desde hacía casi cincuenta años. Miré los créditos, y es una primera edición.

El señor Ricker estaba retrepado en su silla, pero de pronto se echó hacia delante con un sonoro golpe.

—¡Uau! Sin duda ya sabes que Rothstein no firmaba muchos autógrafos, ¿verdad?

—Sí —contestó Pete—. Según él, eso era «afear un libro que ya estaba bien tal como estaba».

—Ajá, en eso era como Raymond Chandler. ¿Y sabes que los libros firmados valen más cuando llevan solo el autógrafo? ¿*Sin* dedicatoria?

—Sí. Eso dice en *Fine Books*.

—Probablemente una primera edición del libro más famoso de Rothstein firmada *valdría* un buen dinero —el señor Ricker reflexionó—. Aunque, ahora que lo pienso, mejor quita ese «probablemente». ¿En qué estado se encuentra?

—Bueno —respondió Pete al instante—. Un poco de *foxing* en la guarda y en la portadilla, solo eso.

—Veo que *en efecto* has estado leyendo sobre el tema.

—Más desde que mi tío me enseñó el Rothstein.

—¿No estarás en posesión de ese fabuloso libro?

Tengo algo mucho mejor, pensó Pete. Si usted supiera…

A veces lo abrumaba el peso de ese secreto, y nunca más que ese día, mientras decía semejantes mentiras.

Mentiras *necesarias*, se recordó.

—No, pero mi tío me dijo que me lo regalaría si lo quería. Le contesté que tenía que pensármelo, pero él no... ya me entiende...

—¿No tiene ni idea de cuánto podría valer en realidad?

—Sí. Pero entonces empecé a preguntarme...

—¿Qué?

Pete se llevó la mano al bolsillo de atrás, sacó una hoja plegada y se la entregó al señor Ricker.

—Busqué por internet tratantes de aquí, de la ciudad, que se dedicaran a la compraventa de primeras ediciones, y encontré estos tres. Sé que es usted, más o menos, un coleccionista de libros...

—Nada del otro mundo. Con mi salario no puedo permitirme coleccionar en serio, pero tengo un Theodore Roethke firmado que me propongo dejar en herencia a mis hijos. *El despertar*. Excelentes poemas. También un Vonnegut, pero ese no vale mucho; a diferencia de Rothstein, el Padre Kurt lo firmaba todo.

—El caso es que me preguntaba si conocía usted a alguno de estos, y si es así, cuál me recomendaría. Si decidiera permitirle que me regalara el libro y luego... ya me entiende, lo vendiera.

El señor Ricker desplegó la hoja, le echó un vistazo y volvió a posar la vista en Pete. Esa mirada, a la vez entusiasta y compasiva, causó desazón a Pete. Quizá aquello había sido mala idea: ciertamente la creación literaria *no* era lo suyo, pero ahora estaba metido de pleno y no le quedaba más remedio que salir del paso de una manera u otra.

—Resulta que los conozco a todos. Pero caray, muchacho, también sé lo mucho que Rothstein significa para ti, y no solo por el trabajo del año pasado. Dice Annie Davis que lo mencionas a menudo en su clase de Escritura Creativa. Según ella, la trilogía de Gold es tu Biblia.

Pete supuso que eso era verdad, pero hasta ese momento no había sido consciente de su propia indiscreción. Tomó la determinación de hablar menos sobre Rothstein. Podía ser peligroso. Tal vez la gente se retrotrajera en el tiempo y recordara si...

Sí.

—Es bueno tener héroes literarios, Pete, sobre todo si te propones orientar tus estudios universitarios en esa dirección. El Rothstein es tuyo, al menos por ahora, y ese libro podría ser el principio de tu propia biblioteca. ¿Estás seguro de que quieres venderlo?

Pete podía contestar a esa pregunta con relativa sinceridad, pese a que en realidad no era un libro firmado de lo que hablaba.

—Bastante seguro, sí. Las cosas se han puesto un poco difíciles en casa...

—Sé lo que le pasó a tu padre en el Centro Cívico, y no sabes cuánto lo lamento. Al menos atraparon por fin al psicópata antes de que pudiera causar más daño.

—Ahora mi padre ya está mejor, y mi madre y él vuelven a tener trabajo, pero seguramente yo necesite dinero para la universidad, compréndelo...

—Lo comprendo.

—Pero eso no es lo peor, o no lo es ahora mismo. Mi hermana quiere estudiar en Chapel Ridge, y mis padres le han dicho que no puede, al menos no el año que viene. Los números no cuadran. Por un pelo, pero no cuadran. Y me parece que ella necesita ir a un sitio así. La noto un tanto... no sé, *rezagada*.

El señor Ricker, que sin duda había conocido a muchos estudiantes rezagados, asintió, muy serio.

—Pero si Tina se relacionara con un grupo de alumnos trabajadores, sobre todo con una tal Barbara Robinson, una chica a la que conoce de nuestro antiguo barrio, en el Lado Oeste... quizá las cosas cambiaran.

—Está muy bien que pienses en el futuro de tu hermana, Pete. Incluso diría que es muy noble por tu parte.

Pete nunca se había visto a sí mismo como persona «noble». Ante la idea, no pudo contener un parpadeo.

El señor Ricker, quizá advirtiendo su bochorno, depositó de nuevo la atención en la lista.

—Veamos. Grissom Books habría sido tu mejor opción cuando Teddy Grissom aún vivía, pero ahora lleva la tienda su hijo, y es un poco tacaño. Honrado, pero muy miserable. Te dirá que corren tiempos difíciles, pero además él es así.

—De acuerdo...

—Imagino que ya has consultado en internet cuánto podría valer una primera edición firmada de *El corredor*.

—Sí. Dos o tres mil. No bastaría para un curso en Chapel Ridge, pero por algo se empieza. Lo que mi padre llama «una garantía».

El señor Ricker movió la cabeza en un gesto de asentimiento.

—Me parece una suma correcta. Teddy hijo partiría de una oferta de ochocientos. Podrías conseguir que llegara a los mil, pero si siguieras presionando, te daría la espalda y te mandaría por un tubo. Este otro, Buy the Book, es la tienda de Buddy Franklin. No está mal... con lo cual quiero decir que es honrado... pero Buddy no tiene mucho interés en la literatura del siglo xx. Se dedica principalmente a vender mapas antiguos y atlas del siglo xvii a gente rica de Branson Park y Sugar Heights. Pero si pudieras hablar con Buddy para pedirle una valoración del libro y luego acudir a Teddy hijo en Grissom con ese dato, a lo mejor sacarías mil doscientos. No digo que los saques; solo que es posible.

—¿Y Andrew Halliday, Ediciones Raras?

El señor Ricker frunció el entrecejo.

—Yo ni me acercaría a Halliday. Tiene una tienda pequeña en Lacemaker Lane, esa zona comercial a un paso de Lower Main Street. El local no es mucho más ancho que un vagón de tren, pero de largo abarca casi toda la manzana. Parece que le van muy bien las cosas, pero a mí me da mala espina. Según he oído, no es muy escrupuloso en cuanto a la procedencia de ciertos artículos. ¿Sabes a qué me refiero?

—La transmisión de propiedad.

—Exacto. Acabar con un papel donde diga que eres el legítimo dueño de lo que intentas vender. Lo único que sé con seguridad es que hace unos quince años Halliday vendió un ejemplar de prueba de *Elogiemos ahora a hombres famosos* de James Agee, y resultó que procedía del patrimonio dejado en herencia por Brooke Astor, una ancianita rica de Nueva York con un administrador amigo de lo ajeno. Halliday presentó un recibo, y su versión de cómo había llegado el libro a sus manos era verosímil, así que la investigación no fue más allá. Pero los recibos pueden falsificarse, como sabrás. Yo no me acercaría a él.

—Gracias, señor Ricker —dijo Pete, pensando que si seguía adelante con el plan, Andrew Halliday, Ediciones Raras sería su primer alto en el camino. Pero tendría que ser muy muy cauto, y si el señor Halliday no se prestaba a la compraventa en efectivo, *no* habría trato. Además, bajo ninguna circunstancia podía llegar a conocer el nombre de Pete. Tal vez le conviniera disfrazarse, aunque sin exagerar.

—De nada, Pete, pero si te dijera que veo claro este asunto, te mentiría.

En eso Pete coincidía. Él mismo no lo veía del todo claro.

Pasado un mes, contemplaba aún sus opciones, y casi había llegado a la conclusión de que intentar vender siquiera uno de los cuadernos sería un riesgo excesivo para una recompensa tan pequeña. Si acababa en manos de un coleccionista privado —como aquellos sobre los que había leído alguna vez, personas que compraban cuadros valiosos para colgarlos en habitaciones secretas donde solo ellos podían mirarlos—, no habría problema. Pero no podía tener la certeza de que eso fuera a ocurrir. Cada día se decantaba más por la idea de donarlos anónimamente, quizá enviarlos por correo a la Biblioteca de la Universidad de Nueva York. Sin duda el conservador de una institución así comprendería su valor. Pero ese proceso incluía una exposición pública que prefería eludir; no era ni mucho menos como dejar un sobre con dinero en el buzón anónimo de una esquina. ¿Y si alguien de la oficina de correos lo recordaba?

Y una noche lluviosa, a finales de abril de 2014, Tina volvió a entrar en su habitación. La Señora Beasley había desaparecido hacía mucho tiempo, y los mamelucos habían dado paso a una holgada camiseta de futbol de los Browns de Cleveland, pero Pete seguía viéndola en gran medida como la niña preocupada que, durante la Época de las Malas Sensaciones, preguntaba si sus padres iban a divorciarse. Llevaba el pelo recogido en coletas, y sin el escaso maquillaje que su madre le permitía usar (Pete sospechaba que se aplicaba más capas al llegar a la escuela) aparentaba una edad más cercana a los diez que a la suya real, que iba ya para trece. Pensó: Teens es casi una adolescente. Costaba creerlo.

—¿Puedo entrar un momento?

—Claro.

Tendido en su cama, leía una novela de Philip Roth titulada *Cuando ella era buena*. Tina se sentó en la silla del escritorio, se jaló el dobladillo de la camiseta-camisón para bajárselo hasta las espinillas y de un soplido se apartó unos cabellos errantes de la frente, salpicada de un ligero y disperso acné.

—¿Te ronda algo la cabeza? —preguntó Pete.

—Mmm... sí. —Pero no siguió.

Pete la apuntó con la nariz arrugada.

—Vamos, suéltalo. ¿Te ha rechazado algún chico del que te habías enamorado?

—Aquel dinero lo enviabas tú —dijo—. ¿Verdad que sí?

Pete, atónito, la miró. Intentó hablar, pero no pudo. Intentó convencerse de que ella no había dicho lo que acababa de decir, pero tampoco pudo.

Tina asintió como si él hubiese reconocido el hecho.

—Sí, lo enviabas tú. Te lo veo en la cara.

—No lo mandaba yo, Teens. Lo que pasa es que me tomaste por sorpresa. ¿De dónde iba yo a sacar semejante cantidad de dinero?

—No lo sé, pero recuerdo que una noche me preguntaste qué haría si encontrara un tesoro enterrado.

—¿Eso te pregunté yo? —dijo, y pensó: Estabas medio dormida. *No* puede ser que te acuerdes.

—Doblones, dijiste. Monedas antiguas. Yo contesté que se lo daría a papá y mamá para que no se pelearan más, y eso es lo que hiciste. Solo que no era el tesoro de un pirata; era dinero normal y corriente.

Pete dejó el libro a un lado.

—No se te ocurra decírselo a ellos. Igual se lo creerían.

Tina lo miró con expresión solemne.

—No pienso decírselo. Pero necesito hacerte una pregunta... ¿de verdad se ha acabado?

—Eso decía en la nota del último sobre —respondió Pete con cautela—, y no ha llegado nada más desde entonces, así que eso supongo.

Ella dejó escapar un suspiro.

—Ya. Es lo que me imaginaba. Pero tenía que preguntártelo —se levantó para marcharse.

—¿Tina?

—¿Qué?

—Siento mucho lo de Chapel Ridge y demás, de verdad. Ojalá el dinero *no* se hubiera acabado.

Ella volvió a sentarse.

—Guardaré tu secreto si tú guardas uno que tenemos mamá y yo. ¿Sale?

—Sale.

—En noviembre pasado me llevó de visita a Chap... así lo llaman las chicas... un día de puertas abiertas. No quería que papá se enterase, porque pensó que se enfadaría, pero por entonces aún creía que quizá *pudieran* permitírselo, sobre todo si yo conseguía una beca por bajos ingresos. ¿Sabes lo que es eso?

Pete asintió.

—Solo que entonces el dinero aún no había dejado de llegar, y fue antes de esa extraña ola de frío y nevadas de diciembre y enero. Vimos unas cuantas aulas, y el laboratorio de ciencias. Hay tropecientas computadoras. También vimos el gimnasio, que es increíblemente grande, y las regaderas. Además, en el vestidor tienen cambiadores independientes, y no solo corrales de ganado como en Northfield. Al menos para las chicas. Adivina quién era la guía de nuestro grupo.

—¿Barbara Robinson?

Tina sonrió.

—Me alegré mucho de volver a verla —de pronto su sonrisa se apagó—. Me saludó y me abrazó y me preguntó por todos, pero me di cuenta de que apenas me recordaba. ¿Por qué iba a recordarme? ¿Sabías que ella, Hilda y Betsy y otro par de amigas mías de entonces estuvieron en el concierto de 'Round Here? ¿Aquel donde el hombre que atropelló a papá intentó hacer estallar una bomba?

—Sí —Pete también sabía que el hermano mayor de Barbara Robinson había contribuido a salvar a Barbara y sus amigas, y quizá a otros miles de personas. Le habían concedido una medalla o una llave de la ciudad o algo así. Eso sí era verdadero heroísmo, y no andar furtivamente de aquí para allá mandando dinero robado por correo a los padres.

—¿Sabías que me invitaron a ir con ellas aquella noche?

—¿Cómo? ¡No!

Tina asintió.

—Dije que no podía porque estaba enferma, pero no lo estaba. Fue porque mamá me dijo que no podían pagarme el boleto para un concierto. Nos mudamos al cabo de un par de meses.

—Vaya, lo que son las cosas, ¿no?

—Sí, me perdí la emoción.

—¿Y cómo estuvo la visita al colegio?

—Bien, pero nada del otro mundo. Me adaptaré a Northfield. Ya verás, en cuanto se enteren de que soy hermana de todo un alumno de cuadro de honor, me lo pondrán más fácil.

Pete se entristeció de pronto, y casi le entraron ganas de llorar. Debía de ser por la dulzura natural de Tina unida a esos granos desperdigados por la frente. Se preguntó si las otras niñas se metían con ella por eso. Si aún no se metían, no tardarían en hacerlo.

Abrió los brazos.

—Ven aquí —dijo. Ella se acercó, y Pete la estrechó contra su pecho. Luego la sujetó por los hombros y la miró con severidad—. Pero sobre ese dinero… eso no era cosa mía.

—Ajá, de acuerdo. Y aquel cuaderno que leías… ¿lo encontraste junto con el dinero, pues? Seguro que sí —dejó escapar una risita—. Aquella noche, cuando te sorprendí, pusiste cara de culpabilidad.

Pete alzó la vista al techo.

—Vete a la cama, chamaca.

—Muy bien —en la puerta Tina se dio media vuelta—. Pero sí me gustaron aquellos cambiadores independientes en el vestidor. Y también otra cosa. ¿Quieres saber qué? Te parecerá raro.

—Adelante, dímelo.

—Los alumnos van de uniforme. El de las mujeres es una falda gris, una blusa blanca y calcetines blancos hasta la rodilla. También hay suéteres, para quien quiera. Unos grises, como la falda; otros de un rojo oscuro muy bonito: rojo cazador, lo llaman, o eso decía Barbara.

—Uniforme —repitió Pete, desconcertado—. Te gusta la idea de llevar *uniforme*.

—Ya sabía yo que te parecería raro. Porque los chavos no conocen a las chavas. Las chavas pueden ser un poco crueles si una no lleva la ropa que hay que llevar, o incluso si lleva demasiado la ropa que hay que llevar. Puedes ponerte distintas blusas, o los tenis los martes y los jueves, puedes peinarte de maneras distintas, pero no tardan… las chavas crueles… en descubrir que solo tienes tres suéteres y seis faldas buenas para ir al colegio. Entonces empiezan a decir cosas. En cambio, si todo el mundo lleva lo mismo a diario… excepto quizá el suéter de distinto color… —volvió a apartarse de un soplido aquellos mechones errantes—. Los chavos no tienen ese problema.

—Pues sí que lo entiendo —dijo Pete.

—Da igual, mamá va a enseñarme a hacerme yo misma la ropa, y entonces tendré más. Prendas sencillas, patrones de costura Butterick. Además, tengo amigas. Muchas.

—Por ejemplo, Ellen.

—Ellen no está mal.

Solo que va derecha a un gratificante empleo de mesera en un bar o en un restaurante de comida rápida cuando acabe la preparatoria, pensó Pete, pero calló. Eso si no se queda embarazada a los dieciséis años.

—Yo solo quería decirte que si estás preocupado, no tienes por qué.

—No lo estoy —respondió Pete—. Sé que saldrás adelante. Y no era yo quien enviaba el dinero. De verdad.

Tina le dirigió una sonrisa mezcla de complicidad y tristeza, y en ese momento pareció cualquier cosa menos una niña.

—Sale. Entendido.

Se marchó y, al salir, cerró la puerta con delicadeza.

Esa noche Pete se quedó en vela largo rato. No mucho después cometió el mayor error de su vida.

1979-2014

Morris Randolph Bellamy fue condenado a cadena perpetua el 11 de enero de 1979, y durante un breve tiempo las cosas se sucedieron deprisa antes de empezar a sucederse despacio. Y más despacio. Y más despacio. Ingresó en la prisión estatal de Waynesville a las seis de la tarde del día que se dictó sentencia. Su compañero de celda, un tal Roy Allgood condenado por asesinato, lo violó por primera vez cuarenta minutos después de apagarse las luces.

—Quédate quieto y no te cagues en mi verga, muchacho —le susurró al oído—. Si te cagas, te corto la nariz. Parecerás un cerdo mordido por un caimán.

Morris, que ya había sido violado antes, se quedó quieto, mordiéndose el antebrazo para no gritar. Se acordó de Jimmy Gold, tal como era Jimmy antes de empezar a perseguir el Pavo Dorado. Cuando era un auténtico héroe. Se acordó de Harold Fineman, el amigo de Jimmy en la preparatoria (Morris nunca había tenido amigos en la preparatoria), quien decía que todo lo bueno se acababa, de donde se desprendía que lo contrario era igualmente cierto: también todo lo malo se acababa.

Aquello en particular, la cárcel, era malo y se alargó mucho tiempo, y entretanto Morris repetía una y otra vez en su cabeza el mantra de Jimmy en *El corredor*: *No hay mierda que importe una mierda, no hay mierda que importe una mierda, no hay mierda que importe una mierda.* Ayudaba.

Un poco.

En las semanas posteriores Roy Allgood lo violó unas noches por el culo y otras por la boca. En general Morris prefería tomar por el culo, donde no tenía papilas gustativas. Tanto en un caso como en otro, Cora Ann Hooper, la mujer a quien tan estúpidamente había agredido durante el episodio de amnesia alcohólica, estaba siendo resarcida mediante lo que quizá habría considerado una justicia perfecta. Con todo, ella solo había tenido que soportar la intrusión no deseada una vez.

Waynesville tenía incorporada una fábrica textil. Esta confeccionaba jeans y camisas de trabajo. En su quinto día en el taller de teñido, un amigo de Allgood agarró a Morris por la muñeca, lo llevó detrás de la tina de azul número tres y le ordenó que se desabrochara el pantalón.

—Quédate quieto y déjame hacer a mí —ordenó a Morris. Al terminar, añadió—: No soy marica ni nada por el estilo, pero tengo que arreglármelas, como todo el mundo. Si se te ocurre decirle a alguien que soy un puto marica, te mato.

—No se lo diré a nadie —prometió Morris.

No hay mierda que importe una mierda, se dijo. No hay mierda que importe una mierda.

Un día, a mediados de marzo de 1979, un típico ángel del infierno con músculos tatuados se acercó resueltamente a Morris en el patio de ejercicio.

—¿Sabes escribir? —preguntó ese individuo con un inconfundible acento del Sur Profundo—. Según he oído, sabes escribir.

—Sí, sé escribir —contestó Morris. Vio que Allgood se aproximaba, se fijaba en quién acompañaba a Morris y se desviaba hacia la pista de basquetbol, en el extremo opuesto del patio.

—Soy Warren Duckworth. La mayoría de la gente me llama Duck.

—Yo soy Morris Bel...

—Ya sé quién eres. Escribes bastante bien, ¿verdad?

—Sí —Morris habló sin titubeos ni falsa modestia. No le había pasado inadvertido el hecho de que Roy Allgood de pronto hubiera buscado otro sitio donde estar.

—¿Podrías escribirle una carta a mi mujer si yo te dijera más o menos qué decirle? Solo que mejor expresado, pongamos.

—Sí podría, y lo haré, pero tengo un pequeño problema.

—Ya sé cuál es tu problema —dijo su nuevo conocido—. Escribe una carta a mi mujer que la haga feliz, una carta para que deje quizá de hablar de divorcio, y no tendrás una sola complicación más con ese jodido maricón de tu cuchitril.

El jodido maricón de mi cuchitril soy *yo*, pensó Morris, pero vio un tenue rayo de esperanza.

—Oiga, voy a escribirle a su mujer la carta más bonita que recibirá en su vida.

Mirando los brazos colosales de Duckworth, se acordó de un documental sobre la naturaleza que había visto: ciertos pájaros vivían en la boca de los cocodrilos y se aseguraban la supervivencia día a día picoteando trozos de comida en las fauces de los reptiles. Morris opinaba que probablemente esos pájaros salían ganando con el trato.

—Necesitaría papel —dijo, acordándose del reformatorio, donde recibía solo cinco miserables hojas de Blue Horse, papel con enormes manchas de pulpa semejantes a lunares precancerosos.

—Te conseguiré el papel. Tanto como quieras. Solo tienes que escribir esa carta y decir al final que todas las palabras han salido de mi boca y tú no has hecho más que ponerlas en la hoja.

—De acuerdo, dígame qué es lo que más le gustaría oír a su mujer, lo que la haría feliz.

Duck se detuvo a reflexionar y de pronto se le iluminó el semblante.

—¿Que coge muy bien?

—Eso seguro que ya lo sabe —ahora fue Morris quien se detuvo a reflexionar—. ¿Qué parte de su propio cuerpo cambiaría ella si pudiera? ¿Lo ha dicho alguna vez?

Profundas arrugas surcaron la frente de Duck.

—Ni idea, aunque siempre anda diciendo que tiene el culo muy grande. Pero no pongas eso, o estropearás más las cosas en lugar de arreglarlas.

—No, lo que pondré es lo mucho que disfruta usted tocándole el culo y apretándoselo.

Ahora Duck sonreía.

—Anda con cuidado, o te violaré yo mismo.

—¿Cuál es el vestido preferido de su mujer? ¿Tiene alguno?

—Sí, uno verde. De seda. Se lo regaló su madre el año pasado, poco antes de acabar yo en el bote. Se pone ese cuando vamos a bailar —bajó la mirada—. Más vale que ahora no salga a bailar, pero podría. Eso lo sé. Quizá no sepa escribir mucho más que mi puto nombre, pero no soy tonto.

—Puedo escribir lo mucho que a usted le gusta apretarle el culo cuando lleva ese vestido verde. ¿Eso qué tal? Puedo decir que se pone cachondo al pensar en eso.

Duck miró a Morris con una expresión hasta ese momento ajena a la experiencia de Morris en Waynesville: era de respeto.

—Vaya, eso no está nada mal.

Morris seguía dándole vueltas. Las mujeres no solo pensaban en el sexo cuando pensaban en hombres; el sexo no era romántico.

—¿De qué color tiene el pelo?

—Pues ahora mismo no lo sé. Es lo que llamamos «castaño claro» cuando no se lo tiñe.

Eso de *castaño claro* no tenía musicalidad, o al menos Morris no se la veía, pero siempre había formas de sortear esas dificultades. Lo asaltó la impresión de que la tarea encomendada era en gran medida como vender un producto en una agencia publicitaria, pero apartó la idea de la cabeza al instante. Al fin y al cabo, la supervivencia era la supervivencia.

—Escribiré lo mucho que le gusta ver el brillo del sol reflejado en su pelo, sobre todo por la mañana —dijo.

Duck no contestó. Observaba a Morris con las pobladas cejas muy juntas.

—¿Qué? ¿No le suena bien?

Duck agarró del brazo a Morris, quien por un horrendo momento tuvo la certeza de que iba a tronchárselo como una rama muerta. El grandulón llevaba la palabra ODIO tatuada en los nudillos.

—Parece poesía —dijo Duck en un susurro—. Mañana mismo te traigo el papel. En la biblioteca hay mucho.

Esa noche, cuando Morris regresó a la galería después de teñir de azul durante el turno de tres a nueve, su cuchitril estaba vacío. Rolf Venziano, el ocupante de la celda contigua, informó a Morris de que Roy Allgood estaba en la enfermería. Cuando Allgood regresó al otro día, tenía los dos ojos morados y la nariz entablillada. Miró a Morris desde su litera; luego se dio la vuelta y se quedó de cara a la pared.

Warren Duckworth fue el primer cliente de Morris. A lo largo de los treinta y seis años siguientes tuvo otros muchos.

A veces Morris, en sus noches de insomnio, tendido de espaldas en la celda (a principios de la década de los noventa tenía una celda individual, con un estante de libros manoseados), al final lograba serenarse evocando el recuerdo de cómo descubrió a Jimmy Gold. Ese momento fue un intenso rayo de luz en la confusa y virulenta oscuridad de su adolescencia.

Por entonces sus padres se peleaban sin cesar, y si bien él había desarrollado una vehemente aversión por los dos, su madre poseía una armadura mejor para protegerse del mundo, y por tanto él adoptó de ella su amago de sonrisa —una mueca despectiva y sarcástica— y la demoledora actitud de superioridad que la acompañaba. Salvo por Lengua y Literatura, asignatura en la que sacaba excelentes calificaciones (cuando se lo proponía), era un alumno que a duras penas aprobaba. Ante eso Anita Bellamy, boleta de calificaciones en mano, incurría en grandes arrebatos de histeria. Morris no tenía amigos, pero sí muchos enemigos. Fue víctima de palizas en tres ocasiones. Dos se las propinaron muchachos que sencillamente veían con malos ojos su actitud en conjunto, pero la tercera fue obra de un joven con un motivo de queja más concreto. Era un tal Pete Womack, jugador de futbol de último curso, una verdadera mole, a quien no le gustó la ojeada que echó Morris a su novia en el comedor un día durante el almuerzo.

—¿Tú qué miras, cara de rata? —preguntó Womack a la vez que las mesas en torno al solitario espacio ocupado por Morris quedaban en silencio.

—A ella —contestó Morris. Estaba asustado, y en sus momentos lúcidos normalmente el miedo imponía un mínimo de contención a su comportamiento, pero nunca había sido capaz de resistirse a un público.

—Pues más vale que lo dejes —instó Womack, sin mucha convicción. Pretendía dejar un resquicio a Morris. Quizá Pete Womack era consciente de que medía un metro ochenta y cinco y pesaba cien kilos, en tanto que el novato de mierda sentado allí solo, un alfeñique de labios rojos, no llegaba al metro setenta y pesaba sesenta y cinco kilos escasos. Quizá también fuera consciente de que aquellos que observaban la escena —incluida su novia, a todas luces abochornada— repararían en esa disparidad.

—Si no quiere que la miren —dijo Morris—, ¿por qué se viste así?

Morris consideró que eso era un cumplido (un cumplido con doble sentido, desde luego), pero Womack no pensó lo mismo. Circundó la mesa con los puños ya en alto. Morris lanzó un único golpe, pero certero, que dejó a Womack un ojo morado. Por supuesto, después de eso se llevó una buena tunda, y ganada a pulso, pero ese único puñetazo suyo fue una revelación. *Llegado el caso*, lucharía. Era bueno saberlo.

En castigo, los dos fueron expulsados temporalmente, y esa noche Morris recibió de su madre un sermón de veinte minutos sobre la resistencia pasiva, junto con el cáustico comentario de que, en general, *las peleas en el comedor* no se contaban entre las actividades extraescolares que buscaban las mejores universidades en las solicitudes de ingreso de los aspirantes a una plaza.

Detrás de ella, su padre levantó el vaso de martini y le guiñó el ojo. El gesto parecía dar a entender que George Bellamy, pese a vivir en esencia bajo el yugo de su mujer, también lucharía en determinadas circunstancias. Con todo, huir era la posición por defecto de su querido padre, y durante el segundo semestre del primer curso de Morris en Northfield, Georgie-Porgie huyó definitivamente de aquel matrimonio, deteniéndose solo para recoger el saldo que quedaba en la cuenta corriente de los Bellamy. Las inversiones de las que antes se jactaba no existían, o se habían ido al garete. Anita Bellamy se quedó con un montón de facturas y un hijo rebelde de catorce años.

Solo conservó dos activos tras irse su esposo a paradero desconocido. Una era el marco con la nominación al Pulitzer por aquel libro suyo; la otra, la casa donde Morris se había criado, situada en la mejor zona del Lado Norte. Estaba libre de hipoteca, porque ella se había negado rotundamente a plasmar su firma en los papeles del banco que un día su marido llevó a casa, inmune por una vez al entusiasmo con que él defendió una oportunidad de inversión que no debía perderse bajo ningún concepto. La vendió cuando él se fue, y se trasladaron a Sycamore Street.

—Hemos perdido nivel —reconoció ella ante Morris el verano entre primero y segundo de preparatoria—, pero nuestras reservas económicas se repondrán. Y al menos este es un barrio de blancos —hizo un alto para revisar ese último comentario y añadió—: Y no es que tenga prejuicios.

—No, mamá —dijo Morris—. ¿Quién iba a pensar una cosa así?

Por lo regular, no le gustaba que la llamara «mamá», y así se lo hacía saber, pero aquel día se quedó callada, lo que lo convirtió en un buen día. Era siempre un buen día cuando él conseguía ofenderla. Tenía muy pocas oportunidades.

A principios de los años setenta, los informes de lectura de libros eran todavía obligatorios en Lengua y Literatura de segundo en Northfield. Los alumnos recibían una lista en ciclostil de libros previamente aprobados entre los que escoger. A Morris le parecieron bodrios en su mayoría y, como de costumbre, no tuvo el menor reparo en decirlo.

—¡Miren! —exclamó desde su sitio en la última fila—. ¡Copos de avena americanos de cuarenta sabores!

Algunos de sus compañeros se rieron. Conseguía hacerlos reír de vez en cuando, y aunque era cierto que no podía granjearse su simpatía, eso a él le daba igual. Eran chicos sin porvenir, camino de matrimonios sin porvenir y empleos sin porvenir. Criarían a hijos sin porvenir y acunarían a nietos sin porvenir antes de acabar en hospitales y residencias para ancianos sin porvenir y precipitarse a la oscuridad convencidos de que habían vivido el sueño americano y Jesús saldría a recibirlos a las puertas del cielo al frente del comité de bienvenida. Morris apuntaba más alto. Solo que no sabía a qué.

La señorita Todd —por entonces de la edad que tendría Morris cuando él y sus secuaces irrumpieron en casa de John Rothstein— le pidió que se quedara después de clase. Morris permaneció repantigado en su pupitre mientras los otros chicos salían, previendo que Todd le entregara una notificación de castigo. No sería el primero que le imponía por hablar más de la cuenta en clase, pero sí sería el primero en Lengua y Literatura, y eso en cierto modo lo lamentaba. Acudió a su cabeza un vago pensamiento expresado en la voz de su padre —*Estás quemando demasiadas naves, Morrie*—, que se esfumó como una voluta de vapor.

La señorita Todd (no precisamente guapa de cara pero con un cuerpo que quitaba el hipo), en lugar de entregarle una notificación de castigo, introdujo la mano en su voluminosa bolsa de libros y sacó un ejemplar en rústica de cubierta roja. En la ilustración, en amarillo, un joven fumaba recostado contra un muro de ladrillo. Más arriba se leía el título: *El corredor*.

—No pierdes ocasión de hacerte el listo, ¿eh? —preguntó la señorita Todd. Se sentó en el pupitre contiguo al suyo. Llevaba minifalda y lucía sus largos muslos enfundados en unas medias relucientes.

Morris guardó silencio.

—En este caso, ya lo veía venir. Razón por la que he traído hoy este libro. Eso tiene su lado bueno y su lado malo, mi amigo sabelotodo. Te libras del castigo pero te quedas sin posibilidad de elección. Tienes que leer este libro y solo este. No figura en la lista aprobada por el consejo escolar, y supongo que podría meterme en un lío por dártelo, pero confío en tu bondad natural, que, me gustaría creer, está ahí dentro de ti, en algún sitio, por minúscula que sea.

Morris echó una ojeada al libro y a continuación recorrió con la mirada las piernas de la señorita Todd, sin el menor esfuerzo por disimular su interés.

Ella se dio cuenta y sonrió. Por un momento Morris vislumbró todo un futuro para ellos, en su mayor parte en la cama. Sabía que esas cosas pasaban realmente. *Profesora apetecible busca adolescente para clases extraescolares de educación sexual.*

Ese globo de fantasía duró quizá dos segundos. La señorita Todd lo reventó con la sonrisa todavía en los labios.

—Tú y Jimmy Gold harán buenas migas. Es muy sarcástico y se detesta a sí mismo, el cabroncito. Más o menos como tú —se levantó. La falda volvió a su sitio, cinco centímetros por encima de las rodillas—. Buena suerte con el informe de lectura. Y la próxima vez que eches un vistazo bajo la falda de una mujer, quizá te convenga recordar una frase de Mark Twain: «*Mirar* está al alcance de cualquier holgazán necesitado de un corte de pelo».

Morris salió del aula con la cola entre las patas, rojo de vergüenza: por una vez no solo lo habían puesto en su sitio, sino que lo habían incrustado y clavado en él. Sintió la tentación de tirar el libro a una cloaca en cuanto bajara del autobús en la esquina de Sycamore con Elm, pero se lo quedó. No porque temiera unas horas de castigo después de clase o una expulsión temporal. ¿*Qué* podía hacerle la señorita Todd si el libro no formaba parte de la lista aprobada? Se lo quedó por el chico de la portada. El chico que miraba a través del humo del cigarro con una mezcla de hastío e insolencia.

Es muy sarcástico y se detesta a sí mismo, el cabroncito. Más o menos como tú.

Su madre no estaba en casa, y no regresaría hasta pasadas las diez. Daba clases a adultos en el City College para aumentar sus ingresos. Morris sabía que ella aborrecía ese trabajo, lo consideraba muy por debajo de sus aptitudes, y a él le parecía bien. Ni modo, mamá, pensó. No hay de otra.

El congelador estaba a rebosar de cenas precocinadas. Tomó una al azar y la metió en el horno, con la idea de leer un rato hasta que estuviera lista. Después de la cena podía ir al piso de arriba, tomar una *Playboy* de su padre de debajo de la cama (*mi herencia del viejo*, pensaba a veces) y pelársela un rato.

Se olvidó de poner el temporizador, y fue el tufo a estofado de carne quemado lo que lo apartó del libro noventa largos minutos después. Había leído las cien primeras páginas, y no estaba ya en Tree Streets, en aquella casucha unifamiliar de mierda construida en la posguerra, sino vagando por las calles de Nueva York con Jimmy Gold. Como en un sueño, Morris fue a la cocina, se puso unos guantes, extrajo del horno aquel emplasto, lo tiró a la basura y volvió a concentrarse en *El corredor*.

Tendré que leerla otra vez, pensó. Se sentía como si tuviera un poco de fiebre. Y con un marcador, se dijo. Es mucho lo que hay que subrayar y recordar. Muchísimo.

Para los lectores, tomar conciencia de que *son* lectores es uno de los descubrimientos más electrizantes de la vida: de que son capaces no solo de leer (eso Morris ya lo sabía), sino además de enamorarse de la lectura. Perdidamente. Con delirio. El primer libro que ejerce ese efecto nunca se olvida, y cada página parece traer una revelación nueva, una que abrasa y exalta: *¡Sí! ¡Así es! ¡Sí! ¡También yo he visto eso!* Y por supuesto: *¡Eso pienso yo! ¡Eso SIENTO yo!*

Morris escribió un informe de lectura de diez páginas sobre *El corredor*. La señorita Todd se lo devolvió con un diez y un único comentario: *Sabía que alucinarías.*

Él deseó decirle que aquello no era un alucine; era amor. Amor *verdadero*. Y el amor verdadero nunca moría.

El corredor entra en combate era igual de buena que *El corredor*, solo que Jimmy ahora, en lugar de ser un forastero en Nueva York, era un forastero en Europa, que cruzaba Alemania luchando, viendo morir a sus amigos, y al final fijaba una mirada inexpresiva, más allá del horror, a través de la alambrada de uno de los campos de concentración. *Los supervivientes esqueléticos, deambulando de aquí para allá, confirmaron lo que Jimmy había sospechado durante años*, escribió Rothstein. *Todo era un error.*

Valiéndose de una plantilla, Morris copió esas frases en una fuente gótica moderna y clavó la hoja con una tachuela a la puerta de su habitación, la que más tarde ocuparía un niño llamado Peter Saubers.

Su madre la vio allí colgada, esbozó su amago de sonrisa sarcástica, y no dijo nada. Al menos no entonces. Su discusión acerca de la trilogía de Gold se produjo dos años más tarde, después de leer ella misma los libros en diagonal. El resultado de la discusión fue que Morris se emborrachó; el resultado de la borrachera fue un allanamiento de morada y una agresión; el resultado de esos delitos fueron nueve meses en el Centro Penitenciario de Menores de Riverview.

Pero antes de todo eso vino *El corredor afloja la marcha*, que Morris leyó con creciente horror. Jimmy se casó con una buena chica. Jimmy consiguió un empleo en el mundo de la publicidad. Jimmy empezó a engordar. La mujer de Jimmy quedó embarazada del primero de los tres pequeños Gold, y se mudaron a las afueras. Allí Jimmy entabló amistades. Su mujer y él organizaron parrilladas en el jardín trasero. Jimmy presidió esas reuniones ante el asador con un delantal en el que se leía EL COCINERO SIEMPRE TIENE LA RAZÓN. Jimmy engañó a su mujer, y su mujer lo engañó a él. Jimmy empezó a tomar Alka-Seltzer para la acidez de estómago y un fármaco llamado mepromabato para la resaca. Por encima de todo, Jimmy persiguió el Pavo Dorado.

Morris leyó con rabia y consternación crecientes esta sucesión de abominables acontecimientos. Se sintió igual, supuso, que su madre al descubrir que su marido, a quien creía tener bajo su yugo sin mayor problema, había estado vaciando todas las cuentas a la vez que se sometía solícitamente a la voluntad de ella y corría a atender hasta el menor de sus deseos, sin levantarle ni una sola vez la mano para borrar de una bofetada el amago de sonrisa sarcástica de aquella cara hipereducada.

Morris mantuvo la esperanza de que Jimmy despertara. De que recordara quién era —o al menos quién había sido— y abandonara esa vida absurda y vacía que llevaba. Por el contrario, *El corredor afloja la marcha* terminaba en el momento en que Jimmy celebra su campaña de mayor éxito —Duzzy-Doo, por amor de Dios— exclamando con jactancia: *¡Y ya verán el año que viene!*

En el centro penitenciario de menores se exigió a Morris que visitara a un psiquiatra una vez por semana. El psiquiatra se llamaba Curtis Larsen. Los chicos lo llamaban Curti el Corto. Al final de las sesiones, Curti el Corto siempre repetía a Morris la misma pregunta: «¿Quién tiene la culpa de que estés aquí, Morris?».

La mayoría de los chicos, incluso los tontos de remate, conocían la respuesta correcta. Morris también, pero se negaba a darla. «Mi madre», decía cada vez que se lo preguntaban.

En la última sesión, poco antes del final de la pena, Curti el Corto cruzó los brazos sobre el escritorio y miró a Morris en silencio durante una larga sucesión de segundos. Como Morris sabía, Curti el Corto esperaba a que él bajara la vista. Se resistió.

—En mi oficio —dijo por fin Curti el Corto— existe un término para describir tu reacción: evitación de la culpa. ¿Volverás aquí si sigues evitando la culpa? Seguramente no. Dentro de unos meses cumplirás los dieciocho, así que la próxima vez que te toque la lotería, y habrá una próxima vez, te procesarán como adulto. A no ser que cambies, claro está. Así pues, por última vez: ¿quién tiene la culpa de que estés aquí?

—Mi madre —contestó Morris sin el menor titubeo. Porque no era evitación de la culpa; era la verdad. La lógica era inapelable.

Entre los quince y los diecisiete años Morris leyó los dos primeros volúmenes de la trilogía de Gold obsesivamente, subrayando y haciendo muchas anotaciones. Releyó *El corredor afloja la marcha* solo una vez, y tuvo que obligarse a acabarlo. Siempre que lo tomaba, se le formaba una bola de plomo en el vientre, porque sabía qué iba a pasar. Su resentimiento con el creador de Jimmy Gold, Rothstein, creció. ¡Por haber destruido a Jimmy de esa manera! ¡Por no haberle permitido siquiera marcharse en medio de un resplandor de gloria en lugar de *vivir*! ¡Por contemporizar, y buscar atajos, y creer que acostarse con aquella putilla de su calle, la vendedora de Amway, significaba que aún era un rebelde!

Morris se planteó escribir una carta a Rothstein para pedirle —no, *exigirle*— explicaciones, pero sabía por el reportaje de la revista *Time* que el muy hijo de puta ni siquiera leía la correspondencia de sus admiradores, y menos aún la contestaba.

Como Ricky el Hippy diría a Pete Saubers años más tarde, la mayoría de los hombres y mujeres que se enamoran de las obras de un escritor en particular —los Vonnegut, los Hesse, los Brautigan y los Tolkien— al final encuentran nuevos ídolos. Después de su desencanto con *El corredor afloja la marcha*, eso mismo podría haberle ocurrido a Morris. Antes de que eso sucediera, tuvo lugar la discusión con la arpía que estaba decidida a amargarle la vida porque ya no podía echarle las garras al hombre que se la había amargado a ella. Anita Bellamy, con su cuasi-Pulitzer enmarcado y su desparramada mata de pelo rubio teñido y su amago de sonrisa sarcástica.

Durante las vacaciones de febrero de 1973, ella leyó en diagonal las tres novelas de Jimmy Gold en un solo día. Y eran los ejemplares de él, sus ejemplares *privados*, que ella sustrajo del estante de su dormitorio. Estaban tirados en la mesita de centro cuando él llegó, *El corredor entra en combate* absorbiendo la humedad del círculo de condensación dejado por la copa de vino de su madre. Fue una de las pocas veces en su vida adolescente en que Morris se quedó sin habla.

No así Anita.

—Hace ya más de un año que hablas de estos libros, así que por fin he decidido ver a qué viene tanto entusiasmo —tomó un sorbo de vino—. Y como tenía la semana libre, los he leído. Pensaba que me llevaría más de un día, pero ahí no hay mucho *contenido*, ¿no crees?

—Tú... —Morris se atragantó por un momento. A continuación exclamó—: ¡Entraste en mi habitación!

—Nunca pones ningún reparo cuando entro a cambiarte las sábanas, o cuando te devuelvo la ropa, limpia y doblada. ¿Pensabas quizá que el Hada de la Lavada se ocupaba de esas tareas?

—¡Esos libros son míos! ¡Estaban en el estante que les reservo especialmente! No tenías derecho a agarrarlos.

—Volveré a dejarlos con mucho gusto. Y no te preocupes, no he tocado las revistas que tienes debajo de la cama. Sé que los chicos necesitan... diversión.

Morris dio un paso al frente con la sensación de que tenía unos zancos por piernas y recogió los libros con la sensación de que tenía garfios por manos. La contraportada de *El corredor entra en combate* se había empapado a causa de la maldita copa, y pensó: si un volumen de la trilogía tenía que mojarse, ¿por qué no podría haber sido *El corredor afloja la marcha*?

—Reconozco que son creaciones interesantes —había empezado a hablar con su tono profesoral más serio—. Muestran, aunque sea solo eso, el gradual desarrollo de un autor de relativo talento. Las dos primeras son de una inmadurez deplorable, eso desde luego, tal como *Tom Sawyer* es una novela inmadura en comparación con *Huckleberry Finn*, pero la última... aunque no está a la altura de *Huck Finn*... muestra maduración.

—¡El último da *pena*! —vociferó Morris.

—No hace falta que levantes la voz, Morris. No hace falta que *grites*. Puedes defender tu postura sin necesidad de eso —y ahí estaba aquella sonrisa que él detestaba, tan parca y afilada—. Estamos manteniendo una conversación.

—¡Yo no *quiero* mantener una puta conversación!

—¡Pero *debemos* mantenerla! —exclamó Anita, sonriente—. Dado que me he pasado el día... por no decir que he *malgastado* el día... intentando comprender a mi hijo, un chico egocéntrico y pretendidamente intelectual que en la actualidad tiene un promedio de seis en sus materias.

Esperó a que Morris respondiera. Él se abstuvo. Había trampas por todas partes. Ella le daba mil vueltas si se lo proponía, y en ese momento se lo había propuesto.

—Veo que los dos primeros volúmenes están muy manoseados, casi desencuadernados, leídos casi hasta el desgaste. Contienen numerosos subrayados y anotaciones, algunas de las cuales revelan el nacimiento... no diré el *florecimiento*, ciertamente no puede llamarse así, ¿verdad?, al menos no todavía... de una perspicaz mente crítica. En cambio, el tercero parece nuevo, y no hay una sola frase subrayada. No te gusta lo que le pasa al personaje, ¿verdad? Jimmy y, por transferencia lógica, el autor dejan de interesarte en cuanto él… madura.

—¡Se vendió! —Morris cerró los puños. Tenía la cara caliente y le palpitaba como aquel día después de sacudirle Womack en el comedor delante de todo el mundo. Aun así, Morris había conseguido asestar aquel puñetazo certero, y deseaba asestar otro ahora. Lo necesitaba—. ¡Rothstein *permitió* que se vendiera! Si no lo ves, ¡eres *idiota*!

—No —dijo ella. La sonrisa había desaparecido. Se inclinó, dejó la copa en la mesita de centro sin apartar de él la mirada en ningún momento—. En eso se centra tu error de interpretación. Un buen novelista no guía a sus personajes; los sigue. Un buen novelista no crea incidentes; observa mientras ocurren y luego escribe lo que ve. Un buen novelista es consciente de que ejerce de secretario, no de Dios.

—¡Ese no era el personaje de Jimmy! ¡El puto Rothstein lo cambió! ¡Convirtió a Jimmy en un mamarracho! ¡Lo convirtió en… en una persona corriente!

Morris lamentó que sus argumentos sonaran tan poco convincentes, y lamentó haberse dejado arrastrar por su madre a defender una postura que no necesitaba defenderse, que era evidente por sí misma para cualquiera con un poco de cerebro y un mínimo de sentimiento.

—Morris —con voz muy baja—. En otro tiempo yo quise ser la versión femenina de Jimmy, tal como tú ahora quieres ser Jimmy. Jimmy Gold, o alguien como él, es la isla donde se exilian la mayoría de los adolescentes hasta que la infancia da paso a la vida adulta. Lo que necesitas entender… lo que Rothstein por fin entendió, aunque tardó tres libros en entenderlo… es que la mayoría de nosotros nos convertimos en personas corrientes. En mi caso sin duda así fue —miró alrededor—. ¿Por qué, si no, íbamos a estar viviendo aquí, en Sycamore Street?

—¡Porque fuiste tonta y te dejaste estafar por mi padre!

Ella torció el gesto al oírlo (*en el blanco, palpablemente en el blanco*, vio Morris, exultante), pero enseguida volvió a aflorar el amago de sonrisa sarcástica. Como un trozo de papel carboni-zándose en un cenicero.

—Reconozco que hay una parte de verdad en lo que dices, aunque es desconsiderado de tu parte recriminármelo. Pero ¿te has preguntado *por qué* nos estafó?

Morris se quedó en silencio.

—Porque se negó a madurar. Tu padre es un Peter Pan barrigón que se buscó a una chica a quien doblaba la edad para que hiciera de Campanilla en la cama con él.

—Por mí, puedes devolverme los libros o tirarlos a la basura —dijo Morris con una voz que apenas reconoció. Para horror suyo, parecía la voz de su padre—. Me da lo mismo. Yo me marcho de aquí, y no pienso volver.

—Bah, seguro que volverás —dijo ella, y a ese respecto tenía razón, pero tardaría casi un año, y para entonces ella ya no lo conocía. Si es que alguna vez lo había conocido—. Y deberías leer este tercero unas cuantas veces más, creo.

Su madre tuvo que levantar la voz para decir el resto, porque él se alejaba apresuradamente por el pasillo, poseído de emociones tan intensas que casi lo cegaban.

—¡Busca un poco de compasión! El señor Rothstein la encontró, *¡y es la gracia redentora del último libro!*

El portazo acalló su voz.

Morris, con la cabeza baja, recorrió airado el camino de acceso y, ya en la acera, se echó a correr. A tres manzanas de allí había un centro comercial con una licorería. Cuando llegó, se sentó en el soporte de bicicletas frente a Hobby Terrific y esperó. Los primeros dos hombres a quienes se dirigió rechazaron su petición (el segundo esbozando una sonrisa que de buena gana Morris le habría borrado de la cara de un puñetazo), pero el tercero, que vestía ropa de segunda mano y caminaba con una pronunciada cojera del lado izquierdo, accedió a invitar a Morris a una cerveza por dos dólares, o a un cuarto de whisky por cinco. Morris optó por el cuarto de whisky, y empezó a bebérselo junto al arroyo que discurría a través del terreno sin urbanizar entre las calles Sycamore y Birch. Para entonces el sol ya declinaba. No conservaba recuerdo del viaje hasta Sugar Heights en el coche robado, pero sin duda cuando estuvo allí le tocó la lotería, como se complacía en decir Curti el Corto, el gordo de la lotería.

¿Quién tiene la culpa de que estés aquí?

Suponía que una pequeña parte de la culpa podía atribuirse al borrachín que había pagado a un menor de edad un cuarto de whisky, pero la responsable era sobre todo su madre, y algo bueno había salido de aquello: cuando lo condenaron, no vio en ella el menor amago de aquella sonrisa sarcástica. Por fin Morris había conseguido borrársela de la cara.

En la cárcel, durante los confinamientos generales (uno al mes como mínimo), Morris se tendía en su litera con las manos entrelazadas detrás de la cabeza y pensaba en la cuarta novela de Jimmy Gold, preguntándose si contenía la redención que él tanto había ansiado después de cerrar *El corredor afloja la marcha.* ¿Cabía la posibilidad de que Jimmy hubiese rescatado sus antiguos sueños y esperanzas? ¿Su antiguo ardor? ¡Si hubiese dispuesto al menos de dos días más con el texto! ¡O uno solo!

Pero seguramente ni siquiera John Rothstein habría sido capaz de presentar eso de manera verosímil. A partir de las observaciones del propio Morris (basadas principalmente en el modelo de sus padres), cuando el ardor se extinguía, por regla general se extinguía para siempre. Así y todo, cierta gente *sí* cambiaba. Recordaba que en una ocasión planteó esa posibilidad a Andy Halliday mientras mantenían una de sus muchas conversaciones durante la comida. Esa en particular se desarrolló en el Happy Cup, a un paso de la librería donde Andy trabajaba, Grissom Books, en la misma calle, no mucho después de abandonar Morris sus estudios en el City College, tras decidir que lo que allí se consideraba educación superior no servía para una mierda.

—Nixon cambió —adujo Morris—. El antiguo anticomunista inició relaciones comerciales con China. Y Lyndon Johnson consiguió que el Congreso aprobara la Ley de Derechos

Civiles. Supongo que si una vieja hiena racista como él pudo cambiar de postura, todo es posible.

—Políticos —dijo Andy con desdén, arrugando la nariz como si oliera mal. Era un muchacho flaco, con el pelo cortado al ras, solo unos años mayor que Morris—. *Esos* cambian por conveniencia, no por idealismo. La gente de a pie no hace ni eso. No puede. Si se comportan como es debido, los castigan. Entonces, después del castigo, dicen está bien, sí señor, y se atienen al programa como los buenos siervos que son. Ya ves cómo acabaron los que se manifestaban contra la guerra de Vietnam. Ahora en su mayoría llevan vidas de clase media. Gordos, felices, y votantes republicanos. Los que se negaron a pasar por el aro están en la cárcel. O son fugitivos de la justicia, como Katherine Ann Power.

—¿Cómo puedes considerar *gente de a pie* a Jimmy Gold? —protestó Morris.

Andy lo miró con actitud paternalista.

—Vamos, por favor. Su historia es de principio a fin un viaje épico surgido del excepcionalismo. La finalidad de la cultura estadounidense es crear una *norma*, Morris. Eso implica meter en vereda a las personas extraordinarias, y es lo que le ocurre a Jimmy. Por el amor de Dios, acaba trabajando nada menos que en *publicidad*. ¿Acaso hay en este puto país mayor representante de la norma que ese? Es la principal conclusión de Rothstein —meneó la cabeza—. Si buscas optimismo, compra novela rosa.

Morris pensó que en esencia Andy discutía por el placer de discutir. Tras sus anteojos de carey de intelectualoide ardían unos ojos de expresión fervorosa, pero ya por entonces Morris empezaba a ver de qué pie cojeaba. Centraba su fervor en los libros como objetos, no en las historias y las ideas que contenían.

Comían juntos dos o tres veces por semana, por lo general en el Cup y a veces delante de Grissom Books, en la acera de enfrente, en los bancos de Government Square. Fue durante uno de esos almuerzos cuando Andrew Halliday mencionó por primera vez el persistente rumor de que John Rothstein había seguido escribiendo, pero, según se estipulaba en su testamento, toda la obra debía quemarse después de su muerte.

—¡No! —había exclamado Morris, sinceramente dolido—. Eso no sería posible. ¿O sí?

Andy se encogió de hombros.

—Si consta en el testamento, todo lo que ha escrito desde que abandonó la vida pública puede considerarse ya ceniza.

—Te lo estás inventando.

—Lo del testamento quizá sea solo un rumor, lo admito, pero en los círculos de libreros se da por hecho que Rothstein no dejó de escribir.

—Los círculos de libreros —repitió Morris con escepticismo.

—Tenemos nuestra propia radio pasillo, Morris. La mujer de la limpieza de Rothstein le hace la compra, ¿entiendes? Y no solo la comida. Una vez al mes o cada seis semanas entra en White River Books, una librería de Berlin, que es el pueblo más cercano de cierta entidad, para recoger libros que él encarga por teléfono. Esa mujer ha contado a quienes trabajan allí que Rothstein escribe a diario desde las seis de la mañana hasta las dos de la tarde. El dueño pasó el dato a otra gente del sector en la Feria del Libro de Boston, y corrió la voz.

—Qué alucine —susurró Morris.

Esa conversación se había desarrollado en junio de 1976. El último relato publicado de Rothstein, «La tarta de plátano perfecta», había salido a la luz en 1960. Si lo que Andy decía era verdad, significaba que John Rothstein llevaba dieciséis años acumulando nuevos textos narrativos. En el supuesto de que no pasara de las ochocientas palabras diarias, eso ascendía… Morris fue incapaz de hacer el cálculo mentalmente, pero era mucho.

—Un alucine, como tú bien dices —convino Andy.

—Si de verdad quiere que todo eso sea quemado cuando muera, ¡está *loco*!

—Como la mayoría de los escritores —Andy se inclinó hacia Morris, sonriente, como si lo que dijo a continuación fuera broma. Tal vez lo era. Al menos para él—. He aquí lo que pienso: alguien debería organizar una misión de rescate. Tal vez tú, Morris. Al fin y al cabo eres su admirador número uno.

—Yo no —respondió Morris—, no después de lo que hizo con Jimmy Gold.

—Calma, muchacho. No puedes echarle en cara a alguien que siga los dictados de su musa.

—Claro que puedo.

—Pues roba ese material —sugirió Andy, todavía sonriente—. Considéralo un robo a modo de protesta en nombre de la literatura en lengua inglesa. Tráemelo a mí. Lo pondré a buen recaudo durante un tiempo y luego lo venderé. Si no son divagaciones seniles, podrían llegar a valer un millón de dólares. Lo repartiré contigo. Al cincuenta por ciento, mitad y mitad.

—Nos agarrarían.

—No creas —contestó Andy Halliday—. Hay maneras de hacerlo.

—¿Cuánto tendrías que esperar para venderlos?

—Unos años —dijo Andy, acompañando la respuesta de un gesto despreocupado, como si hablara de un par de horas—. Cinco, quizá.

Al cabo de un mes, ya hasta la coronilla de vivir en Sycamore Street y obsesionado con esa gran cantidad de manuscritos, Morris montó en su Volvo destartalado y partió camino de Boston, donde le dio empleo un contratista que estaba construyendo un par de urbanizaciones en las afueras. Al principio ese trabajo casi acabó con él, pero en cuanto desarrolló un poco la musculatura (no es que fuera a parecerse nunca a Duck Duckworth), las cosas le fueron mejor. Incluso hizo un par de amigos: Freddy Dow y Curtis Rogers.

Telefoneó a Andy una vez.

—¿*De verdad* podrías vender los manuscritos inéditos de Rothstein?

—Sin duda —respondió Andy Halliday—. No inmediatamente, como creo que ya te dije, pero ¿eso qué más da? Nosotros somos jóvenes. Él no. El tiempo estaría de nuestro lado.

Sí, y eso incluiría tiempo para leer todo lo que Rothstein había escrito desde «La tarta de plátano perfecta». Las ganancias —aun tratándose de medio millón de dólares— eran una cuestión secundaria. No soy un mercenario, se dijo Morris. A mí no me interesa el Pavo Dorado. Esa mierda no importa una mierda. Con tener lo justo para ir gastando, como una especie de beca, me doy por contento.

Soy un *estudioso*.

Los fines de semana empezó a visitar Talbot Corners, en New Hampshire. En 1977 empezó a ir allí acompañado de Curtis y Freddy. Paulatinamente, un plan empezó a cobrar forma. Un plan sencillo, que son los mejores. El clásico robo con allanamiento de morada.

Los filósofos han reflexionado sobre el sentido de la vida durante siglos, y rara vez han llegado a la misma conclusión. El propio Morris analizó el tema durante sus años de privación de libertad, pero sus investigaciones eran más prácticas que cósmicas. Él deseaba conocer el sentido de la palabra «vida» desde el punto de vista jurídico como parte del término «prisión de por vida». Lo que averiguó resultaba un tanto esquizo. En algunos estados «vida» equivalía exactamente a eso. En principio uno permanecía preso hasta su muerte, sin posibilidad de libertad condicional. En algunos estados se contemplaba la libertad condicional después de solo dos años. En otros, eran cinco, siete, diez, o quince. En Nevada, la libertad condicional se concedía (o no) en función de un enrevesado sistema de puntos.

En el año 2001, la condena de un hombre a prisión de por vida en el sistema penitenciario estadounidense duraba un promedio de treinta años y cuatro meses.

En el estado donde Morris cumplía condena, los legisladores habían creado su propia definición de «vida», un tanto críptica, basada en la demografía. En 1979, cuando Morris fue condenado, la esperanza de vida de un varón estadounidense era de setenta años. Entonces Morris tenía veintitrés, y por consiguiente podría dar por pagada su deuda con la sociedad en cuarenta y siete años.

A menos, claro está, que le concedieran la libertad condicional.

Se consideró que cumplía los requisitos en 1990. Cora Ann Hooper compareció en la vista. Vestía un sobrio traje azul. Llevaba recogido en un moño el cabello ya un tanto canoso, tan tirante que daba grima. Sostenía un enorme bolso negro en el regazo. Volvió a referir que Morris Bellamy la agarró cuando ella pasaba por delante del callejón contiguo a la taberna Shooter's y le anunció su intención de «echar una cogida». Contó a los cinco miembros de la Junta de Tratamiento, responsable de la concesión del régimen de libertad condicional, que le asestó un puñetazo y le rompió la nariz antes de que ella consiguiera avisar a la policía mediante el dispositivo de alarma que guardaba en el bolso. Contó a la junta que le apestaba el aliento a alcohol y que le arañó el abdomen al arrancarle la ropa interior. Contó que Morris «todavía estaba asfixiándome y haciéndome daño con su miembro» cuando el agente Ellenton llegó y lo apartó. Contó a la junta que en 1980 intentó suicidarse, y seguía en tratamiento psiquiátrico. Contó a la junta que estaba mejor desde que había aceptado a Jesucristo como salvador personal, pero aún tenía pesadillas. No, dijo a la junta, no se había casado. La sola idea del sexo le provocaba ataques de pánico.

La libertad condicional fue denegada. En el impreso verde que le entregaron esa noche a través de los barrotes de la celda se exponían varias razones, pero la que encabezaba la lista era a todas luces la principal consideración de la Junta de Tratamiento: *La víctima declara que aún sufre.*

Zorra.

Hooper volvió a comparecer en 1995, y de nuevo en 2000. En el 95 vestía el mismo traje. En el año del milenio —para entonces había engordado al menos quince kilos— vestía uno café. En 2005 el traje era gris, y un gran crucifijo blanco pendía sobre el abultamiento cada vez mayor de su busto. En cada comparecencia sostenía en el regazo una enorme bolsa negra, al parecer la misma. Cabía suponer que contenía el dispositivo de alarma. Quizá también gas pimienta. En esas vistas no recibió citación; compareció voluntariamente.

Y contó su versión.

La libertad condicional fue denegada. La principal razón aducida en el impreso verde era: *La víctima declara que aún sufre*. No hay mierda que importe una mierda, se dijo Morris. No hay mierda que importe una mierda.

Tal vez no, pero, *Dios*, de buena gana la habría matado.

En las fechas de su tercera denegación, Morris estaba muy solicitado como escritor: en el pequeño mundo de Waynesville, era un autor de bestsellers. Escribía cartas de amor para esposas y novias. Escribía cartas para los hijos de los reclusos, algunas de las cuales confirmaron la existencia de Santa Claus con conmovedora prosa. Escribió solicitudes de empleo para presos cuya puesta en libertad se avecinaba. Escribió trabajos para presos que cursaban estudios universitarios por internet o que se preparaban para obtener el grado escolar. No ejercía de abogado penitenciario, pero sí escribió de vez en cuando cartas a abogados auténticos en representación de reclusos, exponiendo convincentemente el caso en cuestión y estableciendo los fundamentos para la apelación. En algunas ocasiones los abogados quedaron impresionados por esas cartas y —conscientes del dinero que podía ganarse si se obtenían sentencias favorables en procesos por encarcelamiento indebido— se subieron al carro. Cuando el ADN pasó a tener una importancia capital en los recursos de apelación, escribió con frecuencia a Barry Scheck y Peter Neufeld, los fundadores del Proyecto Inocencia. Una de esas cartas llevó en última instancia a la excarcelación de un mecánico de automóviles y ladrón de medio tiempo llamado Charles Roberson, que había pasado veintisiete años en Waynesville. Roberson consiguió la libertad; Morris consiguió la gratitud eterna de Roberson, y nada más… a menos que se tuvieran en cuenta los positivos efectos en su reputación, cada vez más sólida, lo cual no era *en absoluto* despreciable. Hacía ya mucho tiempo que no lo violaban.

En 2004 Morris escribió su mejor carta, a cuya versión definitiva llegó afanosamente después de cuatro borradores. Iba dirigida a Cora Ann Hooper. En ella le explicaba que lo corroían los remordimientos por lo que había hecho, y prometía que si le concedían la libertad condicional, dedicaría el resto de la vida a expiar su único acto violento, cometido durante un episodio de amnesia alcohólica.

«Aquí asisto cuatro veces por semana a las reuniones de Alcohólicos Anónimos —escribió—, y ahora apadrino a media docena de alcohólicos y drogadictos en vías de recuperación. Fuera, proseguiría con esa labor en el centro de reinserción de Saint Patrick, en el Lado Norte. He experimentado un despertar espiritual, señora Hooper, y he dejado entrar a Jesús en mi vida. Sin duda comprende usted lo importante que es esto, porque me consta que también ha aceptado a Cristo como Salvador suyo. "Perdónanos nuestras deudas", dijo el Señor, "así como nosotros perdonamos a nuestros deudores." Señora Hooper, ¿no tendrá la bondad de perdonarme a mí la deuda que contraje con usted? Ya no soy el hombre que le hizo tanto daño aquella noche. En mi alma se ha obrado una conversión. Ruego a Dios que responda usted a mi carta.»

Al cabo de diez días su súplica fue atendida. El sobre no tenía remitente, excepto por el nombre, *C. A. Hooper*, nítidamente escrito en la solapa posterior. Morris ni siquiera tuvo que romper el sobre; ya se había encargado de eso algún empleado de las oficinas, responsable de examinar la correspondencia de los reclusos. Contenía una única hoja de papel de barba. En el ángulo superior derecho y en el inferior izquierdo gatitos de peluche jugaban con madejas grises de cordel. No tenía encabezamiento. Había una única línea, escrita en mayúsculas, hacia la mitad de la hoja:

«Espero que te pudras ahí dentro».

La zorra compareció en la vista al año siguiente, ahora con las piernas comprimidas por unas medias elásticas, los tobillos hinchados por encima de unos zapatos cómodos. Era como una golondrina vengativa y obesa que regresara a la versión carcelaria de la Misión de San Juan de Capistrano. Una vez más contó su historia, y una vez más se denegó la libertad condicional.

Morris había sido un preso modélico, y ahora el impreso verde contenía una única razón: *La víctima declara que aún sufre.*

Morris se reafirmó en que no había mierda que importara una mierda y volvió a su celda. No precisamente un ático, un metro ochenta por dos y medio, pero al menos tenía libros. Los libros eran la escapatoria. Los libros eran la libertad. Se tendió en su camastro, imaginando lo placentero que sería disponer de quince minutos a solas en compañía de Cora Ann Hooper, con una pistola de clavos.

Para entonces Morris trabajaba en la biblioteca, lo cual fue un extraordinario cambio para mejor. A los funcionarios de la prisión les tenía sin cuidado en qué gastara su magro presupuesto, así que no representó el menor problema suscribirse al *Boletín bibliográfico de Estados Unidos.* También consiguió unos cuantos catálogos de tratantes de libros raros de todo el país, que eran gratuitos. Con frecuencia aparecían a la venta libros de John Rothstein, ofrecidos a precios cada vez más altos. Morris no pudo por menos de animarlos tal como algunos presos animaban a sus equipos deportivos. El valor de los libros de la mayoría de los autores se desplomaba cuando morían, pero unos cuantos afortunados seguían una tendencia ascendente. Rothstein se había convertido en uno de esos. De vez en cuando aparecía un Rothstein autografiado en alguno de los catálogos. En la edición de 2007 del catálogo navideño de Bauman, un ejemplar de *El corredor* dedicado a Harper Lee —una «copia asociada», se lo llamaba— alcanzó los 17.000 dólares.

Durante sus años de prisión, Morris también permaneció atento al periódico local y más adelante, cuando el siglo xxi incorporó sus cambios tecnológicos, a varias páginas web de la ciudad. El terreno situado entre Sycamore Street y Birch Street continuaba empantanado en aquel interminable pleito, que era justo lo que Morris quería. Al final saldría de la cárcel, y allí estaría el cofre, firmemente sujeto entre las raíces de aquel árbol de amplio ramaje. El hecho de que los cuadernos tuvieran ahora posiblemente un valor astronómico le importaba cada vez menos.

En otro tiempo fue joven, y suponía que habría disfrutado de todas las cosas en pos de las cuales iban los hombres jóvenes cuando tenían las piernas fuertes y las bolas firmes: viajes y mujeres, coches y mujeres, casas grandes como las de Sugar Heights y mujeres. Ahora rara vez soñaba siquiera con eso, y la última mujer con la que había mantenido relaciones sexuales era en gran medida el factor determinante de su prolongada estancia entre rejas. No pasaba por alto la ironía de su situación. Pero eso daba igual. Las cosas del mundo iban quedando en la zanja. Uno perdía la rapidez de movimiento y la vista y esa puta vitalidad eléctrica, pero la literatura era eterna, y eso era lo que a él le esperaba: una geografía perdida que no había visto aún ojo alguno aparte de su creador. Si no llegaba a ver esa geografía hasta los setenta años, que así fuera. Había dinero, además: todos aquellos billetes en sobres. No una fortuna ni mucho menos, pero un buen colchón.

Tengo una razón por la que vivir, se dijo. ¿Cuántos pueden afirmar eso aquí dentro, y más cuando los muslos se les reblandecen y la polla solo se les levanta cuando necesitan mear?

Morris envió varias cartas a Andy Halliday, que ahora sí tenía su propia tienda, como Morris sabía por el *Boletín bibliográfico de Estados Unidos*. También sabía que su viejo amigo se había metido en aprietos al menos una vez, por intentar vender un ejemplar robado del libro más famoso de James Agee, pero había salido del paso. Lástima. Morris de muy buena gana habría dado la bienvenida a Waynesville a aquel marica y su colonia. Había allí muchos chicos malos más que dispuestos a hacerle daño en nombre de Morrie Bellamy. Simples fantasías, no obstante. Aun si Andy hubiese sido condenado, probablemente todo habría quedado en una multa. En el peor de los casos, lo habrían enviado al club de campo situado en el extremo oeste del estado, adonde iban a parar los ladrones de guante blanco.

Ninguna de las cartas de Morris a Andy recibió respuesta.

En 2010 su golondrina particular regresó una vez a Capistrano, en esta ocasión con traje negro, como si se hubiera vestido para su propio funeral. Que será pronto si no pierde un poco de peso, pensó Morris malévolamente. A Cora Ann Hooper le colgaban ahora los cachetes en forma de carnosas tortas, tenía los ojos casi enterrados en bolsas de grasa y su piel presentaba un color amarillento. Había sustituido la bolsa negra por una azul, pero por lo demás era la de siempre. ¡Pesadillas! ¡Terapia interminable! ¡La vida arruinada por culpa de aquella bestia horripilante que surgió del callejón aquella noche! Y que si tal y que si cual, bla-bla-bla.

¿Todavía no has superado aquella lamentable violación?, pensó Morris. ¿No vas a pasar *nunca* a otra cosa?

Morris regresó a su celda pensando: No hay mierda que importe una mierda. No hay mierda que importe una puta *mierda*.

Ese año cumplió cincuenta y cinco.

Un día de marzo de 2014, un celador fue a buscar a Morris a la biblioteca, donde leía por tercera vez *Pastoral americana* sentado detrás del escritorio principal. (Era la mejor novela de Philip Roth por mucho, en opinión de Morris.) El celador le dijo que reclamaban su presencia en Administración.

—¿Para qué? —preguntó Morris a la vez que se ponía en pie. Por lo regular, las visitas a Administración no auguraban nada bueno. A menudo se trataba de algún poli que buscaba una delación, y si uno se negaba a cooperar, lo amenazaba con las cabronadas más siniestras.

—Una vista, con la Junta de Tratamiento.

—No —dijo Morris—. Tiene que ser un error. La junta no verá mi caso otra vez hasta el año que viene.

—Yo solo hago lo que me ordenan —repuso el celador—. Si no quieres que te caiga una amonestación, busca a alguien que atienda el escritorio y mueve el culo.

La Junta de Tratamiento —compuesta ahora por tres hombres y tres mujeres— esperaba en la sala de reuniones. Con Philip Downs, el asesor jurídico de la junta, sumaban siete, el número de la suerte. Leyó una carta de Cora Ann Hooper. Era una carta asombrosa. La zorra tenía cáncer. Eso era buena noticia, pero lo que seguía era aún mejor. Retiraba todas sus objeciones a la libertad condicional de Morris Bellamy. Según decía, lamentaba haber dejado pasar tanto tiempo. A continuación Downs leyó una carta del Centro de Arte y Cultura del Medio Oeste, conocido en la ciudad como CACMO. Habían contratado a muchos exreclusos en libertad condicional a lo largo de los años, y estaban dispuestos a aceptar a Morris Bellamy para tareas de archivo e introducción de datos en la computadora, de medio tiempo, en mayo, si se le concedía la libertad condicional.

—En vista de su limpio historial a lo largo de los últimos treinta y cinco años, y en vista de la carta de la señora Hooper —dijo Downs—, he considerado que lo correcto era plantear en la junta el asunto de su libertad condicional un año antes. La señora Hooper nos informa que no le queda mucho tiempo, y estoy seguro de que le gustaría dar esto por concluido —se volvió hacia los demás—. ¿Ustedes qué dicen, señoras y señores?

Morris ya sabía qué contestarían las señoras y los señores; de lo contrario no lo habrían emplazado allí. La votación fue de 6 a 0 en favor de concederle la libertad condicional.

—¿Cómo se siente ante esto, Morris? —preguntó Downs.

Morris, por lo regular hábil con las palabras, estaba tan atónito que no pudo articular una sola, pero no fue necesario. Rompió a llorar.

Al cabo de dos meses, después de las obligadas sesiones de psicoterapia previas a la puesta en libertad y poco antes de la fecha en que estaba prevista su incorporación al CACMO, cruzó la puerta A y regresó al mundo libre. En el bolsillo llevaba los sueldos de treinta y cinco años en el taller de teñido, la carpintería y la biblioteca. Ascendían a dos mil setecientos dólares más unas cuantas monedas.

Por fin los cuadernos de Rothstein se hallaban a su alcance.

SEGUNDA PARTE
VIEJOS AMIGOS

1

Gustavo William Hodges —Bill, para los amigos— circula por la Carretera del Aeropuerto con las ventanillas bajadas y el radio encendido, cantando con Dylan: «It Takes a Lot to Laugh, It Takes a Train to Cry». A sus sesenta y seis años, no precisamente un jovencito, presenta un aspecto más que aceptable para haber sobrevivido a un infarto. Ha perdido unos quince kilos desde el ataque, y ha abandonado la comida basura que estaba matándolo a cada bocado.

¿Quiere llegar a los setenta y cinco?, le preguntó el cardiólogo. Eso fue durante su primer chequeo completo, un par de semanas después de implantarle el marcapasos. Si es lo que quiere, renuncie al chicharrón de cerdo y a las donas. Hágase amigo de las ensaladas.

Como consejo, no puede decirse que estuviera a la par de «Amarás al prójimo como a ti mismo», pero Hodges se lo tomó a pecho. En el asiento del acompañante, lleva una ensalada en una bolsa blanca de papel. Tendrá tiempo de sobra para comérsela, regada con agua mineral Dasani, si el avión de Oliver Madden llega puntualmente. Y si es que Madden de verdad aparece. Holly Gibney le ha asegurado que Madden está ya de camino —Holly ha obtenido su plan de vuelo por medio de una web llamada AirTracker—, pero siempre cabe la posibilidad de que Madden se haya olido algo y haya decidido cambiar de rumbo. Hace ya mucho que se dedica a la mala vida, y los individuos como ese desarrollan un olfato muy fino.

Hodges deja atrás el tramo que da acceso a las terminales principales y al estacionamiento de corta estancia y sigue los letreros que indican: TRANSPORTE AÉREO y SIGNATURE AIR y THOMAS ZANE AVIATION. Dobla a la altura de esta última. Es un operador independiente de base fija, acurrucado —casi literalmente— a la sombra del FBO contiguo, Signature Air, mucho mayor. Brotan hierbajos en el asfalto agrietado del pequeño estacionamiento, vacío salvo por la primera fila, reservada para una docena de coches de alquiler más o menos. Entre los vehículos de clase económica y de tamaño mediano hay un Lincoln Navigator negro con los cristales tintados que destaca por su volumen. Hodges lo interpreta como una buena señal. A su hombre le gusta moverse con estilo, un rasgo común entre los bribones. Y su hombre, por más que vista trajes de mil dólares, sigue siendo un bribón.

Hodges rodea el estacionamiento y accede a la glorieta situada ante el edificio, frente a un letrero donde se lee SOLO CARGA Y DESCARGA.

Hodges confía en recoger su «carga».

Consulta su reloj. Cuarto para las once. Con una sonrisa, recuerda que su madre le decía: Billy, en las ocasiones importantes siempre debes llegar con tiempo de sobra. Se desprende el iPhone del cinturón y llama a la oficina. El timbre suena solo una vez.

—Finders Keepers —dice Holly. Llame quien llame, da el nombre de la empresa; es uno de sus tics. Tiene muchos tics—. ¿Estás ahí, Bill? ¿Estás en el aeropuerto? ¿Estás?

Tics aparte, esta Holly Gibney es muy distinta de la que él conoció hace cuatro años, cuando ella llegó a la ciudad para asistir al funeral de su tía, y los cambios son todos para mejor. Aunque aún fuma algún que otro cigarro furtivamente: él se lo nota en el aliento.

—Estoy aquí —contesta Hodges—. Dime que voy a tener suerte.

—Aquí la suerte no pinta nada —asegura ella—. AirTracker es una web excelente. Quizá quieras saber que ahora mismo hay seis mil cuatrocientos doce vuelos en el espacio aéreo estadounidense. ¿No te parece interesante?

—Fascinante, sin duda. ¿La hora de llegada prevista del vuelo de Madden sigue siendo las once y media?

—Las once y treinta y siete, para ser exactos. Dejaste la leche descremada en la mesa. La guardé en el refrigerador. La leche descremada se pasa enseguida cuando hace calor, deberías saber. Incluso en ambientes con aire acondicionado, como es el caso. Como lo es ahora —Holly machacó mucho con el tema del aire acondicionado hasta que Hodges accedió a instalarlo. Se le da muy bien la machaconería cuando se lo propone.

—Despáchatela, Holly —dice Hodges—. Yo tengo una Dasani.

—No, gracias, estoy tomándome mi Coca-Cola light. Telefoneó Barbara Robinson. Quería hablar contigo. Estaba muy seria. Le dije que podía volver a llamarte esta tarde. O que ya la llamarías tú —la incertidumbre se filtra en su voz—. ¿Actué debidamente? Pensé que ahora mismo preferirías tener la línea desocupada.

—Hiciste bien, Holly. ¿Te comentó por qué estaba tan seria?

—No.

—Llámala y dile que me pondré en contacto con ella en cuanto esto quede resuelto.

—Tendrás cuidado, ¿verdad?

—Siempre lo tengo.

Pero Holly sabe que eso no es del todo cierto; hace cuatro años, por su causa, el hermano de Barbara —Jerome—, Holly y él mismo casi volaron por los aires… y la prima de Holly *voló* de hecho por los aires, aunque eso ocurrió antes. Hodges, que por entonces estaba más que medio enamorado de Janey Patterson, todavía no ha superado su muerte. Y todavía se siente culpable. Hoy día se cuida *por* sí mismo, pero también porque cree que es lo que Janey habría querido.

Dice a Holly que siga al pie del cañón y se prende el iPhone en la parte del cinturón donde solía portar la Glock antes de convertirse en inspector retirado. Después de jubilarse, siempre se olvidaba del celular, pero eso ya es agua pasada. La actividad a la que ahora se dedica no es exactamente lo mismo que llevar una placa, pero tampoco está mal. A decir verdad, está bastante bien. En las redes de Finders Keepers caen sobre todo pececillos de agua dulce, pero hoy Hodges va a pescar un atún rojo gigante, y está de buen humor. Prevé que sea un día muy rentable, pero esa no es la razón principal. Está *en activo*, eso es lo principal. Encarcelar a chicos malos como Oliver Madden es lo suyo, y se propone seguir haciéndolo mientras pueda. Con suerte, quizá le queden ocho o nueve años, y se propone disfrutar de cada día. Está convencido de que Janey también habría querido eso para él.

Pues sí, la oye decir, y la ve arrugar la nariz en aquel gesto burlón tan suyo.

Barbara Robinson también estuvo a punto de morir hace cuatro años; había asistido al fatídico concierto con su madre y un grupo de amigas. Barbs era por entonces una niña alegre y feliz, y ahora es una adolescente alegre y feliz; la ve cuando va a comer alguna que otra vez a casa de los Robinson, cosa que hace menos a menudo ahora que Jerome estudia en la universidad. O quizá Jerome ha vuelto para pasar el verano. Se lo preguntará a Barbara cuando hable con ella. Hodges espera que no se haya metido en ningún aprieto. Parece improbable. Es en esencia una buena chica, de esas que ayudan a las ancianas a cruzar la calle.

Hodges desenvuelve la ensalada, la rocía con vinagreta baja en calorías y empieza a devorarla. Está famélico. Le gusta estar famélico. El hambre es señal de buena salud.

2

Morris Bellamy no tiene nada de hambre. Un panecillo con queso untado es lo más que consigue ingerir a mediodía, y eso en pequeñas cantidades. Durante su primera etapa en libertad comía mucho y rápido —Big Macs, frituras, pizza en porciones, todo aquello que había anhelado en la cárcel—, pero eso fue antes de pasarse una noche vomitando después de una desatinada visita a Señor Taco en Lowtown. De joven nunca había tenido problemas con la comida mexicana, y se le antoja que la juventud fue hace apenas unas horas, pero una noche rezando de rodillas al altar de porcelana bastó para tomar conciencia de la realidad: Morris Bellamy, a sus cincuenta y nueve años, está a las puertas de la vejez. Dedicó los mejores años de su vida a teñir jeans, barnizar mesas y sillas para venderlas en el outlet de Waynesville y escribir cartas para una sucesión de don nadies sin porvenir vestidos con el overol carcelario.

Ahora está en un mundo que apenas reconoce, uno en el que las películas se ven en pantallas hinchadas a las que llaman IMAX y todo el mundo en la calle lleva teléfonos al oído o mira fijamente pequeñas pantallas. En todas las tiendas hay cámaras, da la impresión, y los precios de los artículos más corrientes —el pan, por ejemplo, cincuenta centavos la barra cuando lo encerraron— son tan exorbitantes que le parece surrealista. Todo ha cambiado; se siente deslumbrado. Está desfasado, y sabe que su cerebro amoldado al entorno carcelario nunca se pondrá al día. Como tampoco su cuerpo. Se nota entumecido cuando se levanta de la cama por las mañanas; dolorido cuando se acuesta por la noche. Un poco de artritis, supone. Después de esa noche de vomitona (y cuando no arrojaba, estaba cagando agua café) se le acabó el apetito.

El de comida, por lo menos. Ha pensado en las mujeres —¿cómo no iba a hacerlo cuando las ve por todas partes, las jóvenes escasas de ropa con los calores de principios del verano?—, pero a su edad tendría que pagar por una menor de treinta años, y si acudiera a uno de los sitios donde se llevan a cabo esas transacciones, estaría infringiendo la libertad condicional. Si lo descubrieran, volvería a Waynesville, y los cuadernos de Rothstein seguirían enterrados en aquel erial, sin haber sido leídos por nadie más que por el propio autor.

Sabe que continúan ahí, y eso lo empeora. El impulso de desenterrarlos y tenerlos por fin ha sido una constante enloquecedora, como la frase de una canción (*Necesito una amante que no me vuelva loco*) que se mete en la cabeza y sencillamente se resiste a irse; pero hasta el momento ha respetado las normas a rajatabla, esperando a que su supervisor, el responsable de su seguimiento y control como penado en libertad condicional, se relaje y levante un poco la guardia. Ese era el evangelio según Warren Duckworth, alias Duck, transmitido la primera vez que se consideró que Morris cumplía los requisitos para la libertad condicional.

«Al principio tienes que andarte con muchísimo cuidado», dijo Duck. Eso fue antes de la primera vista de Morris ante la junta y la primera comparecencia vengativa de Cora Ann Hooper. «Como si caminaras sobre huevos. Porque, te lo aviso, el muy cabrón se presentará cuando menos te lo esperes. Eso tenlo por seguro. Si se te pasa por la cabeza hacer algo que pudiera considerarse Conducta Dudosa (esa es una categoría que tienen), espera hasta *después* de la visita sorpresa que te hará tu supervisor. Luego probablemente no tengas problema. ¿Me entiendes?»

Morris lo entendía.

Y Duck no se equivocaba.

3

Cuando no hacía ni cien horas que era un hombre libre (bueno, *semi*libre), Morris regresó al viejo bloque de departamentos donde ahora vivía y encontró a su supervisor sentado en la escalinata fumando un cigarro. La mole de concreto decorada con grafitis, llamada «la Casona de los Chiflados» por la propia gente que allí vivía, era una colmena repleta de drogadictos en rehabilitación, alcohólicos y liberados condicionales como él mismo. Morris había visto ya ese mediodía a su supervisor, que lo había dejado ir después de unas cuantas preguntas de rutina y un «nos vemos dentro de una semana». No había pasado, pues, una semana, ni siquiera un *día*, y sin embargo allí estaba.

Ellis McFarland era un corpulento caballero negro de vientre prominente y lustrosa calva. Esa noche vestía unos pantalones inmensos y una camiseta de talla XXL con el logo de Harley-Davidson. A su lado tenía una mochila vieja y maltrecha.

—Qué hay, Morrie —saludó, y dio unas palmadas en el cemento junto a su descomunal anca—. Acomoda aquí el trasero.

—Hola, señor McFarland.

Morris se sentó. El corazón le latía con tal fuerza que le dolía. Por favor, que sea solo conducta dudosa, pensó, pese a no saber qué podía haber de dudoso en su comportamiento. Por favor, no me envíe otra vez allí, no ahora que estoy tan cerca.

—¿Adónde has ido, colega? Sales de trabajar a las cuatro. Ya son más de las seis.

—Me... me paré a comer un sándwich. En el Happy Cup. Me costaba creer que el Cup siguiera ahí, pero ahí sigue —balbuceando. Incapaz de evitarlo, aun a sabiendas de que balbucear era lo que hacía la gente cuando andaba metida en líos.

—¿Tardaste dos horas en comerte un sándwich? Debía de medir un metro, el cabrón.

—No, era común y corriente. De jamón y queso. Me lo comí en un banco de Government Square, y les eché trozos de pan a las palomas. Antes, en los viejos tiempos, iba allí con un amigo mío. Y... bueno, ya me entiende, perdí la noción del tiempo.

Todo absolutamente cierto, ¡y sin embargo qué poco convincente sonaba!

—Disfrutando del aire —apuntó McFarland—. Saboreando la libertad. ¿Así de sencillo?

—Sí.

—Bien, pues... ¿sabes qué? Creo que deberíamos subir y creo que luego deberías darme una muestra de orina. Para asegurarnos de que no has estado saboreando esa clase de libertad que no te conviene —dio unas palmadas a la mochila—. Traigo aquí mi pequeño equipo. Si meas y no se vuelve azul, te dejaré en paz y podrás seguir con tu velada. ¿Qué te parece el plan? ¿Algún inconveniente?

—No —Morris casi se sintió mareado de puro alivio.

—Y yo miraré mientras haces pipí en el vasito de plástico. ¿Algún inconveniente con eso?

—No —Morris había pasado más de treinta y cinco años meando delante de otras personas. Estaba acostumbrado—. No, ningún problema, señor McFarland.

McFarland lanzó el cigarro a la cloaca, tomó la mochila y se puso en pie.

—En ese caso, prescindiremos de la prueba, creo.

Morris lo miró boquiabierto.

McFarland sonrió.

—Puedes quedarte tranquilo, Morrie. Al menos por ahora. ¿Qué se dice, pues?

Por un momento Morris no supo qué debía decir. De pronto cayó en la cuenta.

—Gracias, señor McFarland.

McFarland le alborotó el pelo a su tutelado, un hombre veinte años mayor que él, y dijo:

—Buen chico. Nos vemos dentro de una semana.

Más tarde, en su habitación, Morris reprodujo una y otra vez ese comentario indulgente y paternalista, *buen chico*, mientras contemplaba el escaso mobiliario barato y los contados libros que le habían permitido sacar del purgatorio, escuchando la algarabía de zoológico que armaban los demás inquilinos del edificio. Se preguntó si McFarland imaginaba lo mucho que Morris lo odiaba, y supuso que McFarland sí lo imaginaba.

«Buen chico. Pronto cumpliré los sesenta, pero soy un buen chico para Ellis McFarland.»

Se quedó tendido en su cama durante un rato. Luego se levantó y se paseó por el departamento, pensando en el resto del consejo que Duck le había dado: *Si se te mete en la cabeza hacer algo por lo que pudieran achacarte conducta dudosa, espera hasta después de la visita sorpresa de tu supervisor. Probablemente en ese momento no corras peligro.*

Morris tomó una decisión y en el acto se puso su chamarra de mezclilla. Tomó el elevador, que olía a orines, bajó al vestíbulo, caminó dos manzanas hasta la parada de autobús más cercana y esperó a que pasara uno con la palabra NORTHFIELD en el indicador de destino. El corazón le latía otra vez a toda marcha, y no podía evitar imaginarse al señor McFarland no muy lejos. Imaginarse a McFarland pensando: *Ajajá, ahora que se ha confiado, volveré sobre mis pasos. Veré en qué anda metido* de verdad *ese chico malo.* Improbable, por supuesto; posiblemente a esas alturas McFarland estaba ya en su casa, cenando con su mujer y sus tres hijos, tan descomunales como él. Aun así, Morris no podía evitar imaginárselo.

¿Y si *en efecto* volviera sobre sus pasos y me preguntara adónde voy? Le diría que quiero ver mi antigua casa, solo eso, pensó. En ese barrio no había tabernas ni locales de striptease, solo un par de pequeños supermercados, unos centenares de casas construidas después de la guerra de Corea y unas cuantas calles con nombres de árboles. En esa parte de Northfield todo eran urbanizaciones de capa caída. Más un terreno invadido por la maleza de una superficie equivalente a la manzana de una ciudad, empantanado en un interminable pleito propio de una novela de Dickens.

Se bajó del autobús en Garner Street, cerca de la biblioteca donde había pasado tantas horas en su infancia. En aquel entonces la biblioteca era su refugio, porque los niños mayores que acaso quisieran pegarle la eludían como Supermán elude la criptonita. Recorrió a pie nueve manzanas hasta Sycamore y en efecto pasó tranquilamente por delante de su antigua casa. Se veía aún bastante decrépita, como todas las de esa zona de la ciudad, pero el césped estaba cortado y parecía pintada hacía poco. Echó una ojeada al estacionamiento donde, treinta y seis años atrás, guardó el Biscayne para ocultarlo a la mirada indiscreta de la señora Muller. Recordaba que revistió de plástico el interior del cofre de segunda mano con la intención de proteger los cuadernos de la humedad. Una idea excelente si se tenía en cuenta la de tiempo que habían permanecido ahí dentro.

En el número 23 de la calle las luces estaban encendidas; las personas que vivían allí —Saubers, se llamaban, como había averiguado en la cárcel con ayuda de la computadora de la biblioteca— se hallaban en casa. Miró la ventana del piso de arriba, la del lado derecho, situada sobre el camino de acceso, y se preguntó quién ocuparía ahora su antigua habitación. Un niño, eso casi seguro, y muy posiblemente, en los tiempos de degeneración que corrían, un niño más interesado en los juegos de su celular que en los libros.

Morris siguió adelante, dobló por Elm Street y subió por Birch. Cuando llegó al polideportivo de Birch Street (cerrado desde hacía dos años debido a los recortes presupuestarios, dato que también conocía por sus indagaciones en internet) echó un vistazo alrededor, vio vacías las dos aceras y, pegado a la pared de ladrillo del pabellón, apretó el paso. Ya en la parte de atrás, inició un premioso trote y cruzó las pistas de basquetbol exteriores —deterioradas pero todavía en uso a juzgar por su aspecto— y el descuidado campo de beisbol.

Había luna, casi llena y tan luminosa que su resplandor proyectaba una sombra junto a él. Delante tenía ahora una maraña de arbustos y raquíticos árboles, entrelazadas sus ramas en pugna por el espacio. ¿Dónde estaba el sendero? Tenía la impresión de hallarse en el lugar correcto, pero no lo veía. Al igual que un perro en pos de un rastro esquivo, empezó a ir de un lado a otro en lo que antiguamente era la banda derecha del campo de beisbol. El corazón volvía a latirle a toda marcha, y se notaba la boca seca y un sabor metálico. Visitar su antiguo barrio era una cosa, y estar allí, detrás del polideportivo abandonado, era algo muy distinto. Sin duda eso sí podía considerarse «conducta dudosa».

Ya a punto a desistir, vio agitarse una bolsa de papas fritas prendida en un arbusto. Apartó el arbusto y, premio, allí estaba el sendero, aunque no era ya ni la sombra de lo que fue. Morris supuso que era lógico. Probablemente aún lo recorrían algunos niños, pero debían de ser ya menos desde el cierre del polideportivo. Eso era bueno. Aunque, se recordó, el polideportivo había permanecido abierto durante casi todos los años de su condena en Waynesville. Mucho tráfico peatonal rondaba cerca de su cofre enterrado.

Subió por el sendero, despacio, deteniéndose cada vez que la luna se escondía detrás de una nube y poniéndose de nuevo en marcha cuando volvía a salir. Al cabo de cinco minutos oyó el murmullo del arroyo. Así que también este seguía allí.

Morris salió a la orilla. El arroyo quedaba bajo el cielo abierto, y el agua, con la luna justo encima, relucía como seda negra. No le representó mayor dificultad reconocer el árbol en la otra orilla, aquel a cuyo pie había enterrado el cofre. Estaba crecido e inclinado hacia el arroyo. Vio un par de raíces nudosas que surgían de la tierra bajo él y se hundían nuevamente, pero por lo demás seguía idéntico.

Morris cruzó el arroyo a su manera de antes, saltando de piedra en piedra sin mojarse apenas los pies. Echó un vistazo alrededor —sabía que estaba solo, si hubiese habido cerca alguien más lo habría oído, pero la antigua «ojeada carcelaria» era un acto reflejo— y se arrodilló al pie del árbol. Mientras arrancaba hierbajos con una mano y se sujetaba con la otra a una raíz para no caerse, oía su propia respiración ronca en la garganta.

Lanzando a un lado guijarros y piedrecillas, despejó un pequeño círculo. Había hundido el brazo casi hasta el codo cuando tocó con los dedos algo duro y liso. Apoyó la frente calenturienta en una prominente raíz curva y nudosa y cerró los ojos.

Todavía ahí.

El cofre continuaba ahí.

Gracias, Dios.

Con eso bastaba, al menos de momento. Era lo máximo que podía permitirse, pero vaya un alivio. Rellenó el hoyo con tierra y lo cubrió con las últimas hojas caídas del otoño. Pronto los hierbajos volverían a cubrirlo —los hierbajos crecían deprisa, sobre todo con el calor—, y eso completaría el trabajo.

En otro tiempo, un tiempo en libertad, habría seguido por el sendero hasta Sycamore Street, porque yendo por ahí la parada de autobús quedaba más cerca, pero no fue eso lo que hizo, porque el jardín trasero en el que desembocaba el sendero era propiedad de la familia Saubers. Si lo veían allí y telefoneaban al 911, muy posiblemente estaría de regreso en Waynesville al día siguiente, acaso con cinco años más de condena añadidos a la pena inicial, para colmo.

Optó, pues, por desandar el camino hasta Birch Street, comprobó que las aceras seguían vacías y fue a la parada de autobús de Garner Street. Sentía el cansancio en las piernas y tenía ampollas y arañazos en la mano utilizada para cavar, pero era como si se hubiese quitado cincuenta kilos de encima. ¡Seguía allí! Ya antes confiaba en que así fuera, pero confirmarlo le proporcionó una gran satisfacción.

Ya otra vez en la Casona de los Chiflados, se lavó las manos, se desnudó y se acostó. En el edificio el bullicio era mayor que nunca, pero no comparable al alboroto del ala D de Waynesville, sobre todo en noches como esa, con una luna enorme en el cielo. El sueño venció a Morris casi en el acto.

Ahora que había constatado la presencia del cofre, debía andarse con cuidado: ese fue su último pensamiento.

Con más cuidado que nunca.

4

Durante casi un mes se anda en efecto con cuidado; se presenta en su puesto de trabajo puntualmente cada mañana y se retira temprano a la Casona de los Chiflados cada noche. La única persona de su etapa en Waynesville a quien ha visto es Charlie Roberson, que salió gracias a la prueba de ADN con ayuda de Morris, y Charlie no puede adscribirse a la categoría de «cómplice conocido», porque Charlie nunca fue culpable de nada. O al menos no lo fue del delito por el que lo mandaron a la cárcel.

El jefe de Morris en el CACMO es un gordo prepotente, un imbécil que a duras penas sabe manejar una computadora pero posiblemente gana sesenta mil al año. Sesenta mil como mínimo. ¿Y cuánto gana Morris? Once dólares la hora. Se alimenta a base de lo que canjea por vales y vive en un departamento de una octava planta, una única habitación no mucho mayor que la celda donde pasó los supuestos «mejores años de la vida». A Morris no le consta que en su cubículo de la oficina haya micrófonos instalados, pero no le sorprendería. Tiene la impresión de que hoy día en Estados Unidos hay micrófonos instalados *en todas partes.*

La suya es una vida de mierda, ¿y de eso quién tiene la culpa? Declaró a la Junta de Tratamiento una y otra vez, y sin titubeos, que el culpable era él; había aprendido a asumir su papel en el juego de las culpas en sus sesiones con Curti el Corto. Reconocer uno su responsabilidad sobre las malas decisiones era ineludible. Si uno no entonaba el proverbial *mea culpa*, era imposible salir de allí, al margen de lo que una zorra plagada de cáncer pudiera escribir en una carta con la esperanza de granjearse el favor de Jesucristo. Eso Morris lo sabía sin necesidad de que se lo explicara Duck. Quizá se hubiera caído de un nido, como solía decirse, pero no se había caído la noche anterior.

Pero ¿*de verdad* tenía él la culpa?

¿O la tenía más bien ese imbécil que ahora ve allí enfrente?

En la otra acera, y a unas cuatro puertas del banco donde Morris está sentado con lo que queda de un bagel que no se le antoja, un calvo obeso sale con cierto empaque de Andrew Halliday, Ediciones Raras, después de dar la vuelta al letrero de la puerta, donde antes se leía ABIERTO y ahora se lee CERRADO. Es la tercera vez que Morris observa este ritual de la hora del almuerzo, porque el martes es el día que va al CACMO por la tarde. De una a cuatro se ocupa de poner al día el vetusto sistema de ficheros. (Morris está convencido de que quienes dirigen la institución saben mucho de arte y música y teatro, pero no saben un carajo de Mac Office Manager.) A las cuatro, tomará el autobús que cruza la ciudad hasta su departamento de mierda en una octava planta.

Entretanto, ahí sigue.

Observando a su viejo amigo.

En el supuesto de que este sea como los mediodías de los dos martes anteriores —Morris no tiene razones para pensar que pueda no serlo, porque su viejo amigo siempre ha sido un animal de costumbres—, Andy Halliday se echará a andar (mejor dicho, *anadear*) por Lacemaker Lane para ir a un pequeño restaurante que se llama Jamais Toujours. Una idiotez de nombre, sin significado alguno pero con ínfulas. Pero así era Andy, ¿o no?

El viejo amigo de Morris, aquel con quien en su día hablaba de Camus y Ginsberg y John Rothstein cuando hacían un descanso para tomar un café o compraban comida para llevar y almorzaban juntos en algún sitio, ha engordado al menos cuarenta kilos, ha sustituido los anteojos de carey por otros de diseño muy caros y calza unos zapatos que, por su apariencia, deben de costar más que todo el dinero que Morris ganó durante sus treinta y cinco años bregando en la cárcel; aun así, Morris tiene la casi total certeza de que, por dentro, su amigo no ha cambiado. Lo que en la cuna se mama hasta la sepultura acompaña, como decía el refrán, y un imbécil con ínfulas era siempre un imbécil con ínfulas.

El dueño de Andrew Halliday, Ediciones Raras no va en dirección a Morris, sino que se aleja de él; pero Morris no se habría preocupado en absoluto aun cuando Andy hubiera cruzado la calle y se hubiera acercado. Al fin y al cabo, ¿qué vería? Un anciano de hombros estrechos, con ojeras y cabello cano ya ralo, que viste un saco barato y un pantalón gris aún más barato, comprado lo uno y lo otro en Chapter Eleven. Su viejo amigo pasaría por delante de él en compañía de su creciente vientre sin mirarlo dos veces, ni una siquiera.

Dije a la Junta de Tratamiento lo que quería oír, piensa Morris. No me quedaba más remedio, pero en realidad tú eres el culpable de todos esos años perdidos, marica engreído, pedazo de imbécil. Si me hubiesen detenido por lo de Rothstein y mis socios, la cosa habría sido distinta. Pero no fue así. Con respecto a los señores Rothstein, Dow y Rogers nunca llegaron a interrogarme siquiera. Perdí esos años por un acto sexual forzado y desagradable que ni recuerdo. ¿Y eso por qué ocurrió? En fin, la explicación viene a ser como aquello de «Estaba la rana cantando debajo del agua» o alguna de esas rimas acumulativas. Estaba yo en el callejón en vez de estar en la taberna cuando esa zorra, la Hooper, pasó. De la taberna a patadas me echaron por darle un puntapié a la rocola. A la rocola le di un puntapié por lo que me había llevado a la taberna ya de buen comienzo: mi enojo *contigo*.

¿Por qué no acudes a mí con esos cuadernos más o menos a principios del siglo XXI, si todavía los tienes?

Mientras Morris observa a Andy alejarse de él con su anadeo, aprieta los puños y piensa: Aquel día te comportaste como una chica, la calientahuevos todavía virgen que, cuando la tienes en el asiento trasero del coche, va y te dice: *Sí, cariño, uy sí, uy sí, no sabes cuánto te quiero.* Hasta que le remangas la falda por encima de la cintura, claro. Entonces cierra las rodillas con tal fuerza que casi te rompe la muñeca y te sale con: *No, uy no, suéltame, ¿qué clase de chica te has pensado que soy?*

Podrías haber sido un poco más diplomático, por lo menos, piensa Morris. Un poco de diplomacia por tu parte quizá me habría ahorrado todos esos años desperdiciados. Pero no podías concederme ni eso, ¿verdad que no? Ni siquiera para decir: Bravo, le has echado agallas. Lo único que oí de ti fue: *Y no quieras cargarme a mí el muerto.*

Su viejo amigo entra con sus zapatos caros en el Jamais Toujours, donde sin duda el maître le besará ese culo suyo en continua expansión. Morris contempla su bagel y piensa que debería acabárselo —o como mínimo llevárselo a la boca y desprender con los dientes el queso cremoso—, pero tiene tal nudo en el estómago que ya no le pasa ni un bocado. Mejor será que se vaya al CACMO y dedique la tarde a tratar de imponer cierto orden en ese sistema digital de ficheros inoperante y prehistórico. Sabe que no debería volver a Lacemaker Lane —que ya no es siquiera una calle, sino una especie de centro comercial carero al aire libre donde está prohibido el paso de vehículos— y sabe que probablemente el martes que viene estará en el mismo banco. Y también el martes siguiente. A menos que los cuadernos estén ya en su poder. Eso rompería el hechizo. Entonces su viejo amigo lo tendría sin cuidado.

Se levanta y tira el bagel a un basurero cercano. Lanza una mirada hacia el Jamais Toujours y susurra: «Das pena, viejo amigo. De verdad que das pena. Ya ibas a ver tú...».

Pero no.

No.

Lo único que importa son los cuadernos, y si Charlie Roberson le echa una mano, irá a buscarlos mañana por la noche. Y Charlie *le echará* una mano. Debe a Morris un gran favor, y Morris tiene la intención de reclamárselo. Es consciente de que debería dejar pasar más tiempo, hasta que Ellis McFarland quede totalmente convencido de que Morris es de los buenos y dirija su atención hacia otra parte, pero la atracción que ejercen el cofre y su contenido es demasiado poderosa. De buena gana buscaría alguna manera de resarcirse de ese hijo de puta, de ese gordo que ahora está atiborrándose de comida para finolis, pero la venganza no es tan importante como la cuarta novela de Jimmy Gold. ¡Incluso pudiera ser que hubiese una quinta! Morris sabe que no es probable, pero sí posible. Había mucho material escrito en aquellos cuadernos, muchísimo. Encaminándose hacia la parada de autobús, lanza una torva mirada al Jamais Toujours y piensa: Nunca sabrás la suerte que has tenido.

Viejo amigo.

5

Más o menos a la misma hora que Morris Bellamy tira su bagel y se encamina hacia la parada de autobús, Hodges está acabándose la ensalada y pensando que podría comerse dos más como esa. Vuelve a guardar el envase de poliestireno y el tenedor de plástico en la bolsa y la echa a los pies del asiento del acompañante, recordándose que más tarde debe deshacerse de la basura. Le gusta su coche nuevo, un Prius que aún no llega a los veinte mil kilómetros, y procura mantenerlo limpio y en orden. El coche lo eligió Holly. «Consumirás menos gasolina y serás respetuoso con el medio ambiente», le dijo. La mujer que antes apenas se atrevía a salir de su casa ahora organiza muchos aspectos de la vida de Hodges. Quizá no la tendría tanto encima si se consiguiera un novio, pero Hodges sabe que eso es poco probable. Él es lo más parecido a un novio que ella está en condiciones de tener.

Tienes suerte de que te quiera, Holly, piensa, o si no, acabaría matándote.

Oye el zumbido del avión que se acerca, consulta su reloj y ve que son las once y treinta y cuatro. Según parece, Oliver Madden es un hombre cumplidor, y eso está muy pero que muy bien. El propio Hodges es una persona puntual. Toma su saco del asiento trasero y se baja. No le cae del todo bien, porque lleva objetos pesados en los bolsillos delanteros.

Una marquesina triangular corona las puertas de entrada, y a su sombra la temperatura disminuye cinco grados por lo menos. Hodges saca los anteojos nuevos del bolsillo interior del saco y observa el cielo al oeste. El avión, ahora ya en su trayectoria de aproximación, aumenta de tamaño y pasa de ser primero una mota, luego una mancha y por fin una silueta que se corresponde con las imágenes que Holly ha imprimido: un Beechcraft KingAir 350 de 2008, rojo con orlas negras. Solo mil doscientas horas según el tacómetro y exactamente 805 aterrizajes. El que está a punto de presenciar será el número 806. Precio de venta nominal: cuatro millones y pico.

Sale por la puerta principal un hombre en overol. Mira el coche de Hodges y luego a Hodges.

—No puede estacionarse ahí —dice.

—No parece que hoy haya mucha actividad —contesta Hodges en tono conciliador.

—Las normas son las normas, caballero.

—Enseguida me marcho.

—Enseguida no es lo mismo que ya. La parte delantera es para camionetas y camiones de reparto. Tiene que ir al estacionamiento.

El KingAir planea sobre el extremo de la pista, ya a escasos metros de la Madre Tierra. Hodges lo señala con el dedo.

—¿Ve ese avión? El hombre que viaja en él es un canalla de cuidado. Mucha gente lo busca desde hace años, y ahora ahí está.

El tipo del overol se detiene a pensar mientras el canalla de cuidado toma tierra sin más que una pequeña nube de caucho gris azulada. Lo observan hasta que desaparece por detrás del edificio de Zane Aviation. A continuación el hombre —probablemente un mecánico— se vuelve hacia Hodges.

—¿Es usted policía?

—No —contesta Hodges—, pero sí algo parecido. Además, conozco a presidentes —le tiende la mano con la palma hacia abajo, no del todo cerrada. Un billete de cincuenta dólares asoma entre los nudillos.

El mecánico hace ademán de tomarlo y de pronto se lo piensa mejor.

—¿Va a haber complicaciones?

—No —contesta Hodges.

El hombre del overol acepta los cincuenta.

—Se supone que tengo que acercarle ese Navigator y dejarlo ahí, justo donde usted se ha estacionado. Lo molesté solo por eso.

Hodges considera la opción y decide que no es mala idea.

—Pues haga eso precisamente. Déjelo detrás de mi coche, muy pegado. Luego podría buscarse algo que hacer en otro sitio durante un cuarto de hora más o menos.

—Siempre hay cosas que hacer en el hangar A —accede el hombre del overol—. Oiga, no irá armado, ¿verdad?

—No.

—¿Y el individuo del KingAir?

—Tampoco.

Eso es cierto casi con toda seguridad, pero en el improbable caso de que Madden *sí* vaya armado, cabe suponer que lleve la pistola en la bolsa de mano. Aun cuando la llevara encima, no tendría ocasión de sacarla, y menos de utilizarla. Hodges confía en no hacerse nunca demasiado viejo para las emociones, pero no le interesan para nada esas idioteces en plan OK Corral.

Oye subir de volumen las pulsaciones regulares de las hélices del KingAir, que rueda por la pista hacia el edificio.

—Mejor será que traiga ya ese Navigator —insta Hodges—. Y luego...

—Al hangar A, exacto. Suerte.

Hodges le da las gracias con un gesto de asentimiento.

—Que tenga un buen día.

6

Hodges se sitúa a la izquierda de las puertas, con la mano derecha en el bolsillo del saco, disfrutando tanto de la sombra como del templado aire veraniego. El corazón le palpita un poco más deprisa que de costumbre, pero eso es normal. Es como debe ser. Oliver Madden es uno de esos ladrones que no roban con un arma sino con una computadora (Holly ha descubierto que el desgraciado, muy activo en las redes sociales, tiene ocho cuentas en Facebook, cada una con un nombre distinto), pero no conviene dar nada por sentado. Es así como uno pone en peligro su integridad física. Permanece atento mientras Madden apaga los motores del KingAir y se lo imagina entrando en la terminal de ese pequeño operador independiente, casi desconocido. No solo entrando: *irrumpiendo*. Brioso en el andar. Camino del mostrador, donde solicitará que guarden en el hangar su caro avión de doble turbohélice. ¿Y cargará combustible? Hoy probablemente no. Tiene planes en la ciudad. Esta semana va a comprar licencias de casino. O eso cree.

El Navigator se detiene. Sus cromados destellan bajo el sol, y en sus cristales tintados propios de película de gángsteres se refleja la fachada del edificio... y también Hodges. ¡Uy! Se aparta a la izquierda. El hombre del overol sale del coche, dirige un saludo con la mano a Hodges y se encamina hacia el hangar A.

Hodges, mientras espera, se pregunta qué podía querer Barbara, qué podía considerar ella, una chica guapa con muchos amigos, tan importante como para acudir a un hombre con edad suficiente para ser su abuelo. Necesite lo que necesite, él hará lo posible por proporcionárselo. ¿Por qué no iba a hacerlo? La quiere tanto como a Jerome y Holly. Los cuatro estuvieron juntos en la guerra.

Eso lo dejaremos para más tarde, se dice. Ahora mismo Madden es la prioridad. Mantén los ojos en la presa.

La puerta se abre y sale Oliver Madden. Silba, y en efecto se observa en su andar ese brío propio del hombre de éxito. Mide al menos diez centímetros más que Hodges, cuya estatura nada despreciable es de un metro ochenta y cinco. Hombros anchos en traje veraniego, el cuello de la camisa desabrochado, el nudo de la corbata aflojado. Agraciado, facciones bien definidas a medio camino entre George Clooney y Michael Douglas. Lleva un maletín en la mano derecha y una bolsa de viaje colgada al hombro izquierdo. Luce uno de esos cortes de pelo que le hacen a uno en peluquerías donde hay que reservar hora con una semana de antelación.

Hodges da un paso al frente. Duda entre mañana y tarde, y decide, pues, desear a Madden los buenos días.

Madden, sonriente, voltea.

—Igualmente, caballero. ¿Nos conocemos de algo?

—De nada, señor Madden —dice Hodges, y le devuelve la sonrisa—. Estoy aquí por el avión.

La sonrisa se debilita un poco en las comisuras. Una arruga aparece entre las cejas bien recortadas de Madden.

—¿Cómo dice?

—El avión —repite Hodges—. ¿Un Beechcraft KingAir 350? ¿Diez asientos? ¿Placas N de Noviembre, uno uno cuatro, D de Delta, K de Kilo? ¿El propietario es, de hecho, Dwight Cramm, de El Paso, Texas?

La sonrisa permanece, pero vaya un esfuerzo le representa.

—Se equivoca, amigo mío. Yo me llamo Mallon, no Madden. James Mallon. En cuanto al avión, el mío es un King, sí, pero las placas son N426LL y el propietario no es ni más ni menos que un servidor. Probablemente busca usted Signature Air, el edificio de aquí al lado.

Hodges asiente como si Madden pudiera estar en lo cierto. Luego saca el teléfono, cruzando el brazo izquierdo ante el cuerpo para mantener la mano derecha en el bolsillo.

—¿Por qué no me deja hacer una llamada al señor Cramm? Para aclararlo. Creo que estuvo usted en su rancho la semana pasada, ¿no? ¿Le entregó un cheque por valor de doscientos mil dólares? ¿Del First Bank de Reno?

—No sé de qué me habla —ya sin sonrisa.

—Pues ¿sabe qué? Él sí lo conoce. Como James Mallon más que como Oliver Madden, pero cuando le envié por fax un montaje con varias fotos distintas, no tuvo la menor dificultad en identificarlo.

Ahora Madden tiene el rostro totalmente inexpresivo, y Hodges ve que no es agraciado en absoluto. Tampoco feo, a decir verdad. Es nadie, estatura aparte, y eso es lo que le ha permitido ir saliendo del paso durante tanto tiempo, perpetrando una estafa tras otra, engañando incluso a un viejo zorro como Dwight Cramm. Es *nadie*, y eso lleva a Hodges a pensar en Brady Hartsfield, que a punto estuvo de volar un auditorio lleno de adolescentes hace no mucho tiempo. Un escalofrío le recorre la espalda.

—¿Es usted policía? —pregunta Madden. Mira a Hodges de arriba abajo—. Lo dudo: es demasiado viejo. Pero si lo es, identifíquese.

Hodges repite lo que le ha dicho al tipo del overol:

—No exactamente policía, pero sí algo parecido.

—Pues le deseo suerte, señor Algo Parecido. Tengo varias reuniones, y se me hace tarde.

Se encamina hacia el Navigator, sin correr pero a buen paso.

—Ha llegado usted a la hora exacta —dice Hodges amigablemente, situándose a par de él. Mantenerle el paso sin rezagarse le habría representado un esfuerzo poco después de retirarse de la policía. Por entonces vivía a base de tacos y barritas de

carne seca, y habría empezado a resollar a las diez o doce zanca-
das. Ahora camina cinco kilómetros al día, por la calle o en la
caminadora.

—Déjeme en paz —dice Madden—, o avisaré a la policía de
verdad.

—Solo unas palabras —insiste Hodges, y piensa: Hay que
ver, parezco un testigo de Jehová.

Madden circunda el Navigator por la parte de atrás del vehículo. Su bolsa de viaje oscila como un péndulo.

—Nada de palabras —responde Madden—. Está usted loco.

—Ya sabe lo que dicen —contesta Hodges a la vez que
Madden tiende la mano hacia la puerta del conductor—. Yerra,
y no poco, el que discute con un loco.

Madden abre la puerta. La cosa va francamente bien, piensa
Hodges a la vez que saca la *happy slapper* del bolsillo del saco.
La *happy slapper* es una funda con un nudo en el extremo abierto. Por debajo del nudo, la parte correspondiente a la base de la
funda está llena de bolas de rodamiento. Hodges lo blande y
alcanza a Oliver Madden en la sien izquierda. Es un golpe mo-
derado, ni muy fuerte, ni muy flojo, en su justo punto.

Madden se tambalea y se le cae el maletín. Le flaquean las
rodillas pero no le fallan del todo. Hodges lo agarra por encima
del codo con ese gesto firme que perfeccionó cuando pertenecía
al Departamento de Policía de la ciudad y ayuda a Madden a
ocupar el asiento del conductor del Navigator. En los ojos tiene
esa mirada perdida del boxeador que, tras recibir un severo golpe, alberga la única esperanza de que el asalto termine antes de
que el adversario le aseste otro y lo tumbe definitivamente.

—¡Arriba! —dice Hodges, y cuando Madden ha acomodado
el trasero en la tapicería de piel del asiento envolvente, se agacha
y le levanta la pierna izquierda, que había quedado fuera. Saca
las esposas del bolsillo izquierdo del saco y tiene a Madden sujeto al volante en un tris. Las llaves del Navigator, prendidas de
un enorme llavero amarillo de Hertz, están en uno de los porta-
vasos. Hodges las toma, cierra de un portazo, recupera el maletín caído y rodea el coche con paso enérgico hacia el lado del

pasajero. Antes de entrar, lanza las llaves a la franja de césped próxima al letrero que reza SOLO CARGA Y DESCARGA. Una buena idea, porque Madden se ha recobrado lo suficiente para dar un puñetazo tras otro al botón de arranque de la camioneta. A cada golpe se ilumina en el tablero el letrero: LLAVE NO DE-TECTADA.

Hodges cierra la puerta del pasajero y contempla jovialmente a Madden.

—Aquí estamos los dos juntitos, Oliver. En la gloria.

—No puedes hacer esto —dice Madden. Se lo nota bastante entero para ser un hombre que aún debería estar viendo pajaritos de dibujos animados volar en círculo en torno a la cabeza—. Me agrediste. Puedo denunciarte. ¿Dónde está el maletín?

Hodges lo sostiene en alto.

—A buen recaudo. Lo he recogido yo.

Madden tiende la mano no esposada.

—Dámelo.

Hodges lo deja a sus pies en el hueco bajo el tablero y lo pisa.

—De momento está bajo custodia protegida.

—¿Qué quieres, cabrón? —el gruñido contrasta marcadamente con el traje y el corte de pelo caros.

—Vamos, Oliver, no te di tan fuerte. El avión. El avión de Cramm.

—Me lo vendió. Tengo la factura de compra.

—A nombre de James Mallon.

—Así me llamo. Me cambié el nombre legalmente hace cuatro años.

—Oliver, tú y la palabra «legal» no se conocen ni de oídas. Pero eso no viene al caso. Tu cheque llegó rebotado como una pelota de goma.

—Imposible —jala la muñeca esposada—. ¡Quítame esto!

—Ya hablaremos de las esposas cuando acabemos de hablar del cheque. Hombre, ahí te superaste a ti mismo. El First Bank de Reno es un banco real, y cuando Cramm telefoneó para verificar el cheque, el identificador de llamada confirmó que estaba llamando al First Bank de Reno. Salió el habitual mensaje grabado: Bienvenido al First Bank de Reno, donde el cliente es el rey, bla-bla-bla, y cuando pulsó el número oportuno, lo atendió alguien que se presentó como gestor de cuentas. Sospecho que ese era tu cuñado, Peter Jamieson, que ha sido detenido esta mañana temprano en Fields, Virginia.

Madden parpadea y da un respingo, como si de pronto Hodges lo hubiera abofeteado. Jamieson es en efecto el cuñado de Madden, pero no fue detenido. O al menos no que Hodges sepa.

—Haciéndose pasar por un tal Fred Dawlings, Jamieson aseguró al señor Cramm que tenías más de doce millones de dólares en el First Bank de Reno, repartidos en varias cuentas. No dudo que fue convincente, pero el elemento clave era el identificador de llamada. Para esa treta se necesita un programa de computadora sumamente ilegal. A mi ayudante se le da bien la informática, y dedujo ese detalle. Solo por el uso de ese programa podrían caerte entre dieciséis y veinte meses en un hotel federal. Pero hay mucho más. Hace cinco años, tú y Jamieson hackearon la web de la Oficina Nacional de Contabilidad y consiguieron robar casi cuatro millones de dólares.

—Estás mal de la cabeza.

—Para la mayoría de la gente, cuatro millones dividido entre dos bastaría. Pero tú no te duermes en los laureles. A ti te gustan las emociones fuertes, ¿verdad, Oliver?

—No pienso hablar contigo. Me agrediste e irás a la cárcel por eso.

—Dame la cartera.

Madden lo mira fijamente, con los ojos muy abiertos, a todas luces sorprendido. Como si él mismo no le hubiese robado la cartera y la cuenta bancaria a sabe Dios cuánta gente. No te gusta cuando se voltea la situación, ¿eh?, piensa Hodges. Perra suerte la tuya.

Tiende la mano.

—Dámela.

—Vete a la mierda.

Hodges enseña a Madden la *happy slapper*. La punta cargada queda suspendida en el aire: una siniestra lágrima.

—Dámela, desgraciado, u oscureceré tu mundo y te la quitaré. Tú eliges.

Madden mira a Hodges a los ojos para ver si habla en serio. Acto seguido, se lleva la mano al bolsillo interior del saco —despacio, a regañadientes— y saca una voluminosa cartera.

—¡Uau! —exclama Hodges—. ¿Eso es piel de avestruz?

—Pues sí, lo es.

Hodges advierte que Madden quiere que alargue el brazo para tomarla. Se plantea decir a Madden que la deje en la consola entre los asientos, pero cambia de idea. Madden, por lo visto, aprende despacio y necesita un curso de reciclaje para acabar de entender quién manda. Así que tiende la mano hacia la cartera, y Madden se la agarra y le estruja con fuerza los nudillos. Hodges le sacude en el dorso de la mano con la *happy slapper*. Madden le suelta los nudillos en el acto.

—¡Ay! *¡Ay! ¡Carajo!*

Madden se lleva la mano a la boca. Por encima de esta, lágrimas de dolor asoman a sus ojos de expresión incrédula.

—Nunca se debe agarrar lo que no se puede sujetar —dice Hodges. A la vez que toma la cartera, se pregunta por un momento si el avestruz es una especie en peligro de extinción. Aunque seguramente a ese desgraciado semejantes pequeñeces lo tienen muy sin cuidado.

Se vuelve hacia el desgraciado en cuestión.

—Eso ha sido el segundo aviso de cortesía, y siempre doy solo dos. Esta no es una situación entre policía y sospechoso. A partir de ahora si haces cualquier otra maniobra contra mí, te apalearé como a una mula alquilada, esposado al volante o no. ¿Queda claro?

—Sí —escupe la palabra entre los labios todavía apretados por el dolor.

—Aún te busca el FBI por el asunto de la ONC. ¿Lo sabías?

Un largo silencio en el que Madden mantiene la mirada fija en la *happy slapper*. Luego repite que sí.

—Se te busca en California por robar un Rolls-Royce Silver Wraith, y en Arizona por robar equipo de construcción por valor de medio millón de dólares, equipo que después revendiste en México. ¿También estás al corriente de todo eso?

—¿Llevas un micrófono escondido?

—No.

Madden decide dar por buena la palabra de Hodges.

—De acuerdo, sí. Aunque con aquellas palas mecánicas y aquellos buldóceres no saqué ni para chicles. Fue un timo.

—Si alguien reconoce un timo a la legua, ese eres tú.

Hodges abre la cartera. Apenas contiene dinero en efectivo, quizá unos ochenta dólares en total. Pero Madden no necesita dinero; tiene por lo menos dos docenas de tarjetas de crédito a seis nombres distintos. Hodges mira a Madden con sincera curiosidad.

—¿Cómo te las arreglas con tanta tarjeta?

Madden no contesta.

Con la misma curiosidad, Hodges añade:

—¿Nunca te avergüenzas?

Todavía con la mirada al frente Madden dice:

—Ese viejo cabrón de El Paso tiene ciento cincuenta millones de dólares. Lo ganó casi todo vendiendo concesiones petroleras que no tenían ningún valor. Sí, de acuerdo, me largué con su avión. Solo le dejé el Cessna 172 y el Lear 35. Pobrecillo.

Hodges piensa: Si este tipo tuviera una brújula moral, señalaría siempre hacia el sur. Hablar no sirve de nada... pero ¿cuándo ha servido?

Rebusca en la cartera y encuentra una factura entre particulares por la compraventa del KingAir: doscientos mil al contado, el resto en depósito en el First Bank de Reno, pagadero después de un vuelo de prueba satisfactorio. El documento es intrascendente en sentido práctico —el avión fue adquirido con nombre falso, mediante dinero inexistente—, pero Hodges no siempre tiene una actitud práctica, y no es tan viejo como para no querer reclamar pruebas de su valor y llevarse cabelleras.

—¿Lo cerraste o dejaste la llave en el mostrador para que se ocupen ellos después de guardarlo en el hangar?

—En el mostrador.

—De acuerdo, bien —Hodges observa a Madden con expresión seria—. Ahora viene la parte importante de nuestra pequeña conversación, Oliver, así que escucha con atención. Me contrataron para encontrar el avión y tomar posesión de él. Eso es todo, punto y final. No trabajo para el FBI ni para el Departamento de Policía; ni siquiera soy detective privado. Con todo, sé de buena fuente que estás a punto de cerrar un trato por la compra de participaciones mayoritarias en un par de casinos a orillas del lago, uno en la isla de Grande Belle Coeur y otro en P'tit Grand Coeur —golpetea el maletín con el pie—. Estoy seguro de que los papeles están aquí dentro, tan seguro como de que si quieres seguir siendo un hombre libre, estos papeles no van a firmarse.

—¡Eh, un momento!

—Te callas. En la terminal de Delta hay un boleto a nombre de James Mallon. Con destino a Los Ángeles, solo ida. Sale… —consultó su reloj—. Dentro de una hora y media. Con lo cual tienes el tiempo justo para pasar todo ese engorro del control de seguridad. Sube a ese avión, o esta noche estarás en la cárcel. ¿Queda claro?

—No puedo…

—¿*Queda claro?*

Madden —que es también Mallon, Morton, Mason, Dillon, Callen, y Dios sabe cuántos más— se plantea sus opciones, decide que no tiene ninguna y asiente con semblante hosco.

—¡Estupendo! Ahora te soltaré, tomaré las esposas y saldré de tu vehículo. Si mientras lo hago, intentas cualquier maniobra contra mí, te daré tal golpe que te quedarás aturdido hasta la semana que viene. ¿Entendido?

—Sí.

—La llave del coche está entre el pasto. Enseguida la verás: tiene un llavero amarillo de Hertz enorme. De momento las dos manos en el volante. A las diez y a las dos, como te enseñó tu papá.

Madden apoya las dos manos en el volante. Hodges suelta las esposas, se las guarda en el bolsillo izquierdo y sale del Navigator. Madden no se mueve.

—Que tengas un buen día, eh —dice Hodges, y cierra la puerta.

7

Entra en su Prius, va hasta el extremo de la glorieta de Zane Aviation, estaciona y observa a Madden mientras rescata la llave del Navigator de entre el pasto. Saluda a Madden con la mano cuando pasa ante él. Madden no le devuelve el saludo, cosa que no parte el corazón a Hodges ni remotamente. Sigue al Navigator por el tramo de acceso al aeropuerto, no pegado a su defensa pero cerca. Cuando Madden se desvía hacia las terminales principales, Hodges le dirige un «hasta la vista» con los faros.

Un kilómetro más adelante, entra en el estacionamiento de Midwest Airmotive y telefonea a Pete Huntley, su antiguo compañero. Este le contesta con un «Eh, Billy, qué tal» razonablemente cortés, pero no lo que podría decirse efusivo. Desde que Hodges actuó por su cuenta (y a causa de eso estuvo a punto de meterse en problemas graves con la justicia) en el asunto del Asesino del Mercedes, como se dio en llamarlo, su relación con Pete se ha enfriado. Quizá esto sirva un poco a modo de deshielo. Desde luego no siente el menor remordimiento por haber mentido al desgraciado que ahora va camino de la terminal de Delta; si hay un individuo que se merece una cucharada bien colmada de su propia medicina, ese es Oliver Madden.

—Pete, ¿te gustaría atrapar a un tipo de lo más apetecible?

—¿Cómo de apetecible? —todavía con cierta frialdad pero ya del lado interesado de la frialdad.

—Entre los diez más buscados del FBI, ¿qué tan apetecible te parece eso? En este momento está documentando en Delta, y tiene previsto salir rumbo a Los Ángeles en el vuelo uno uno nueve a la una cuarenta y cinco de la tarde. Bajo el nombre de

James Mallon, pese a que en realidad se llama Oliver Madden. Robó una buena lana a los federales hace cinco años, usando entonces el nombre de Oliver Mason, y ya sabes cómo se pone el tío Sam cuando le meten mano en el bolsillo —añade algunos de los detalles más llamativos del currículum de Madden.

—¿Cómo te enteraste de que está en Delta?

—Porque yo le compré el boleto. Ahora estoy marchándome del aeropuerto. Acabo de recuperar su avión. Que no era suyo, porque pagó la entrada con un cheque sin fondos. Holly telefoneará a Zane Aviation y les facilitará todos los detalles. Le encanta esa parte del trabajo.

Un largo silencio. A continuación:

—¿No vas a retirarte nunca, Billy?

Eso le resulta un poco hiriente.

—Ya podrías dar las gracias. No te morirías por eso.

Pete deja escapar un suspiro.

—Avisaré al servicio de seguridad del aeropuerto y luego me presentaré allí yo mismo —una pausa. A continuación—: Gracias. *Gustavo.*

Hodges sonríe. No es gran cosa, pero podía ser el principio de la reparación de lo que, sin llegar a fractura, sí es un esguince grave.

—Dale las gracias a Holly. Es ella quien lo localizó. Aún se pone un poco nerviosa en presencia de desconocidos, pero ante la computadora es una fiera.

—Se las daré, no te quepa duda.

—Y saluda a Izzy de mi parte —Isabelle Jaynes ha sido la compañera de Pete desde que Hodges se retiró. Es una pelirroja explosiva, y muy lista. Hodges piensa de pronto, casi sobresaltado, que dentro de no mucho tiempo ella estará trabajando con un nuevo compañero; el propio Pete no tardará en retirarse.

—Cuenta también con eso. ¿Quieres facilitarme la descripción de ese individuo para los de seguridad del aeropuerto?

—Es inconfundible. Uno noventa y cinco, traje café claro, probablemente un tanto aturdido en estos momentos.

—¿Lo has sacudido?

—Lo he *tranquilizado*.

Pete se echa a reír. Resulta agradable oírlo. Hodges pone fin a la llamada y enfila hacia la ciudad, camino de ser veinte mil dólares más rico, por gentileza de un texano que se llama Dwight Cramm, un viejo cascarrabias. Telefoneará a Cramm para darle la buena noticia después de averiguar qué quiere la gran Barbs.

8

Drew Halliday (Drew es como prefiere hacerse llamar ahora, en su pequeño círculo de amigos) come unos huevos Benedict en su acostumbrada mesa del rincón del Jamais Toujours. Ingiere despacio, regulándose, pese a que podría engullirlo todo en cuatro buenos bocados y luego tomar el plato y lamer la sabrosa salsa amarilla como un perro lame su cuenco. No tiene parientes cercanos, ve su vida amorosa por el retrovisor desde hace ya quince años, y —afrontémoslo— las personas de su pequeño círculo de amigos en realidad no son más que conocidos. Ahora solo le interesan los libros y la comida.

Bueno, no.

Ahora hay una tercera cosa.

Los cuadernos de John Rothstein han reaparecido en su vida.

El mesero, un joven con camisa blanca y pantalón negro ajustado, se acerca con desenvoltura. Cabello trigueño tirando a largo, limpio y recogido en la nuca para dar realce a sus elegantes pómulos. Drew forma parte de un reducido grupo de teatro desde hace ya treinta años (tiene gracia cómo pasa el tiempo… solo que en realidad no tiene ninguna), y piensa que William sería un Romeo perfecto, en el supuesto de que sepa actuar. Y los buenos meseros siempre saben, un poco.

—¿Alguna otra cosa, señor Halliday?

¡Sí!, piensa. Otros dos de esto, seguidos de dos *crèmes brûlées* y una tarta de fresa.

—Otra taza de café, creo.

William sonríe, exhibiendo unos dientes que han recibido única y exclusivamente el mejor tratamiento dental.

—Lo traigo en un santiamén.

Drew, pesaroso, aparta el plato con la última pizca de yema y salsa holandesa. Saca su agenda. Es Moleskine, por supuesto, de tamaño bolsillo. Pasa las hojas equivalentes a cuatro meses de anotaciones: direcciones, recordatorios, precios de libros que ha encargado o encargará para varios clientes. Cerca del final, en una página en blanco, hay dos nombres. El primero es James Hawkins. Se pregunta si es casualidad o si el chico lo ha elegido adrede. ¿Todavía leen los jóvenes a Robert Louis Stevenson hoy día? Drew tiende a pensar que este en particular sí; al fin y al cabo, sostiene que estudia literatura en la universidad, y Jim Hawkins es el héroe-narrador de *La isla del tesoro*.

El nombre escrito debajo de James Hawkins es Peter Saubers.

9

Saubers —alias Hawkins— entró en la librería por primera vez hace dos semanas, escondido detrás de un ridículo bigote adolescente que no había tenido ocasión de crecer mucho. Llevaba unos anteojos negros de carey como los que Drew (por entonces Andy) lucía afectadamente en los tiempos en que Jimmy Carter era presidente. Por norma, no entraban adolescentes en la tienda, y Drew prefería que así fuera; aún podía sentirse atraído por un hombre joven —William el Mesero, sin ir más lejos—, pero en general los adolescentes eran descuidados con los libros valiosos: los manipulaban sin la menor delicadeza, los dejaban al revés en los estantes, o incluso se les caían. Además, tenían una deplorable propensión a robar.

Este en particular parecía en disposición de darse media vuelta y echarse a correr hacia la puerta en cuanto Drew dijera buuu. Vestía una chamarra del City College, pese a que era excesiva para el calor del día. Drew, que había leído cumplidamente los relatos de Sherlock Holmes, estableció una conexión entre la chamarra, el bigote y los lentes de carey de intelectual y dedujo que ese era un muchacho que trataba de aparentar más edad, como si pretendiera entrar en uno de los locales nocturnos del centro, y no en una tienda especializada en ediciones raras.

Quieres que te calcule al menos veintiún años, pensó Drew, pero si tienes un solo día más de diecisiete me como el sombrero. Tampoco has venido a mirar libros, ¿cierto? A mí me parece que eres un joven con una misión.

El chico llevaba un libro grande y un sobre de color café bajo el brazo. En un primer momento Drew pensó que quería una tasación de algún libro mohoso encontrado en el desván, pero cuando el Señor del Bigote se acercó, vacilante, Drew vio en el lomo del libro una calcomanía morada que reconoció de inmediato.

El primer impulso de Drew fue decir «Hola, hijo», pero se contuvo. Mejor dejar al muchacho al amparo de su disfraz de universitario. ¿Qué había de malo en eso?

—Buenas tardes, caballero. ¿Puedo ayudarle en algo?

Por unos segundos el Señor del Bigote guardó silencio. El color castaño oscuro de su vello facial contrastaba marcadamente con la palidez de sus mejillas. Drew advirtió que dudaba si quedarse o mascullar «No» y salir corriendo. Puede que hubiera bastado una sola palabra para que se diera media vuelta, pero Drew padecía el mal de la curiosidad, común entre anticuarios. Obsequió, pues, al chico con su más amable sonrisa, como diciendo «No haría daño ni a una mosca», cruzó las manos y calló.

—Bueno… —dijo el muchacho por fin—. Es posible.

Drew enarcó las cejas.

—Usted compra libros raros, además de venderlos, ¿verdad? Eso dice en su web.

—Así es. Si considero que puedo revenderlos con beneficio, claro está. En eso consiste el negocio.

El muchacho se armó de valor —Drew casi lo vio hacerlo— y se acercó al escritorio, donde el resplandor circular de la anticuada lámpara Anglepoise iluminaba unos papeles semiorganizados. Drew le tendió la mano.

—Andrew Halliday.

El chico se la estrechó brevemente y la retiró como si temiera que lo agarrase.

—Me llamo James Hawkins.

—Encantado de conocerlo.

—Ajá. Creo que... tengo algo que podría interesarle. Algo por lo que quizá un coleccionista pagara mucho. Si fuese el coleccionista adecuado.

—No será el libro que lleva bajo el brazo, ¿verdad? —ahora Drew veía el título: *Misivas desde el Olimpo*. El subtítulo no figuraba en el lomo, pero Drew había tenido un ejemplar durante muchos años y lo conocía bien: *Cartas de veinte grandes escritores estadounidenses, de su puño y letra.*

—Caray, no. Este no —James Hawkins le dirigió una risita nerviosa—. Este es solo para comparar.

—Muy bien, adelante.

Por un momento dio la impresión de que «James Hawkins» no sabía bien cómo continuar. Se acomodó el sobre de papel estraza más firmemente bajo el brazo y empezó a pasar a toda prisa las hojas satinadas de *Misivas desde el Olimpo*, dejando atrás una nota de Faulkner en la que reprendía a una empresa de piensos de Oxford, Mississippi, por un encargo extraviado, una efusiva carta de Eudora Welty a Ernest Hemingway, unos garabatos sobre quién sabía qué de Sherwood Anderson, y una lista de la compra que Robert Penn Warren había decorado con dos pingüinos bailarines de trazos sencillos, uno de ellos fumando un cigarro.

Al final encontró lo que quería, dejó el libro en el escritorio y se volvió de cara a Drew.

—Aquí —dijo—. Mire esto.

A Drew le dio un vuelco el corazón cuando leyó en el encabezamiento: *De John Rothstein a Flannery O'Connor*. La página mostraba la nítida fotografía de una nota escrita en una hoja de papel pautado con un irregular fleco en el lado izquierdo, allí donde había sido arrancada de un cuaderno de espiral. La letra pequeña y cuidada de Rothstein, muy distinta de los garabatos de tantos escritores, era inconfundible.

19 de febrero de 1953

Mi querida Flannery O'Connor:

He recibido su maravillosa novela, Sangre sabia, *que tan amablemente me ha dedicado. Puedo decir <u>maravillosa</u> porque adquirí un ejemplar en cuanto salió a la luz y la leí de inmediato. Me complace mucho tener un ejemplar firmado, ¡como sin duda a usted le complace percibir los derechos correspondientes a un ejemplar vendido más! Disfruté del variopinto elenco de personajes, en especial de Hazel Motes y Enoch Emery, un guardián de zoológico cuya compañía con toda seguridad habría deleitado a mi Jimmy Gold, que habría entablado amistad con él. A usted, señorita O'Connor, se la ha calificado de «conocedora de lo grotesco», y sin embargo lo que los críticos pasan por alto es su delirante sentido del humor —probablemente porque es de lo que ellos carecen—, un humor que no da tregua. Sé que no está bien de salud, pero confío en que persevere en su obra a pesar de todo. ¡Es una obra <u>importante</u>! Gracias de nuevo.*

John Rothstein

P.D.: ¡¡¡Todavía me río del Famoso Pollo!!!

Drew, para serenarse, se quedó examinando la carta más tiempo del necesario; de pronto, alzó la vista y miró al muchacho que se hacía llamar James Hawkins.

—¿Entiende la alusión al Famoso Pollo? Se la explicaré, si lo desea. Es un buen ejemplo de lo que Rothstein describe como su «delirante sentido del humor».

—Lo consulté. La señorita O'Connor, a los seis o siete años, tenía... o eso afirmaba ella... un pollo que caminaba hacia atrás. Una gente fue a filmarlo para un noticiario, y el pollo salió en el cine. Según ella, ese fue el punto culminante de su vida, y todo lo que vino después fue un anticlímax.

—Exacto. Ahora que ya hemos aclarado el asunto del Famoso Pollo, ¿qué puedo hacer por usted?

El muchacho respiró hondo y abrió el cierre de su sobre de papel estraza. Sacó una fotocopia y la dejó junto a la carta de Rothstein reproducida en *Misivas desde el Olimpo*. Drew Halliday mantuvo una expresión de plácido interés mientras las miraba alternativamente, pero, por debajo del escritorio, tenía los dedos entrelazados con tal fuerza que sus uñas bien cortadas se le hincaron en el dorso de las manos. Supo de inmediato qué tenía ante los ojos. El rasguillo en la cola de las *y*; la *b*, siempre separada del resto de la palabra; la *h*, muy alta, y la *g*, que descendía mucho. Ahora la cuestión era qué sabía «James Hawkins». Quizá no mucho, pero casi con toda certeza no poco. De lo contrario no estaría escondiéndose detrás de un bigote reciente y unos anteojos sospechosamente similares a esos sin graduar que podían comprarse en una farmacia o una tienda de disfraces.

Encabezaba la hoja un 44 encerrado en un círculo. Debajo de este había un fragmento de un poema.

El suicidio es circular, o eso creo yo;
tú acaso tengas tu propia opinión.
Mientras tanto, medita sobre esto.

Una plaza poco después del alba,
en México, pongamos.
O si prefieres, en Guatemala.
Un sitio donde en los hoteles aún haya
ventiladores de madera en el techo.

Pero bajo el cielo azul todo es blanco,
salvo los raídos penachos de las palmeras,
y rosa donde el muchacho, medio dormido,
friega los adoquines delante del café.
En la esquina, esperando el primer...

Se interrumpía ahí. Drew miró al chico.

—Luego habla del primer autobús del día —aclaró James Hawkins—. De esos que funcionan con cables. *Trolebús*, lo llama en español. La mujer del narrador del poema, o quizá su novia, está muerta en un rincón de la habitación. Se ha pegado un tiro. Él acaba de encontrarla.

—No diría yo que es poesía inmortal —comentó Drew. Estupefacto como estaba, no se le *ocurrió* nada más que decir. Calidad aparte, el poema era la primera obra nueva de John Rothstein que aparecía en más de medio siglo. A excepción hecha del autor, ese chico y el propio Drew, no la había visto nadie más. A no ser que Morris Bellamy hubiese llegado a echarle un vistazo, cosa poco probable teniendo en cuenta el gran número de cuadernos que, según él, había robado.

El gran número.

«Dios mío, el gran número de cuadernos.»

—No, desde luego no está a la altura de Wilfred Owen o T. S. Eliot, pero eso aquí no viene al caso, creo yo. ¿No le parece?

De pronto Drew cayó en la cuenta de que «James Hawkins» lo observaba con atención. ¿Y qué veía? A buen seguro más de lo que convenía. Por norma, Drew procuraba no soltar prenda —era necesario en un negocio que estribaba en ofrecer el precio mínimo al vendedor y obtener el precio máximo del posible comprador—, pero en esta ocasión era como si el *Titanic* hubiese aflorado de repente a la superficie del Atlántico, abollado y herrumbroso, pero *ahí*.

Muy bien, pues, reconócelo, se dijo.

—No, probablemente no —la fotocopia y la carta dirigida a O'Connor seguían una junto a la otra, y Drew no pudo abstenerse de deslizar su dedo regordete entre puntos de comparación—. Si es una falsificación, es muy buena.

—No lo es —esta vez con toda convicción.

—¿De dónde ha sacado esto?

El muchacho pasó entonces a contar una historia absurda a la que Drew apenas prestó atención, algo así como que su tío Phil, de Cleveland, había muerto y dejado en herencia al joven

James su biblioteca, que, junto con libros en rústica y volúmenes de un club de lectores, incluía seis cuadernos Moleskine, y resultó, mira por dónde, que esos seis cuadernos, repletos de material muy diverso e interesante —en su mayor parte poesía, además de algún que otro texto ensayístico y unos cuantos relatos fragmentarios—, eran obra de John Rothstein.

—¿Cómo supo que era de Rothstein?

—Reconocí el estilo, incluso en los poemas —contestó Hawkins. Era una respuesta que obviamente había preparado—. Estudio literatura estadounidense en el City College y he leído casi toda su obra. Pero no solo por eso. Este, por ejemplo, trata de México, y Rothstein pasó seis meses vagando por allí después de licenciarse en el ejército.

—Junto con otros diez o doce autores estadounidenses destacados, entre ellos Ernest Hemingway y el enigmático B. Traven.

—Sí, pero fíjese en esto —el muchacho sacó una segunda fotocopia del sobre.

Drew se dijo que no debía abalanzarse ávidamente sobre el papel... y aun así se abalanzó ávidamente. Se comportaba como si llevase en el negocio tres años en lugar de treinta, pero ¿qué culpa tenía él? Aquello era importante. Aquello era *colosal*. La dificultad residía en que, al parecer, «James Hawkins» sabía que lo era.

Ah, pero él no sabe lo que *yo* sé, entre otras cosas la procedencia de ese material. A menos que Morrie esté utilizándolo como instrumento, ¿y qué probabilidades hay de eso teniendo en cuenta que Morrie se pudre en la prisión estatal de Waynesville?

El texto de la segunda fotocopia era obra a todas luces de la misma mano, pero la caligrafía no era tan cuidada. El fragmento en verso no incluía tachones ni notas al margen; en este otro, en cambio, abundaban.

—Quizá esto lo escribió en estado de ebriedad —comentó el muchacho—. Bebía mucho, ¿sabe? Luego lo dejó. De la noche a la mañana. Léalo. Verá de qué trata.

El número encerrado en un círculo que encabezaba la página era el 77. Debajo, el texto empezaba en medio de una frase.

nunca preví. Si bien las buenas críticas son siempre un postre dul-
ce a corto plazo, luego uno descubre que causan indigestión
—insomnio, pesadillas, incluso problemas por tomar esa mierda
de las tardes que se ha vuelto cada vez más importante— a largo
plazo. Y la estupiddez va aún más lejos en las buenas reseñas que
en las malas. Ver a Jimmy Gold como una especie de referencia,
un HÉROE, *incluso, es como llamar a alguien como Billy el Niño*
(o Charles Starkweather, su encarnación más afín en el siglo XX) *icono americano. Jimmy es como es, incluso como soy yo o como*
eres tu; no está inspirado en Huck Finn sino en Étienne Lantier,
¡el mayor personaje de la narrativa del siglo XIX*! Si me he reti-*
rado de la vida pública, del ojo público, es porque ese ojo está
infectado, y no tiene sentido poner ante él más materiel. Como
diría el propio Jimmy: «No hay mierda que...

Se interrumpía ahí, pero Drew sabía qué venía a continuación, y
con toda certeza Hawkins lo sabía también. Era el famoso lema
de Jimmy, que aún se veía a veces en las camisetas después de
tantos años.

—«Estupidez» está mal escrito —fue lo único que se le ocurrió decir a Drew.

—Ajá, y también «material». Erratas reales, no rectificadas
por un corrector de pruebas —al muchacho le resplandecían los
ojos. Era un resplandor que Drew había visto con frecuencia,
pero nunca en alguien tan joven—. Esto está *vivo*, eso es lo que
pienso. Vivo y coleando. ¿Ve eso que dice sobre Étienne Lantier? Es el personaje principal de *Germinal* de Émile Zola. ¡Y es
información nueva! ¿Se da cuenta? ¡Aporta una percepción
nueva de un personaje que todo el mundo conoce, y la aporta el
propio autor! Seguro que algún coleccionista pagaría una pasta
por el original de esto, y por todo lo demás que tengo.

—¿Dice que tiene en su poder seis cuadernos?

—Ajá.

Seis. No cien o más. Si eran solo seis los cuadernos que tenía
el muchacho, desde luego no actuaba en nombre de Bellamy, a
menos que Morris, por alguna razón, hubiese dividido su botín.
Drew no se imaginaba a su viejo amigo haciendo una cosa así.

—Son de tamaño medio, ochenta páginas cada uno. Eso suma cuatrocientas ochenta. Mucho espacio en blanco... con los poemas siempre lo hay... pero no todo son poemas. También están esos relatos. Uno es sobre la infancia de Jimmy Gold.

Pero esa era la cuestión: ¿De verdad se *creía* él, Drew, que había solo seis? ¿Cabía la posibilidad de que el muchacho estuviese reservándose lo mejor? Y en tal caso, ¿se lo reservaba porque quería vender el resto más adelante, o porque no quería venderlo? En opinión de Drew, ese resplandor en los ojos inducía a pensar que se trataba más bien de lo segundo, aunque acaso el chico no fuera aún consciente de ello.

—¿Oiga? ¿Señor Halliday?

—Perdone. Solo estaba haciéndome a la idea de que esto pueda ser realmente material nuevo de Rothstein.

—Lo es —aseguró el muchacho. Por su tono de voz, era obvio que no albergaba la menor duda—. ¿Cuánto, pues?

—¿Que cuánto pagaría *yo*? —Drew pensó que ahora sí convenía llamarlo «hijo», porque estaban a punto de iniciar el regateo—. Hijo, a mí no me sobra el dinero. Ni estoy del todo convencido de que esto no sean falsificaciones. Un engaño. Tendría que ver los originales.

Drew advirtió que Hawkins se mordía el labio por detrás del bigote naciente.

—No hablaba de lo que pagaría *usted*; me refería a los coleccionistas privados. Debe de conocer a alguno dispuesto a soltar un buen dinero por artículos especiales.

—Conozco a un par, sí —conocía a una docena—. Pero sobre la base de dos fotocopias ni siquiera les escribiría. En cuanto a obtener la autentificación de un perito caligráfico... en fin, entraña su riesgo. Rothstein murió asesinado, como ya sabrás, lo cual convierte esto en bienes robados.

—No si lo regaló él mismo a alguien antes de su muerte —contraatacó ágilmente el muchacho, y Drew tuvo que recordarse una vez más que «James Hawkins» se había preparado ese encuentro.

Pero yo tengo la experiencia de mi lado, pensó. La experiencia y el oficio.

—Hijo, no hay manera de demostrar que eso ocurrió así.

—Tampoco hay manera de demostrar lo contrario.

Por tanto: callejón sin salida.

De repente el chico tomó las dos fotocopias y las metió en el sobre de papel estraza.

—Un momento —prorrumpió Drew, alarmado—. Eh. Alto.

—No, creo que ha sido un error venir aquí. Sé de una tienda en Kansas City, Jarrett, Incunables y Ediciones Raras. Es una de las más grandes del país. Probaré allí.

—Si puedes esperar una semana, haré unas llamadas —dijo Drew—. Pero tienes que dejarme las fotocopias.

El muchacho vaciló, sin saber qué hacer. Al final preguntó:

—¿Cuánto cree que podría conseguir?

—¿Por casi quinientas páginas de material inédito de Rothstein...? ¡Qué digo inédito! *Nunca visto.* Probablemente el comprador exigiría como mínimo un análisis caligráfico por computadora: hay un par de buenos programas para eso. Pero en el supuesto de que quedara demostrada la autenticidad, quizá... —calculó la cifra menor que podía dar sin caer en el absurdo—. Quizá cincuenta mil dólares.

«James Hawkins» o bien lo aceptó, o pareció aceptarlo.

—¿Y cuál sería su comisión?

Drew dejó escapar una risa cortés.

—Hijo... James... ningún tratante cobraría a *comisión* en un caso como este. No cuando el creador... conocido como «propietario» en términos jurídicos... fue asesinado y el material podría haber sido robado. Nos lo repartiríamos a medias.

—No —respondió el muchacho al instante. Quizá aún no podía dejarse crecer el bigote de motociclista que concebía en sueños, pero tenía huevos además de cerebro—. Setenta-treinta. A mi favor.

Drew podía ceder en eso: obtener quizá un cuarto de millón por los seis cuadernos y darle al muchacho el setenta por ciento de cincuenta mil. Pero ¿no esperaría «James Hawkins» que regateara, al menos un poco? ¿No recelaría si no lo hacía?

—Sesenta-cuarenta. Es mi última oferta, y en función de que encontremos comprador, claro está. Eso equivaldría a treinta mil dólares por algo que encontraste en una caja de cartón junto con ejemplares viejos de *Tiburón* y *Los puentes de Madison County*. No es mala ganancia, diría yo.

El muchacho desplazó el peso del cuerpo de un pie a otro, sin hablar pero sumido a todas luces en un conflicto.

Drew recurrió de nuevo a esa sonrisa que decía «No haría daño ni a una mosca».

—Déjame las fotocopias. Vuelve dentro de una semana y te diré en qué situación estamos. Y un consejo: no te acerques al establecimiento de Jarrett. Ese hombre te vaciará los bolsillos.

—Lo querría en efectivo.

Drew pensó: ¿No es eso lo que queremos todos?

—Te estás adelantando a los acontecimientos, hijo.

El muchacho se decidió y dejó el sobre de papel estraza en el escritorio atestado.

—De acuerdo. Volveré.

Drew pensó: Eso seguro. Y creo que cuando vuelvas, mi posición negociadora será mucho más sólida.

Tendió la mano. El muchacho volvió a estrechársela, tan brevemente como le fue posible sin incurrir en la mala educación. Como si le diera miedo dejar huellas. Cosa que en cierto modo ya había hecho.

Drew se quedó inmóvil hasta que «Hawkins» salió; luego se dejó caer en su silla de oficina (esta exhaló un gemido de resignación) y reactivó su Macintosh en suspensión. Disponía de dos cámaras de seguridad en la puerta de entrada, orientadas en sentidos distintos, a uno y otro lado de Lacemaker Lane. Observó al muchacho doblar la esquina en Crossway Avenue y perderse de vista.

La calcomanía morada en el lomo de *Misivas desde el Olimpo*, esa era la clave. Indicaba que el libro pertenecía a una biblioteca, y Drew conocía todas las de la ciudad. El morado lo identificaba como obra de consulta de la biblioteca de Garner Street, y en principio las obras de consulta no se dejaban en préstamo.

Si el muchacho hubiese intentado sacar el libro a hurtadillas bajo la chamarra del City College, el detector de la entrada habría zumbado a su paso, porque el adhesivo morado era también un dispositivo antirrobo. Lo que llevó a Drew a otra deducción propia de Sherlock Holmes, con solo añadir el dato evidente de que el muchacho sabía de libros.

Drew accedió a la página web de la biblioteca de Garner Street, donde se mostraban muy diversas opciones: HORARIO DE VERANO, NIÑOS Y ADOLESCENTES, PRÓXIMAS ACTIVIDADES, CICLO DE CINE CLÁSICO y, por último pero no menos importante: CONOZCA A NUESTRO PERSONAL.

Drew Halliday pulsó en este último vínculo y no necesitó pulsar más, al menos de momento. Encima de los datos personales en miniatura, aparecía una foto en grupo de los empleados, unas dos docenas en total, reunidos en el jardín de la biblioteca. La estatua de Horace Garner, con un libro abierto en la mano, se alzaba detrás de ellos. Todos se deshacían en sonrisas, incluido su muchacho, ahora sin bigote ni anteojos falsos. En la segunda fila, el tercero empezando por la izquierda. Según los datos biográficos, el joven señor Peter Saubers estudiaba en la preparatoria de Northfield, y por entonces tenía un trabajo de medio tiempo. Confiaba en estudiar Literatura en la universidad, con Biblioteconomía como opción complementaria.

Con la ayuda de ese apellido tan poco común, Drew prosiguió sus indagaciones. Sudaba un poco, ¿y cómo no? Seis cuadernos le parecían ya una miseria, una broma. *Todos* —algunos de los cuales contenían una cuarta novela de Jimmy Gold, si el psicópata de su amigo no se había equivocado hacía ya tantos años— podrían alcanzar un valor de hasta cincuenta millones de dólares, si se dividían y se vendían a distintos coleccionistas. El cuarto Jimmy Gold por sí solo podía alcanzar los veinte millones. Y con Morrie Bellamy a buen recaudo en la cárcel, lo único que se interponía en su camino era un adolescente que no podía ni dejarse crecer un bigote como era debido.

10

William el Mesero regresa con la cuenta de Drew, y Drew introduce su American Express en la carpeta de piel. No la rechazarán, está seguro de eso. Con las otras dos tarjetas no lo tiene tan claro, pero procura mantener relativamente limpia la American Express, porque es la que utiliza en sus transacciones comerciales.

Los negocios no le han ido muy bien en los últimos años, aunque sabe Dios que *deberían* haberle ido bien. Deberían haberle ido de perlas, sobre todo entre 2008 y 2012, cuando la economía de Estados Unidos se hundió y parecía imposible reflotarla. En épocas como esa el precio de los bienes valiosos —objetos reales, a diferencia de los bips y los bytes de la Bolsa de Nueva York— siempre subía. El oro y los diamantes, sí, pero también el arte, las antigüedades y los libros raros. El puto Michael Jarrett de Kansas ahora iba en Porsche. Drew lo ha visto en su página de Facebook.

Sus pensamientos volvieron a la segunda visita de Peter Saubers. Lamenta que el muchacho haya descubierto lo de la tercera hipoteca; eso había sido un punto de inflexión. Quizá *el* punto de inflexión.

Las penurias económicas de Drew se remontan al maldito libro de James Agee *Elogiemos ahora a hombres famosos.* Un ejemplar magnífico, en perfecto estado de conservación, firmado por Agee *y* Walker Evans, el autor de las fotografías. ¿Cómo iba Drew a saber que había sido robado?

De acuerdo, quizá *sí* lo sabía, sin duda todas las alarmas estaban activadas y sonaban estridentemente, y él debería haberse quedado al margen, pero el vendedor no tenía la menor idea del valor real del libro, y Drew había bajado un poco la guardia. No tanto como para acabar multado o en la cárcel, gracias a Dios, pero las consecuencias se habían dejado notar a largo plazo. Desde 1999 lo acompañaba cierto *tufo* siempre que iba a congresos, simposios y subastas. Los tratantes y compradores de buena reputación tendían a eludirlo, a menos que —y he aquí la ironía— tuvieran algo de origen vagamente dudoso que desearan convertir en dinero fácil. A veces, cuando no puede dormir, Drew piensa: Están empujándome hacia el lado oscuro. La culpa no es mía. En realidad aquí la víctima soy yo. Con lo cual Peter Saubers cobra aún mayor importancia.

William vuelve con la carpeta de piel y expresión solemne. Eso a Drew le da mala espina. Quizá al final la tarjeta sí ha sido rechazada. De pronto su mesero preferido sonríe, y Drew deja escapar en un tenue suspiro el aliento que retenía.

—Gracias, señor Halliday. Siempre es un placer verlo.

—Igualmente, William. Igualmente, no te quepa ninguna duda —firma con un floreo y guarda de nuevo en la cartera la American Express, un poco doblada pero no rota.

En la calle, mientras camina hacia la tienda (la posibilidad de que quizá anadea nunca le pasa por la cabeza), ocupa de nuevo su pensamiento la segunda visita del chico, que fue *bastante* bien, pero no tan bien ni remotamente como Drew esperaba y preveía. En su primera reunión, el muchacho estaba tan nervioso que Drew temió que pudiera sentirse tentado de destruir los manuscritos, aquel tesoro de valor incalculable que había encontrado por casualidad. Pero esa contingencia podía descartarse a juzgar por cómo le brillaron los ojos, sobre todo cuando habló de esa segunda fotocopia y de las disquisiciones de Rothstein en estado de ebriedad acerca de los críticos.

Esto está vivo, había dicho Saubers. *Eso es lo que yo pienso.*

¿Y puede el muchacho matar algo así?, se pregunta Drew cuando entra en su tienda y voltea el letrero para indicar ABIERTO en lugar de CERRADO. No lo creo. Como tampoco permitiría, a pesar de sus amenazas, que las autoridades se llevaran todo ese tesoro.

Mañana es viernes. El chico ha prometido visitarlo inmediatamente después de clase para cerrar un trato. Piensa que será una negociación. Piensa que tiene aún cartas que jugar. Quizá sí… pero Drew tiene los triunfos.

La luz de la contestadora automática parpadea. Se dice que será alguien que quiere venderle un seguro o una ampliación de la garantía de su pequeño automóvil utilitario (la idea de que Jarrett ande paseándose en Porsche por Kansas le hiere momentáneamente el ego), pero uno nunca sabe hasta que lo comprueba. Tiene millones a su alcance, pero mientras no los tenga realmente en las manos, todo seguirá como de costumbre.

Drew va a ver quién ha telefoneado durante el almuerzo, y reconoce la voz de Saubers a la primera palabra.

Aprieta los puños mientras escucha.

11

Cuando el artista antes conocido como «Hawkins» entró el viernes posterior a su primera visita, tenía el bigote una pizca más poblado pero su andar era igual de vacilante: un animal asustadizo acercándose a un apetitoso cebo. Para entonces Drew ya había reunido mucha información sobre él y su familia. Y sobre las páginas del cuaderno, también sobre eso. Tres aplicaciones informáticas distintas habían confirmado que la carta a Flannery O'Connor y los textos de las fotocopias eran obra del mismo hombre. Dos de esas aplicaciones comparaban caligrafías. La tercera —no del todo fiable, dado el exiguo tamaño de las muestras escaneadas— señalaba ciertas similitudes estilísticas, la mayoría de las cuales ya había detectado el chico. Esos resultados eran instrumentos que Drew reservaría para el momento en que abordase a posibles compradores. Él personalmente no tenía la menor duda, después de haber visto uno de los cuadernos con sus propios ojos hacía treinta y seis años, en una mesa de la terraza del Happy Cup.

—Hola —dijo Drew. Esta vez no tendió la mano al muchacho para estrechársela.

—Hola.

—No has traído los cuadernos.

—Antes necesito una cifra. Me dijo que haría unas llamadas.

Drew no había telefoneado a nadie. Aún era pronto para eso.

—Por si no lo recuerdas, sí *te* di una cifra. Dije que tu parte ascendería a treinta mil dólares.

El chico movió la cabeza en un gesto de negación.

—Eso no es suficiente. Y sesenta-cuarenta tampoco lo es. Tendría que ser setenta-treinta. No soy tonto. Sé lo que tengo entre manos.

—También yo sé alguna que otra cosa. Tu verdadero nombre es Peter Saubers. No estudias en el City College; estudias en la preparatoria de Northfield y trabajas de medio tiempo en la biblioteca de Garner Street.

El chico lo miró con los ojos desorbitados, boquiabierto. De hecho, se tambaleó, y por un momento Drew temió que se desmayara.

—¿Cómo...?

—El libro que trajiste. *Misivas desde el Olimpo*. Reconocí el adhesivo de seguridad de la Sala de Obras de Consulta. A partir de ahí fue fácil. Incluso sé dónde vives: en Sycamore Street.

Lo cual tenía toda la lógica del mundo, una lógica incluso divina. Morris Bellamy había vivido en Sycamore Street, en la misma casa. Drew nunca había estado allí —porque Morris no quería que conociera al vampiro que tenía por madre, sospechaba Drew—, pero los archivos municipales lo demostraban. ¿Dónde debían estar? ¿Ocultos detrás de una pared en el sótano, o enterrados bajo el suelo del estacionamiento? Drew daba por supuesto que era lo uno o lo otro.

Se echó al frente tanto como le permitía la panza y fijó los ojos en los del muchacho, que lo miraba a su vez con cara de consternación.

—Y he aquí algún otro dato. Tu padre resultó gravemente herido en la Matanza del Centro Cívico, allá por 2009. Estaba allí porque se quedó desempleado con la crisis de 2008. Hace un par de años, en un dominical, apareció un reportaje sobre cómo les iba la vida a los supervivientes de aquella masacre. Lo consulté, y resultó ser una lectura interesante. Tu familia se mudó al Lado Norte después del atropellamiento de tu padre, lo cual debió de ser una pérdida de nivel considerable, pero los Saubers tuvieron suerte. Como solo trabajaba tu madre, hubo que hacer un recorte por aquí, un ajuste por allá, pero a muchos les fue peor. Una historia de éxito a la americana. ¿Te derriban? ¡Levántate, sacúdete el polvo y vuelve a la carrera! Solo que la historia no contaba toda la verdad de cómo consiguió salir adelante tu familia. ¿Verdad?

El chico se humedeció los labios, intentó hablar, no pudo, se aclaró la garganta, lo intentó otra vez.

—Me marcho. Venir aquí ha sido un gran error.

Se dio media vuelta y se alejó.

—Peter, si sales por esa puerta, casi puedo garantizarte que esta noche estarás en la cárcel. Sería una verdadera lástima, teniendo toda la vida por delante.

Saubers se volvió de nuevo hacia el escritorio con los ojos desorbitados, la boca abierta, los labios temblorosos.

—También he hecho indagaciones sobre el asesinato de Rothstein. En opinión de la policía, los ladrones que lo mataron se llevaron los cuadernos solo porque estos también estaban en la caja fuerte, junto con el dinero. Según esa teoría, entraron en la casa por lo que suelen entrar los ladrones, que es el efectivo. Mucha gente en el pueblo donde vivía el viejo sabía que guardaba dinero en la casa, quizá mucho. Esos rumores circularon por Talbot Corners durante años. Al final alguien, quien no convenía, decidió averiguar si los rumores eran ciertos. Y lo eran, ¿no?

Saubers regresó al escritorio. Despacio. Paso a paso.

—Tú encontraste los cuadernos robados, pero encontraste también dinero robado, eso es lo que yo creo. Suficiente para mantener a tu familia en la solvencia hasta que tu padre pudiera ponerse de nuevo en pie. En pie literalmente, porque, según el reportaje, quedó hecho picadillo. ¿Lo saben tus padres, Peter? ¿Están al corriente? ¿Te han mandado tus padres aquí para venderme los cuadernos ahora que el dinero se ha acabado?

Casi todo eran conjeturas —si Morris había dicho algo sobre el dinero aquel día en la terraza del Happy Cup, Drew no lo recordaba—, pero observó que sus conjeturas daban en el blanco una tras otra como severos puñetazos en la cara y el vientre.

Drew sintió la satisfacción de todo detective al ver que las pistas lo llevaban por el camino correcto.

—No sé de qué me está hablando —la voz del muchacho parecía más la de un contestador automático que la de un ser humano.

—Y en cuanto a eso de que son solo seis cuadernos, no cuadra, la verdad. Rothstein abandonó la vida pública en 1960, después de publicar su último relato en *The New Yorker*. Fue asesinado en 1978. Cuesta creer que en dieciocho años solo llenara seis cuadernos de ochenta páginas cada uno. Seguro que había más. *Muchos* más.

—No puede demostrar nada —todavía con esa misma voz monótona y robótica. Saubers se tambaleaba; dos o tres puñetazos más y se desplomaría. Aquello tenía su emoción.

—¿Qué encontraría la policía si llegara a tu casa con una orden de registro, mi joven amigo?

Saubers, en lugar de desplomarse, recobró la compostura. Su reacción, de no ser tan molesta, habría sido admirable.

—¿Y usted qué, señor Halliday? Ya estuvo en apuros una vez por vender lo que no debía.

Bien, eso era un golpe… pero solo de refilón.

Drew movió la cabeza en un desenfadado gesto de asentimiento.

—Por esto viniste a mí, ¿eh? Te enteraste del asunto de Agee y pensaste que podía ayudarte en algo ilegal. Solo que yo entonces tenía las manos limpias, como las tengo también ahora —las abrió para demostrarlo—. Diría que me tomé un tiempo para asegurarme de que lo que intentabas vender era auténtico, y en cuanto lo comprobé, cumplí con mi deber cívico y denuncié el hecho a la policía.

—¡Pero eso no es verdad! ¡No lo es, y usted lo sabe!

Bienvenido al mundo real, Peter, pensó Drew. Se quedó en silencio, para dejar que el muchacho explorase la caja en la que se hallaba.

—Podría quemarlos —Saubers parecía hablar consigo mismo, no con Drew, como si tanteara la idea—. Podría ir a c… al sitio donde los tengo, y quemarlos sin más.

—¿Cuántos hay? ¿Ochenta? ¿Ciento veinte? ¿Ciento *cuarenta*? Encontrarían residuos, hijo. Las cenizas. Aunque no las encontraran, tengo páginas fotocopiadas. Empezarían a hacer preguntas sobre cómo *se las arregló* tu familia para salir tan bien de la recesión, y más teniendo en cuenta las lesiones de tu padre y el sinfín de facturas de médicos. Me parece que un contador competente descubriría que los gastos de tu familia superaban con creces los ingresos.

Drew no sabía si eso era verdad o no, pero tampoco el muchacho lo sabía. Ahora Saubers estaba al borde del pánico, y eso beneficiaba a Drew: el pánico impedía pensar con claridad.

—No hay pruebas —Saubers apenas podía elevar la voz por encima de un susurro—. El dinero ha volado.

—Ya lo supongo, o no estarías aquí. Pero el rastro contable ahí queda. ¿Y quién lo seguirá aparte de la policía? ¡Hacienda! ¿Quién sabe, Peter? A lo mejor tus padres van también a la cárcel, por evasión de impuestos. Con eso tu hermana… Tina se llama, ¿no? Tu hermana se quedaría sola, pero quizá tiene una anciana tía bondadosa con quien vivir hasta que tus viejos salgan.

—¿Qué es lo que quiere?

—No seas obtuso. Quiero los cuadernos. *Todos.*

—Si se los doy, ¿yo qué saco?

—Saber que estás libre de cargas. Lo cual, dada tu situación, tiene un valor inestimable.

—¿Habla en *serio*?

—Hijo…

—¡No me llame así! —el chico apretó los puños.

—Peter, piénsalo bien. O me entregas los cuadernos a mí, o yo te entrego a ti a la policía. Pero en cuanto me los des, no tendré ya poder sobre ti, porque habré aceptado bienes robados. Estarás a salvo.

Drew, mientras hablaba, mantenía el dedo índice de la mano derecha suspendido cerca del botón de la alarma silenciosa situado bajo el escritorio. Nada deseaba menos que pulsarlo, pero esos puños apretados no le gustaban. Saubers, en su pánico, podía concebir la idea de que había otra manera de cerrarle la boca a

Drew Halliday. En ese momento los grababa la cámara de seguridad, pero acaso el muchacho no se hubiera dado cuenta de eso.

—Y usted se queda con cientos de miles de dólares —repuso Saubers con encono—. Quizá incluso millones.

—Ayudaste a tu familia a superar una época difícil —dijo Drew. Pensó en añadir «¿Por qué dejarse llevar por la codicia?», pero, dadas las circunstancias, eso podía quedar un poco... inoportuno—. Creo que deberías contentarte con eso.

Al rostro del muchacho asomó una respuesta muda: *Para usted es muy fácil decirlo.*

—Necesito un tiempo para pensarlo.

Drew asintió con la cabeza, pero no en un gesto de conformidad.

—Entiendo cómo te sientes, pero no. Si sales de aquí ahora, te prometo que habrá un coche de policía esperándote cuando llegues a casa.

—Y usted se perderá el día de la paga extra.

Drew se encogió de hombros.

—No sería el primero —aunque ninguno de esa envergadura, todo había que decirlo.

—Mi padre está en el sector inmobiliario, ¿lo sabía?

El súbito cambio de rumbo tomó a Drew un poco a contrapié.

—Sí, lo vi mientras hacía mis indagaciones. Ahora tiene un pequeño negocio propio, y me alegro por él. Aunque sospecho que muy posiblemente el dinero de John Rothstein ha cubierto parte de los costos de establecimiento.

—Le pedí que investigara a todas las librerías de la ciudad —informó Saubers—. Le dije que estaba haciendo un trabajo sobre la incidencia del libro electrónico en las librerías tradicionales. Eso fue ya antes de venir a verlo, cuando aún no había decidido si arriesgarme o no. Averiguó que el año pasado solicitó usted una tercera hipoteca sobre este local, y me explicó que la consiguió tan solo por la ubicación. Lacemaker Lane es ahora una zona de alto standing y tal.

—No veo qué relación puede tener eso con el asunto que nos traemos entre...

—Es verdad lo que ha dicho: atravesamos una época francamente mala, ¿y sabe qué? En esos casos uno, aun siendo un niño, o quizá sobre todo si es un niño, desarrolla un sexto sentido para adivinar quién anda en apuros. Me parece que está usted con la soga al cuello.

Drew alzó el dedo que hasta ese momento tenía suspendido cerca del botón de la alarma silenciosa y señaló a Saubers.

—No me jodas, jovencito.

El color había vuelto al rostro de Saubers, ahora en amplias e intensas manchas, y Drew vio algo que no le gustó y desde luego no preveía: había enfurecido al chico.

—Sé que pretende meterme prisa, y no va a darle resultado. Sí, de acuerdo, tengo los cuadernos. Hay ciento sesenta y cinco. No todos llenos, pero sí la mayoría. ¿Y sabe qué? No era la trilogía Gold; era el *ciclo* Gold. Hay dos novelas más, las dos en los cuadernos. Primeros borradores, sí, pero bastante limpios.

El chico hablaba cada vez más deprisa, y al mismo tiempo iba comprendiendo todo aquello que Drew esperaba que, cegado por el miedo, pasara por alto.

—Los tengo escondidos, pero supongo que tiene razón: si avisa a la policía, los encontrarán. Solo que mis padres no sabían nada, y me parece que la policía lo creerá. En cuanto a mí… soy menor —incluso esbozó una sonrisa, como si acabara de caer en la cuenta—. No me harán gran cosa, porque, para empezar, no fui yo quien robó los cuadernos y el dinero. Por entonces yo ni siquiera había nacido. Usted saldrá impune, pero no sacará ningún provecho. Cuando el banco se quede este local… y dice mi padre que se lo quedará, tarde o temprano… y haya aquí una panadería de la cadena Au Bon Pain, entraré y me comeré un cruasán en su honor.

—Todo un discurso —dijo Drew.

—Pues ya ha terminado. Me marcho.

—Te lo advierto, estás haciendo una gran tontería.

—Ya se lo he dicho: necesito tiempo para pensarlo.

—¿Cuánto?

—Una semana. También a usted le conviene pensar, señor Halliday. Quizá aún encontremos alguna solución.

—Eso espero, hijo —Drew utilizó esa palabra adrede—. Porque si no, haré esa llamada. No es una broma.

El valor del chico se vino abajo. Se le empañaron los ojos. Antes de que las lágrimas resbalaran por sus mejillas, se dio media vuelta y salió.

12

Y ahora llega este mensaje de voz, que Drew escucha con indignación pero también con temor, porque el chico emplea un tono frío y sereno en apariencia que no obstante, bajo la superficie, deja entrever desesperación.

«Le dije que iría mañana, pero no podré. Me había olvidado totalmente del retiro de los delegados de clase de tercero y cuarto, y salí elegido vicepresidente del último curso para el año que viene. Sé que le parecerá una excusa, pero no lo es. Supongo que se me fue de la cabeza, como no es de extrañar después de amenazarme usted con mandarme a la cárcel y demás.»

Borra esto en el acto, piensa Drew, clavándose las uñas en las palmas de las manos.

«Vamos al hotel River Bend, en Victor County. Salimos mañana por la mañana a las ocho en autobús (es día de cursos de reciclaje para profesores en la preparatoria, y por tanto no hay clase) y volvemos el domingo por la noche. Somos veinte. Pensé en pedir una exención, pero mis padres ya están preocupados por mí. Mi hermana también. Si me salto el retiro, sabrán que algo pasa. Mi madre piensa, creo, que igual he dejado embarazada a alguna chava.»

El muchacho deja escapar una risotada breve y semihistérica. Drew piensa que no existe nada más aterrador que un chico de diecisiete años. Uno no tiene la menor idea de cómo van a actuar.

«Iré el lunes por la tarde —continúa Saubers—. Si espera usted hasta entonces, quizá encontremos alguna solución. Un arreglo aceptable para los dos. Tuve una idea. Y si cree que lo engaño con lo del retiro, telefonee al hotel y compruebe la reservación. Junta Rectora de Estudiantes de la preparatoria de Northfield. Puede que nos veamos el lunes. Y si no, pues no. Adi...»

Ahí es donde el tiempo de mensaje —extralargo, para clientes que telefonean fuera de horas, por lo general desde la costa Oeste— se agota por fin. *Bip.*

Drew se sienta en su silla (ajeno, como siempre, al chirrido de desesperación de esta) y se queda mirando la contestadora automática durante casi un minuto. No siente la necesidad de telefonear al hotel River Bend... que se encuentra, graciosamente, a solo diez o doce kilómetros río arriba de la penitenciaría donde el ladrón original de los cuadernos cumple ahora cadena perpetua. Drew está seguro de que Saubers no ha mentido con respecto al retiro, por lo fácil que es verificarlo. En cuanto a sus razones para no querer escabullirse ya no está tan seguro. Quizá Saubers ha decidido que la amenaza de denuncia de Drew es una broma. Solo que no lo es. Drew no va a consentir que Saubers tenga lo que él no puede tener. De un modo u otro, ese cabroncito va a desprenderse de los cuadernos.

Esperaré hasta el lunes por la tarde, piensa Drew. Puedo permitirme la espera, pero llegado ese momento esta situación tiene que resolverse, de una manera u otra. Ya lo he dejado bastante hacer lo que quiere.

En sus reflexiones llega a la conclusión de que su viejo amigo Morris Bellamy y Saubers, aunque en los extremos opuestos del espectro de edad, son muy parecidos en lo que se refiere a los cuadernos de Rothstein. Los dos codician el *contenido*. Por eso el chico solo quería venderle seis, y posiblemente los seis que consideraba menos interesantes. Drew, por su parte, no tiene en gran estima a John Rothstein. Leyó *El corredor*, pero solo porque Morrie estaba obsesionado con el tema. Con los otros dos volúmenes, o con el libro de relatos, ni se tomó la molestia.

Ese es tu talón de Aquiles, hijo, piensa Drew. Eso es afán de coleccionista. A mí, en cambio, solo me interesa el dinero, y el dinero lo simplifica todo. Así que, adelante, pásatelo bien con tu política de mentiras este fin de semana. Cuando vuelvas, jugaremos en serio.

Drew se inclina por encima de su panza y borra el mensaje.

13

Hodges percibe cierto tufillo a sí mismo en el camino de regreso a la ciudad y decide pasarse por casa el tiempo suficiente para una hamburguesa vegetal y un regaderazo rápido. También para cambiarse de ropa. Harper Road le viene casi de camino, y estará más cómodo en jeans. Los jeans son una de las mayores ventajas de ser trabajador independiente, por lo que a él se refiere.

Cuando Hodges se dispone a salir por la puerta, Pete Huntley telefonea para informarle a su antiguo compañero que Oliver Madden se halla bajo custodia. Hodges felicita a Pete por la detención, y nada más sentarse al volante de su Prius vuelve a sonar el teléfono. Esta vez es Holly.

—¿Dónde *estás*, Bill?

Hodges consulta el reloj y ve que de algún modo son ya las tres y cuarto. Cómo vuela el tiempo cuando uno se lo pasa bien, piensa.

—En casa. Ahora mismo salgo hacia la oficina.

—¿Qué haces *ahí*?

—Paré a darme un regaderazo. No quería ofender tu delicado olfato. Y no me he olvidado de Barbara. La telefonearé en cuanto…

—No hará falta. Está aquí. Con una pequeña que se llama Tina. Han venido en taxi.

—¿En taxi? —por lo general, los niños ni siquiera se *acuerdan* de que existen los taxis. Quizá lo que Barbara quiere comentarle, sea lo que sea, es un poco más grave de lo que él creía.

—Sí. Las he hecho pasar a tu despacho —Holly baja la voz—. Barbara solo está preocupada, pero a la otra se la ve muerta de miedo. Parece que anda metida en un buen lío. Mejor será que llegues cuanto antes, Bill.

—Entendido.

—Date prisa, por favor. Ya sabes que no manejo bien las emociones fuertes. Estoy trabajando ese problema con mi psicoterapeuta, pero ahora mismo todavía *no* las manejo bien.

—Voy de camino. Estoy ahí en veinte minutos.

—¿Voy a comprarles unas Coca-Colas a la tienda de enfrente?

—No lo sé —el semáforo al pie de la cuesta se pone en amarillo. Hodges aprieta el acelerador y pasa—. Lo dejo a tu criterio.

—Pero es que eso es lo que me falla —se lamenta Holly, y sin darle tiempo a contestar, le repite que se apresure y cuelga.

14

Mientras Bill Hodges explicaba las cosas de la vida a Oliver Madden en su aturdimiento y Drew Halliday se disponía a comerse sus huevos Benedict, Pete Saubers estaba en la enfermería de la preparatoria de Northfield, alegando migraña y pidiendo la exención de las clases de la tarde. La enfermera extendió el permiso sin vacilar, porque Pete era de los buenos: cuadro de honor, muchas actividades escolares (aunque ningún deporte), casi ninguna falta de asistencia. Además, *parecía* una persona con migraña. Estaba pálido y tenía ojeras. Le preguntó si necesitaba que lo llevara a casa.

—No —dijo Pete—, iré en autobús.

La enfermera le ofreció un ibuprofeno —era lo único que estaba autorizada a administrar para dolores de cabeza—, pero él lo rehusó, aduciendo que tenía unas pastillas especiales para la migraña. Se había olvidado de tomarlas esa mañana, pero aseguró que se tomaría una en cuanto llegara a casa. No lo incomodó recurrir a ese pretexto, porque era verdad que le dolía la cabeza. Solo que no se trataba de una jaqueca física. Su dolor de cabeza era Andrew Halliday, y uno de los comprimidos de su madre (en la familia era ella quien sufría de migraña), Zomig, no se lo curaría.

Pete sabía que de eso debía ocuparse él mismo.

15

No tiene intención de tomar el autobús. El próximo no pasará antes de media hora, y puede estar en Sycamore Street dentro de quince minutos si va corriendo, y eso hará, porque solo dispone de la tarde de este jueves. Sus padres están en el trabajo y no volverán a casa hasta las cuatro por lo menos. Tina ni siquiera volverá. Según *dice*, su vieja amiga Barbara Robinson la ha invitado a pasar un par de noches en Teaberry Lane, pero Pete sospecha que debe de haberse invitado ella misma. Si es así, quizá sea porque su hermana no ha abandonado la esperanza de estudiar en Chapel Ridge. Pete piensa que acaso todavía pueda ayudarla en eso, pero solo si esta tarde las cosas salen a la perfección. Ese es un «si» nada despreciable, pero tiene que hacer *algo*. Si no, enloquecerá.

Desde que, irreflexivamente, entabló contacto con Andrew Halliday, ha perdido peso, ha recaído en el acné de los inicios de su adolescencia, y ahí están bien a la vista esas oscuras ojeras. Duerme mal, y los pocos ratos que concilia el sueño, lo atormentan las pesadillas. Cuando despierta después de una de estas —a menudo en posición fetal, con la pijama empapada en sudor—, se queda en vela, buscando una escapatoria a la trampa en que se encuentra.

Se le olvidó realmente el retiro de los delegados de clase, y cuando la señora Gibson, la profesora que los acompañará, se lo recordó ayer, Pete se sobresaltó de tal modo que se le aceleró el cerebro. Eso fue después de la quinta hora del día, Francés, y antes de empezar la sexta, Cálculo, que se imparte en un aula a solo dos puertas, tenía ya a grandes rasgos un plan en la cabeza. Depende en parte de una vieja carretilla roja, y más aún de cierto juego de llaves.

Cuando ya no se ve la preparatoria, telefonea a Andrew Halliday, Ediciones Raras, número que lamenta haber incluido entre sus contactos de marcado rápido. Le sale el contestador automático, lo que al menos le ahorra otra bronca. Deja un mensaje muy largo, y el aparato lo interrumpe cuando está a punto de acabar, pero da igual.

Si puede sacar los cuadernos de la casa, la policía no encontrará nada, con o sin orden de registro. Está seguro de que sus padres mantendrán en secreto el dinero misterioso, como han hecho hasta ahora. Tan pronto como Pete se guarda el celular en el bolsillo de los pantalones de gabardina, acude a su cabeza una frase que aprendió en Latín de primero. Es una frase que intimida en todas las lenguas, pero se ajusta perfectamente a esta situación.

Alea iacta est.

La suerte está echada.

16

Antes de entrar en casa, Pete mira en el estacionamiento para asegurarse de que la vieja carretilla Kettler de Tina sigue ahí. Antes de mudarse de su antigua casa, organizaron una venta en el jardín para deshacerse de muchos cachivaches, pero Teens se opuso con tal vehemencia a vender la carretilla, con sus anticuados costados de madera, que su madre cedió. Al principio Pete no la ve y se preocupa. Finalmente la localiza en el rincón y deja escapar un suspiro de alivio. Se acuerda de Teens cuando la arrastraba de aquí para allá por el jardín con sus peluches a cuestas (la Señora Beasley en un lugar de honor, por supuesto), diciéndoles que se iban de «nic-nic» al bosque, y para los niños que se portaran bien llevarían sándwiches de «paté de camón» y galletitas de «jenlibre». Aquellos fueron buenos tiempos, antes de que un chiflado al volante de aquel Mercedes robado lo cambiara todo.

Después de eso ya no hubo más «nic-nics».

Pete entra en la casa y va derecho al pequeño despacho de su padre. El corazón le late desenfrenadamente, porque ese es el quid del asunto. Las cosas podrían torcerse incluso si encuentra las llaves que necesita, pero si no las encuentra, todo habrá terminado antes de empezar. No tiene plan B.

Aunque el negocio de Tom Saubers se centra casi en exclusiva en la búsqueda de inmuebles —localizar fincas que están ya en venta o podrían salir a la venta y pasar el dato opciones a agencias pequeñas y operadores independientes—, ha empezado a introducirse otra vez, poco a poco, en la primera línea de las ventas inmobiliarias, aunque a pequeña escala, y solo en el Lado Norte. Eso no reportaba grandes beneficios en 2012, pero a lo largo de los últimos dos años se ha embolsado varias comisiones más que aceptables, y tiene en exclusiva una docena de inmuebles en el barrio de Tree Streets. Uno de esos —nadie en la familia pasó por alto la ironía— es el número 49 de Elm Street, la casa donde vivían Deborah Hartsfield y su hijo, Brady, conocido como «el Asesino del Mercedes».

«Puede que esa me cueste un tiempo venderla», dijo su padre una noche en la cena, y a continuación se rio con ganas.

En la pared, a la izquierda de la computadora de su padre, cuelga un pizarrón de corcho. Ahí están clavadas las llaves de las distintas propiedades de cuya venta se ocupa, cada una con su propia argolla. Pete examina impaciente el pizarrón, ve la que quiere —la que *necesita*— y lanza un puñetazo al aire. En la etiqueta prendida de la argolla se lee PABELLÓN DEL POLIDEPORTIVO DE BIRCH STREET.

«Es poco probable que pueda colocar un elefante de ladrillo como ese —dijo Tom Saubers en otra cena en familia—, pero si lo consigo, ya podemos despedirnos de esta casa y volver a la Tierra del Jacuzzi y el BMW.» Que es como siempre llama al Lado Oeste.

Pete se mete las llaves del pabellón en el bolsillo, junto con el celular; luego sube a toda prisa por la escalera y toma las maletas con las que acarreó los cuadernos hasta la casa. Esta vez las quiere solo como medio de transporte de cercanías. Trepa por la escalera abatible del desván y carga en ellas los cuadernos (con sumo cuidado a pesar de las prisas). Baja las maletas a la primera planta una por una, vacía los cuadernos en su cama, vuelve a dejar las maletas en el armario de sus padres, y luego corre escalera abajo hasta el sótano. Suda a mares por el esfuerzo y probablemente huele igual que el recinto de los monos del zoo, pero no tendrá tiempo para bañarse hasta más tarde. Aunque sí debe cambiarse de camiseta. Tiene una polo del Key Club que le vendrá de perlas para su siguiente tarea. El Key Club siempre anda con su rollo de prestar servicios a la comunidad.

Su madre guarda una buena reserva de cajas de cartón vacías en el sótano. Pete toma dos de las más grandes y, al subir, pasa de nuevo por el despacho de su padre para agarrar un plumón.

Acuérdate de dejarlo en su sitio cuando devuelvas las llaves, se previene. Recuerda dejarlo *todo* en su sitio.

Mete los cuadernos en las cajas —excepto los seis que aún espera vender a Andrew Halliday— y pliega las tapas. Con el rotulador, escribe en grandes letras mayúsculas CACHARROS DE COCINA en las dos. Mira su reloj. Va bien de tiempo… siempre y cuando Halliday no escuche el mensaje y lo denuncie, claro está. Eso le parece poco probable, pero tampoco puede descartarlo. Está en territorio desconocido. Antes de salir del dormitorio, esconde los seis cuadernos restantes detrás de una tabla suelta del zoclo de su armario. Hay espacio suficiente, y si todo va bien, no se quedarán ahí mucho tiempo.

Lleva las cajas al estacionamiento y las coloca en la vieja carretilla de Tina. Empieza a bajar por el camino de acceso, cae en la cuenta de que se le ha olvidado ponerse la polo del Key Club y vuelve a subir como una flecha por la escalera. Mientras está pasándosela por la cabeza, siente un escalofrío al tomar conciencia de un detalle: ha dejado los cuadernos en el camino de acceso. Valen un dineral, y ahí están, a plena luz del día, donde cualquier transeúnte podría llevárselos.

¡Idiota!, se reprende. ¡Idiota, idiota, puto idiota!

Baja otra vez a todo correr, la polo recién puesta adherida ya a la espalda por el sudor. Ahí está la carretilla. ¿Quién iba a molestarse en robar cajas marcadas con el letrero CACHARROS DE COCINA? ¡Evidente! Aun así, había sido una estupidez; algunas personas roban cualquier cosa que no esté clavada al suelo, y eso le suscita una duda legítima: ¿cuántas estupideces más está cometiendo?

Piensa: No debería haberme metido en esto, debería haber llamado a la policía y entregado el dinero y los cuadernos en cuanto los encontré.

Pero como tiene la molesta costumbre de ser sincero consigo mismo (las más de las veces, al menos), sabe que si tuviera ocasión de empezar de nuevo, muy posiblemente lo repetiría todo casi igual, porque sus padres estaban al borde del divorcio, y su amor por ellos lo habría empujado como mínimo a intentar impedirlo.

Y dio resultado, piensa. La torpeza fue no abandonar cuando estaba a tiempo.

Pero.

Ya era demasiado tarde.

17

Pete se planteó primero volver a guardar los cuadernos en el cofre enterrado, pero descartó la idea casi de inmediato. Si Halliday cumplía su amenaza y la policía se presentaba con una orden de registro, ¿dónde mirarían después de comprobar que los cuadernos no estaban en la casa? Les bastaría con entrar en la cocina y ver el terreno sin urbanizar que se extendía más allá del jardín. El sitio perfecto. Si seguían el sendero y veían la tierra recién removida junto al arroyo, se acabaría el juego. No, esta otra idea era mejor.

Aunque le daba más miedo.

Empuja la vieja carretilla de Tina por la acera y dobla a la izquierda por Elm. John Tighe, que vive en la esquina de Sycamore con Elm, está fuera cortando el pasto. Su hijo Bill lanza un frisbee al perro de la familia. El disco flota por encima de la cabeza del perro y va a caer en la carretilla, entre las dos cajas.

—¡Lanza! —exclama Billy Tighe a la vez que corta por el pasto en dirección a él, agitándosele la mata de pelo castaño—. ¡Lánzalo con *fuerza*!

Pete se lo devuelve, pero responde con un gesto de negación cuando Billy hace amago de arrojar el fresbee otra vez. Alguien toca un claxon cuando él dobla por Birch, y Pete casi se muere del susto, pero es solo Andrea Kellogg, la mujer que arregla el pelo a Linda Saubers una vez al mes. Pete la saluda con el pulgar en alto y lo que espera que ella interprete como una sonrisa radiante. Al menos no quiere jugar al frisbee, piensa.

Y ahí está el pabellón: un edificio rectangular de ladrillo, de tres plantas, donde cuelga un letrero que reza EN VENTA y TELEFONEAR A INMOBILIARIA THOMAS SAUBERS, seguido del número de celular de su padre. Las ventanas de la planta baja están tapiadas con contrachapado para evitar que los niños las rompan, pero por lo demás presenta buen aspecto. Alguno que otro grafiti en las paredes, claro, pero el polideportivo era ya territorio predilecto de los grafiteros incluso antes de cerrarse. En la parte delantera el pasto está cortado. Eso es obra de papá, piensa Pete con cierto orgullo. Probablemente contrató a algún chico para la tarea. Yo no lo habría hecho gratis si me lo hubiera pedido.

Estaciona la carretilla al pie de la escalinata, sube las cajas una por una, y cuando se dispone a sacar las llaves del bolsillo, se acerca un Datsun desvencijado. Es el señor Evans, que antes, cuando en esa parte de la ciudad aún había competencias, entrenaba a las categorías infantiles. Pete jugó para él cuando el señor Evans preparaba a los Zebras de Zoney's Go-Mart.

—¡Eh, centrocampista! —se inclina a un lado para bajar la ventanilla del acompañante.

Mierda, piensa Pete. Mierda, mierda, mierda.

—Hola, entrenador Evans.

—¿Qué haces? ¿Van a abrir otra vez el polideportivo?

—No lo creo —Pete ha preparado un pretexto ante tal eventualidad, pero confiaba en no tener que utilizarlo—. Es por una especie de acto político que se organiza la semana que viene. ¿La Asociación de Mujeres Votantes? ¿Quizá sea un debate? No estoy muy seguro.

Al menos es verosímil, porque este es año electoral, y las primarias empiezan de aquí a un par de semanas; además, abundan los conflictos municipales.

—Hay mucho de que discutir, eso desde luego —el señor Evans, obeso, cordial, nunca un gran estratega pero todo un experto en promover el espíritu de equipo y siempre dispuesto a repartir gustosamente refrescos después de los partidos y los entrenamientos, lleva su antigua gorra de los Zebras de Zoney's, ahora descolorida y manchada de sudor—. ¿Necesitas ayuda?

«No, por favor. *Por favor.*»

—Ah, no, yo me las arreglo.

—Vamos, te echaré una mano encantado —el antiguo entrenador de Pete apaga el motor del Datsun y empieza a revolver su mole en el asiento, decidido a bajarse.

—No hace falta, entrenador, de verdad. Si me ayuda, acabaré demasiado pronto y tendré que volver a clase.

El señor Evans se echa a reír y se reacomoda ante el volante.

—Eso lo entiendo —enciende el motor y el Datsun eructa una nube de humo azul—. Pero no te olvides de cerrar bien cuando acabes, ¿me oyes?

—De acuerdo —dice Pete. Las llaves del pabellón se le escurren entre los dedos sudorosos y se agacha a recogerlas. Cuando se yergue, el señor Evans ya se ha puesto en marcha.

«Gracias, Dios mío. Y por favor no permitas que telefonee a mi padre para felicitarlo por tener un hijo con tanta conciencia cívica.»

La primera llave que Pete prueba no entra en la cerradura. La segunda sí, pero no gira. La mueve a uno y otro lado mientras el sudor le corre por la cara y un hilillo le entra en el ojo izquierdo, con el consiguiente escozor. Nada de nada. Está pensando que quizá, después de todo, sí tenga que desenterrar el cofre —lo que implica regresar al estacionamiento en busca de herramientas— cuando la cerradura vieja y rebelde por fin decide cooperar. Abre la puerta de un empujón, mete las cajas y luego regresa por la carretilla. No quiere que alguien la vea ahí, al pie de la escalinata, y sienta curiosidad.

Las grandes salas del pabellón están casi vacías, con lo que parecen aún más amplias. Sin aire acondicionado, dentro hace calor, y el ambiente, viciado, huele a polvo. Con las ventanas tapiadas, está además en penumbra. Los pasos de Pete resuenan cuando atraviesa con las cajas la gran sala principal, donde antes los chicos se entretenían con juegos de mesa y veían la televisión, y entra en la cocina. La puerta que da al sótano también está cerrada, pero se abre con la primera llave que ha probado antes, y al menos tiene aún suministro eléctrico. Afortunadamente, porque no se le ha ocurrido llevar una linterna.

Lleva abajo la primera caja y ve algo que le complace sobremanera: el sótano está abarrotado de cachivaches. Hay docenas de mesas de juego amontonadas contra una pared, al menos un centenar de sillas plegables en filas unas contra otras, componentes de aparatos estéreo viejos, videoconsolas antiguas y, lo mejor de todo, docenas de cajas muy parecidas a las suyas. Mira en un par de ellas y ve viejos trofeos deportivos, fotos enmarcadas de equipos locales de los años ochenta y noventa, un maltrecho uniforme de catcher, un revoltijo de piezas de Lego. ¡Por Dios, incluso hay unas cuantas con el letrero COCINA! Pete deja sus cajas con estas últimas, donde parecen en su sitio.

Es la mejor solución, piensa. Y si consigo salir de aquí sin que nadie entre a preguntarme qué demonios me traigo entre manos, creo que bastará.

Cierra el sótano con llave; luego regresa a la puerta principal acompañado del eco de sus pasos, recordando las innumerables veces que llevó a Tina allí para que no tuviera que oír las discusiones de sus padres. Y para ahorrárselas también él.

Echa un vistazo hacia Birch Street, no ve a nadie y baja de nuevo la carretilla de Tina por la escalinata. Vuelve a la puerta principal, la cierra y se encamina hacia casa, sin olvidarse de saludar otra vez al señor Tighe. Esta vez le resulta más fácil dirigirle un gesto; incluso lanza el frisbee un par de veces a Billy Tighe. El perro se apodera del disco en la segunda ocasión, y todos se ríen. Con los cuadernos guardados en el sótano del pabellón abandonado, ocultos entre todas esas cajas legítimas, reírse también es fácil. Pete tiene la sensación de haberse quitado veinte kilos de encima.

Quizá cuarenta.

18

Cuando Hodges entra en la oficina de la sexta planta del edificio Turner, en el tramo inferior de Marlborough Street, Holly, preocupada, se pasea con una Bic en la boca. Se detiene en cuanto ve a Hodges.

—¡Ya era hora!

—Holly, hablamos por teléfono hace solo quince minutos —con delicadeza le retira el bolígrafo de la boca y observa las marcas de los dientes en el tapón.

—A mí se me ha hecho mucho más tiempo. Están ahí dentro. Casi seguro que la amiga de Barbara ha estado llorando. Tenía los ojos muy rojos cuando les traje las Coca-Colas. Ve, Bill. Ve, ve, ve.

No intenta siquiera tocar a Holly, no cuando se pone así. Se sobresaltaría. Con todo, está mucho mejor que cuando la conoció. Bajo la paciente tutela de Tanya Robinson, la madre de Jerome y Barbara, incluso ha desarrollado cierto criterio para elegir la ropa que viste.

—Eso voy a hacer —contesta él—, pero no me vendría mal una pequeña introducción. ¿Sabes mínimamente por dónde van los tiros?

Las posibilidades son muchas, porque los buenos niños no *siempre* son buenos niños. Podría tratarse de hurtos menores en tiendas o consumo de mariguana. Quizá acoso en el colegio, o un tipo aficionado al toqueteo. Al menos puede estar seguro (*casi* seguro, porque nada es imposible) de que la amiga de Barbara no ha asesinado a nadie.

—Tiene que ver con el hermano de Tina. Tina, esa es la amiga de Barbara, ¿ya te lo había dicho? —Holly no advierte el gesto de asentimiento de Hodges; mira el bolígrafo con expresión anhelante. Privada de él, se roe el labio inferior—. Tina sospecha que su hermano ha robado dinero.

—¿Qué edad tiene el hermano?

—Está en la preparatoria. Solo sé eso. ¿Puedes devolverme el bolígrafo?

—No. Sal y fúmate un cigarro.

—Eso ya no lo hago —dirige la vista hacia arriba y a la izquierda, gesto que Hodges vio muchas veces durante su vida en la policía. Incluso a Oliver Madden se le escapó un par de veces, ahora que lo piensa, y Madden, en lo tocante a mentir, era todo un profesional—. Lo he de…

—Uno solo. Te calmará. ¿Les trajiste algo de comer?

—No lo pensé. Lo sien…

—No, no te preocupes. Ve otra vez a la tienda de enfrente y trae algo. NutraBars, o algo así.

—Las NutraBars son *premios para perros*, Bill.

—Barritas energéticas, pues —rectifica él pacientemente—. Algo saludable. Nada de chocolate.

—De acuerdo.

Ella sale en medio de un remolino de faldas y tacones bajos. Hodges respira hondo y entra en su despacho.

19

Las niñas están en el sofá. Barbara es negra, y su amiga Tina, blanca. Una imagen graciosa lo asalta de pronto: un salero y un pimentero a juego. Solo que ambos recipientes no son exactamente iguales. Sí, llevan el cabello recogido en coletas idénticas. Sí, llevan tenis parecidos, lo que sea que parece estar de moda entre adolescentes este año. Y sí, sostienen sendas revistas, que han tomado de la mesita de centro: *Pursuit*, la revista del sector de la localización de deudores y fugitivos, no el material de lectura habitual de las jovencitas, pero no hay problema, porque es evidente que ninguna de las dos está leyendo.

Barbara viste su uniforme de la escuela y se ve relativamente serena. La otra lleva un pantalón negro y una camiseta azul con una mariposa aplicada en la pechera. Está pálida, y cuando lo mira, en sus ojos ribeteados se trasluce una mezcla de esperanza y terror que le pesa en el corazón.

Barbara se levanta de un salto y lo abraza, cuando en otro tiempo le habría bastado con chocarle los nudillos.

—Hola, Bill. Me alegro de verte.

Qué adulto suena eso y cuánto ha crecido. ¿Tendrá ya catorce años? ¿Es posible?

—Yo también me alegro de verte. ¿Cómo está Jerome? ¿Vuelve a casa este verano? —Jerome ahora estudia en Harvard, y su álter ego, Batanga el Negro Zumbón, con su peculiar jerga, parece haberse retirado. En la época de Jerome en la preparatoria, cuando hacía tareas para Hodges, Batanga era un visitante asiduo. Hodges no lo echa mucho de menos —Batanga tenía algo de personaje pueril—, pero sí echa de menos a Jerome.

Barbara arruga la nariz.

—Volvió, pasó aquí una semana, y se ha ido otra vez. Lleva a su novia, que es de algún sitio de Pennsylvania, a un *cotillón*. ¿No te suena racista? A mí sí.

Hodges no piensa seguirle la corriente.

—Preséntame a tu amiga, ¿quieres?

—Ella es Tina. Antes vivía en Hanover Street, a una manzana de nosotros. Quiere estudiar en Chapel Ridge conmigo el año que viene. Tina, él es Bill Hodges. Puede ayudarte.

Hodges se inclina un poco a fin de tenderle la mano a la niña blanca, todavía sentada en el sofá. En un primer momento la chica se retrae; luego se la estrecha tímidamente. Cuando se la suelta, se echa a llorar.

—No debería haber venido. Pete va a ponerse hecho una *fiera* conmigo.

Mierda, piensa Hodges. Saca un puñado de pañuelos de papel de la caja del escritorio, pero antes de que pueda ofrecérselos a Tina, Barbara los toma y le enjuga los ojos a la niña. Después vuelve a sentarse en el sofá y la abraza.

—Tina —dice Barbara. Con cierta severidad añade—: Has acudido a mí y has dicho que querías ayuda. Esta es la ayuda. —Hodges se asombra de lo mucho que se parece a su madre en la manera de hablar—. Solo tienes que decirle lo que me has dicho a mí.

Barbara dirige la atención hacia Hodges.

—Y no puedes decírselo a mis padres, Bill. Holly tampoco puede. Si se lo dices a mi padre, él se lo dirá al de Tina. Y entonces su hermano se verá en un verdadero problema.

—Dejemos eso de lado por el momento —Hodges saca su silla giratoria de detrás del escritorio; hay poco espacio, pero lo consigue. No quiere que una mesa lo separe de la amiga asustada de Barbara, para no parecer un director de escuela. Se sienta, entrelaza las manos entre las rodillas y sonríe a Tina—. Empieza por decirme tu nombre completo.

—Tina Annette Saubers.

Saubers. Eso le suena de algo. ¿Algún caso antiguo? Puede ser.

—¿Qué te preocupa, Tina?

—Mi hermano ha robado dinero —en un susurro. Los ojos otra vez empañados—. Quizá mucho dinero. Y no puede devolverlo, porque ya se ha gastado. Se lo conté a Barbara porque sabía que su hermano ayudó a detener a aquel loco que atropelló a nuestro padre cuando ese mismo loco intentó hacer estallar una bomba en un concierto en el CACMO. Pensé que quizá Jerome podría ayudarme, porque le dieron una medalla al valor y tal. Salió por televisión.

—Sí —dice Hodges.

Holly también debería haber salido por televisión —fue igual de valiente, y desde luego estaban interesados en ella—, pero Holly Gibney, en esa etapa de su vida, habría tragado líquido destapacaños antes que ponerse delante de las cámaras de televisión y contestar preguntas.

—Solo que Barbs dijo que Jerome estaba en Pennsylvania, y debía hablar con usted, porque usted antes era policía —lo mira con unos ojos enormes, empañados.

Saubers: Hodges rebusca en la memoria. Ah, sí, ya. No recuerda el nombre de pila, pero el apellido es difícil de olvidar, y ahora sabe de qué le suena. Saubers fue uno de los heridos graves en la Matanza del Centro Cívico, cuando Hartsfield arremetió contra los aspirantes a conseguir un puesto de trabajo en la feria de empleo.

—Al principio iba a venir a hablar contigo yo sola —añade Barbara—. Eso acordamos Tina y yo. Te tantearía. Para ver si estabas dispuesto a ayudar, digamos. Pero hoy Teens vino a mi colegio, y estaba alteradísima...

—¡Porque ahora lo noto *peor*! —prorrumpe Tina—. No sé qué ha pasado, pero desde que se dejó un bigote absurdo, está *peor*. Habla dormido... lo oigo... y está adelgazándose y le han salido granos otra vez, cosa que, según dice el profesor en clase de Salud, puede ser por el estrés, y... y... me parece que a veces *llora* —ante esto parece asombrada, como si no acabara de asimilar la idea de que su hermano mayor llora—. ¿Y si se mata? Eso es lo que de verdad me preocupa, ¡porque el suicidio entre adolescentes es un *problema muy grave*!

Otro dato curioso aprendido en la clase de Salud, supone Hodges. Y no es que no sea verdad.

—No se lo está inventando —asegura Barbara—. Es una historia increíble.

—Pues oigámosla —dice Hodges—. Desde el principio.

Tina respira hondo y empieza.

20

Si le hubieran preguntado, Hodges habría dicho que dudaba que el melodrama de una niña de trece años pudiera llegar a sorprenderle, y menos aún asombrarle, pero sin duda está asombrado. ¡Qué asombrado, caramba! Está patidifuso. Y se cree hasta la última palabra; es tan disparatado que no puede ser una fantasía.

Para cuando Tina ha terminado, está mucho más tranquila. Hodges ya ha presenciado antes ese proceso. Puede que la confesión sea buena para el alma, o puede que no, pero desde luego calma los nervios.

Abre la puerta del despacho y ve a Holly sentada a su mesa, jugando solitario en la computadora. Al lado tiene una bolsa que contiene barras energéticas suficientes para alimentarlos a los cuatro durante un asedio de zombis.

—Ven, Hols —dice—. Te necesito. Y trae eso.

Holly, vacilante, entra, observa a Tina Saubers, y parece sentir alivio ante lo que ve. Las dos niñas aceptan una barra energética cada una, con lo que su alivio parece aún mayor. El propio Hodges toma una. Es como si la ensalada del almuerzo la hubiera digerido hace un mes, y también la hamburguesa vegetal la tiene en los pies. A veces todavía sueña que entra en Mickey D's y pide todo lo que hay en la carta.

—Está buena —comenta Barbara mientras mastica—. La mía es de frambuesa. ¿Y la tuya, Teens?

—De limón —dice la otra niña—. Sí está buena. Gracias, señor Hodges. Gracias, señora Holly.

—Barb, ¿dónde cree tu madre que estás ahora? —pregunta Holly.

—En el cine —contesta Barbara—. *Frozen* otra vez, la versión con karaoke. La ponen todas las tardes en Cinema Seven. Lleva ahí una eternidad —se vuelve con expresión de hastío hacia Tina, quien a su vez le dirige una mirada de complicidad—. Mamá ha dicho que podíamos volver a casa en autobús, pero tenemos que llegar a las seis como mucho. Tina se queda a dormir con nosotros.

Eso nos deja un poco de margen, piensa Hodges.

—Tina, quiero que me lo repitas todo, para que Holly lo oiga. Es mi ayudante, y muy lista. Además, sabe guardar un secreto.

Tina vuelve a contarlo todo, y con más detalle ahora que está más tranquila. Holly escucha con atención, y sus tics, semejantes a los del trastorno de Asperger, desaparecen en su mayor parte como siempre que está plenamente absorta en algo. Solo queda el incansable movimiento residual de sus dedos, que se tamborilean en los muslos como si trabajaran en un teclado invisible.

Cuando Tina acaba, Holly pregunta:

—¿El dinero empezó a llegar en febrero de 2010?

—Febrero o marzo —responde Tina—. Me acuerdo porque por esas fechas nuestros padres se peleaban mucho. Dese cuenta, papá perdió el trabajo... y tenía muy mal las piernas... y mamá le gritaba cuando fumaba, por lo mucho que costaba el tabaco...

—A mí me horrorizan los gritos —dice Holly con toda naturalidad—. Me revuelven el estómago.

Tina le dirige una mirada de agradecimiento.

—Esa conversación sobre los doblones —interviene Hodges—. ¿Eso fue antes o después de empezar a rodar el tren del dinero?

—Antes. Pero no *mucho* antes —da la respuesta sin titubeos.

—Y eran quinientos al mes —dice Holly.

—A veces tardaban un poco menos en llegar, unas tres semanas, y a veces un poco más. Cuando tardaba más de un mes, mis padres pensaban que se había terminado. Creo que una vez pasaron seis semanas, y recuerdo que papá dijo a mamá: «Bueno, bien estuvo mientras duró».

—¿Eso cuándo fue? —Holly se inclina hacia delante, con un brillo en los ojos, y ya no tamborilea con los dedos. A Hodges le encanta verla así.

—Mmm... —Tina arruga la frente—. Cerca de mi cumpleaños, eso seguro. Cuando tenía doce. Pete no estuvo en mi fiesta. Eran las vacaciones de primavera, y su amigo Rory lo invitó a ir a Disneylandia con su familia. Ese fue un mal cumpleaños, por la envidia: porque él iba y yo no...

Se interrumpe, y mira primero a Barbara, luego a Hodges y por último a Holly, quien por lo visto ha dejado en ella la impronta de Mamá Pato.

—¡Por eso el dinero llegó tarde aquella vez! ¿No? ¡Porque *Pete estaba en Florida*!

Holly lanza una mirada a Hodges con un leve amago de sonrisa en los labios y acto seguido centra de nuevo la atención en Tina.

—Probablemente. ¿Siempre eran billetes de veinte o cincuenta?

—Sí. Los vi muchas veces.

—¿Y cuándo dejaron de llegar?

—En septiembre del año pasado. Más o menos al inicio de clases. Esa vez había una nota. Decía algo así: «Este es el último. Lamento que no haya más».

—¿Y cuánto tiempo pasó hasta que dijiste a tu hermano que creías que era él quien enviaba el dinero?

—No mucho. Y él no lo reconoció abiertamente, pero sé que era él. Quizá todo esto sea culpa mía, porque le hablé una y otra vez de Chapel Ridge… y dijo que era una lástima que el dinero se hubiese acabado y yo no pudiese ir… y a lo mejor ha hecho una estupidez y ahora se arrepiente, ¡y ya es demasiado tarde!

Se echa a llorar otra vez. Barbara la envuelve con los brazos y la arrulla para darle consuelo. Holly empieza a tamborilear de nuevo, pero no presenta otras señales de angustia; está absorta en sus pensamientos. Hodges casi ve girar los engranajes de su cerebro. Él tiene sus propias preguntas, pero de momento deja la iniciativa a Holly gustosamente.

Cuando el llanto de Tina se reduce a sollozos, Holly dice:

—Has dicho que una noche entraste en su habitación, lo sorprendiste con un cuaderno, y el tuvo una reacción de culpabilidad. Lo escondió debajo de la almohada.

—Exacto.

—¿Eso fue casi al final de los envíos de dinero?

—Eso creo, sí.

—¿Era un cuaderno de la preparatoria?

—No. Era negro, y parecía caro. Además, tenía un resorte alrededor.

—Jerome tiene un cuaderno así —dice Barbara—. Son de piel de topo. ¿Puedo tomar otra barrita energética?

—Atáscate si quieres —contesta Hodges. Toma un bloc de su mesa y anota «Moleskine». Después, depositando otra vez la atención en Tina, pregunta—: ¿Podría haber sido un libro de contabilidad?

Tina arruga la frente mientras retira el envoltorio de su propia barra energética.

—No lo entiendo.

—Es posible que llevara las cuentas de lo que había enviado y de cuánto quedaba.

—Puede ser, pero a mí me pareció más bien un diario en plan caro.

Holly mira a Hodges. Él le dirige un gesto de asentimiento: *Continúa.*

—Todo eso está muy bien, Tina. Eres una testigo estupenda. ¿No te parece, Bill?

Él asiente de nuevo.

—Bien, veamos. ¿Cuándo se dejó el bigote?

—El mes pasado. O puede que fuera a finales de abril. Papá y mamá le dijeron los dos que era una bobada; papá le dijo que parecía un «chulo de esquina», sea lo que sea, pero él no se lo afeitó. A mí me pareció que era algo así como una etapa por la que estaba pasando —se vuelve hacia Barbara—. Ya sabes, como cuando éramos pequeñas y nos cortábamos el pelo para parecernos a Hannah Montana.

Barbara hace una mueca.

—Por favor, no hablemos de eso —y a Hodges—: Mi madre se volvía *loca.*

—Y desde entonces está tenso —dice Holly—. Desde el bigote.

—Al principio no tanto, aunque ya por entonces lo vi nervioso. Pero solo lo he notado asustado de verdad estas dos últimas semanas. ¡Y ahora yo también estoy asustada! ¡*Muy* asustada!

Hodges observa a Holly para ver si tiene algo más. Ella le lanza una mirada con la que dice: *Toda tuya.*

—Tina, estoy dispuesto a investigar este asunto, pero tiene que empezar por una conversación con tu hermano. Eso lo entiendes, ¿no?

—Sí —susurra ella. Cuidadosamente, deja en el brazo del sofá la segunda barra energética, a la que solo ha dado un bocado—. Dios mío, ¡cuánto se va a enojar conmigo!

—Quizá te sorprendas —dice Holly—. Para él, a lo mejor es un alivio que por fin alguien fuerce la cuestión.

Holly, como sabe Hodges, es la voz de la experiencia a ese respecto.

—¿Usted cree? —pregunta Tina con un hilo de voz.

—Sí —Holly mueve la cabeza en un enérgico gesto de asentimiento.

—Está bien, pero este fin de semana no puede ser. Se marcha al hotel River Bend. Por algo para delegados de clase: lo eligieron vicepresidente para el año que viene. Si es que el año que viene sigue en la escuela, claro —Tina se lleva la palma de la mano a la frente en un gesto de angustia tan adulto que Hodges siente lástima por ella—. Si es que el año que viene no está en la *cárcel*. Por *robo*.

Holly parece tan angustiada como se siente el propio Hodges, pero ella no toca a la gente, y Barbara, horrorizada como está ante la idea, no es capaz de mostrarse maternal. La tarea le corresponde a él. Alarga los brazos y toma las manos pequeñas de Tina entre las suyas, mucho más grandes.

—No creo que las cosas acaben así. Pero sí es posible que Pete necesite un poco de ayuda. ¿Cuándo vuelve a la ciudad?

—El d-domingo por la noche.

—¿Y si fuera a esperarlo el lunes después de clase? ¿Eso sería posible?

—Supongo —Tina parece totalmente agotada—. Suele tomar el autobús, pero quizá podría sorprenderlo a la salida.

—¿Estarás bien este fin de semana, Tina?

—Yo me aseguraré de eso —dice Barbara, y da un beso a su amiga en la mejilla. Tina responde con una débil sonrisa.

—¿Y ahora qué van a hacer? —pregunta Hodges—. Debe de ser muy tarde para el cine.

—Iremos a mi casa —decide Barbara—. Diremos a mi madre que hemos preferido saltarnos la película. Eso no es del todo mentira, ¿no?

—No —coincide Hodges—. ¿Tienen dinero para otro taxi?

—Si no, puedo llevarlas yo —ofrece Holly.

—Iremos en autobús —contesta Barbara—. Las dos tenemos pase. Hemos venido aquí en taxi solo por la prisa. ¿No, Tina?

—Sí —mira a Hodges y luego otra vez a Holly—. Estoy muy preocupada por él, pero no pueden decírselo a nuestros padres, todavía no. ¿Me lo prometen?

Hodges lo promete en nombre de ambos. No ve nada de malo si el muchacho va a estar fuera de la ciudad durante todo el fin de semana con un grupo de compañeros de la preparatoria. Pregunta a Holly si acompañará a las niñas para asegurarse de que toman el autobús del Lado Oeste sin percances.

Ella asiente. Y las obliga a llevarse las barritas energéticas que quedan. Hay al menos una docena.

21

Cuando Holly regresa, aparece con su iPad.

—Misión cumplida. Van camino de Teaberry Lane en el número cuatro.

—¿Qué tal seguía esa niña, Saubers?

—Mucho mejor. Barbara y ella practicaron unos pasos de baile que aprendieron en televisión mientras esperaban el autobús. Pretendían que yo las imitara.

—¿Y lo hiciste?

—No. Una servidora no baila.

No sonríe al decirlo; aun así, podría ser broma. Hodges sabe que de un tiempo a esta parte a veces bromea, pero nunca es fácil saberlo. En gran medida, Holly Gibney sigue siendo un misterio para Hodges, y supone que siempre será así.

—¿Crees que la madre de Barb les sonsacará la historia? Es muy perspicaz, y un fin de semana puede ser mucho tiempo cuando uno tiene entre manos un gran secreto.

—Es posible, pero no lo creo —contesta Holly—. Tina estaba mucho más relajada después de desahogarse.

Hodges sonríe.

—Ha bailado en la parada de autobús, así que seguramente sí lo estaba. ¿Y tú qué opinas de este asunto, Holly?

—¿De qué parte en concreto?

—Empecemos por el dinero.

Ella toca la pantalla del iPad con el dedo y se echa atrás el pelo distraídamente para apartárselo de los ojos.

—Comenzó a llegar en febrero de 2010 y se acabó en septiembre del año pasado. En total, cuarenta y cuatro meses. Si el hermano...

—Pete.

—Si Pete envió a sus padres quinientos dólares al mes durante ese periodo, la cantidad asciende a veintidós mil dólares, poco más o menos. No una fortuna, pero...

—Pero una cantidad más que respetable para un niño —concluye Hodges—. Sobre todo si empezó a enviarlo cuando tenía la edad de Tina.

Cruzan una mirada. El hecho de que ella a veces lo mire a los ojos de esa manera es, en cierto modo, la parte más extraordinaria del cambio que se ha obrado en Holly desde que era la mujer aterrorizada que él conoció. Después de un silencio de unos cinco segundos hablan al mismo tiempo.

—Por tanto...

—¿Cómo se...?

—Tú primero —dice Hodges, y se echa a reír.

Sin mirarlo (incluso cuando está absorta en un problema, mirarlo es algo que solo puede hacer en intervalos breves), Holly dice:

—Esa conversación entre él y Tina sobre el tesoro enterrado: oro y joyas y doblones. Creo que eso es importante. Dudo que robara ese dinero. Creo que lo *encontró*.

—Debió de ser así. Muy pocos niños de trece años atracan bancos, por desesperados que estén. Pero ¿dónde se tropieza un niño con un botín como ese?

—No lo sé. Puedo hacer una búsqueda cronológica por internet y conseguir un listado de robos de dinero, supongo. Podemos estar bastante seguros de que ocurrió antes de 2010, si él encontró el dinero en febrero de ese año. Veintidós mil dólares son una cantidad suficiente para que la noticia saliera en los diarios, pero ¿cuál es el protocolo de búsqueda? ¿Cuáles son los parámetros? ¿Hasta dónde debo remontarme? ¿Cinco años? ¿Diez? Supongo que un listado a partir de 2005 sería ya un volumen considerable de información, porque tendría que buscar en toda el área triestatal. ¿No te parece?

—No conseguirías más que datos parciales aunque buscaras en todo el Medio Oeste —Hodges está pensando en Oliver Madden, quien probablemente timó a centenares de personas y docenas de organizaciones en el transcurso de su trayectoria delictiva. Era un experto en lo que se refería a crear cuentas bancarias falsas, pero Hodges estaba casi seguro de que Ollie no depositaba gran confianza en los bancos cuando se trataba de su propio dinero. No, él debía de preferir un cómodo colchón en efectivo.

—¿Por qué solo parciales?

—Tú estás pensando en bancos, agencias de cambio de cheques, prestamistas rápidos. Quizá el canódromo o la recaudación de los concesionarios en un partido de los Groundhogs. Pero tal vez no fuera dinero público. El ladrón o los ladrones podrían haber ganado en una partida de apuestas altas o haber desvalijado a un traficante de metanfetamina en Edgemont Avenue, esa barriada de mala muerte. Que sepamos, el dinero podría proceder de un allanamiento de morada en Atlanta o San Diego o cualquier punto intermedio. Un robo de esa clase podría no haberse denunciado siquiera.

—Sobre todo si el dinero no se declaró a Hacienda ya de entrada —dice Holly—. Cierto, cierto, cierto. ¿Y eso dónde nos deja?

—En la necesidad de hablar con Peter Saubers, y para serte sincero, estoy impaciente. Yo pensaba que ya lo había visto todo, pero algo así no lo había visto jamás.

—Podrías hablar con él esta noche. No se va con sus compañeros de escuela hasta mañana. Anoté el número de teléfono de Tina. Podría llamarla y pedirle que me diera el de su hermano.

—No, dejémosle el fin de semana. Demonios, probablemente se ha marchado ya. Quizá así se calme, tenga tiempo para pensar. Y dejemos que Tina también lo tenga. El lunes por la tarde ya está bien.

—¿Y qué opinas de ese cuaderno negro que vio Tina? ¿El Moleskine? ¿Alguna idea al respecto?

—No creo que tenga nada que ver con el dinero. Podría ser el diario donde escribe sus fantasías a lo *50 sombras de diversión* sobre la chica que se sienta a su lado en clase.

Holly deja escapar un «uf» para expresar lo que piensa de eso y empieza a pasearse.

—¿Sabes lo que me provoca sospechas? El lapso intermedio.

—¿El lapso intermedio?

—El dinero dejó de llegar en septiembre del año pasado, acompañado de una nota en la que decía que lamentaba que no hubiera más. Pero, que sepamos, Peter no empezó a comportarse de manera extraña hasta abril o mayo de este año. Durante siete meses sigue normal, y de pronto se deja el bigote y empieza a manifestar síntomas de ansiedad. ¿Qué pasó? ¿Alguna idea al respecto?

Cobra forma una posibilidad.

—Decidió que quería más dinero, quizá para que su hermana pudiera estudiar en el colegio de Barbara. Creía conocer una manera de obtenerlo, pero algo salió mal.

—¡Sí! ¡Eso mismo creo yo! —Holly cruza los brazos ante el pecho y ahueca las manos en torno a los codos, un gesto para reconfortarse que Hodges ha visto a menudo—. Pero ojalá Tina hubiera visto qué había en ese cuaderno. El Moleskine.

—¿Eso es una corazonada, o sigues algún hilo lógico que a mí se me escapa?

—Me gustaría saber por qué le preocupaba tanto que ella lo viese, solo eso —tras eludir con éxito la pregunta de Hodges, se encamina hacia la puerta—. Voy a buscar por internet los robos cometidos entre 2001 y 2009. Sé que es un tiro al aire, pero por algún sitio hay que empezar. ¿Tú qué vas a hacer?

—Irme a casa. Darle vueltas a esto. Mañana tengo que recuperar coches e ir a buscar a un tal Dejohn Frasier, que ha infringido la condicional y casi con toda seguridad está en casa de su madrastra o su exmujer. Además, veré el partido de los Indians y posiblemente iré al cine.

Holly se anima.

—¿Puedo ir al cine contigo?

—Si quieres.

—¿Puedo elegir yo la película?

—Solo si me prometes que no me arrastrarás a alguna absurda comedia romántica de Jennifer Anniston.

—Jennifer Anniston es una excelente actriz y una humorista infravalorada. ¿Sabías que intervino en la versión original de la película *La noche del duende*, allá por 1993?

—Holly, eres un pozo de información, pero ahora estás eludiendo la cuestión. Prométeme que nada de comedias románticas, o voy por mi cuenta.

—Seguro que encontramos algo que nos parezca bien a los dos —dice Holly, sin mirarlo abiertamente a los ojos—. ¿No corre peligro el hermano de Tina? No crees que de verdad tenga intenciones de suicidarse, ¿verdad?

—Basándome en sus acciones, no. Se ha puesto en un serio peligro por su familia. Las personas así, con empatía, no suelen tener instinto suicida. Holly, ¿a ti no te parece raro que la niña dedujera que fue Peter quien estaba detrás de ese dinero, y los padres aparentemente no tengan la menor idea?

La luz se desvanece en los ojos de Holly, y por un momento se parece mucho a la Holly de antes, la que se pasó la mayor parte de la adolescencia en su habitación, una de esas neuróticas aisladas a las que los japoneses llaman *hikikomori*.

—Los padres pueden llegar a ser muy tontos —dice, y sale.

Bueno, piensa Hodges, los tuyos desde luego lo eran, en eso creo que estamos de acuerdo.

Se acerca a la ventana, cruza las manos detrás de la espalda y contempla el tramo inferior de Malborough, donde empieza a notarse el tráfico de hora pico. Se pregunta si Holly se ha planteado la segunda posible fuente de inquietud del chico: que los desgraciados que escondieron el dinero hayan vuelto y descubierto que ha desaparecido.

Y de algún modo hayan averiguado quién se lo llevó.

22

El Taller de Reparaciones de Motocicletas y Pequeños Motores a Nivel Estatal no trabaja a nivel de todo el estado, ni siquiera a nivel de toda la ciudad; hecho de herrumbroso metal acanalado, es un decrépito error de zonificación urbanística situado en el Lado Sur, a tiro de piedra del estadio de los Groundhogs, equipo de beisbol de las ligas menores. Delante hay una hilera de motocicletas en venta bajo un cable combado en el que flamean lánguidamente banderines de plástico. A Morris la mayoría de las motos le parecen incompletas. Sentado al pie de la fachada lateral del edificio, un gordo con chaleco de cuero se limpia las raspaduras de una caída con un puñado de Kleenex. Alza la vista para mirar a Morris y no dice nada. Morris calla en respuesta. Ha tenido que ir hasta allí a pie desde Edgemont Avenue, a unos dos kilómetros, bajo el aplastante sol de la mañana, porque los autobuses solo llegan hasta el final del trayecto cuando hay un partido de los Hogs.

Entra en el estacionamiento, y ahí está Charlie Roberson, en el asiento de un coche con manchones de grasa frente a una Harley a medio desarmar. Está examinando la batería de la Harley, que sostiene en alto, y en un primer momento no ve a Morris. Este, entretanto, lo examina a él. Roberson, calvo salvo por una orla de pelo cano, sigue siendo un hombre musculoso y cuadrado como una boca de riego, pese a que debe de pasar de los setenta. Lleva una camiseta con las mangas recortadas, y Morris lee en uno de sus bíceps un tatuaje carcelario desdibujado: PODER BLANCO PARA SIEMPRE.

Una de mis historias de éxito, piensa Morris, y sonríe.

Roberson cumplía cadena perpetua en Waynesville por matar a golpes a una vieja rica en Wieland Avenue, en Branson Park. Al parecer, la mujer despertó y lo sorprendió entrando sigilosamente en la casa. También la violó, tal vez antes de matarla a golpes, o quizá después, mientras ella yacía en el suelo del pasillo en el piso de arriba de su casa. El caso no tenía vuelta de hoja. Roberson había sido visto en la zona en varias ocasiones no mucho antes del robo, había sido fotografiado por la cámara de seguridad frente a la verja de la casa de la vieja rica un día antes del allanamiento, había comentado la posibilidad de colarse en ese cuchitril en particular a varios de sus amigos malhechores (a los cuales la fiscalía había dado amplios motivos para atestiguar, dado que todos tenían sus propios problemas con la justicia), y tenía un largo historial de robos y agresiones. El jurado lo declaró culpable; el juez lo condenó a cadena perpetua sin derecho a libertad condicional; Roberson cambió la reparación de motocicletas por la costura de jeans y el barnizado de muebles.

«He hecho muchas cosas, pero eso no lo hice yo —decía a Morris de vez en cuando—. Lo *habría* hecho: tenía el puto código de seguridad. Pero alguien se me adelantó. Además, sé quién fue, porque solo dije esos números a un tipo. Carajo, fue uno de los que declararon contra mí, y si algún día salgo de aquí, ese hombre morirá. Dalo por hecho.»

Morris ni lo creía ni dejaba de creerlo —sus primeros dos años en Waynesville le habían enseñado que aquello estaba lleno de hombres que afirmaban ser inocentes como palomas—, pero cuando Charlie le pidió que escribiera a Barry Scheck, Morris accedió de buen grado. Era lo suyo, su verdadero trabajo.

Resultó que el ladrón, violador y asesino había dejado semen en las pantaletas de la anciana, las pantaletas seguían en una de las tenebrosas salas de pruebas de la ciudad, y el abogado que envió Proyecto Inocencia para investigar el caso de Charlie Roberson las encontró. Nuevas pruebas de ADN, inexistentes en los tiempos del juicio de Charlie, revelaron que el semen no era suyo. El abogado contrató a un investigador para que siguiera la pista a varios de los testigos del fiscal. Uno de ellos, a punto de morir de cáncer de hígado, no solo se retractó de su testimonio sino que admitió la autoría del delito, quizá con la esperanza de ganarse un billete de acceso al Paraíso.

—Eh, Charlie —dice Morris—. Adivina quién soy.

Roberson voltea, lo mira con los ojos entornados, se levanta.

—¿Morrie? ¿Eres Morrie Bellamy?

—El mismo que viste y calza.

—¡Vaya, no bromees!

Probablemente no, piensa Morris, pero cuando Roberson deja la batería en el asiento de la Harley y avanza con los brazos abiertos, Morris se somete al obligado abrazo fraternal con profusión de palmadas en la espalda. Incluso lo devuelve lo mejor que puede. La cantidad de músculo bajo la mugrienta camiseta de Roberson es un tanto alarmante.

Roberson se echa atrás y enseña con una sonrisa los pocos dientes que le quedan.

—¡Jesús bendito! ¿La condicional?

—La condicional.

—¿La vieja ha retirado el pie de tu cuello?

—Pues sí.

—¡Maldita *sea*, estupendo! ¡Ven al despacho a tomar una copa! Tengo bourbon.

Morris mueve la cabeza en un gesto de negación.

—Gracias, pero mi organismo no acepta bien la bebida. Además, el hombre podría aparecer en cualquier momento y pedirme una muestra de orina. Esta mañana he llamado al trabajo para decir que estaba enfermo, y eso ya es bastante arriesgado.

—¿Quién te tocó de supervisor?

—McFarland.

—Un negro grande, ¿no?

—Es negro, sí.

—Ah, no es el peor, pero al principio te vigilan de cerca, eso desde luego. Ven al despacho de todos modos. Ya me beberé yo el tuyo. Eh, ¿te enteraste de que Duck murió?

Morris sí se enteró. Recibió la noticia poco antes de concederle la condicional. Duck Duckworth, su primer protector, el que puso fin a las violaciones de su compañero de celda y los amigos de su compañero de celda. Morris no lo lamentó especialmente. La gente venía; la gente se iba; no había mierda que importara una mierda.

Roberson menea la cabeza a la vez que toma una botella del último estante de un armario metálico lleno de herramientas y piezas de repuesto.

—Fue de algo en el cerebro. Bueno, ya sabes lo que dicen: en la plenitud de la puta vida estamos muertos —se sirvió bourbon en una taza en cuyo costado se leía EL MEJOR ABRAZADOR DEL MUNDO y la levantó—. Por el viejo Ducky —bebe, se relame y vuelve a alzar la taza—. Y por ti. Morrie Bellamy, en la calle otra vez, rondando y rondando. ¿Qué ocupación te han buscado? Algún trabajo de oficinista, imagino.

Morris le habla de su empleo en el CACMO y charla de banalidades mientras Roberson se sirve otro trago de bourbon. Morris no envidia a Charlie la libertad con la que bebe —ha perdido demasiados años de su vida por culpa del alcohol de alta graduación—, pero piensa que Roberson se mostrará más dispuesto a aceptar su petición si está un poco achispado.

Cuando considera que es el momento idóneo, dice:

—Me dijiste que acudiera a ti si alguna vez salía y necesitaba un favor.

—Es verdad, es verdad… pero no creía que fueras a salir. No cargando a cuestas como un puto poni con esa beata que te tiraste —Roberson suelta una risotada y se sirve otro trago.

—Necesito que me prestes un coche, Charlie. Por poco tiempo. No serán ni doce horas.

—¿Cuándo?

—Esta noche. Bueno… al final de la tarde. Esta noche es cuando lo necesito. Puedo devolvértelo justo después.

Roberson ha dejado de reírse.

—Ese es un riesgo mayor que tomarse una copa, Morrie.

—No para ti; tú estás fuera, libre de toda sospecha.

—No, no para mí; a mí me darían solo un manotazo en la muñeca. Pero conducir sin permiso es un incumplimiento grave de la libertad condicional. Podrías volver a la cárcel. No me malinterpretes. Estoy dispuesto a ayudarte; solo quiero asegurarme de que eres consciente de los riesgos.

—Soy consciente.

Roberson inclina la taza y toma un sorbo mientras reflexiona. Morris no querría ser el dueño de la moto que Charlie va a armar en cuanto terminen su charla.

Finalmente Roberson dice:

—¿Te serviría una camioneta en lugar de un coche? La que tengo en mente es una pequeña, de caja cerrada. Y automática. En los paneles laterales dice «Floristería Jones», pero ya apenas se lee. La tengo detrás. Si quieres, te la enseño.

Morris sí quiere, y con solo verla decide que la pequeña camioneta negra es un regalo del cielo… siempre y cuando funcione. Roberson le asegura que sí funciona, pese a que el odómetro va ya por la segunda vuelta.

—Los viernes cierro antes el taller. A eso de las tres. Podría echarle un poco de gasolina y dejar las llaves debajo de la llanta delantera derecha.

—Perfecto —dice Morris. Puede ir al CACMO, decirle al puto gordo de su jefe que tenía un virus estomacal pero ya se encuentra mejor, trabajar hasta las cuatro como buen oficinista, y luego volver aquí—. Oye, esta noche juegan los Groundhogs, ¿no?

—Sí, reciben a los Dayton Dragons. ¿Por qué? ¿Te mueres de ganas de ir a un partido? Porque a eso igual sí me apuntaba.

—En otra ocasión, quizá. Lo que estaba pensando es que podría devolverte la camioneta a eso de las diez, estacionarla en el mismo sitio y luego regresar a la ciudad en el autobús del estadio.

—El mismo Morrie de antes —dice Roberson, y se toca la sien. Ahora tiene los ojos visiblemente enrojecidos—. Siempre pensativo.

—No te olvides de dejar las llaves debajo de la rueda —si algo no le conviene a Morris es que Roberson agarre una borrachera a base de bourbon barato y se olvide.

—No me olvidaré. Hombre, estoy en deuda contigo. Te debo el puto *mundo* entero.

Este momento de sentimentalismo exige otro abrazo fraternal, en medio de un olor a sudor, bourbon y aftershave barato. Roberson lo estruja de tal modo que Morris apenas puede respirar, pero al final lo suelta. Acompaña a Charlie de regreso al estacionamiento, pensando que esta noche —dentro de doce horas, quizá menos— los cuadernos de Rothstein estarán de nuevo en su poder. Ante perspectiva tan embriagadora, ¿quién necesita el bourbon?

—Charlie, ¿por qué trabajas aquí, si no es indiscreción? Pensaba que ibas a embolsarte un buen dinero del Estado por encarcelamiento indebido.

—Uf, hombre, me amenazaron con sacar a la luz unos cuantos cargos antiguos —Roberson vuelve a sentarse delante de la Harley en la que estaba trabajando. Toma una llave inglesa y se golpetea con ella la pernera manchada de grasa—. Incluido uno serio en Missouri, por el que podría haberme pasado el resto de la vida entre rejas. Por la ley de reincidencia o no sé qué mierda. Así que llegamos a un acuerdo, digamos.

Con sus ojos enrojecidos, observa a Morris, y a pesar de los voluminosos bíceps (está claro que nunca ha perdido el hábito carcelario del ejercicio físico), ahora luce realmente viejo, y pronto también estará mal de salud. Si no lo está ya.

—Al final te joden, hombre. Te dan por el culo. Y si te quejas, te joden aún con más ganas. Así que te llevas lo que puedes sacar. Esto es lo que yo saqué, y a mí me basta.

—No hay mierda que importe una mierda.

Roberson suelta una carcajada.

—¡Como siempre decías! ¡Y es la puta verdad!

—No te olvides de las llaves.

—Las dejaré —Roberson apunta a Morris con un dedo negro de grasa—. Y tú no te dejes agarrar. Haz caso a tu papi.

No me dejaré agarrar, piensa Morris. He esperado demasiado tiempo.

—Otra cosa.

Roberson aguarda.

—No podrías conseguirme un arma, ¿verdad? —Morris ve la expresión en el rostro de Charlie y se apresura a añadir—: No para usarla, solo por protección.

Roberson niega con la cabeza.

—Arma no. Por eso me caería algo más que un manotazo en la muñeca.

—No diría a nadie que me la diste tú.

Roberson fijó en Morris una mirada de astucia con sus ojos enrojecidos.

—¿Puedo serte sincero? Estás muy marcado por la cárcel para andar con armas. Seguramente te pegarías un tiro en la mollera. La camioneta, pasa. Eso te lo debo. Pero si quieres un arma, ve a buscarla a otro sitio.

23

A las tres de la tarde de ese viernes, Morris está a punto de destruir arte moderno por valor de doce millones de dólares.

Bueno, no, no en realidad, pero sí está en un tris de borrar los ficheros correspondientes a ese arte, que incluyen la procedencia y la información sobre una docena de donantes ricos del CACMO. Se ha pasado semanas creando un nuevo protocolo de búsqueda que abarca todas las adquisiciones del centro de arte desde principios del siglo xxi. Ese protocolo es una obra de arte en sí mismo, y esta tarde, en lugar de desplazar la mayor de las subcarpetas a la carpeta principal, la ha arrastrado con el ratón a la papelera junto con un montón de basura de la que necesita deshacerse. El sistema informático, farragoso y obsoleto, está saturado de mierda inútil, que incluye sobre una tonelada de cosas que ya ni siquiera se encuentran en el edificio. La tonelada de cosas en cuestión se trasladó al Museo de Arte Metropolitano de Nueva York en 2005. Morris se dispone a vaciar la papelera para dejar espacio a más basura, tiene de hecho el dedo preparado, cuando cae en la cuenta de que está a punto de enviar una carpeta viva, muy valiosa, al cielo de los datos.

Por un momento vuelve a estar en Waynesville, intentando esconder algún artículo de contrabando antes de una rumoreada inspección de celdas, quizá nada más peligroso que un paquete de galletas Keebler pero suficiente para imponerle una sanción si el celador de turno tiene el genio torcido. Se mira el dedo, suspendido a menos de dos milímetros del maldito botón de borrado, y se lleva la mano al pecho, donde se siente los latidos del corazón, potentes y acelerados. ¿En qué demonios estaba pensando?

El puto gordo de su jefe elige ese preciso momento para asomar la cabeza en su espacio de trabajo, no mayor que un armario. Los cubículos donde pasan sus días los otros oficinistas están empapelados de fotos de novios, novias, familias, e incluso el puto perro de la familia, pero Morris solo ha puesto una postal de París, ciudad que siempre ha deseado visitar. Como si *eso* fuese a ocurrir.

—¿Todo en orden, Morris? —pregunta el puto gordo.

—Perfectamente —responde Morris, rezando para que el jefe no entre y mire en la pantalla. Aunque probablemente no sabría qué estaba viendo. El cabrón del obeso es capaz de mandar e-mails, incluso parece tener una vaga idea de para qué sirve Google, pero por lo demás está en la inopia. Con todo, vive en las afueras con su mujer y sus hijos, no en la Casona de los Chiflados, donde los lunáticos gritan a enemigos invisibles en plena noche.

—Me alegra oírlo. Sigue con lo tuyo.

Morris piensa: Saca ya de aquí ese culo gordo tuyo.

El puto gordo eso hace, a buen seguro para irse a la cafetería a alimentar esa puta cara gorda suya. Cuando se ha ido, Morris hace clic en el icono de la papelera, recupera lo que casi ha borrado, y lo arrastra de nuevo a la carpeta principal. No puede decirse que eso sea una gran operación, pero cuando termina, expulsa el aire de los pulmones como alguien que acabara de desactivar una bomba.

¿Dónde tenías la cabeza?, se reprende. ¿En qué estabas pensando?

Preguntas retóricas. Estaba pensando en los cuadernos de Rothstein, ahora ya tan cerca. También en la pequeña camioneta, y en el miedo que sentirá al volver a conducir después de tantos años entre rejas. Bastaría con un simple tropiezo... un policía que lo considerara sospechoso...

Tengo que mantener la calma un poco más, piensa Morris. Tengo que conseguirlo.

Pero se nota el cerebro sobrecargado, ya en la zona roja. Piensa que se encontrará mejor en cuanto los cuadernos estén en su poder (y el dinero, aunque eso es mucho menos importante). En cuanto tenga esas maravillas escondidas en el fondo del armario de su habitación en la octava planta de la Casona de los Chiflados, podrá relajarse, pero ahora mismo el estrés está matándolo. También contribuye a ese estado hallarse en un mundo tan distinto y trabajar en un empleo real y tener un jefe que no lleva uniforme gris pero ante el que debe agachar la cabeza igualmente. Para colmo, a eso se suma la tensión de tener que manejar esta noche un vehículo sin placas y sin licencia.

Piensa: A las diez, las cosas estarán mejor. Entretanto, contrólate y estate más atento. No hay mierda que importe una mierda.

—Exacto —susurra Morris, y se enjuga un hilillo de sudor que le corre entre la boca y la nariz.

24

A las cuatro, guarda su trabajo, sale de las aplicaciones que tenía abiertas y apaga la computadora. Entra en el postinero vestíbulo del CACMO, y ve allí de pie, como un mal sueño hecho realidad, con las piernas separadas y las manos a la espalda, a Ellis McFarland. Su supervisor observa un cuadro de Edward Hopper como el aficionado al arte que seguramente no es.

—Qué hay, Morrie. ¿Cómo va, colega? —saluda McFarland, sin volverse.

Morris se da cuenta de que debe de haber visto su reflejo en el cristal que cubre la pintura, pero, aun así, le resulta inquietante.

Lo sabe, piensa. No solo lo de la camioneta. Todo.

No es verdad, y lo sabe, pero la parte de él que sigue en la cárcel y siempre seguirá le asegura que sí lo es. Para McFarland, la frente de Morris Bellamy es de cristal. Para él, es visible todo lo que hay dentro, toda rueda en rotación y todo engranaje giratorio recalentado.

—Estoy bien, señor McFarland.

Hoy McFarland lleva un saco de cuadros aproximadamente del tamaño de una alfombra de salón. Examina a Morris de arriba abajo, y cuando vuelve a posar los ojos en su rostro, este a duras penas consigue mantenerle la mirada.

—A mí no me *parece* que estés bien. Te veo pálido, y tienes esas ojeras de onanista. ¿Has estado consumiendo algo que no deberías consumir, Morrie?

—No, señor.

—¿Has estado haciendo algo que no deberías hacer?

—No —pensando en la camioneta con el rótulo FLORISTERÍA JONES todavía visible en el costado, aguardándole en el Lado Sur. Las llaves probablemente debajo de la llanta.

—No ¿qué?

—No, señor.

—Ajá. Quizá sea la gripe. Porque, para serte sincero, te ves fatal.

—He estado a punto de cometer un error —explica Morris—. Podría haberse rectificado, me parece, pero habría implicado traer a un técnico informático de fuera, quizá incluso cerrar el servidor principal. Me habría metido en un lío.

—Bienvenido al mundo del trabajo rutinario —dice McFarland sin la menor solidaridad.

—¡Bueno, para mí es distinto! —estalla Morris, y Dios, qué *alivio* le reporta estallar, y hacerlo además por algo que no entraña el menor peligro—. ¡Si alguien debería saberlo, es usted! Si eso mismo le pasara a otra persona, recibiría solo una reprimenda, pero en mi caso no es así. Y si me despidieran… por un descuido, no por algo hecho a propósito… acabaría otra vez entre rejas.

—Puede que sí —dice McFarland, volviéndose hacia el cuadro. Muestra a un hombre y una mujer sentados en una habitación, en apariencia esforzándose por no mirarse—. Puede que no.

—No le caigo bien a mi jefe —dice Morris. Sabe que da la impresión de que está lloriqueando; de hecho, muy posiblemente *está* lloriqueando—. Yo sé cuatro veces más que él sobre el funcionamiento del sistema informático de este centro, y eso le molesta. Le encantaría perderme de vista.

—Te noto una pizca paranoico —comenta McFarland. Vuelve a tener las manos entrelazadas sobre sus descomunales nalgas, y de pronto Morris entiende por qué está ahí McFarland. Su supervisor lo ha seguido hasta el taller mecánico de motocicletas donde trabaja Charlie Roberson y ha llegado a la conclusión de que se trae algo entre manos. Morris sabe que eso no es así. Sabe que sí lo es.

—Además, ¿cómo se les ocurre permitir que un individuo como yo revuelva sus archivos? ¿Un hombre en libertad condicional? Si me equivoco, y he estado a punto de equivocarme, podría costarles mucho dinero.

—¿Qué te pensabas que harías al salir? —pregunta McFarland, examinando aún el cuadro de Hopper, que se titula *Departamento 16-A*. Parece fascinado por él, pero Morris no se deja engañar. McFarland vuelve a observar su reflejo. A juzgarlo—. Eres ya muy viejo y estás muy reblandecido para levantar cajas en un almacén o trabajar en una cuadrilla de jardinería.

Se da media vuelta.

—Esto se llama reinserción, Morris, y yo no soy el responsable de esa política. Si quieres llorarle a alguien por eso, búscate a otro, porque a mí me tiene sin cuidado.

—Lo siento —dice Morris.

—Lo sientes ¿qué más?

—Lo siento, señor McFarland.

—Gracias, Morris, eso ya está mejor. Ahora entremos en el baño de hombres, donde mearás en un vasito y me demostrarás que eso tuyo no es paranoia inducida por las drogas.

Salen los últimos rezagados del personal de oficina. Varios lanzan miradas a Morris y al negro corpulento del saco estridente, y enseguida desvían la vista. Morris siente el impulso de gritar: *¡Exacto, este es mi supervisor, mírenlo bien!*

Sigue a McFarland hasta el baño de hombres, que, gracias a Dios, está vacío. McFarland se apoya en la pared y, cruzado de brazos, observa a Morris mientras este desenvaina su vetusto cacharro y proporciona una muestra de orina. Pasados treinta segundos, McFarland, viendo que no adquiere una coloración azul, devuelve el vasito de plástico a Morris.

—Enhorabuena. Ya puedes tirarlo, colega.

Morris obedece. McFarland se lava metódicamente las manos, jabonándose hasta las muñecas.

—Sepa que no tengo el sida, si es eso lo que le preocupa. Tuve que hacerme la prueba antes de que me soltaran.

McFarland se seca con cuidado las enormes manos. Se mira por un momento en el espejo (tal vez deseando tener un poco de pelo que peinarse) y voltea hacia Morris.

—Puede que estés libre de sustancias, pero la verdad es que no me gusta tu aspecto, Morrie.

Morris guarda silencio.

—Permíteme decirte algo que me han enseñado dieciocho años en este trabajo. Hay dos tipos de personas en libertad condicional, y solo dos: los lobos y los corderos. Tú eres ya viejo para ser un lobo, pero no estoy muy seguro de que te hayas enterado de eso. Puede que no lo hayas *interiorizado*, como dicen los loqueros. No sé qué mierda lobuna pueda rondarte la cabeza, quizá no sea más que robar clips del cuarto de material; pero sea lo que sea, olvídalo. Estás ya viejo para aullar y aún más para correr.

Después de impartir este sabio consejo, se marcha. Morris se encamina él mismo hacia la puerta, pero le flojean las piernas antes de llegar. Gira sobre los talones, se agarra a un lavabo para no caerse y entra tambaleante en uno de los cubículos. Se sienta y agacha la cabeza casi hasta tocarse las rodillas. Cierra los ojos y respira hondo varias veces. Cuando el fragor remite dentro de su cráneo, se levanta y sale.

Estará todavía ahí, piensa. Mirando el jodido cuadro con las manos entrelazadas a la espalda.

Pero esta vez solo está en el vestíbulo el guardia de seguridad, que lanza una mirada recelosa a Morris cuando pasa por delante.

25

El partido entre los Hogs y los Dragons no comienza hasta las siete, pero los autobuses con el letrero PARTIDO DE BEISBOL ESTA NOCHE en el indicador de destino empiezan a circular a las cinco. Morris toma uno hasta el parque y retrocede a pie hasta el Taller de Motocicletas a Nivel Estatal, atento a cada coche que pasa, maldiciéndose por haber perdido el control en el baño de hombres después de marcharse McFarland. Si hubiese salido antes, quizá habría visto qué coche llevaba ese hijo de puta. Pero no había salido, y ahora cualquiera de esos coches podía ser el de McFarland. Sería fácil distinguir al supervisor, dada su envergadura, pero Morris no se atreve a mirar muy fijamente a ninguno de los vehículos que pasan. Existen dos razones para eso. En primer lugar, denotaría culpabilidad, ¿o no? Pues claro que sí, igual que un hombre que tiene alguna mierda lobuna en la cabeza y debe andar vigilando su perímetro. En segundo lugar, podría ver a McFarland incluso si McFarland no estuviera, porque está cada vez más cerca del ataque de nervios. Tampoco es de extrañar. Un hombre puede soportar el estrés solo hasta cierto límite.

¿Qué edad tienes, por cierto?, le había preguntado Rothstein. *¿Veintidós? ¿Veintitrés?*

Ese fue el cálculo certero de un hombre observador. Morris *contaba* entonces veintitrés años. Ahora está a un paso de los sesenta, y los años intermedios se han disipado como humo en la brisa. Ha oído decir a la gente que los sesenta son los nuevos cuarenta, pero eso es una idiotez. Cuando has pasado la mayor parte de la vida en la cárcel, sesenta son los nuevos setenta y cinco. O los ochenta. Ya viejo para ser un lobo, según McFarland.

Bueno, ya veremos, ¿no?, se dice.

Entra en el patio del Taller de Motocicletas a Nivel Estatal —las persianas bajadas, las motos que por la mañana estaban fuera ahora guardadas— y espera oír el portazo de un coche a sus espaldas en el instante de su intrusión en propiedad privada. Espera oír a McFarland decir una vez más: *Qué hay, colega. ¿Qué haces ahí?*

Pero no hay más ruido que el rumor del tráfico camino del estadio, y cuando rodea el taller y llega por fin al estacionamiento de detrás, la banda invisible que le oprime el pecho se distiende un poco. Una tapia alta de metal acanalado aísla ese patio del resto del mundo, y las paredes reconfortan a Morris. Eso no le gusta, sabe que no es natural, pero así son las cosas. Un hombre es la suma de sus experiencias.

Se acerca a la camioneta —pequeña, polvorienta, por fortuna anodina— y busca a tientas bajo la llanta delantera derecha. Ahí están las llaves. Sube al vehículo y, con satisfacción, comprueba que el motor arranca a la primera. El radio se enciende con una andanada de rock. Morris la apaga.

—Puedo hacerlo —dice. Ajusta el asiento y luego agarra el volante—. Puedo hacerlo.

Y en efecto sí puede. Es como ir en bicicleta. Lo único difícil es incorporarse a la riada de tráfico rumbo al estadio, y ni siquiera eso le cuesta demasiado; después de esperar un minuto, uno de los autobuses con el letrero PARTIDO DE BEISBOL ESTA NOCHE se detiene y cede el paso a Morris con un gesto. Los carriles en sentido norte van casi vacíos, y puede eludir el centro urbano gracias a la nueva vía de circunvalación. Casi siente placer al volver a manejar. O *sentiría* placer a no ser por la inquietante sospecha de que McFarland lo sigue. Pero sin echársele encima todavía: esperará para ver qué se trae entre manos su viejo amigo, su «colega».

Morris para en el centro comercial de Bellows Avenue y entra en Home Depot. Se pasea bajo la intensa luz de los fluorescentes, tomándoselo con calma; no puede ocuparse de su asunto hasta que oscurezca, y en junio la luz vespertina dura hasta las ocho y media o las nueve. En la sección de jardinería, compra una pala y también un hacha pequeña, por si tiene que cortar alguna raíz: ese árbol de amplio ramaje, a juzgar por su aspecto, podría tener bien agarrado el cofre. En el pasillo con el letrero OFERTAS, toma un par de costales de Tuff Tote, a veinte dólares la pieza. Echa sus adquisiciones a la parte de atrás de la camioneta y la rodea hacia la puerta del conductor.

—¡Eh! —desde atrás.

Morris se queda inmóvil, escuchando los pasos que se acercan en espera de que McFarland lo agarre por el hombro.

—¿Sabe si hay un supermercado en este centro comercial?

Es una voz joven. Y blanca. Morris descubre que puede respirar de nuevo.

—Un Safeway —responde, sin volverse. No tiene la menor idea de si en el centro comercial hay supermercado o no.

—Ah. Bien. Gracias.

Morris sube a la camioneta y arranca el motor. Puedo hacerlo, piensa.

Puedo, y lo haré.

26

Morris recorre lentamente las calles arboladas de Northfield que fueron su antiguo territorio, aunque la verdad es que poco rondaba él por su territorio; casi siempre tenía la nariz enterrada en un libro. Como aún es temprano, se estaciona en Elm durante un rato. Hay un viejo mapa polvoriento en la guantera, y finge leerlo. Al cabo de veinte minutos más o menos, conduce hasta Maple y allí repite la operación. Luego baja hasta el Zoney's Go-Mart del barrio, donde compraba chucherías de niño. También tabaco para su padre. Eran los tiempos en que un paquete costaba cuarenta centavos y se daba por supuesto que los niños lo adquirirían para sus padres. Toma un granizado y lo hace durar. Después se desplaza hasta Palm Street y vuelve a fingir que consulta el mapa. Las sombras se alargan, pero muy despacio.

Debería haber comprado un libro, piensa. A renglón seguido rectifica: No, un hombre con un mapa, por algún motivo, no llama nada la atención; en cambio, a un hombre leyendo un libro en una camioneta vieja seguramente lo tomarían por un posible pederasta.

¿Eso es paranoia o inteligencia? Ya no es capaz de diferenciarlo. Lo único que sabe con certeza es que los cuadernos están cerca. Resuenan como el bip de un sonar.

Poco a poco, la duradera luz de esa tarde de junio se diluye en el crepúsculo. Los niños que han estado jugando en las aceras y los jardines entran a ver la televisión o entretenerse con videojuegos o disfrutar de una velada educativa enviando mensajes de texto con faltas de ortografía y absurdos emoticonos a sus amigos.

Con la certeza de que McFarland no anda cerca (aunque no con la *total* certeza), Morris arranca el motor de la camioneta y avanza lentamente hacia su destino final: el polideportivo de Birch Street, donde acostumbraba ir cuando estaba cerrada la biblioteca de Garner Street. Flacucho, aficionado a la lectura, con su lamentable tendencia a morderse los labios, rara vez lo elegían para algún equipo en los deportes al aire libre, y en las pocas ocasiones en que lo elegían siempre le gritaban: Eh, inútil; eh, tonto; eh, cagado. Por sus labios rojos, se ganó el mote de «Revlon». Cuando iba al polideportivo, por lo general se quedaba en el pabellón, leyendo o haciendo rompecabezas. Ahora el ayuntamiento ha cerrado a cal y canto el viejo edificio de ladrillo y lo ha puesto en venta a causa de los recortes presupuestarios municipales.

Unos cuantos niños lanzan unos cuantos tiros finales a la canasta en las pistas invadidas por la mala hierba de la parte de atrás, pero, como ya no hay focos, ahuecan el ala cuando oscurece y ya no se ve, vociferando y driblando y pasándose la pelota. Cuando se han ido, Morris pone en marcha la camioneta y entra en el camino de acceso que discurre paralelo al edificio. Lo hace sin encender los faros, y la pequeña furgoneta negra es del color idóneo para esta clase de trabajo. La arrima bien a la pared trasera del edificio, donde un cartel desvaído reza RESERVADO A VEHÍCULOS DEL DEPARTAMENTO DE CENTROS DEPORTIVOS. Apaga el motor, se baja y aspira el aire de junio, que huele a pasto y trébol. Oye las cigarras, y el zumbido del tráfico en la vía de circunvalación, pero por lo demás la noche recién iniciada es suya.

Jódase, señor McFarland, piensa. Jódase mucho.

Saca las herramientas y los costales de la parte de atrás de la furgoneta y se dirige hacia la maraña de terreno abandonado que se extiende más allá del campo de beisbol donde se le escaparon tantas bolas fáciles. De pronto lo asalta una idea y se da media vuelta. Apoya la palma de una mano en los ladrillos viejos, todavía tibios por el calor del día, se pone en cuclillas y aparta unos hierbajos para poder escrutar a través de una de las ventanas del sótano. Estas no están tapiadas. La luna acaba de salir, anaranjada y llena. Da luz suficiente para permitirle ver las sillas plegables, las mesas de juego y las pilas de cajas.

Morris ha planeado llevarse los cuadernos a su habitación de la Casona de los Chiflados, pero eso es arriesgado; el señor McFarland puede registrar su habitación siempre que le plazca: forma parte del trato. El pabellón se encuentra mucho más cerca del sitio donde están enterrados los cuadernos, y el sótano, donde ya hay toda clase de cachivaches inútiles almacenados, sería el escondrijo perfecto. Tal vez sea posible ocultar la mayor parte aquí y llevarse solo unos cuantos cada vez a su habitación, donde puede leerlos. Morris, delgado como es, cabría por esa ventana, aunque tendría que contorsionarse un poco, ¿y acaso sería muy difícil reventar el pasador que ve en el interior de la ventana y levantarla haciendo palanca? Probablemente le bastaría con un destornillador. No lleva ninguno, pero los hay de sobra en Home Depot. Incluso ha visto unas cuantas herramientas expuestas en Zoney's.

Se inclina más hacia la ventana sucia y la examina. Sabe detectar la cinta adhesiva de una alarma (la penitenciaría del estado es un lugar muy instructivo en lo que se refiere a robo con allanamiento de morada), pero no ve ninguna. ¿Y si la alarma utiliza contactos magnéticos? Esos no los veía, y tal vez tampoco oyera la alarma. Algunas son silenciosas.

Morris sigue examinándola aún por un momento y finalmente se pone en pie de mala gana. Considera poco probable que un edificio viejo como este tenga instalada una alarma —los objetos de valor sin duda han sido trasladados a otro lugar hace mucho—, pero no quiere correr el riesgo.

Mejor ceñirse al plan inicial.

Toma las herramientas y los costales y se encamina una vez más hacia el baldío cubierto de maleza, poniendo especial cuidado en bordear el campo de beisbol. No va a cortar por ahí, eso ni hablar. La luna lo ayudará cuando esté entre los matorrales, pero en un espacio abierto el mundo se asemeja a un escenario bien iluminado.

La bolsa de papas fritas que lo ayudó la última vez ha desaparecido, y tarda un rato en volver a encontrar el sendero. Morris deambula entre la maleza junto al lado derecho del campo (el lugar donde padeció varias humillaciones en su infancia), por fin redescubre el sendero y se pone en marcha. Cuando oye el leve gorgoteo del arroyo tiene que contenerse para no echarse a correr.

Los tiempos han sido difíciles, piensa. Podría haber gente durmiendo aquí, mendigos. Si uno me ve…

Si uno lo ve, utilizará el hacha. Sin vacilar. Puede que el señor McFarland lo considere demasiado viejo para ser un lobo, pero lo que su supervisor no sabe es que Morris ya ha matado a tres personas, y hay cosas, aparte de conducir un coche, que son como ir en bicicleta.

27

Los árboles, raquíticos, se asfixian entre sí en su pugna por el espacio y el sol; aun así, tienen altura suficiente para filtrar la luz de la luna. Dos o tres veces Morris se desvía del sendero y, a trompicones, tiene que localizarlo de nuevo. Esto en realidad le complace. Si de verdad llegara a perderse, dispone del rumor del arroyo para orientarse, y los desdibujados límites del sendero corroboran que ahora lo recorren menos niños que en sus tiempos. Morris confía en no estar caminando entre hiedra venenosa.

El murmullo del arroyo es muy cercano cuando regresa al sendero por última vez, y menos de cinco minutos después se encuentra ya frente al árbol de referencia, en la orilla opuesta. Se detiene durante un momento en la penumbra moteada por la luna, buscando cualquier indicio de ocupación humana: cobijas, un saco de dormir, un carrito de supermercado, una lámina de plástico extendida entre unas ramas para improvisar una tienda de campaña. No hay nada. Solo el borboteo del agua en el lecho pedregoso y el árbol inclinado al otro lado del arroyo. El árbol que ha custodiado fielmente su tesoro durante tantos años.

—Buen árbol —susurra Morris, y cruza el arroyo de piedra en piedra.

Se arrodilla y deja a un lado las herramientas y los costales para meditar por unos instantes.

—Aquí estoy —musita, y apoya las palmas de las manos en la tierra, como si la palpase en busca del pulso.

Y le parece percibirlo. Es el pulso de la genialidad de John Rothstein. El viejo convirtió a Jimmy Gold en un individuo patético, un vendido, pero acaso Rothstein redimiera a Jimmy en sus años de creación solitaria. Si lo hizo… y solo *si*… todos los padecimientos de Morris habrán valido la pena.

—Aquí estoy, Jimmy. Aquí estoy por fin.

Empuña la pala y empieza a cavar. No tarda mucho en acceder de nuevo al cofre, pero las raíces en efecto lo tienen abrazado, y le cuesta casi una hora abrirse paso a hachazos para desprender el cofre. No realiza trabajo manual duro desde hace años, y está agotado. Piensa en todos los reclusos que dedicaban horas y horas al ejercicio físico —Charlie Roberson, por ejemplo—, y en lo mucho que él los desdeñaba (al menos en su cabeza, nunca a la cara) por lo que consideraba un comportamiento obsesivo-compulsivo. Ahora no siente el menor desdén. Le duelen los muslos, le duele la espalda y, lo peor de todo, le palpita la cabeza como un diente infectado. Se ha levantado una brisa ligera, que enfría el sudor que baña su piel, pero también agita las ramas, creando sombras en movimiento que lo amedrentan. Lo empujan a pensar otra vez en McFarland. McFarland abriéndose paso por el sendero, avanzando con el misterioso sigilo propio de algunos hombres corpulentos, soldados y exatletas por lo general.

Cuando recobra el aliento y el corazón le late un poco más despacio, Morris tiende la mano hacia el asa del extremo del cofre y descubre que ya no está. Se inclina hacia delante sobre las manos abiertas para escrutar el interior del hoyo, lamentando no haberse acordado de llevar una linterna.

El asa *sigue* ahí, solo que cuelga en dos pedazos.

Aquí pasa algo, piensa Morris. ¿O no?

Se retrotrae a aquel tiempo lejano en un esfuerzo por recordar si alguna de las dos asas del cofre estaba rota. Cree que no. De hecho, está casi seguro. Pero de pronto recuerda que, en el estacionamiento, puso el cofre en posición vertical y exhala tal suspiro de alivio que se le hinchan las mejillas. Debió de romperse cuando lo colocó en la carretilla. O quizá mientras daba tumbos por el sendero de camino a este mismo lugar. Cavó el hoyo rápidamente e introdujo el cofre a toda prisa. Deseoso de marcharse de allí e incapaz, en su agobio, de fijarse en un detalle menor como una asa rota. Eso era. Tenía que ser. Al fin y al cabo, el cofre ya no era nuevo cuando lo compró.

Lo agarra por los costados, y el cofre se desliza hacia delante con tanta suavidad que Morris pierde el equilibrio y cae de espaldas. Se queda ahí tendido, con la mirada fija en el redondel brillante de la luna, e intenta convencerse de que todo está en orden. Pero sabe que no es así. Quizá haya podido encontrar una explicación al asa rota, pero no a esto otro.

El cofre pesa muy poco.

Atropelladamente, Morris se incorpora, ahora con manchones de tierra en la piel húmeda. Con mano trémula, se aparta el pelo de la frente, dejándose una nueva mancha.

El cofre pesa muy poco.

Tiende la mano hacia él, pero la retira.

No puedo, piensa. No puedo. Si lo abro y los cuadernos no están dentro, me… *vendré abajo.*

Pero ¿por qué iba alguien a llevarse un montón de cuadernos? El dinero, sí, pero ¿los cuadernos? En la mayoría de ellos ni siquiera quedaba espacio donde escribir; en la mayoría, Rothstein lo había utilizado todo.

¿Y si alguien había tomado el dinero y luego había *quemado* los cuadernos? ¿Sin comprender su valor incalculable, solo por deshacerse de algo que un ladrón acaso viera como una prueba de su delito?

—No —susurra Morris—. Nadie haría una cosa así. Todavía están ahí. Tienen que estar.

El cofre pesa muy poco.

Lo mira fijamente, un pequeño féretro exhumado, de medio lado en la orilla, bajo la luz de la luna. Detrás está el hoyo, abierto como una boca que acaba de vomitar. Morris tiende la mano hacia el cofre, vacila, y por fin se abalanza y abre los cierres, rezando a un Dios que, como bien sabe, no siente el menor aprecio por personas como él.

Mira el interior.

El cofre no está del todo vacío. Sigue dentro el plástico con el que lo forró. Lo extrae en medio de una nube de crepitación, con la esperanza de que hayan quedado debajo unos cuantos cuadernos —dos o tres, o aunque sea solo uno, Dios, por favor—, pero hay tan solo unos cuantos cúmulos de tierra en los rincones.

Morris se lleva las manos mugrientas a la cara —joven en otro tiempo, ahora profundamente arrugada— y se echa a llorar bajo la luna.

28

Ha prometido devolver la camioneta antes de las diez, pero pasan ya de las doce cuando la estaciona detrás de Taller de Motocicletas a Nivel Estatal y vuelve a dejar las llaves debajo de la llanta delantera derecha. No se molesta en llevarse las herramientas ni los costales vacíos que deberían estar llenos; que se los quede Charlie Roberson si los quiere.

Las luces del campo de las ligas menores de beisbol, a cuatro manzanas de ahí, se han apagado hace una hora. Los autobuses del estadio ya no circulan, pero los bares —en este barrio hay muchos—, con las puertas abiertas, arrojan atronadora música de grupos en directo y de rocola, y delante, en las banquetas, hombres y mujeres con camisetas y gorras de los Groundhogs fuman y beben de vasos de plástico. Morris pasa lentamente entre ellos sin mirarlos, indiferente a un par de amistosos gritos de fanáticos ebrios, tanto por la cerveza como por la victoria del equipo local, que le preguntan si quiere una copa. Pronto los bares quedan atrás.

McFarland ya no lo obsesiona, y ni siquiera se detiene a pensar que le espera una caminata de cinco kilómetros hasta la Casona de los Chiflados. También lo tiene sin cuidado el dolor en las piernas. Es como si no fueran suyas. Se siente tan vacío como ese cofre viejo a la luz de la luna. Todo aquello por lo que ha vivido durante los últimos treinta y seis años se ha esfumado igual que una choza en una inundación.

Llega a Government Square, y ahí es donde las piernas por fin le fallan. Más que sentarse en uno de los bancos, se desploma. Apático, echa una ojeada a esa amplia superficie de cemento vacía, tomando conciencia de que probablemente ofrece un aspecto harto sospechoso a cualquier poli que pase en una patrulla. Además, en principio no debería estar en la calle a esas horas (tiene que respetar el *toque de queda*, como un adolescente), pero ¿qué más da? No hay mierda que importe una mierda. Que lo manden otra vez a Waynesville. ¿Por qué no? Al menos allí no tendrá que tratar con el puto gordo de su jefe. Ni mear observado por Ellis McFarland.

En la otra acera está el Happy Cup, donde mantuvo tantas gratas conversaciones sobre libros con Andrew Halliday. Además de su *última* conversación, que no fue ni remotamente grata. *No te acerques a mí*, dijo Andy. Así terminó esa última conversación.

El cerebro de Morris, que estaba en punto muerto desde hacía un rato, de súbito engrana de nuevo y en sus ojos empieza a disiparse la expresión de aturdimiento. *No te acerques a mí, o avisaré a la policía yo mismo*, dijo Andy... pero no fue eso lo único que dijo aquel día. Su viejo amigo también le dio un consejo.

Escóndelos en algún sitio. Entiérralos. ¿De verdad dijo eso Andy Halliday, o eran solo imaginaciones suyas?

—Sí lo dijo —susurra Morris. Se mira las manos y ve que las tiene cerradas en mugrientos puños—. Lo dijo, sin duda. Escóndelos, dijo. *Entiérralos* —lo que lleva a ciertas preguntas.

Como, por ejemplo, ¿quién era la única persona enterada de que él tenía los cuadernos de Rothstein?

Como, por ejemplo, ¿quién era la única persona que había *visto* de hecho uno de los cuadernos de Rothstein?

Como, por ejemplo, ¿quién sabía dónde vivía él por aquel entonces?

Y —esta era una gran pregunta— ¿quién conocía ese pedazo de tierra sin urbanizar, una hectárea cubierta de maleza, empantanada en un pleito interminable y utilizada solo por los niños que cortaban para ir al pabellón de Birch Street?

La respuesta a todas estas preguntas es la misma.

Quizá podamos replantearnos esto dentro de diez años, dijo su viejo amigo. *Quizá dentro de veinte.*

Pues habían sido muchos más de diez o veinte putos años, ¿no? El tiempo se les había escurrido entre los dedos. Tiempo de sobra para que su viejo amigo meditara sobre esos valiosos cuadernos, que nunca habían aparecido, ni cuando Morris fue detenido por violación ni más adelante, cuando se vendió la casa.

¿Acaso su viejo amigo había decidido en algún momento visitar el antiguo barrio de Morris? ¿Y darse quizá un número indeterminado de paseos a lo largo del sendero entre Sycamore Street y Birch? ¿Había dado quizá esos paseos provisto de un detector de metales, con la esperanza de que este captara la presencia de las guarniciones metálicas del cofre y emitiera un pitido?

¿Mencionó Morris aquel día el cofre en algún momento?

Tal vez no, pero ¿qué otra cosa podía ser? ¿Qué otra cosa tenía lógica? En una caja de caudales no habrían cabido, ni siquiera en una grande. Las bolsas de papel o de lona se habrían podrido. Morris se pregunta cuántos hoyos tuvo que cavar Andy hasta dar con el filón. ¿Una docena? ¿Cuatro docenas? Cuatro docenas era mucho, pero allá en los años setenta Andy se conservaba bastante esbelto, no era aún un puto gordo, todavía no anadeaba como ahora. Y motivación no le faltaba. O tal vez no tuvo que cavar ningún hoyo en absoluto. Quizá por efecto de una riada de primavera o algo así la orilla se había erosionado, dejando a la vista el cofre en su receptáculo de raíces. ¿Acaso no era eso posible?

Morris se levanta y sigue adelante, ahora pensando otra vez en McFarland, lanzando alguna que otra ojeada alrededor para asegurarse de que no lo sigue. Ahora vuelve a preocuparle, porque ahora vuelve a tener algo por lo que vivir. Una meta. Es posible que su viejo amigo haya vendido los cuadernos. Vender es su oficio, tal como lo era de Jimmy Gold en *El corredor afloja la marcha*, pero también cabe la posibilidad de que todavía los guarde, algunos o todos. Solo hay una manera segura de averiguarlo, y solo hay una manera de averiguar si al viejo lobo le queda aún algún diente. Tiene que hacer una visita a su *colega*.

Su viejo amigo.

TERCERA PARTE
PETER Y EL LOBO

1

Es sábado por la tarde en la ciudad, y Hodges está en el cine con Holly. Entablan una animada negociación mientras consultan los horarios de las películas en el vestíbulo del AMC Centro Cívico 7. *Anarchy: la noche de las bestias* es rechazada porque da demasiado miedo. A Holly le gustan las películas de miedo, pero solo en la computadora, donde puede pararlas y pasearse unos minutos para relajar la tensión. Su contrasugerencia, *Bajo la misma estrella*, es rechazada por Hodges, quien aduce que será demasiado sentimental. En realidad quiere decir demasiado emotiva. Una trama sobre alguien que muere joven lo llevará a acordarse de Janey Patterson, que dejó este mundo en una explosión destinada a acabar con él. Se ponen de acuerdo en *Infiltrados en la universidad*, una comedia interpretada por Jonah Hill y Channing Tatum. Es bastante buena. Se ríen mucho y comparten un cartón grande de palomitas, pero a Hodges se le va el pensamiento una y otra vez a la historia de Tina sobre el dinero que ayudó a sus padres a superar los años difíciles. ¿De dónde demonios pudo sacar Peter Saubers más de veinte mil dólares?

Ya en los créditos, Holly apoya la mano en la de Hodges, y él ve, alarmado, lágrimas en sus ojos. Le pregunta qué le pasa.

—Nada. Es solo que me gusta tener a alguien con quien ir al cine. Me alegro de que seas mi amigo, Bill.

Hodges queda no poco conmovido.

—Y yo me alegro de que tú seas mi amiga. ¿Qué vas a hacer lo que queda de sábado?

—Esta noche voy a pedir comida china y darme un festín de *Orange Is the New Black* —dice—. Pero esta tarde me conectaré a internet para consultar más robos. Tengo ya una buena lista.

—¿Alguno con posibilidades?

Ella niega con la cabeza.

—Voy a seguir buscando, pero me parece que aquí hay algo más, aunque no se me ocurre qué puede ser. ¿Crees que el hermano de Tina te lo dirá?

Al principio Hodges no contesta. Están subiendo por el pasillo, y pronto estarán lejos de este oasis de ficción y de regreso en el mundo real.

—¿Bill? ¡La Tierra llamando a Bill!

—Desde luego eso espero —contesta él por fin—. Por su propio bien. Porque el dinero salido de la nada casi siempre trae problemas.

2

Tina y Barbara y la madre de Barbara pasan la tarde de ese sábado en la cocina de la casa de los Robinson, preparando bolas de palomitas de maíz, una operación que ensuciaba y daba risa al mismo tiempo. Se lo están pasando en grande, y Tina, por primera vez desde su llegada, parece libre de preocupaciones. Tanya Robinson lo considera buena señal. No sabe qué le pasa a la niña, pero una docena de pequeños detalles —la forma en que se sobresalta cuando una puerta se cierra de golpe por una corriente de aire, o ese sospechoso enrojecimiento en los ojos propio del llanto— le indican que algo le ocurre. Ignora si ese algo es grande o pequeño, pero una cosa es segura: a Tina Saubers, en este momento de su vida, le vienen bien unas risas.

Ya están terminando —y amenazándose mutuamente con las manos pegajosas de jarabe— cuando una voz risueña dice:

—¡Pero qué barbaridad! ¡Vaya un montón de mujeres trajinando en la cocina!

Barbara gira sobre los talones, ve a su hermano asomado a la puerta de la cocina y exclama:

—¡Jerome!

Aprieta a correr y, de un brinco, se lanza hacia él. Jerome la atrapa al vuelo, le da dos vueltas en el aire y la deja en el suelo.

—¡Pensaba que te ibas a un *cotillón*!

Jerome sonríe.

—Por desgracia, mi esmoquin volvió sin usar a la tienda donde lo alquilé. Después de un completo y justo intercambio de opiniones, Priscilla y yo hemos roto de común acuerdo. Es una larga historia, y no muy interesante. El caso es que he decidido venir a casa y disfrutar un poco de los guisos de mami.

—No me llames «mami», no me gusta —protesta Tanya. Pero también parece en extremo complacida de ver a Jerome.

Él se vuelve hacia Tina y la saluda inclinando un poco la cabeza.

—Encantado de conocerte, señorita. Cualquier amiga de Barbara, y tal y tal.

—Me llamo Tina.

Consigue decirlo en un tono de voz casi normal, pero no le resulta nada fácil. Jerome es alto, Jerome es ancho de espaldas, Jerome es sumamente apuesto, y Tina Saubers se enamora de él al instante. Pronto estará calculando qué edad necesitará tener para que él la vea como algo más que una «señorita» con un delantal grande y las manos pegajosas después de hacer bolas de palomitas. Pero de momento, deslumbrada por sus encantos, no está como para andar haciendo cábalas. Y más tarde, esa noche, Barbara no tendrá que insistir mucho para que Tina se lo cuente todo a Jerome. Aunque a veces, con esos ojos oscuros fijos en ella, le cuesta seguir el hilo de su historia.

3

Ese sábado por la tarde Pete no se lo pasa igual de bien ni mucho menos. A decir verdad, se lo pasa de pena.

A las dos, los delegados de clase y los delegados electos de tres preparatorias se congregan en la sala de conferencias más amplia del hotel River Bend para escuchar la charla larga y tediosa de uno de los dos senadores del estado, titulada: «La gobernanza en educación media superior: su introducción a la política y el servicio». Ese tipo, que viste terno y luce una exuberante mata de pelo blanco peinado hacia atrás (lo que Pete considera un «pelo de villano de telenovela»), parece decidido a seguir dale que dale hasta la hora de la cena. O más aún, posiblemente. Por lo visto, su tesis viene a ser que ellos son la SIGUIENTE GENERACIÓN, y el cargo de delegados de clase los preparará para abordar los problemas de la contaminación, el calentamiento global, la disminución de los recursos naturales y, quizá, el primer contacto con los extraterrestres llegados de Próxima Centauri. Cada minuto de esta interminable tarde de sábado, Pete sufre una muerte lenta y atroz mientras el senador sigue y sigue con su voz monocorde.

Pete no podría sentir mayor indiferencia ante la perspectiva de asumir el cargo de vicepresidente del alumnado en la preparatoria de Northfield en septiembre. Por lo que a él se refiere, septiembre bien podría estar en Próxima Centauri con los alienígenas. El único futuro que le importa es la tarde del lunes, cuando tendrá que enfrentarse a Andrew Halliday, un hombre a quien ahora, en el fondo de su alma, desearía no haber conocido nunca.

Pero puedo salir de esta, piensa. Si conservo la calma, claro. Y tengo en mente lo que dice la anciana tía de Jimmy Gold en *El corredor iza la bandera*.

Pete ha decidido que iniciará su conversación con Halliday citando esa frase: *Dicen que media hogaza es mejor que nada, Jimmy, pero en un mundo de escasez, incluso una sola rebanada es mejor que nada.*

Pete sabe qué quiere *Halliday*, y le ofrecerá más de una rebanada, pero no media hogaza, y desde luego no la hogaza entera. Eso ni hablar. Con los cuadernos a buen recaudo en el sótano del pabellón de Birch Street, puede permitirse negociar, y si Halliday quiere sacar algo de esto, tendrá que negociar también.

No más ultimátum.

Le entregaré tres docenas de cuadernos —se imagina Pete diciendo—. *Contienen poemas, ensayos y nueve relatos completos. Incluso voy a repartirlo al cincuenta por ciento, solo por quitármelo de encima.*

Debe insistir en el pago, aunque sin medio alguno para verificar cuánto recibe realmente Halliday de su comprador o compradores, le escamoteará parte de lo que en justicia le corresponda, supone Pete, y será una parte considerable. Pero eso da igual. Lo importante es asegurarse de que Halliday sepa que va en serio. Que él no va a ser, por usar las cáusticas palabras de Jimmy Gold, la «cogida de cumpleaños» de nadie. Más importante aún es procurar que Halliday no vea lo asustado que está.

Lo aterrorizado que está.

El senador termina con unas cuantas frases altisonantes afirmando que la LABOR VITAL de la PRÓXIMA GENERACIÓN empieza en las PREPARATORIAS DE ESTADOS UNIDOS, y que ellos, los elegidos, deben portar LA ANTORCHA DE LA DEMOCRACIA. Los asistentes prorrumpen en entusiastas aplausos, sin duda porque la conferencia ha acabado y van a poder marcharse por fin. Pete desea con desesperación salir de ahí, ir a dar un largo paseo y estudiar su plan unas cuantas veces más para detectar fisuras y escollos.

Pero eso no va a ser posible. El director de preparatoria que tan magnánimamente ha organizado la interminable charla de esta tarde da unos pasos al frente para anunciar que el senador ha accedido a quedarse una hora más y contestar a sus preguntas.

—Estoy seguro de que tienen muchas —dice.

Los lameculos y malditos —parece que hay muchos tanto de lo uno como de lo otro— levantan la mano de inmediato.

Pete piensa: Esta mierda no importa una mierda.

Mira hacia la puerta, calcula sus probabilidades de escabullirse sin que nadie se dé cuenta y vuelve a acomodarse en el asiento. Dentro de una semana todo esto habrá terminado, se dice.

La idea le proporciona cierto consuelo.

4

Cierto penado en libertad condicional despierta en el mismo momento en que Hodges y Holly salen del cine y Tina se enamora del hermano de Barbara. Morris, después de una noche de insomnio y desasosiego, ha conciliado por fin el sueño cuando la primera luz de ese sábado empezaba a filtrarse en su habitación y ha dormido durante toda la mañana y parte de la tarde. Sus sueños han sido peores que pesadillas. En el que lo ha despertado, abría el cofre y lo encontraba lleno de arañas, viudas negras, millares, todas entrelazadas y rebosantes de veneno, pulsátiles bajo la luz de la luna. Salían en tropel, le subían por las manos y le correteaban por los brazos.

Morris, jadeando y atragantado, vuelve al mundo real, y se abraza el pecho con tal fuerza que apenas puede respirar.

Baja las piernas al suelo y se queda sentado en el borde de la cama con la cabeza inclinada, tal como se quedó en el inodoro después de salir McFarland de los baños CACMO ayer por tarde. Es la incertidumbre lo que lo corroe, y necesita disipar cuanto antes esa incertidumbre.

Andy *debió* de llevárselos, piensa. Es lo único que tiene lógica. Y más te vale que los tengas aún, amigo mío. Si no los tienes, que Dios te ampare.

Se pone unos jeans limpios y toma un autobús que cruza la ciudad hasta el Lado Sur, porque finalmente ha decidido que sí quiere al menos una de sus herramientas. También se llevará los costales. Porque uno ha de plantearse las cosas de manera positiva.

Charlie Roberson se halla de nuevo sentado frente a la Harley, ahora tan desarmada que apenas semeja una moto. No parece alegrarse mucho al ver reaparecer a este hombre que lo ayudó a salir de la cárcel.

—¿Cómo te fue anoche? ¿Hiciste lo que necesitabas hacer?

—Todo bien —responde Morris, y despliega una sonrisa que se le antoja demasiado amplia y relajada para ser convincente—. De película.

Roberson no le devuelve la sonrisa.

—Mientras no sea una película de *policías*... No tienes muy buena pinta, Morrie.

—Bueno, ya sabes. Las cosas rara vez se resuelven del todo a la primera. Me quedan unos cuantos cabos que atar.

—Si necesitas otra vez la camioneta...

—No, no. Dejé dentro un par de cosas, es solo eso. ¿Te importa que las recoja?

—No es nada que luego vaya a volver a mí, ¿verdad?

—En absoluto. Un par de bolsas.

Y el hacha, pero omite ese detalle. Podría comprar un cuchillo, pero un hacha tiene algo de temible. Morris la mete en uno de los costales, se despide de Charlie Roberson y se dirige hacia la parada de autobús. El hacha se desplaza dentro de la bolsa a cada vaivén de sus brazos.

No me obligues a utilizarla —dirá a Andy—. *No quiero hacerte daño.*

Pero naturalmente una parte de él *sí* quiere utilizarla. Una parte de él *sí* quiere hacer daño a su viejo amigo. Porque —cuadernos aparte— se merece un desquite, y el desquite es mal asunto.

5

Lacemaker Lane y la zona comercial de la que forma parte están muy concurridos la tarde de este sábado. Hay cientos de tiendas con nombres pegadizos como Deb y Buckle y Forever 21. También hay una que se llama Lids, que solo vende sombreros. Morris entra ahí y compra una gorra de los Groundhogs, de visera extralarga. Un poco más cerca de Andrew Halliday, Ediciones Raras, vuelve a detenerse y compra unos lentes oscuros en un puesto de Sunglass Hut.

Justo en el momento en el que ve el letrero del establecimiento de su viejo amigo, con sus letras acaracoladas en lámina de oro, concibe una posibilidad desalentadora: ¿y si Andy cierra antes los sábados? Parece que todas las demás tiendas están abiertas, pero algunas librerías de ediciones raras llevan horarios muy relajados, y teniendo en cuenta su mala suerte, ¿no sería eso lo más probable?

Pero cuando pasa por delante, balanceando las bolsas (de *aquí* para *allá* se zarandea el hacha), al amparo de sus lentes oscuros nuevos, ve el letrero ABIERTO colgado de la puerta. Ve también otra cosa: cámaras enfocadas a izquierda y derecha de la acera. Probablemente haya más dentro, pero da igual; Morris ha hecho másteres y másteres con ladrones durante décadas.

Con toda parsimonia sigue adelante por la calle, mirando el escaparate de una panadería y examinando el género de un puesto de souvenirs (aunque Morris no imagina quién podría querer un souvenir de esta ciudad pequeña y sucia a orillas de un lago). Incluso para a ver a un mimo que primero hace malabarismos con pelotas de colores y luego finge subir por una escalera invisible. Morris lanza un par de monedas de veinticinco centavos al gorro del mimo. Para que me traiga suerte, se dice. Suena música pop por los altavoces de las esquinas. En el aire flota un aroma a chocolate.

Desanda el camino. Ve a un par de hombres jóvenes salir de la librería de Andy y alejarse por la acera. Esta vez Morris se detiene a mirar el escaparate, donde hay tres libros abiertos en atriles bajo focos LED: *Matar a un ruiseñor*, *El guardián entre el centeno* y —sin duda es un augurio— *El corredor entra en combate*. Más allá del escaparate, la tienda es un espacio angosto de techo alto. No ve a ningún otro cliente, pero *sí* a su viejo amigo, el único e inigualable Andy Halliday, que lee un libro en rústica sentado tras el escritorio, a medio camino entre la puerta y la pared del fondo.

Morris finge atarse el zapato y descorre la cremallera del costal que contiene el hacha. Luego se yergue y, sin vacilar, abre la puerta de Andrew Halliday, Ediciones Raras.

Su viejo amigo aparta la mirada del libro y evalúa los lentes oscuros, la gorra de visera larga, los costales. Frunce el entrecejo, pero solo un poco, porque en esa zona *todo el mundo* lleva bolsas, y hace un día cálido y luminoso. Morris percibe cautela pero no indicios de auténtica alarma, lo cual es bueno.

—¿Le importaría dejar las bolsas debajo del perchero, por favor? —pide Andy. Sonríe—. Normas de la tienda.

—En absoluto —contesta Morris. Deja los costales en el suelo, se quita los lentes oscuros, los pliega y se los guarda en el bolsillo de la camisa. A continuación se despoja de la gorra nueva y se arregla el pelo blanco y corto de detrás de la cabeza. Piensa: ¿Ves? Solo soy un viejo que ha entrado para escapar del intenso sol y ojear un poco. Nada de qué preocuparse—. ¡Uf! Qué calor hace hoy.

Vuelve a ponerse la gorra.

—Sí, y dicen que mañana apretará aún más. ¿Puedo ayudarle? ¿Busca algo en particular?

—Solo quería echar un vistazo. Aunque… voy detrás de un libro bastante difícil de encontrar que se titula *Los verdugos*. Es de un autor de novelas de misterio que se llama John D. MacDonald —los libros de MacDonald estaban muy solicitados en la biblioteca de la cárcel.

—¡Lo conozco bien! —dice Andy jovialmente—. Escribió todas aquellas novelas de la serie de Travis McGee. Aquellas en las que siempre formaba parte del título el nombre de algún color. Un escritor de libros de bolsillo en esencia, ¿no? Yo no vendo libros de bolsillo, por norma; muy pocos tienen calidad suficiente para coleccionarlos.

¿Y cuadernos?, piensa Morris. Moleskines, para ser más exactos. ¿De esos sí vendes, puto gordo ladrón?

—*Los verdugos* se publicó en tapa dura —dice a la vez que examina los libros de un estante cerca de la puerta. De momento prefiere no alejarse de la puerta. Y de la bolsa que contiene el hacha—. En ella se basó una película titulada *El cabo del miedo*. Compraría un ejemplar, si por casualidad tuviera usted uno en buen estado. Lo que, si no me equivoco, ustedes llaman «seminuevo». Y si está bien de precio, claro.

Ahora Andy parece interesado, ¿y por qué no? Hay un pez en el anzuelo.

—Me consta que no lo tengo en existencias, pero podría consultar BookFinder por usted. Es una base de datos. Si el título figura, y un MacDonald en tapa dura habrá de figurar, sobre todo si se llevó al cine… *y* si es una primera edición… podría tenerlo aquí el martes. El miércoles como mucho. ¿Quiere que revise?

—Sí —dice Morris—. Pero tiene que estar bien de precio.

—Naturalmente, naturalmente —Andy tiene una risa tan hinchada como su tripa. Baja la vista y la fija en la pantalla de la computadora portátil. Al instante Morris da la vuelta al letrero colgado en la puerta, pasándolo de ABIERTO a CERRADO. Se inclina y saca el hacha del costal. Avanza por el estrecho pasillo central con el arma junto a la pierna. No se da prisa. No tiene por qué darse prisa. Andy teclea en su computadora, absorto en lo que sea que está viendo en la pantalla.

—¡Lo he encontrado! —exclama su viejo amigo—. James Graham tiene uno, seminuevo, por solo trescientos dól…

Se interrumpe cuando la hoja del hacha aparece primero en su visión periférica y luego justo delante y en el centro. Alza la vista, boquiabierto.

—Quiero que pongas las manos donde pueda verlas —ordena Morris—. Probablemente hay un botón de alarma debajo del escritorio. Si quieres conservar todos los dedos, no acerques ahí la mano.

—¿Qué quiere? ¿Por qué…?

—No me reconoces, ¿verdad? —Morris no sabe si tomárselo a risa o enfurecerse—. Ni siquiera así de cerca y en tal intimidad.

—No, yo… yo…

—No es de extrañar, supongo. Ha pasado mucho tiempo desde el Happy Cup, ¿verdad?

Halliday fija la mirada en el rostro arrugado y marchito con horrorizada fascinación. Morris piensa: Parece un pájaro mirando a una serpiente. La idea le complace y le arranca una sonrisa.

—Dios mío —dice Andy. Su rostro adquiere color de queso viejo—. No puedes ser tú. Estás en la cárcel.

Morris niega con la cabeza, todavía sonriente.

—Estoy seguro de que habrá una base de datos también para personas en libertad condicional como la hay para libros raros, pero imagino que nunca la has consultado. Mejor para mí, y no tanto para ti.

Andy aparta lentamente una mano del teclado de la computadora. Morris blande el hacha.

—No lo hagas, Andy. Quiero ver tus manos a los lados de la computadora, con las palmas hacia abajo. Tampoco intentes tocar el botón con la rodilla. Me daré cuenta, y las consecuencias para ti serán en extremo desagradables.

—¿Qué quieres?

La pregunta lo encoleriza, pero ensancha la sonrisa.

—Como si no lo supieras.

—¡Por Dios, Morrie, no lo sé! —la boca de Andy miente pero sus ojos dicen la verdad, toda la verdad y nada más que la verdad.

—Vamos a tu despacho. Estoy seguro de que tienes uno ahí al fondo.

—¡No!

Morris vuelve a blandir el hacha.

—Puedes salir de esto entero e intacto, o dejando algunos dedos en el escritorio. Créeme, Andy: no soy el hombre que conocías.

Andy se levanta, sin apartar los ojos del rostro de Morris, pero Morris no tiene ya muy claro que su viejo amigo esté viéndolo realmente. Se mece como al son de una música invisible, al borde del desmayo. Si pierde el conocimiento, no podrá contestar a sus preguntas hasta que vuelva en sí. Además, Morris tendría que llevarlo a *rastras* hasta el despacho. No está muy seguro de poder hacerlo; si Andy no pesa ciento cuarenta kilos, no anda lejos.

—Respira hondo —dice—. Cálmate. Lo único que quiero son unas cuantas respuestas. Luego me iré.

—¿Lo prometes? —Andy echa el labio inferior adelante, reluciente de saliva. Parece un niño gordo reprendido por su padre.

—Sí. Ahora respira.

Andy respira.

—Otra vez.

El descomunal pecho de Andy se hincha, forzando los botones de la camisa, y vuelve a deshincharse. Recupera un poco el color.

—Al despacho. Ya. Vamos.

Andy se da media vuelta y se encamina a buen paso hacia el fondo de la tienda, sorteando cajas y pilas de libros con esa remilgada gracia que poseen algunos gordos. Morris lo sigue. Su ira va en aumento. La provoca algo en el vaivén femenino de las nalgas de Andy, envueltas en la tela de gabardina gris del pantalón.

Hay un teclado junto a la puerta. Andy pulsa cuatro números —9118— y se enciende una luz verde. Cuando entra, Morris le lee el pensamiento a través de la nuca de esa cabeza calva.

—No eres tan rápido como para cerrarme la puerta en las narices. Si lo intentas, perderás algo que no puede sustituirse. Cuenta con ello.

Andy, que había tensado los hombros en preparación para intentar precisamente eso, vuelve a encorvarlos. Entra. Morris lo sigue y cierra la puerta.

El despacho, pequeño, está revestido de estanterías repletas e iluminado por globos colgantes. Una alfombra turca cubre el suelo. Aquí el escritorio es mucho más bonito: caoba o teca o alguna otra madera cara. Encima se alza una lámpara con una pantalla que parece verdadero vidrio Tiffany. A la izquierda de la puerta hay un aparador con cuatro licoreras de cristal macizo. En cuanto a las que contienen líquido transparente, Morris no sabría decir qué son, pero está seguro de que en las otras hay whisky y bourbon. Del bueno, además, por lo que sabe de su viejo amigo. Para brindar por las grandes ventas, sin duda.

Morris recuerda las únicas bebidas alcohólicas disponibles en la cárcel, aguardiente de ciruela y aguardiente de pasas, y aunque él solo tomaba en muy raras ocasiones, como su cumpleaños (y el de John Rothstein, que siempre celebraba con un único trago), su ira va en aumento. Buen alcohol que beber y buena comida que engullir: de eso disfrutaba Andy Halliday mientras Morris teñía jeans, inhalaba efluvios de barniz y vivía en una celda no mucho mayor que un ataúd. Estaba en la cárcel por violación, cierto, pero nunca habría pisado siquiera aquel callejón, en un episodio de rabia y amnesia alcohólica, si ese hombre no se hubiese desentendido de él, si no se lo hubiese quitado de encima. *Morris, no conviene que me vean contigo.* Eso fue lo que dijo aquel día. Y después lo llamó loco de atar.

—Vaya lujos, amigo mío.

Andy mira alrededor como si se fijara en esos lujos por primera vez.

—Esa impresión da —reconoce—, pero en ocasiones las apariencias engañan, Morrie. La verdad es que estoy casi en la ruina. Este negocio nunca ha superado la crisis... ni ciertas imputaciones. Tienes que creerlo.

Morris rara vez piensa en los sobres con dinero que Curtis Rogers encontró junto con los cuadernos en la caja fuerte de Rothstein aquella noche, pero ahora sí piensa en ellos. Su viejo amigo no solo se quedó los cuadernos sino también el dinero. Que Morris sepa, con esa suma bien podría haberse pagado el escritorio, y la alfombra, y las elegantes licoreras de cristal.

Ante esto, el globo de ira revienta por fin, y Morris asesta un hachazo, desde abajo, lateralmente, y la gorra se le desprende de la cabeza. La hoja hiende la tela de gabardina gris y se clava en la nalga abotargada con un chasquido. Andy chilla y sale despedido hacia delante. Frena la caída apoyando los antebrazos en el borde del escritorio y luego se postra de rodillas. La sangre mana a borbotones a través de una raja de quince centímetros en el pantalón. Andy cierra la mano en torno al corte y la sangre corre entre sus dedos. Se desploma de costado y rueda por la alfombra turca. Morris piensa con cierto regodeo: *Esa* mancha ya no hay quien la quite, colega.

—¡Dijiste que no me harías daño! —berrea Andy.

Morris se detiene a pensarlo y mueve la cabeza en un gesto de negación.

—Dudo mucho que yo haya dicho eso así de claramente, aunque es posible, supongo, que lo haya insinuado —fija la mirada en el rostro contraído de Andy con seria sinceridad—. Plantéatelo como una liposucción casera. Y aún cabe la posibilidad de que salgas de esta con vida. Solo tienes que darme los cuadernos. ¿Dónde están?

Esta vez Andy no finge ignorancia, no con el trasero ardiendo y la sangre brotando de debajo de su cadera.

—¡Yo no los tengo!

Morris hinca una rodilla en el suelo, procurando quedarse a distancia del creciente charco de sangre.

—No te creo. Han desaparecido; solo queda el cofre que los contenía, y nadie sabía que los tenía yo, excepto tú. Así que voy a preguntártelo otra vez, y si no quieres ver de cerca tus propias tripas y lo que sea que has comido este mediodía, ten mucho cuidado con la respuesta. *¿Dónde están los cuadernos?*

—¡Los encontró un chico! ¡No fui yo! ¡Fue ese muchacho! ¡Vive en tu antigua casa, Morrie! ¡Debió de encontrarlos enterrados en el sótano o qué sé yo!

Morris mira a su viejo amigo a la cara. Busca una mentira, pero a la vez intenta asimilar esta repentina reorganización de lo que creía saber. Es como un volantazo a la izquierda a bordo de un coche a cien kilómetros por hora.

—¡Por favor, Morrie, por favor! ¡Se llama Peter Saubers!

Eso es lo que lo convence, porque Morrie conoce el apellido de la familia que vive ahora en la casa donde él se crio. Además, un hombre con un profundo corte en el trasero difícilmente improvisaría detalles tan concretos.

—¿Cómo lo sabes?

—*¡Porque intenta vendérmelos!* ¡Morrie, necesito un médico! Sangro como un cerdo empalado.

Eres un cerdo, piensa Morris. Pero no te preocupes, viejo amigo, tu sufrimiento pronto terminará. Voy a mandarte a esa enorme librería del cielo. Pero todavía no, porque Morris ve un intenso rayo de esperanza.

Intenta, ha dicho Andy; no *intentó*.

—Cuéntamelo todo —insta Morris—. Luego me marcharé. Tendrás que llamar a la ambulancia tú mismo, pero seguro que te las arreglas.

—¿Cómo sé que dices la verdad?

—Porque si el chico tiene los cuadernos, mi interés en ti es nulo. Aunque, eso sí, debes prometerme que no dirás quién te ha hecho daño. Ha sido un enmascarado, ¿verdad que sí? Probablemente un drogadicto. Quería dinero, ¿no?

Andy asiente con vehemencia.

—No ha tenido nada que ver con los cuadernos, ¿verdad?

—¡No, nada! ¿Acaso crees que me conviene que se me relacione con esto?

—No, seguro que no. Pero si intentaras inventarte alguna historia... y mi nombre apareciera en esa historia... me vería obligado a volver.

—¡No lo haré, Morrie! ¡No lo haré! —acto seguido hace una declaración tan pueril como el gesto de momentos antes, cuando ha echado adelante el labio inferior reluciente de saliva—: ¡Palabra de honor!

—Pues cuéntamelo todo.

Andy obedece. La primera visita de Saubers, con las fotocopias de los cuadernos y *Misivas desde el Olimpo* para su comparación. La identificación del chico que se hacía llamar James Hawkins, sin más pista que el adhesivo de la biblioteca en el lomo de *Misivas desde el Olimpo*. La segunda visita del chico, cuando Andy le apretó las tuercas. El mensaje en el contestador sobre el viaje de los delegados de clase este fin de semana al hotel River Bend, y la promesa de volver el lunes por la tarde, para lo que solo faltan dos días.

—El lunes ¿a qué hora?

—Este... no lo decía. Después de clase, supongo. Estudia en la preparatoria de Northfield. Morrie, todavía sangro.

—Sí —dice Morris distraídamente—. Imagino que sí.

Se devana los sesos. El chico afirma que tiene todos los cuadernos. Podría ser que mintiera, pero no lo cree. La cantidad que mencionó a Andy parece coincidir con la realidad. *Y los ha leído.* Ante eso, una chispa de envidia emponzoñada salta en la cabeza de Morris y enciende un fuego que se propaga enseguida a su corazón. Ese chico, Saubers, ha leído lo que estaba destinado única y exclusivamente a Morris. Eso es una grave injusticia, y debe repararse.

Se inclina hacia Andy y dice:

—¿Eres gay? Lo eres, ¿verdad?

Andy parpadea.

—¿Que si soy…? ¿Y eso qué más da? ¡Morrie, necesito una *ambulancia*!

—¿Tienes algún socio?

Su viejo amigo está herido pero no es tonto. Adivina qué augura esa pregunta.

—¡Sí!

No, piensa Morris, y asesta otro hachazo: otro *chasquido*.

Andy chilla y empieza a retorcerse en la alfombra ensangrentada. Morris asesta otro hachazo y Andy chilla otra vez. Es una suerte que el despacho esté revestido de libros, piensa Morris. Los libros son una buena insonorización.

—Quédate quieto, maldita sea —ordena, pero Andy no obedece. Necesita cuatro golpes en total. El último lo alcanza por encima del caballete de la nariz, rebanándole los ojos como uvas, y al final deja de retorcerse. Morris desprende el hacha con un chirrido de acero contra hueso y lo echa a la alfombra junto a una de las manos abiertas de Andy.

—Listo —dice—. Hemos terminado.

La alfombra ha quedado empapada de sangre. La parte delantera del escritorio está salpicada. También las paredes, y el propio Morris. El despacho es el clásico matadero. Eso no altera mucho a Morris; está bastante tranquilo. Probablemente se debe al shock, piensa, pero ¿y qué? Le *conviene* estar tranquilo. La gente alterada comete olvidos.

Hay dos puertas detrás del escritorio. Una da al baño privado de su viejo amigo; la otra a un armario. En el armario hay mucha ropa, incluidos dos trajes visiblemente caros. Pero a Morris no le sirven de nada. Se perdería dentro de ellos.

Lamenta que el cuarto de baño no tenga regadera, pero el que no se conforma es porque no quiere: se las arreglará con el lavabo. Mientras se quita la camisa ensangrentada y se lava, intenta reproducir en su cabeza todo el episodio desde su entrada en la tienda para recordar qué ha tocado. No cree que sean muchas cosas. Pero tendrá que acordarse de limpiar el letrero colgado en la puerta. También las perillas de las puertas del armario y de este baño.

Se seca y vuelve al despacho, donde deja la toalla y la camisa ensangrentada junto al cuerpo. También se ha manchado los jeans, problema que tiene fácil solución gracias a lo que encuentra en un estante del armario: al menos dos docenas de camisetas, bien plegadas, separadas por hojas de papel de seda. Encuentra una XL que le cubrirá los jeans hasta medio muslo, la parte más salpicada, y la despliega. En la pechera lleva estampado ANDREW HALLIDAY, EDICIONES RARAS, junto con el número de teléfono, la dirección de la página web y una imagen de un libro abierto. Morris piensa: Probablemente se las regala a los clientes con dinero. Que las toman, dan las gracias, y no se las ponen nunca.

Empieza a ponerse la camiseta, decide que no le conviene andar por ahí con la dirección de su último asesinato en el pecho y la vuelve del revés. Las letras se transparentan un poco, pero no tanto como para leerse, y el libro podría ser cualquier objeto rectangular.

Sin embargo los Dockers sí son un problema. Tienen los empeines salpicados de sangre y las suelas embadurnadas. Morris examina los pies de su viejo amigo, asiente en un gesto de ponderación y vuelve al armario. Puede que Andy tenga casi el doble de ruedo en la cintura que Morris, pero puede que calcen el mismo número. Elige un par de mocasines y se los prueba. Le aprietan un poco, quizá le dejen alguna ampolla, pero las ampollas son un precio pequeño a cambio de lo que ha averiguado, y del ajuste de cuentas que tanto ha tardado en llegar.

Además, parecen unos zapatos excelentes.

Añade su propio calzado a la pila de cosas manchadas que hay en la alfombra y luego examina su gorra. Ni una sola mancha. Ahí ha tenido suerte. Se la pone y recorre en círculo el despacho, limpiando las superficies que sabe que ha tocado y las que acaso haya tocado.

Se arrodilla una vez más junto al cuerpo y registra los bolsillos, consciente de que está manchándose de sangre las manos otra vez y de que tendrá que volver a lavárselas. En fin, así son las cosas.

Eso es de Vonnegut, no de Rothstein, piensa, y se echa a reír. Las alusiones literarias siempre lo complacen.

Las llaves de Andy están en un bolsillo delantero; la billetera, atrapada bajo la nalga que Morris no ha herido de un hachazo. Ahí también ha tenido suerte. Por lo que se refiere a dinero, no hay gran cosa, menos de treinta dólares. No obstante, un grano no hace granero pero... etcétera. Morris se guarda los billetes junto con las llaves. Luego vuelve a lavarse las manos y limpia una vez más las llaves de agua.

Antes de abandonar el sanctasanctórum de Andy, contempla el hacha. La hoja está impregnada de materia y pelo. Es evidente que en el mango ha quedado la huella de la palma de su mano. Quizá debería llevársela en uno de los costales junto con la camisa y los zapatos, pero una intuición —demasiado profunda para expresarla con palabras pero muy poderosa— le dice que la deje, al menos de momento.

Morris la toma, limpia la hoja y el mango para eliminar las huellas y luego la deja con delicadeza en el elegante escritorio. A modo de advertencia. O de tarjeta de visita.

—¿Quién dice que yo no soy un lobo, señor McFarland? —pregunta al despacho vacío—. ¿Quién lo dice?

A continuación se marcha, valiéndose de la toalla sucia de sangre para girar la perilla.

6

Otra vez en la tienda, Morris mete las prendas ensangrentadas en uno de los costales. Luego se sienta a investigar la laptop de Andy.

Es una Mac, mucho más bonita que la de la biblioteca de la cárcel, pero en esencia la misma. Como está aún en funcionamiento, no tiene necesidad de perder el tiempo buscando una contraseña. En la pantalla aparecen muchas carpetas de trabajo, más una aplicación identificada como SEGURIDAD abajo en la barra de tareas. Eso le conviene investigarlo, y detenidamente, pero primero abre un archivo con el nombre JAMES HAWKINS, y sí, ahí consta la información que quiere: la dirección de Peter Saubers (que ya conoce), y también el número de teléfono celular de Peter Saubers, cabe suponer que obtenido gracias al mensaje de voz que su viejo amigo ha mencionado. Su padre es Thomas. Su madre es Linda. Su hermana es Tina. Contiene incluso una foto del joven señor Saubers, alias James Hawkins, de pie junto a un grupo de bibliotecarios de la delegación de Garner Street, delegación que Morris conoce bien. Debajo de esta información —que puede resultarle útil, quién sabe, quién sabe— figura una bibliografía de John Rothstein, que Morris mira solo por encima; se sabe de memoria la obra de Rothstein.

Excepto por el material que tiene guardado el señor Saubers, naturalmente. El material que ha robado a su legítimo dueño.

Junto a la computadora hay un bloc. Morris anota el número de celular del chico y se lo mete en el bolsillo. Después abre la aplicación del sistema de seguridad y pulsa en CÁMARAS. Aparecen seis tomas. Dos ofrecen vistas de Lacemaker Lane en todo su esplendor consumista. Dos miran hacia el estrecho interior de la tienda. La quinta enfoca ese mismo escritorio, y a Morris sentado detrás con su camiseta nueva. La sexta muestra el despacho de Andy, y el cadáver desmadejado en la alfombra turca. En blanco y negro, las manchas y los salpicones de sangre parecen tinta.

Morris pulsa esta imagen, y se amplía a pantalla completa. Al pie ve unas flechas. Clica sobre la flecha doble para rebobinar, espera, y luego acciona el reproductor. Absorto, se contempla mientras asesina a su viejo amigo repetidas veces. Fascinante. Sin embargo no es un video doméstico que quiera enseñarle a nadie, lo cual significa que la computadora portátil se va con él.

Desenchufa los varios cables, incluido el que está conectado a una caja reluciente con el rótulo SISTEMAS DE SEGURIDAD VIGILANTE. Las imágenes de las cámaras quedan registradas directamente en el disco duro de la computadora, y por tanto no generan DVD de manera automática. Eso tiene su lógica. Un sistema como ese tendría un costo excesivo para un pequeño negocio como Andrew Halliday, Ediciones Raras. Pero uno de los cables que ha desenchufado iba a una grabadora externa, así que su viejo amigo podría haber grabado en DVD las imágenes almacenadas de las cámaras de seguridad si lo hubiese deseado.

Morris registra metódicamente el escritorio en busca de posibles copias. Tiene cinco cajones en total. En los primeros cuatro no encuentra nada de interés, pero el central, sobre el hueco, está cerrado con llave. Esto le resulta sugerente. Revisa las llaves de Andy, selecciona la más pequeña, abre el cajón y da en el blanco. No tiene interés en las seis u ocho fotografías muy explícitas de su viejo amigo practicando la felación a un joven rechoncho con muchos tatuajes, pero contiene también un arma. Es una remilgada P238 SIG Sauer roja y negra, muy historiada, con flores de oro incrustadas en espiral a lo largo del cañón. Morris extrae el cargador y ve que está lleno. Incluso hay una bala en la recámara. Inserta de nuevo el cargador y deja la pistola en el escritorio: otra cosa que llevarse. Rebusca más a fondo en el cajón y, atrás de todo, encuentra un sobre blanco sin nada escrito, con la solapa remetida en vez de pegada. Lo abre, esperando descubrir más fotos obscenas, y en lugar de eso, para satisfacción suya, encuentra dinero, quinientos dólares como mínimo. Aún está en racha. Deja el sobre junto a la SIG.

No hay nada más, y ya casi ha llegado a la conclusión de que si *existen* DVD, Andy los tiene guardados en una caja fuerte en algún sitio. Sin embargo la Señora de la Fortuna no ha dejado aún de su mano a Morris Bellamy. Al levantarse, se golpea el hombro con un estante sobrecargado que hay a la izquierda del escritorio. Unos cuantos libros viejos caen al suelo, y detrás aparece una pequeña pila de estuches de DVD de plástico sujetos con gomas elásticas.

—Mira por dónde —dice Morris en voz baja—. Mira por dónde.

Vuelve a sentarse y los inspecciona rápidamente, como quien baraja unos naipes. Andy ha escrito un nombre en cada uno con plumón negro de punta fina. Solo el último significa algo para él, y es el que busca. Tiene anotado HAWKINS en la superficie reluciente.

Esta tarde la suerte le ha sonreído repetidas veces (posiblemente para compensar la atroz decepción que sufrió anoche), pero no conviene forzar las cosas. Morris lleva la computadora, la pistola, el sobre con el dinero y el disco de HAWKINS a la entrada de la tienda. Lo mete todo en uno de los costales, indiferente a la gente que pasa por delante. Si da la impresión de que uno está en el sitio que le corresponde, la mayoría de la gente piensa que así es. Sale con andar seguro y echa la llave. El letrero del lado que dice CERRADO oscila brevemente y se queda inmóvil. Morris se baja la larga visera de la gorra de los Groundhogs y se aleja.

Hace un alto más antes de regresar a la Casona de los Chiflados, en un cibercafé que se llama Bytes 'N Bites. Por doce de los dólares de Andy Halliday obtiene una taza de café penoso muy caro y veinte minutos en un cubículo, ante una computadora equipada con reproductor de DVD. Tarda menos de cinco minutos en confirmar lo que tiene: su viejo amigo hablando con un chico que en apariencia lleva unos lentes postizos y el bigote de su padre. En el primer clip, Saubers sujeta un libro que debe de ser *Misivas desde el Olimpo* y un sobre que contiene varias hojas de papel que serán las fotocopias mencionadas por Andy. En el segundo clip, parece que Saubers y Andy discuten. Ninguna de estas minipelículas en blanco y negro tiene sonido, lo cual no es problema. El chico podría estar diciendo cualquier cosa. En el segundo, el de la discusión, incluso podría estar diciendo: «La próxima vez que venga, traeré mi hacha, puto gordo».

Al salir de Bytes 'N Bites, Morris sonríe. El hombre que atiende detrás del mostrador le devuelve la sonrisa y dice:

—Se lo ha pasado bien, supongo.

—Sí —responde el hombre que ha estado más de dos tercios de su vida en la cárcel—. Pero tu café apesta, listillo. Debería tirártelo por la puta cabeza.

La sonrisa se apaga en el rostro del hombre del mostrador. Muchos de los que acuden al local son drogadictos. Con esa gente, es mejor callarse y esperar que no vuelvan.

7

Hodges ha dicho a Holly que se proponía pasar al menos parte de su fin de semana repantigado en el La-Z-Boy viendo beisbol, y el domingo por la tarde en efecto ve las tres primeras entradas del partido de los Indians, pero de pronto lo invade cierta desazón y decide ir a ver a una persona. No un viejo amigo, pero sí desde luego un viejo conocido. Después de cada una de estas visitas se dice: Bueno, se acabó, esto no tiene sentido. Además, lo piensa con verdadera convicción. Luego —al cabo de cuatro semanas, u ocho, o quizá diez— emprende otra vez el viaje. Algo lo incita a ello. Además, los Indians pierden ya de cinco ante los Rangers, y van solo por la tercera entrada.

Apaga la televisión con el control remoto, se pone la camiseta de la Liga Atlética de la Policía (en sus tiempos de obesidad solía evitar las camisetas, pero ahora le gusta cómo le caen, rectas, sin apenas prominencia por encima de la cintura del pantalón) y cierra la casa con llave. El tráfico es fluido en domingo, y al cabo de veinte minutos introduce su Prius en un lugar del segundo piso del estacionamiento de visitantes, adyacente al hospital John M. Kiner, una enorme acumulación de concreto en continua metástasis. Cuando se dirige al elevador del estacionamiento, eleva una plegaria, como hace casi siempre, para dar gracias a Dios por ser aquí un visitante, y no un cliente de pago. Muy consciente, aun mientras formula estas oportunas palabras de agradecimiento, de que la mayoría de los habitantes de la ciudad, tarde o temprano, acaban *siendo* clientes de este o de alguno de sus otros cuatro hospitales buenos y no tan buenos. Nadie viaja en balde, y al final incluso el buque en mejores condiciones para navegar naufraga, glu glu glu. La única manera de compensar eso, a juicio de Hodges, es sacar el máximo provecho a todos los días que uno permanece a flote.

Pero si eso es verdad, ¿qué hace aquí?

Al plantearse esta pregunta, acuden a su mente unos versos, oídos o leídos hace mucho y alojados en su cerebro en virtud de su sencilla rima: «Ah, no preguntes, "¿Cuál es?". / Vamos a hacer nuestra visita de una vez».

8

Es fácil perderse en cualquier hospital de una gran ciudad, pero Hodges ha realizado este recorrido numerosas veces, y hoy día tiende más a dar indicaciones que a pedirlas. El elevador del estacionamiento lo lleva a un pasarela cubierta; la pasarela lo lleva a un vestíbulo del tamaño de una estación terminal de tren; el elevador del pasillo A lo lleva hasta el segundo piso; un paso elevado lo lleva hasta su destino final, al otro lado de Kiner Boulevard, donde las paredes están pintadas de un rosa tranquilizador y el ambiente es silencioso. En el letrero colocado sobre el mostrador de recepción se lee:

BIENVENIDO A LA UNIDAD DE
TRAUMATISMOS CRANEOENCEFÁLICOS
DE LAKES REGION
NO SE PERMITE EL USO DE TELÉFONOS CELULARES
O DISPOSITIVOS DE TELECOMUNICACIONES
AYÚDENOS A MANTENER UN
ENTORNO SILENCIOSO
AGRADECEMOS SU COLABORACIÓN

Hodges se acerca al mostrador, donde le espera ya el identificador de visitante. La enfermera jefa lo conoce; después de cuatro años, son casi viejos amigos.

—¿Qué tal la familia, Becky?

Ella contesta que están todos bien.

—¿Mejora su hijo de la fractura de brazo?

Ella contesta que sí. Le han retirado el yeso y dentro de una semana, dos como mucho, prescindirá ya del cabestrillo.

—Así me gusta. ¿Está mi muchacho en la habitación o en fisioterapia?

Ella contesta que está en la habitación.

Hodges recorre parsimoniosamente el pasillo hacia la habitación 217, donde reside cierto paciente a costa del Estado. Antes de llegar, Hodges se encuentra con el auxiliar conocido entre las enfermeras como Al el Bibliotecario. Ya sesentón, empuja, como de costumbre, un carrito cargado de libros de bolsillo y prensa. Hoy día su pequeño arsenal de divertimentos incluye una novedad: una bandeja de plástico con lectores electrónicos.

—Hola, Al —saluda Hodges—. ¿Cómo va?

Aunque normalmente Al es muy locuaz, esta tarde parece medio amodorrado y tiene unas ojeras violáceas. Alguien ha pasado mala noche, piensa Hodges con cierto humor. Conoce los síntomas, ya que él mismo ha pasado unas cuantas de esas. Se plantea chasquear los dedos ante los ojos de Al, como un hipnotizador en el escenario, pero decide que eso sería una maldad. Que el pobre sufra las secuelas de su resaca en paz. Si está así de mal por la tarde, Hodges no quiere ni pensar lo que debe de haber sido la mañana.

Pero Al se reanima y sonríe antes de que Hodges pase de largo.

—¡Hola, inspector! Hacía tiempo que no veía su cara por aquí.

—Ya no soy inspector, Al. ¿Se encuentra bien?

—Claro. Hace un momento estaba pensando… —Al se encoge de hombros—. Caray, ya no sé en qué estaba pensando —se ríe—. Hacerse viejo no es cosa de blandengues.

—Usted no es viejo —dice Hodges—. Alguien se ha olvidado de darle la noticia: los sesenta son los nuevos cuarenta.

Al deja escapar un resoplido.

—La de chorradas que hay que oír.

Hodges no podría estar más de acuerdo. Señala el carrito.

—Mi muchacho, imagino, nunca pide un libro, ¿verdad?

Al suelta otro resoplido.

—¿Hartsfield? Hoy por hoy ese no leería ni un cuento de los Osos Berenstain —se lleva un dedo a la frente con expresión seria—. Aquí en la azotea solo le queda un revoltijo. Aunque a veces sí tiende la mano hacia uno de estos —toma un lector electrónico Zappit. Es de un color rosa chillón y femenino—. Estos artefactos traen juegos.

—¿Él juega? —pregunta Hodges, estupefacto.

—No, por Dios. Tiene el control motor averiado. Pero si pongo una de las demos, como Barbie Pasarela de Moda o Pesca en el Hielo, se queda mirándola durante horas. En las demos se repite lo mismo una y otra vez, pero ¿lo sabe él?

—Supongo que no.

—Supone bien. Imagino que le gustan los ruidos: los bips y los bops y los goncs. Vuelvo al cabo de dos horas, y el lector está en la cama o en la repisa de la ventana, con la pantalla a oscuras, sin una gota de batería. Pero, qué más da, por eso no van a estropearse, tres horas en el cargador y otra vez listos para funcionar. *Él,* en cambio, no se recarga. Y mejor así, probablemente —Al arruga la nariz, como si percibiera un mal olor.

Sí y no, piensa Hodges. Mientras no se recupere, seguirá aquí, en una agradable habitación de hospital. Sin una gran vista, pero con aire acondicionado, televisión a color, y de vez en cuando un Zappit de vistoso rosa que mirar. Si estuviera en su sano juicio —capaz de contribuir a su propia defensa, como lo exige la ley— tendría que comparecer ante un tribunal por una docena de delitos, incluidos nueve cargos de asesinato. Diez, si el fiscal decidiera añadir a la madre del cabrón, que murió envenenada. Entonces iría a parar a la prisión estatal de Waynesville para el resto de sus días.

Allí no hay aire acondicionado.

—Tómeselo con calma, Al. Se ve cansado.

—Qué va, estoy bien, inspector Hutchinson. Disfrute de la visita.

Al sigue adelante con su carrito, y Hodges se queda mirándolo con la frente arrugada. ¿Hutchinson? ¿De dónde demonios ha sacado *eso*? Hodges lleva años viniendo, y Al conoce su nombre de sobra. O lo conocía. Dios santo, espera que no sufra de demencia precoz.

Durante los primeros cuatro meses poco más o menos, dos agentes montaban guardia ante la puerta de la 217. Luego solo uno. Ahora no hay ninguno, porque vigilar a Brady es malgastar tiempo y dinero. Apenas hay riesgo de fuga cuando el maleante ni siquiera puede ir al baño solo. Cada año se estudia la posibilidad de trasladarlo a una institución más barata en el norte del estado, y cada año el fiscal recuerda a todos sin excepción que este caballero, con daño cerebral o sin él, en rigor sigue en espera de juicio. Es fácil mantenerlo aquí porque esa unidad del hospital corre con gran parte de los gastos. El equipo de neurología —en especial, el doctor Felix Babineau, el jefe de departamento— considera a Brady Hartsfield un caso sumamente interesante.

Esta tarde está sentado junto a la ventana, vestido con unos jeans y una camisa a cuadros. Tiene el pelo largo, necesitado de un corte, pero lo lleva lavado y despide destellos dorados a la luz del sol. Un pelo por el que a alguna chica le encantaría deslizar los dedos, piensa Hodges. Si no supiera la clase de monstruo que era ese hombre.

—Hola, Brady.

Hartsfield no se mueve. Mira por la ventana, sí, pero ¿ve la pared de ladrillo del estacionamiento, que es su única vista? ¿Sabe que Hodges está en la habitación con él? ¿Sabe que hay *alguien* en la habitación con él? Estas son preguntas cuyas respuestas desearía todo un equipo de neurólogos. También las desearía Hodges, que se sienta a los pies de la cama pensando: *¿Era un monstruo? ¿O todavía lo es?*

—¡Cuánto tiempo sin vernos! Y el otro contesta: «¡Y lo que nos queda!». Es que los dos eran ciegos.

Hartsfield no responde.

—Sí, ya sé, es un chiste muy viejo. Me sé centenares, pregúntale a mi hija. ¿Cómo te encuentras?

Harstfield no responde. Tiene las manos en el regazo, los largos dedos blancos flácidamente entrelazados.

En abril de 2009, Brady Hartsfield robó un Mercedes-Benz del que era dueña la tía de Holly, y, adrede, embistió a toda velocidad a una multitud de solicitantes de empleo ante el Centro Cívico. Mató a ocho personas y dejó heridas de gravedad a doce, incluido Thomas Saubers, el padre de Peter y Tina. Además, quedó impune. El error de Hartsfield fue escribir a Hodges, por entonces ya retirado de la policía, una carta provocadora.

Al año siguiente Brady mató a la prima de Holly, una mujer de la que Hodges se había enamorado. Como correspondía, fue la propia Holly quien paró el reloj de Brady Hartsfield, haciéndole picadillo los sesos casi literalmente con la *happy slapper* de Hodges antes de que Hartsfield pudiera detonar una bomba que habría quitado la vida a miles de adolescentes en un concierto pop.

Con el primer golpe de *happy slapper* fracturó el cráneo a Hartsfield, pero, según se creía, fue el segundo el que causó daños irreparables. Fue ingresado en la Unidad de Traumatismos Craneoencefálicos, sumido en coma profundo del que difícilmente saldría. O eso dijo el doctor Babineau. Pero una noche oscura y tormentosa de noviembre de 2011 Hartsfield abrió los ojos y habló con la enfermera que estaba cambiando la bolsa del gotero. (Cuando Hodges piensa en ese momento, siempre imagina al doctor Frankenstein exclamando: «¡Está vivo! ¡Está vivo!».) Hartsfield dijo que le dolía la cabeza y preguntó por su madre. Cuando fueron en busca del doctor Babineau, y este pidió a su paciente que siguiera su dedo con la mirada para comprobar su movilidad ocular, Hartsfield fue capaz de hacerlo.

A lo largo de los treinta meses transcurridos desde entonces, Brady Hartsfield ha hablado en muchas ocasiones (aunque nunca a Hodges). Por lo regular, pregunta por su madre. Cuando le dicen que ha muerto, a veces asiente como si lo entendiera… pero al cabo de un día o de una semana repite la pregunta. Puede seguir instrucciones sencillas en el centro de fisioterapia y más o menos vuelve a caminar, aunque en esencia arrastra los pies con ayuda de un auxiliar sanitario. En sus días buenos es capaz de comer solo, pero no puede vestirse. Se lo ha encuadrado en la categoría de semicatatónico. Se pasa casi todo el tiempo sentado en su habitación, mirando el estacionamiento por la ventana, o las flores de un póster colgado en la pared.

Pero en el transcurso del último año poco más o menos se han producido ciertos sucesos peculiares en torno a Brady Hartsfield, y como consecuencia de ello, se ha convertido en una especie de leyenda en la Unidad de Traumatismos Craneoencefálicos. Corren rumores y especulaciones. El doctor Babineau se toma todo eso a risa y no quiere ni hablar del tema… pero algunos de los auxiliares y enfermeras sí quieren, y resulta que cierto inspector de policía retirado ha sido siempre un ávido oyente.

Hodges, con las manos entre las rodillas, se inclina y sonríe a Hartsfield.

—¿Estás fingiendo, Brady?

Brady no responde, pero levanta una mano lentamente. Primero casi se mete un dedo en el ojo; luego encuentra aquello a lo que apuntaba, un mechón de pelo, y se lo aparta de la frente.

—¿Quieres preguntar por tu madre?

Brady no responde.

—Está muerta. Pudriéndose en su ataúd. Tú la atiborraste de raticida. No debió de ser una muerte plácida. No fue una muerte plácida, ¿verdad? ¿Estabas presente? ¿Lo viste?

No responde.

—¿Estás ahí, Brady? Toc, toc. ¿Hola?

No responde.

—Creo que sí estás. Espero que sí estés. Oye, te diré una cosa. Yo antes bebía mucho. ¿Y sabes qué es lo que mejor recuerdo de esa época?

Nada.

—Las resacas. El esfuerzo que me representaba levantarme de la cama con aquel ruido en la cabeza, como martillazos en un yunque. Sin parar de mear. Preguntándome qué habría hecho la noche anterior. A veces sin saber siquiera cómo había llegado a casa. Revisando si el coche tenía alguna abolladura. Me sentía como si me hubiera perdido dentro de mi puta cabeza y buscara la puerta para poder salir de allí, sin encontrarla hasta quizá el mediodía, cuando las cosas empezaban por fin a volver a la normalidad.

Al decir esto piensa brevemente en Al el Bibliotecario.

—Espero que sea ahí donde estás tú ahora, Brady. Vagando dentro de un cerebro medio reventado y buscando una escapatoria. Solo que para ti no la hay. Para ti, la resaca sigue y sigue. ¿Es así? Muchacho, eso espero.

Le duelen las manos. Se las mira y ve que está clavándose las uñas en las palmas. Distiende los dedos y se observa las medias lunas blancas mientras recobran el rojo. Renueva la sonrisa.

—No te lo tomes a mal, hombre. No te lo tomes a mal. ¿Tú tienes algo que decir?

Hartsfield no tiene nada que decir.

Hodges se pone en pie.

—Muy bien. Quédate ahí sentado, delante de la ventana, buscando una escapatoria. La escapatoria que no existe. Entretanto yo saldré a respirar aire fresco. Hace un día magnífico.

En la mesa colocada entra la silla y la cama hay una fotografía que Hodges vio por primera vez en la casa de Elm Street donde Hartsfield vivía con su madre. Esta es una versión más pequeña, en un sencillo marco de plata. En ella aparecen Brady y su madre en una playa, abrazados, mejilla con mejilla, más como novios que como madre e hijo. Cuando Hodges se voltea para irse, la foto se cae en la mesa con un *cloc* atonal.

La mira, mira a Hartsfield y vuelve a mirar la foto boca abajo.

—¿Brady?

No hay respuesta. Nunca la hay. Al menos, no para él.

—Brady, ¿has hecho tú eso?

Nada. Brady mantiene la mirada fija en el regazo, donde una vez más tiene los dedos flácidamente entrelazados.

—Algunas enfermeras dicen... —Hodges no termina la frase. Endereza la foto sobre su pequeño soporte—. Si lo has hecho tú, hazlo otra vez.

Sin reacción por parte de Hartsfield, y sin reacción por parte de la foto. Madre e hijo en tiempos más felices. Deborah Ann Hartsfield y su encantador muchacho.

—De acuerdo, Brady. Hasta luego, cocodrilo. Me piro, vampiro.

Eso hace, y cierra la puerta al salir. Cuando se va, Brady Hartsfield levanta la vista brevemente. Y sonríe.

En la mesa, la foto vuelve a caerse.

Cloc.

9

Ellen Bran (conocida como Bran Stoker por los alumnos que han elegido la clase de Fantasía y Terror del departamento de Lengua y Literatura en la preparatoria de Northfield) está de pie junto a la puerta de un autobús escolar estacionado en la zona de recepción del hotel River Bend. Tiene el teléfono celular en la mano. Son las cuatro de la tarde del domingo, y se dispone a telefonear al 911 para notificar la desaparición de un alumno. Es entonces cuando Peter Saubers dobla la esquina del lado del edificio donde está el restaurante, corriendo de tal modo que el aire le aparta el flequillo de la frente.

Ellen, indefectiblemente correcta con sus alumnos, mantiene siempre las distancias y jamás incurre en el coleguismo, pero en esta ocasión deja de lado el decoro y estrecha a Pete con tal fuerza y descontrol que casi le corta la respiración. Desde dentro del autobús, donde aguardan los otros delegados y futuros delegados de clase de la preparatoria de Northfield, llega una sarcástica salva de aplausos.

Ellen da por concluido el abrazo, lo agarra por los hombros y hace otra cosa que nunca antes ha hecho a un alumno: le da una buena sacudida.

—¿Dónde *estabas*? ¡Te perdiste los tres seminarios de la mañana, te perdiste la comida, y ya estaba a punto de avisar a la *policía*!

—Lo siento, señorita Bran. Tenía el estómago revuelto. Pensé que un poco de aire fresco me vendría bien.

La señorita Bran —acompañante y tutora en este viaje de fin de semana porque, además de Historia de Estados Unidos, da Política Estadounidense— decide creerlo. No solo porque Pete es uno de sus mejores alumnos y nunca antes ha causado problemas, sino porque efectivamente el chico *tiene* mala cara.

—En fin… deberías haberme informado —dice—. Pensaba que se te había metido en la cabeza volver a la ciudad pidiendo aventón o algo así. Si te hubiera pasado algo, la culpable habría sido yo. ¿No te das cuenta de que ustedes son responsabilidad mía cuando la clase sale de viaje?

—Perdí la noción del tiempo. Tenía ganas de vomitar, y no quería hacerlo dentro. Debe de ser algo que comí. O uno de esos virus de veinticuatro horas.

No es nada que haya comido, ni tiene un virus, pero lo de los vómitos sí es verdad. Es por los nervios. Puro miedo, para ser más exactos. Lo aterroriza enfrentarse a Andrew Halliday mañana. Las cosas podrían ir bien, sabe que existe la posibilidad de que salgan bien, pero será como enhebrar una aguja en movimiento. Si las cosas van mal, se verá en problemas con sus padres y en problemas con la policía. En cuanto a las becas universitarias, basadas en la necesidad o de cualquier otro tipo, ya podía olvidarse. O quizá incluso acabara en la cárcel. Así que se ha pasado el día vagando por los caminos que se entrecruzan en las doce hectáreas del recinto del hotel, ensayando una y otra vez la inminente confrontación. Lo que dirá él; lo que dirá Halliday; lo que dirá él en respuesta. Y sí, ha perdido la noción del tiempo.

Pete desearía no haber visto jamás ese puto cofre.

Piensa: Pero yo solo pretendía hacer las cosas bien. ¡Maldita sea, esa era mi intención!

Ellen ve lágrimas en los ojos del chico y advierte por primera vez —quizá porque se ha afeitado ese ridículo bigote de bar de ficheras— lo chupada que tiene la cara. En realidad casi se ve demacrado. Deja el celular de nuevo en el bolso y saca un paquete de pañuelos desechables.

—Límpiate la cara —dice.

Desde el autobús una voz exclama:

—¡Eh, Saubers! ¿Tienes algo raro?

—Cállate, Jeremy —dice Ellen sin volverse. Luego, a Pete—: Debería caerte un castigo de una semana por esta pequeña proeza, pero voy a pasarla por alto.

En efecto así lo hace, porque un castigo de una semana exigiría un informe oral al subdirector de la preparatoria, el señor Waters, que es además el encargado de disciplina del centro. Waters indagaría en el comportamiento de la propia profesora, y querría saber por qué no había hecho sonar la alarma antes, sobre todo si se viera obligada a admitir que en realidad no había visto a Pete Saubers desde la cena en el restaurante de la noche anterior. Un alumno se había perdido de vista y había estado sin supervisión durante casi un día entero, y eso era demasiado tiempo para un viaje organizado por la preparatoria.

—Gracias, señorita Bran.

—¿Crees que has acabado de vomitar?

—Sí. No me queda nada.

—Entonces sube al autobús y vámonos a casa.

Se oye otra sarcástica salva de aplausos cuando Pete sube por los peldaños y recorre el pasillo. Intenta sonreír, como si todo estuviera en orden. Su único deseo es volver a Sycamore Street y esconderse en su habitación, esperando a que llegue mañana para poner fin a esta pesadilla.

10

Cuando Hodges llega a casa del hospital, lo espera sentado ante su puerta un joven apuesto que lleva una camiseta de Harvard y lee un grueso libro de bolsillo en cuya portada combaten un montón de griegos o romanos. A su lado descansa un setter irlandés con esa sonrisa alegre y satisfecha que parece la expresión por defecto de los perros criados en hogares afectuosos. Hombre y perro se levantan cuando Hodges se estaciona bajo el pequeño cobertizo que le sirve de estacionamiento.

El joven sale a su encuentro a medio jardín, puño al frente. Hodges choca los nudillos con él, en reconocimiento de que Jerome es negro, y luego le estrecha la mano, en reconocimiento de su propia condición de blanco.

Jerome da un paso atrás y, sosteniendo los antebrazos de Hodges en alto, lo mira de arriba abajo.

—¡Fíjate! —exclama—. ¡Más delgado que nunca!

—Camino mucho —explica Hodges—. Y compré una caminadora eléctrica para cuando llueve.

—¡Estupendo! ¡Así vivirás eternamente!

—Ojalá —dice Hodges, y se inclina. El perro tiende una pata y Hodges se la estrecha—. ¿Cómo van las cosas, Odell?

Odell ladra, lo cual significa, cabe suponer, que le van bien.

—Vamos adentro —propone Hodges—. Tengo Coca-Cola. A no ser que prefieras cerveza.

—La Coca-Cola me parece bien. Odell agradecería un poco de agua, supongo. Hemos venido a pie. Odell ya no camina tan deprisa como antes.

—Su plato sigue debajo del fregadero.

Entran y brindan con vasos de Coca-Cola muy fría. Odell lame el agua y después se tiende en su sitio de costumbre, junto a la televisión. Durante los primeros meses de su jubilación, Hodges veía la televisión obsesivamente, pero ahora rara vez enciende la caja tonta salvo para ver los noticiarios nocturnos de Scott Pelley en la CBS o algún que otro partido de los Indians.

—¿Qué tal el marcapasos, Bill?

—Ni siquiera me entero de que lo llevo, y yo lo prefiero así. ¿Qué ha pasado con ese gran baile en el club de campo al que ibas a ir en Pittsburgh con aquella... como se llame?

—Al final no salió bien. Por lo que a mis padres se refiere, aquella como se llame y yo descubrimos que no somos compatibles en cuanto a intereses académicos y personales.

Hodges enarca las cejas.

—Eso suena un poco a jerga abogadesca para una persona que está estudiando la especialidad de Filosofía, con Culturas Antiguas como opción complementaria.

Jerome toma un sorbo de Coca-Cola, extiende sus largas piernas y sonríe.

—¿Quieres que te cuente la verdad? Aquella como se llame… alias Priscilla… estaba utilizándome para despertarle el gusanillo de los celos a su novio de la preparatoria. Y le salió bien la jugada. Me dijo que sentía mucho haberme creado falsas expectativas con engaños, que espera que podamos ser amigos a pesar de todo, y tal y tal. Ha sido un poco embarazoso pero probablemente sea lo mejor —se interrumpe—. Todavía tiene todas sus Barbies y sus Bratz en un estante de su habitación, y debo admitir que eso me daba que pensar. No me importaría *demasiado* que mis padres se enteraran de que he sido el palo con el que ella revolvió su olla del amor, pero como se lo cuentes a la gran Barbs, no me dejará en paz en la vida.

—De mi boca no saldrá —promete Hodges—. ¿Y ahora qué? ¿Te regresas a Massachusetts?

—No, me quedaré aquí a pasar el verano. He encontrado un trabajo en los muelles, cargando y descargando contenedores.

—Eso no es trabajo para un estudiante de Harvard, Jerome.

—Lo es para este. El invierno pasado me saqué el permiso para manejar maquinaria pesada, pagan bien, y Harvard sale caro, aun teniendo una beca parcial —Batanga el Negro Zumbón hace una breve aparición como artista invitado—. ¡E'te negro va a menea' aquel bulto y levanta' aquella bala, bwana Hodges! —acto seguido, con toda naturalidad, vuelve a ser Jerome—. ¿Quién te corta el pasto ahora? Lo veo bastante bien. No a los niveles de calidad de Jerome Robinson, pero no está mal.

—Un niño que vive en esta misma manzana —contesta Hodges—. ¿Esto es una visita de cortesía o…?

—Barbara y su amiga Tina me han contado una historia alucinante —explica Jerome—. Al principio Tina era reacia a descubrir el pastel, pero Barbs la convenció. Esas cosas se le dan bien. Oye, ya sabes que el padre de Tina fue uno de los heridos en la Matanza del Centro Cívico, ¿verdad?

—Sí.

—Si quien mandaba el dinero para mantener a la familia a flote era el hermano mayor, bravo por él... pero ¿de dónde lo sacaba? Eso no consigo explicármelo por más que lo intente.

—Yo tampoco.

—Dice Tina que tienes intención de preguntárselo al chico.

—Mañana después de clase, ese es el plan.

—¿Interviene Holly?

—Hasta cierto punto. Se ocupa del trabajo de fondo.

—¡Genial! —Jerome despliega una amplia sonrisa—. ¿Y si mañana te acompaño? ¡Reunamos la banda de nuevo, hombre! ¡Tocaremos todos nuestros viejos éxitos!

Hodges se queda pensando.

—No sé qué decirte, Jerome... Un solo hombre... un carcamal como yo... quizá no ponga nervioso al joven señor Saubers. Pero *dos* hombres, y más cuando uno de ellos es un negrote de metro noventa con pinta de matón...

—¡Quince asaltos, y sigo igual de guapo! —proclama Jerome, agitando las manos entrelazadas por encima de la cabeza. Odell echa atrás las orejas—. ¡Igual de guapo! ¡Ese Sonny Liston, ese viejo oso malo, ni me ha tocado! Floto como una mariposa, pico como un... —evalúa la expresión paciente de Hodges—. Está bien, lo siento, a veces me dejo llevar. ¿Dónde vas a esperarlo?

—Justo delante, ese era el plan. Ya sabes, la puerta por donde los muchachos salen del edificio.

—No todos salen por ahí, y puede que él no lo haga, sobre todo si a Tina se le escapa que habló contigo —ve que Hodges se dispone a decir algo y levanta la mano—. Ella insiste en que no lo hará, pero los hermanos mayores conocen a sus hermanitas, te lo dice un hombre que tiene una. Si ese chavo se entera de que alguien quiere hacerle unas preguntas, muy posiblemente saldrá por detrás y cruzará el campo de futbol hasta Westfield Street. Yo podría estacionarme ahí y avisarte por teléfono si lo veo.

—¿Lo reconocerías?

—Sí, Tina llevaba una foto en el monedero. Déjame participar en esto, Bill. A Barbie le cae bien esa chica. A mí también me ha caído bien. Y hace falta tener agallas para acudir a ti, aunque haya sido fustigada por mi hermana.

—Lo sé.

—Además, me muero de curiosidad. Según Tina, el dinero empezó a llegar cuando su hermano tenía solo trece años. Un niño de esa edad con acceso a tanto dinero... —Jerome menea la cabeza—. No me sorprende que esté metido en un lío.

—A mí tampoco. En fin, si quieres entrar en esto, ya estás dentro.

—¡Eso es un amigo!

Esta exclamación impone otro topetazo de puños.

—Tú estudiaste en Northfield, Jerome. ¿Hay alguna otra salida posible, además de la principal y la de Westfield Street?

Jerome se detiene a pensarlo.

—Si bajara al sótano, allí hay una puerta que permite salir por un lateral, el sitio donde antes estaba la zona de fumadores, tiempo ha. Supongo que podría cruzar por ahí, luego atravesar el auditorio y salir a Garner Street.

—Podría apostar ahí a Holly —dice Hodges pensativamente.

—¡Excelente idea! —exclama Jerome—. ¡La banda se reúne otra vez! ¡Lo que yo decía!

—Pero si lo ves, no te acerques a él —advierte Hodges—. Solo avisa. Lo abordaré yo. Eso mismo le diré a Holly. Aunque es poco probable que ella se acercara al chico.

—Siempre y cuando al final nos enteremos de la historia...

—Si me entero yo, se enterarán ustedes —asegura Hodges con la esperanza de no haberse precipitado en su promesa—. Pásate por mi oficina en el edificio Turner a eso de las dos, y nos pondremos en marcha a las dos y cuarto. Estaremos en nuestros puestos al cuarto para las tres.

—¿Seguro que a Holly no le representará un problema?

—Sí, seguro. No tiene inconveniente en vigilar. A ella lo que le cuesta es la confrontación.

—No siempre.

—No —coincide Hodges—, no siempre.

Los dos están pensando en cierta confrontación en concreto —en el CACMO, con Brady Hartsfield—, que Holly manejó a la perfección.

Jerome echa un vistazo a su reloj.

—Tengo que irme. Prometí a Barbs que la llevaría al centro comercial. Quiere comprarse un Swatch —alza la vista al techo.

Hodges sonríe.

—Esa hermana tuya me encanta, Jerome.

Jerome le devuelve la sonrisa.

—La verdad es que a mí también. Vamos, Odell. Arrastrémonos.

Odell se levanta y se dirige hacia la puerta. Jerome echa mano a la perilla, pero de pronto se voltea. La sonrisa ha desaparecido de sus labios.

—¿Has ido a donde yo creo que has ido?

—Probablemente.

—¿Sabe Holly que lo visitas?

—No. Y no se lo digas. Se preocuparía demasiado.

—Sí. Eso seguro. ¿Cómo está, ese hombre?

—Igual. Aunque… —Hodges recuerda la manera en que se ha caído la foto. Ese *cloc*.

—Aunque ¿qué?

—Nada. Sigue igual. Hazme un favor, ¿quieres? Dile a Barbara que se ponga en contacto conmigo si Tina la llama y le dice que su hermano se ha enterado de que ellas hablaron conmigo el viernes.

—Cuenta con ello. Hasta mañana.

Jerome se marcha. Hodges enciende la televisión y, complacido, ve que el partido de los Indians aún no ha acabado. Han igualado el encuentro. Está en tiempo extra.

11

Holly pasa la tarde del domingo en su departamento, intentando ver la segunda parte de *El Padrino* en la computadora. Por norma, esa sería una ocupación muy grata, porque la considera una de las dos o tres mejores películas de la historia, a la altura de *Ciudadano Kane* y *Senderos de gloria*, pero esta noche interrumpe una y otra vez la imagen para pasearse por la sala en desasosegados círculos. Dispone de mucho espacio para pasearse. Este departamento no es tan deslumbrante como el lugar a orillas del lago donde vivió por un tiempo cuando se trasladó a la ciudad, pero sí es bastante amplio y está en un buen barrio. Puede permitirse la renta; conforme a la voluntad expresada en el testamento de su prima Janey, Holly heredó medio millón de dólares. Descontando los impuestos, claro, pero aun así una muy buena herencia. Y gracias a su empleo en la agencia de Bill Hodges, puede dejar que la herencia crezca.

Mientras se pasea, musita algunas de sus frases preferidas de la película.

«No tengo que eliminar a todo el mundo, solo a mis enemigos.»

«¿Cómo se dice daiquiri de plátano en español?»

«Tu país no es tu sangre. Recuerda eso.»

Y por supuesto la que recuerda todo el mundo: «Sé que fuiste tú, Fredo. Me destrozaste el corazón».

Si hubiese estado viendo otra película, ahora recitaría otras frases distintas. Se trata de una forma de autohipnosis que viene practicando desde que vio *Sonrisas y lágrimas* a los siete años. (Su frase preferida de esa: «Me pregunto a qué sabe la hierba».)

En realidad está pensando en el cuaderno, el Moleskine, que el hermano de Tina se apresuró a esconder bajo la almohada. Bill cree que no tiene nada que ver con el dinero que Pete enviaba a sus padres, pero Holly no está tan segura.

Ha llevado un diario durante la mayor parte de su vida, anotando todas las películas que ve, todos los libros que lee, las personas con quienes habla, la hora a la que se levanta, la hora a la que se acuesta. También sus movimientos de vientre, que apunta en clave (al fin y al cabo, alguien puede ver sus diarios cuando ella muera): HC, que es la forma abreviada de «Hecho Caca». Es consciente de que ese es un comportamiento obsesivo-compulsivo —su psicoterapeuta le ha dicho que elaborar listas obsesivamente es en realidad una forma de pensamiento mágico—, pero no hace daño a nadie, y si ella prefiere hacer sus listas en cuadernos Moleskine, es asunto suyo y solo suyo. La cuestión es que ella *entiende* de Moleskines, y por tanto sabe que no son baratos. Un cuaderno de espiral corriente cuesta dos cincuenta en Walgreens, y un Moleskine con el mismo número de páginas sale en diez dólares. ¿Por qué habría de querer un niño un cuaderno tan caro, y más tratándose de un niño de una familia en apuros económicos?

—No tiene lógica —dice Holly. A continuación, como si siguiera con su hilo de pensamiento, añade—: «Deja la pistola, toma los cannoli» —esa es de la primera parte de *El Padrino*, pero es también una buena frase. Una de las mejores.

Envía el dinero. Se queda el cuaderno.

Un cuaderno *caro* que metió bajo la almohada cuando la hermana menor apareció de improviso en la habitación. Cuanto más piensa en ello, más se convence de que ahí hay algo.

Reanuda la película, pero, con ese asunto del cuaderno rondándole la cabeza, es incapaz de prestar atención a su tan conocida y tan apreciada trama, así que hace algo casi inaudito en ella, al menos antes de acostarse: apaga la computadora. Luego continúa paseándose con las manos firmemente entrelazadas a la espalda.

Envía el dinero. Se queda el cuaderno.

—¡Y el lapso de demora intermedio! —exclama, dirigiéndose a la sala vacía—. ¡No te olvides de eso!

Sí. Los siete meses de silencio transcurridos entre el momento en que el dinero se acabó y el momento en que Saubers empezó a hacerse un lío. Porque tardó siete meses en concebir una manera de obtener *más* dinero. Holly cree que esa es la explicación. Holly cree que se le ocurrió una idea, pero no fue una *buena* idea. Fue una idea que lo llevó a meterse en un aprieto.

—¿Cómo se mete la gente en aprietos por cuestiones de dinero? —pregunta Holly a la sala vacía, paseándose aún más deprisa—. Robando. Chantajeando.

¿Fue eso? ¿Intentó Pete Saubers chantajear a alguien por algo que contenía el Moleskine? ¿Algo sobre el dinero robado, tal vez? Solo que ¿cómo podía Pete chantajear a alguien por ese dinero cuando debió de robarlo él mismo?

Holly se acerca al teléfono celular, tiende la mano hacia él, pero al final la retira. Durante casi un minuto se queda ahí inmóvil sin más, mordiéndose los labios. No está acostumbrada a tomar la iniciativa. ¿Debería quizá telefonear antes a Bill para preguntarle si es lo acertado?

—Pero Bill no considera importante el cuaderno —dice Holly a su salón—. Yo no pienso lo mismo. Y puedo no pensar lo mismo si quiero.

Agarra el teléfono de la mesita de centro y llama a Tina Saubers antes de flaquear en su determinación.

—¿Hola? —saluda Tina con cautela. Casi en un susurro—. ¿Quién es?

—Holly Gibney. No ves aparecer mi número, porque es anónimo. Me cuido mucho de dar mi número de teléfono, aunque a ti te lo daré encantada si quieres. Podemos hablar en cualquier momento, porque somos amigas, y eso es lo que hacen las amigas. ¿Ha vuelto ya tu hermano de su fin de semana fuera?

—Sí. Llegó a eso de las seis, cuando acabábamos de cenar. Mi madre le dijo dicho que aún quedaba bastante asado con papas, que se lo calentaría si quería, pero él contestó que pararon en Denny's de camino aquí. Luego se subió a su habitación. Ni siquiera quiso tarta de fresa, y eso que le encanta. Me siento muy preocupada, señora Holly.

—Llámame Holly, llámame solo Holly, Tina —detesta eso de «señora»: la S suena como el zumbido de un mosquito alrededor de la cabeza.

—Está bien.

—¿Te ha dicho algo?

—Solo «hola» —responde Tina con un hilo de voz.

—¿Y no le has hablado de tu visita a la oficina con Barbara el viernes?

—¡No, por Dios!

—¿Y ahora dónde está?

—Sigue en su habitación. Escuchando a los Black Keys. A mí me horrorizan.

—Sí, a mí también —Holly no tiene ni idea de quiénes son los Black Keys, pero podría enumerar el reparto completo de *Fargo*. (La mejor frase de esta, pronunciada por Steve Buscemi: «Fúmate tu puta pipa de la paz».)—. Tina, ¿tiene Pete algún amigo especial a quien pudiera haberle hablado de sus preocupaciones?

Tina se detiene a pensarlo. Holly aprovecha la ocasión para tomar un Nicorette de la caja abierta junto a la computadora y echárselo a la boca.

—No lo creo —contesta Tina por fin—. Imagino que en la escuela tiene amigos, lo conoce todo el mundo, pero su único amigo íntimo era Bob Pearson, un vecino de esta manzana. La familia se trasladó a Denver el año pasado.

—¿Y novia?

—Antes pasaba mucho tiempo con Gloria Moore, pero rompieron después de Navidad. Pete dijo que a ella no le gustaba leer, y no podía tener una relación íntima con una chica a quien no le gustaban los libros —con añoranza, Tina añade—: A mí me caía bien Gloria. Me enseñó a pintarme los ojos.

—Las mujeres no necesitan maquillarse los ojos hasta pasados los treinta —asegura Holly con autoridad, aunque ella en realidad nunca se los ha maquillado. Según su madre, solo las mujerzuelas hacen esas cosas.

—¿*En serio*? —Tina parece atónita.

—¿Y entre los profesores? ¿Tiene Pete algún profesor preferido a quien podría haber acudido? —Holly duda que un hermano mayor hablara a su hermana pequeña de sus profesores preferidos, o que la hermana pequeña prestara la menor atención en el caso de que él lo hiciera. Lo pregunta porque es la otra única opción que se le ocurre.

Pero Tina no vacila.

—Ricky el Hippy —dice, y se ríe.

Holly se detiene en plena zancada.

—¿Quién?

—El señor Ricker, ese es su verdadero nombre. Pete me dijo que algunos chicos lo llaman Ricky el Hippy, porque lleva esas camisas y corbatas antiguas de los años sesenta. Pete lo tuvo en primero. O quizá en segundo. No me acuerdo. Decía que el señor Ricker sabía lo que era un buen libro. Señora... quiero decir, Holly, ¿el señor Hodges tiene todavía intención de hablar con Pete mañana?

—Sí. Tú no te preocupes por eso.

Pero Tina está muy preocupada. De hecho, parece al borde del llanto, y a Holly, al percibirlo, se le forma un tenso nudo en el estómago.

—Ay, Dios, espero que no me odie por esto.

—Descuida, no te odiará —asegura Holly. Está masticando su Nicorette a velocidad de curvatura—. Bill averiguará qué pasa y lo resolverá. Entonces tu hermano te querrá más que nunca.

—¿Me lo prometes?

—¡Sí! ¡Uy!

—¿Qué pasa?

—Nada —se limpia la boca y se ve un manchón de sangre en los dedos—. Me mordí el labio. Tengo que dejarte, Tina. ¿Me telefonearás si se te ocurre alguien con quien él pueda haber hablado del dinero?

—No hay nadie —contesta Tina tristemente, y se echa a llorar.

—Bueno... está bien —y como parece necesario añadir algo—: No te molestes en maquillarte los ojos. Ya tienes los ojos muy bonitos tal como están. Adiós.

Pone fin a la llamada sin esperar la respuesta de Tina y reanuda sus paseos. Escupe el resto del Nicorette al basurero contiguo al escritorio y se enjuga el labio con un pañuelo de papel, pero ya no le sangra.

Ni amigo íntimo ni novia estable. Ningún nombre salvo el de ese profesor.

Holly se sienta y enciende la computadora. Abre Firefox, accede a la web de la preparatoria de Northfield, clica el vínculo NUESTRO CLAUSTRO, y ahí aparece Howard Ricker, con una camisa de flores y mangas abullonadas, como Tina ha dicho. Además de una corbata muy ridícula. ¿De verdad es tan imposible que Pete Saubers haya dicho algo a su profesor preferido de Lengua y Literatura, en especial si guardaba relación con lo que fuese que estaba escribiendo (o leyendo) en un cuaderno Moleskine?

Con solo unos clics, tiene el número telefónico de Howard Ricker en la pantalla de la computadora. Aún es temprano, pero no reúne valor para llamar inesperadamente a un total desconocido. Telefonear a Tina ya le ha representado un esfuerzo, y esa llamada ha terminado en lágrimas.

Se lo diré a Bill mañana, decide. Él puede llamar a Ricky el Hippy si considera que vale la pena.

Vuelve a entrar en su voluminosa carpeta de cine y, al poco tiempo, está otra vez absorta en la segunda parte de *El Padrino*.

12

La noche de ese domingo Morris visita otro cibercafé, y hace también él su pequeña investigación. Cuando averigua lo que quiere, saca la hoja de bloc con el número de teléfono celular de Peter Saubers y anota la dirección de Andrew Halliday. Coleridge Street está en el Lado Oeste. En los años setenta, esa era una zona de clase media, predominantemente blanca, donde todas las casas intentaban parecer un poco más caras de lo que en realidad eran, y como resultado de ello todas acabaron pareciendo un poco iguales.

Una rápida visita a varias agencias inmobiliarias muestra a Morris que las cosas allí no han cambiado mucho, si bien se ha añadido un centro comercial de gama alta: Valley Plaza. Puede que el coche de Andy siga allí estacionado delante de la casa. Por supuesto podría hallarse detrás de la tienda, Morris no llegó a comprobarlo (Dios santo, no se puede estar en *todo*, piensa), pero le parece poco probable. ¿Por qué habría uno de complicarse la vida recorriendo en coche los cinco kilómetros de ida a la ciudad cada mañana y los cinco kilómetros de vuelta cada noche, en hora pico, cuando podía comprar un bono de autobús de un mes por diez dólares, o un bono de seis meses por cincuenta? Morris tiene las llaves de la casa de su viejo amigo, aunque ni se le ocurriría utilizarlas; es mucho más probable que haya una alarma en la casa que en el pabellón del polideportivo de Birch Street.

Pero también tiene las llaves del coche de Andy, y un coche podría venirle bien.

Regresa a pie a la Casona de los Chiflados, convencido de que McFarland estará esperándolo allí, y no se contentará solo con hacerle mear en un vasito. No, esta vez no. Esta vez también querrá registrar el departamento, y cuando lo haga, descubrirá el costal con la computadora robada y la camisa y los zapatos ensangrentados dentro. Además del sobre con dinero que se llevó del escritorio de su viejo amigo.

Lo mataría, piensa Morris, que ahora es (al menos en su propia cabeza) Morris el Lobo.

Solo que no podría utilizar la pistola —en la Casona de los Chiflados son muchos los que reconocen el sonido de un disparo, incluso el delicado *capum* de una pistola amariconada como la P238 de su viejo amigo—, y dejó el hacha en el despacho de Andy. Esta, aunque la tuviese, tal vez ni siquiera le serviría. McFarland es corpulento como Andy, pero no pura grasa como Andy. McFarland parece *fuerte*.

No hay problema, se dice Morris. Esa mierda no importa una mierda. Porque un lobo viejo es un lobo astuto, y eso es lo que me conviene ahora: ser astuto.

McFarland no lo espera en la escalinata, pero Morris, antes de poder exhalar un suspiro de alivio, se convence de que su supervisor estará esperándolo arriba. Y ni siquiera en el rellano. Probablemente tiene una llave maestra que le permite acceder a todos los departamentos de esta puta ruina de edificio maloliente.

Ponme a prueba, piensa. Tú ponme a prueba, pedazo de cabrón.

Pero la puerta está cerrada con llave, el departamento está vacío, y no da la impresión de que haya sido registrado, aunque supone que si McFarland lo hiciera con cuidado... con *astucia*...

Pero de pronto Morris piensa: ¡Mira que eres idiota! Si McFarland hubiese registrado el departamento, ahora estaría ahí esperándolo con un par de polis, y los polis tendrían ya listas las esposas.

No obstante, abre de un tirón la puerta del armario para asegurarse de que los costales siguen donde los ha dejado. Ahí están. Saca el dinero y lo cuenta. Seiscientos cuarenta dólares. No es gran cosa, no se acerca ni remotamente a la suma que contenía la caja fuerte de Rothstein, pero no está mal. Lo guarda, cierra el zíper del costal, se sienta en la cama y tiende las manos al frente. Le tiemblan.

Tengo que sacar eso de aquí, piensa, y tengo que hacerlo mañana por la mañana. Pero ¿adónde lo llevo?

Morris se tumba en la cama y se queda pensando con la mirada fija en el techo. Al final lo vence el sueño.

13

El lunes amanece despejado y caluroso; el termómetro de delante del Centro Cívico marca veintiún grados antes de que el sol haya asomado del todo por encima del horizonte. En la preparatoria el curso sigue, y seguirá durante las próximas dos semanas, pero hoy será el primer día verdaderamente tórrido del verano, de esos que obliga a la gente a enjugarse la nuca y mirar hacia el sol con los ojos entornados y hablar del calentamiento global.

Cuando Hodges llega a su oficina a las ocho y media, Holly ya está allí. Ella le habla de su conversación con Tina la tarde anterior y le pregunta si se pondrá en contacto con Howard Ricker, alias Ricky el Hippy, en el supuesto de que no pueda sonsacarle al propio Pete la verdad sobre el dinero. Hodges accede al plan, y dice a Holly que es buena idea (ella resplandece ante esto), pero en el fondo está convencido de que no será necesario hablar con Ricker. Si no consigue vencer la resistencia de un muchacho de diecisiete años —uno que además probablemente se muere de ganas de contarle a alguien el motivo de su angustia—, tiene que dejar de trabajar y trasladarse a Florida, donde acaban instalándose tantos policías retirados.

Pide a Holly que se quede vigilando en Garner Street por si Saubers decide usar esa salida esta tarde después de clase. Ella se presta siempre y cuando no tenga que hablar con él.

—No hará falta —asegura Hodges—. Si lo ves, basta con que me llames. Yo rodearé la manzana y le cortaré el paso. ¿Tenemos fotos suyas?

—Me descargué media docena en la computadora. Cinco del anuario de la preparatoria y una de la biblioteca de Garner Street, donde trabaja como ayudante, o algo así. Ven a verlo.

La mejor foto —un retrato en el que Pete Saubers viste saco oscuro y corbata— lo identifica como VICEPRESIDENTE ESTUDIANTIL DE LA GENERACIÓN DE 2015. Es moreno y guapo. El parecido con su hermana menor no es muy grande, pero lo hay, sin duda. Unos inteligentes ojos azules miran ecuánimemente a Hodges. En ellos se trasluce un ligerísimo destello de humor.

—¿Puedes mandárselas por e-mail a Jerome?

—Ya lo hice —Holly sonríe, y Hodges piensa (como siempre) que eso es algo que ella debería hacer más a menudo. Cuando sonríe, es casi hermosa. Con un poco de rímel, cree que lo sería—. Caray, no sabes cuánto me alegro de volver a ver a Jerome.

—¿Qué tengo esta mañana, Holly? ¿Hay algo?

—En el juzgado a las diez. Aquello de la agresión.

—Ah, sí. Aquel que sacudió el polvo a su cuñado. Belson el Vapuleador Calvo.

—No está bien poner motes a la gente —reprende Holly.

Puede que sea verdad, pero el juzgado es siempre un fastidio, y tener que ir justo hoy lo irrita más que de costumbre, pese a que con toda seguridad no le llevará más de una hora, a menos que la juez Wiggins se haya vuelto más lenta desde que Hodges dejó la policía. Pete Huntley llamaba FedEx a Brenda Wiggins, porque siempre entregaba a tiempo.

El Vapuleador Calvo es James Belson, cuya palabra posiblemente debería aparecer al lado de la definición de «chusma» en el diccionario. Vive en el distrito urbano de Edgemont Avenue, considerado por muchos una barriada de mala muerte. Como parte de su contrato con uno de los concesionarios de coches de la ciudad, Hodges recibió el encargo de recuperar el Acura MDX de Belson, por el cual este había dejado de pagar las letras hacía unos meses. Cuando Hodges llegó a la decrépita casa de Belson, este no estaba. Tampoco estaba el coche. La señora Belson —una mujer hecha una piltrafa— le informó que el Acura lo había robado Howie, el hermano de ella. Le dio la dirección, que estaba también en ese mismo barrio de mala muerte.

—No siento el menor aprecio por Howie —dijo a Hodges—, pero quizá convenga que llegue usted allí antes de que Jimmy lo mate. Cuando Jimmy se enfada, no cree en la conversación. Pasa directamente a los golpes.

Cuando Hodges llegó, James Belson, en efecto, había vapuleado a Howie. Llevaba a cabo esa tarea con el mango de un rastrillo y la calva sudorosa le resplandecía bajo el sol. El cuñado de Belson, caído junto a la defensa trasera del Acura en el camino de acceso invadido por el pasto, lanzaba inútiles puntapiés a Belson a la vez que intentaba protegerse con las manos el rostro ensangrentado y la nariz rota. Hodges se acercó a Belson desde atrás y lo aplacó con la *happy slapper*. A mediodía el Acura volvía a estar en el estacionamiento del concesionario, y ahora Belson el Vapuleador Calvo iba a juicio por agresión.

—Su abogado hará todo lo posible para que quedes tú como el malo —advierte Holly—. Te preguntará cómo redujiste al señor Belson. Ve preparado para eso, Bill.

—¡Pero… por favor! —protesta Hodges—. Si solo lo arreé una vez para que no matara a su cuñado. Apliqué una fuerza moderada y recurrí a la inmovilización.

—Pero para eso usaste un arma. Una funda de cuero llena de bolas de rodamiento.

—Cierto, pero eso Belson no lo sabe. Me acerqué por detrás. Y el otro estaba semiconsciente como mucho.

—De acuerdo… —pero se nota preocupada y se hurga con los dientes allí donde se mordió mientras hablaba con Tina—. Es solo que no quiero que te metas en un lío. Prométeme que te controlarás y no levantarás la *voz*, ni agitarás los *brazos*, ni…

—Holly —la sujeta por los hombros. Con delicadeza—. Sal. Fúmate un cigarro. Relájate. Me comportaré bien en el juzgado esta mañana y con Pete Saubers esta tarde.

Ella lo mira con los ojos muy abiertos.

—¿Me lo prometes?

—Sí.

—De acuerdo. Me fumaré solo *medio* cigarro —de camino hacia la puerta, va ya rebuscando en el bolso—. Nos espera un día muy ajetreado.

—Posiblemente. Otra cosa antes de que salgas.

Ella voltea con expresión interrogativa.

—Deberías sonreír más a menudo. Estás muy guapa cuando sonríes.

Holly se sonroja hasta el nacimiento del pelo y se apresura a salir. Pero sonríe otra vez, y eso hace feliz a Hodges.

14

Morris tiene también un día ajetreado, y el ajetreo le va bien. Mientras permanece en marcha, consigue mantener a raya las dudas y los temores. Lo ayuda el hecho de haber despertado con la absoluta convicción de que hoy es el día en que se convertirá en un lobo de verdad. Ya está harto de andar poniendo parches al sistema de ficheros obsoleto del Centro de Arte y Cultura para que el puto gordo de su jefe quede bien ante *su propio* jefe, y harto también de ser el corderito de Ellis McFarland. Se acabó balar *sí, oh sí, tres sacos mañana* cada vez que McFarland se presenta y pregunta *oveja negra, ¿tiene usted lana?* Se terminó la libertad condicional. En cuanto tenga los cuadernos de Rothstein, se largará de este meadero de ciudad. No le interesa irse al norte, a Canadá, pero eso le deja la totalidad de los cuarenta y ocho estados continentales. Piensa que acaso se decida por Nueva Inglaterra. ¿Quién sabe? Quizá incluso por New Hampshire. Leer los cuadernos allí, cerca de las mismas montañas que debía de contemplar Rothstein mientras escribía... eso poseía cierta redondez novelística, ¿o no? Sí, y eso era lo extraordinario de las novelas: esa redondez. La manera en que al final todo se reequilibraba. Debería haber sabido que Rothstein no podía dejar a Jimmy trabajando en aquella puta agencia de publicidad, porque en eso no había redondez, sino solo una ración doble de fealdad. Quizá, en el fondo de su corazón, Morris *lo sabía* desde siempre. Quizá era lo que le había permitido conservar la cordura durante tantos años.

Nunca se ha sentido más cuerdo en su vida.

Cuando no se presente en la oficina esta mañana, probablemente el puto gordo de su jefe avise a McFarland. O al menos eso es lo que debe hacer ante la eventualidad de una falta al trabajo no justificada. Morris tiene que desaparecer, pues. Perderse de vista. Evaporarse.

Bien.

Estupendo, de hecho.

A las ocho de la mañana toma el autobús de Main Street, viaja hasta el final del trayecto, donde termina Lower Main, y luego sigue a pie con mucha parsimonia hasta Lacemaker Lane. Morris se ha puesto su único saco y su única corbata, y le sirven para no desentonar en un sitio así, pese a que es aún muy temprano para que abran las tiendas elegantes de la zona. Dobla por el callejón entre Andrew Halliday, Ediciones Raras y la tienda contigua, La Bella Flora, una boutique de moda infantil. Hay tres lugares de estacionamiento en el pequeño patio situado detrás de los edificios, dos para la tienda de ropa y uno para la librería. Un Volvo ocupa uno de los lugares de La Bella Flora. El otro está vacío. Como lo está el lugar reservado a Andrew Halliday.

También perfecto.

Morris abandona el patio con el mismo paso enérgico con el que ha llegado, se detiene a echar una reconfortante mirada al letrero CERRADO que cuelga por dentro en la puerta de la tienda y luego vuelve con mucha parsimonia hasta Lower Main, donde toma un autobús en dirección a la parte alta. Dos transbordos más tarde, se baja delante del centro comercial Valley Plaza, a solo dos manzanas de la casa del difunto Andrew Halliday.

Vuelve a caminar con paso enérgico, sin la menor parsimonia, como si supiera dónde está, adónde va, y tuviera todo el derecho a estar ahí. En Coleridge Street no hay casi nadie, cosa que no le sorprende. Son las nueve y cuarto (en este preciso momento el puto gordo de su jefe estará mirando la mesa desocupada de Morris y subiéndose por las paredes). Los niños están en el colegio; los padres y madres trabajadores han ido a romperse el lomo para no quedarse atrás en el pago de las deudas de la tarjeta de crédito; la mayoría de los repartidores y empleados de mantenimiento no empezarán a moverse por el barrio hasta las diez. La otra única hora mejor sería el rato de letargo a primera hora de la tarde, y no puede esperar tanto. Tiene muchos sitios adonde ir, muchas cosas que hacer. Este es el gran día de Morris Bellamy. Su vida ha dado un larguísimo rodeo, pero ya casi vuelve a estar en el camino principal.

15

Tina empieza a sentirse mal poco más o menos a la hora en que Morris, con mucha parsimonia, recorre el camino de acceso del difunto Drew Halliday y ve el coche de su viejo amigo estacionado en su estacionamiento. Tina apenas ha pegado ojo en toda la noche, de lo angustiada que está por cómo se tomará Pete la noticia de que lo ha delatado. Se nota el desayuno en el estómago como una masa, y de repente, mientras la señora Sloan interpreta «Annabel Lee» (la señora Sloan *nunca* se limita a leer), esa masa de comida sin digerir empieza a ascender por su garganta hacia la salida.

Levanta la mano. Parece pesarle cinco kilos, pero la mantiene en alto hasta que la señora Sloan alza la mirada.

—Sí, Tina, ¿qué quieres?

Parece molesta, pero a Tina le da igual. No está como para preocuparse por eso.

—Tengo náuseas. Necesito ir al baño.

—Pues ve, no faltaba más, pero no tardes.

Tina sale atropelladamente del aula. Algunas niñas se ríen —a los trece años, las visitas no programadas a los baños resultan siempre graciosas—, pero Tina está tan acuciada por esa masa ascendente que ni siquiera se siente abochornada. En cuanto cruza la puerta, se echa a correr camino de los baños situados hacia la mitad del pasillo, pero la masa es más rápida: Tina se dobla por la cintura antes de llegar y vomita el desayuno en los tenis.

El señor Haggerty, bedel jefe del colegio, sube en ese momento por la escalera. La ve apartarse con paso inseguro del humeante charco de vómito y trota hacia ella, acompañado del tintineo de las herramientas que lleva colgadas al cinto.

—Eh, niña, ¿estás bien?

Tina busca a tientas la pared con un brazo que parece de plástico. El mundo se balancea. Parte de eso se debe a que ha vomitado con tal fuerza que se le han empañado los ojos, pero no es la única causa. Lamenta con toda su alma haberse dejado convencer por Barbara de que debía ir a hablar con el señor Hodges; lamenta no haber permitido a Pete resolver por sí solo lo que sea que le pasa. ¿Y si él no le dirige la palabra nunca más?

—Estoy bien —dice ella—. Siento haber ensu…

Pero el balanceo se agrava antes de que termine la frase. No se desmaya exactamente, pero el mundo se aleja de ella, se convierte en algo que contempla a través de una ventana sucia en lugar de ser el espacio dentro del cual *está*. Resbalando pared abajo, se deja caer al suelo, sorprendida de ver sus propias rodillas, envueltas en mallas verdes, subir hacia ella. Es entonces cuando el señor Haggerty la toma en sus brazos y la lleva a la enfermería.

16

El pequeño Subaru verde de Andy es perfecto, por lo que a Morris se refiere: difícilmente lo mirará nadie dos veces, o ni siquiera una. Solo hay miles iguales que ese. Retrocede por el camino de acceso y se encamina hacia el Lado Norte, atento a la posible aparición de policías y respetando todos los límites de velocidad.

Al principio es casi una repetición de lo ocurrido el viernes por la noche. Se detiene una vez más en el centro comercial de Bellows Avenue, y una vez más visita Home Depot. Va a la sección de herramientas, donde elige un destornillador largo y un escoplo. Luego va en coche a la mole rectangular de ladrillo que antes era el pabellón del polideportivo de Birch Street y vuelve a estacionarse en el espacio con el letrero RESERVADO A VEHÍCULOS DEL DEPARTAMENTO DE CENTROS DEPORTIVOS.

Es un buen sitio donde ocuparse de asuntos turbios. Hay una plataforma de carga a un lado y un arbusto alto al otro. Solo se ve desde atrás —desde el campo de beisbol y las pistas de basquetbol agrietadas—, pero con el curso académico todavía en marcha, esa zona está vacía. Morris va a la ventana del sótano en la que se fijó la otra vez, se pone en cuclillas e inserta la punta del destornillador en el resquicio superior. Como la madera está podrida, entra con facilidad. Con el escoplo ensancha la rendija. El cristal tiembla en el marco, pero no se rompe, porque la masilla es vieja y hay mucha holgura. Las probabilidades de que esta mole de edificio esté protegida con un sistema de alarma menguan por momentos.

Morris sustituye de nuevo el escoplo por el destornillador. Lo pasa a través de la brecha que ha abierto, alcanza el pasador y empuja. Mira alrededor para asegurarse nuevamente de que nadie lo observa —es un buen sitio, sí, pero forzar una ventana a plena luz del día sigue siendo una temeridad— y solo ve un cuervo posado en un poste telegráfico. Hinca el escoplo en el resquicio inferior de la ventana y, golpeando con la base de la mano, lo hunde tanto como da de sí; acto seguido, hace palanca. Por un momento no pasa nada. Después la ventana se desliza hacia arriba con un chirrido de madera y una lluvia de polvo. Premio. Se enjuga el sudor de la cara a la vez que escruta las sillas, las mesas de juego y las cajas llenas de cachivaches allí almacenadas, comprobando que será fácil descolgarse hasta el suelo.

Pero todavía no. No mientras exista la menor posibilidad de que haya una alarma silenciosa encendida en algún sitio.

Morris lleva sus herramientas otra vez al pequeño Subaru verde y se marcha.

17

Linda Saubers supervisa las actividades de media mañana en la escuela elemental de Northfield cuando Peggy Moran entra y le informa que su hija está indispuesta en la escuela secundaria de Dorton, a unos cinco kilómetros de ahí.

—La llevaron a la enfermería —dice Peggy sin levantar la voz—. Según parece, vomitó y luego perdió el conocimiento durante unos minutos o algo así.

—Dios mío —exclama Linda—. En el desayuno la noté pálida, pero cuando le pregunté si se sentía bien, me dijo que sí.

—Así son todas —comenta Peggy, alzando la vista al techo—. O melodrama, o «Estoy bien, mamá, tú a lo tuyo». Ve a buscarla y llévala a casa. Yo me hago cargo de esto, y el señor Jablonski telefoneó ya para pedir una sustituta.

—Eres una santa —Linda está ya recogiendo sus libros y guardándolos en el portafolios.

—Será el estómago —dice Peggy, acomodándose en el asiento que Linda acaba de desocupar—. Podrías llevarla a la clínica más cercana, pero ¿para qué gastar treinta dólares? Hay una epidemia de eso.

—Ya lo sé —dice Linda… pero tiene sus dudas.

Tom y ella han estado saliendo poco a poco pero con paso firme de dos pozos: un pozo económico y un pozo conyugal. El año posterior al accidente de Tom estuvieron peligrosamente cerca de la ruptura. Un día empezó a llegar el dinero misterioso, una especie de milagro, y comenzó a cambiar el cariz de la situación. Todavía no han salido del todo de ninguno de los dos pozos, pero Linda ahora tiene la convicción de que *saldrán*.

Con sus padres concentrados en la pura supervivencia (y Tom, claro está, enfrentándose además al desafío de recobrarse de sus lesiones), los niños han pasado demasiado tiempo en piloto automático. Linda solo ahora, cuando siente que por fin tiene espacio para respirar y tiempo para detenerse a echar un vistazo alrededor, empieza a intuir claramente que algo no va bien con Pete y Tina. Son buenos chicos, chicos *listos*, y no cree que ninguno de los dos haya caído en las habituales trampas de la adolescencia —la bebida, las drogas, los hurtos en tiendas, el sexo—, pero *algo* ocurre, y sospecha que sabe qué es. Le da la impresión de que Tom también lo sabe.

Dios envió el maná del cielo cuando los israelitas pasaban hambre, pero el dinero procede de fuentes más prosaicas: los bancos, los amigos, una herencia, parientes que están en situación de ayudar. El dinero misterioso no provenía de ninguna de esas fuentes. Desde luego no de parientes. Allá por 2010, toda su familia andaba tan escasa de dinero como Tom y Linda. Solo que los hijos también son parientes, ¿o no? Es fácil olvidarlo por lo cerca que están, pero lo son. Es absurdo pensar que el dinero podía partir de Tina, que contaba solo nueve años cuando los sobres comenzaron a llegar, y que en todo caso habría sido incapaz de guardar un secreto como ese.

Pete, en cambio… es el más reservado de la familia. Linda recuerda que cuando Pete tenía solo cinco años, su madre dijo: «Este tiene un candado en los labios».

Pero ¿de dónde podía sacar un niño de trece años esa cantidad de dinero?

Mientras Linda va en coche al colegio de Dorton para recoger a su hija enferma, piensa: Nunca hicimos *ni una* pregunta, la verdad es que no, porque nos daba miedo. Nadie que no haya pasado por esos espantosos meses posteriores al accidente de Tommy podría entender eso, y no voy a disculparme por ello. Teníamos motivos para ser cobardes. Muchos motivos. Los dos motivos mayores vivían bajo nuestro techo, y contaban con nuestro sostén. Pero ha llegado el momento de preguntar quién sustentaba a quién. Si era Pete, si Tina lo averiguó y eso es lo que le preocupa, tengo que poner fin a mi cobardía. Tengo que abrir los ojos.

Necesito respuestas.

18

Media mañana.

Hodges está en el juzgado, y su comportamiento es impecable. Holly estaría orgullosa. Responde a las preguntas formuladas por el abogado del Vapuleador Calvo con escrupulosa concisión. El abogado le da sobradas oportunidades para entrar en polémicas, y aunque esa es una trampa en la que Hodges a veces caía en sus tiempos de inspector, ahora la elude.

Linda Saubers, después de recoger en la escuela a su hija, pálida y silenciosa, la lleva a casa, donde dará a Tina un vaso de ginger ale para que se le asiente el estómago y luego la acostará. Por fin se siente preparada para preguntar a Tina qué sabe del dinero misterioso, pero esperará a que la niña se encuentre mejor. Ya habrá tiempo de sobra esa tarde, y debería incluir a Pete en la conversación cuando llegue de la preparatoria. Estarán los tres solos, y probablemente sea mejor así. Tom y un grupo de clientes inmobiliarios suyos han ido a ver un complejo de oficinas, recién desocupado por IBM, a ochenta kilómetros al norte de la ciudad, y no regresará hasta las siete. O quizá más tarde, si paran a cenar en el viaje de vuelta.

Pete está en su tercera clase del día, Física Avanzada, y aunque mantiene la mirada en el señor Norton, que diserta con entusiasmo sobre el bosón de Higgs y el gran colisionador de hadrones de la Organización Europea para la Investigación Nuclear con sede en Suiza, su mente detrás de esos ojos se halla mucho más cerca de casa. Está repasando una vez más su guion para la reunión de esa tarde, y recordándose que el mero hecho de *tener* un guion no significa que Halliday se atenga a ese guion. Halliday lleva mucho tiempo en el negocio, y seguramente casi siempre en los límites de la ley. Pete no es más que un niño y no le conviene en absoluto olvidarse de eso. Debe andarse con pies de plomo, y tener en cuenta su inexperiencia. Debe pensar antes de hablar, cada vez.

Por encima de todo, debe ser valiente.

Dice a Halliday: Media hogaza es mejor que nada, pero en un mundo de escasez, incluso una sola rebanada es mejor que nada. Yo le ofrezco tres docenas de rebanadas. Piénselo bien.

Dice a Halliday: No voy a ser la cogida de cumpleaños de nadie, más le vale pensarse eso también.

Dice a Halliday: Si cree que estoy bromeando, póngame a prueba. Pero si lo hace, acabaremos los dos con las manos vacías.

Piensa: Si consigo conservar la calma, puedo salir de esta. Y la conservaré. Lo haré. Tengo que hacerlo.

Morris Bellamy estaciona el Subaru robado a dos manzanas de la Casona de los Chiflados y desanda el camino a pie. Se entretiene ante la puerta de una tienda de objetos de segunda mano para cerciorarse de que Ellis McFarland no anda cerca; acto seguido, va apresuradamente al sórdido edificio y sube los siete tramos de escalera. Hoy los dos elevadores están descompuestos, que es la norma. Mete ropa al azar en uno de los costales y a continuación abandona ese departamento de mierda por última vez. Ya antes de llegar a la primera esquina siente la espalda recalentada y el cuello tan rígido como una tabla de planchar. Acarrea un costal en cada mano, y parece que cada uno pesa cincuenta kilos. En todo momento espera que McFarland lo llame. Que salga de debajo de un toldo umbrío y le pregunte por qué no está en la oficina. Que le pregunte adónde se cree que va. Que le pregunte qué lleva en esos costales. Y que le anuncie a continuación que va a volver a la cárcel: al pasar por la casilla de Salida, no cobres los doscientos dólares. Morris no se relaja hasta que pierde de vista para siempre la Casona de los Chiflados.

Tom Saubers guía a su pequeño grupo de agentes inmobiliarios por las instalaciones vacías de IBM, señalando las distintas características y animándolos a tomar fotos. Están todos entusiasmados ante las muchas posibilidades de ese recinto. Al final del día, las piernas y las caderas quirúrgicamente reparadas le dolerán como demonios, pero de momento se encuentra bien. Estas oficinas y el complejo manufacturero desocupados podrían ser un gran negocio para él. Por fin la vida ha vuelto a su cauce.

Jerome se ha presentado en la oficina de Hodges para sorprender a Holly, que grita de alegría al verlo, y luego de aprensión cuando él la sujeta por la cintura y le da un par de vueltas como le gusta hacer con su hermana pequeña. Hablan durante una hora o más, poniéndose al día, y ella le ofrece su punto de vista sobre el asunto de los Saubers. Se alegra al ver que Jerome se toma en serio su preocupación por el Moleskine, y se alegra todavía más al enterarse de que él ha visto *Infiltrados en la universidad*. Abandonan el tema de Pete Saubers y comentan largamente la película, comparándola con otras de la filmografía de Jonah Hill. Después la conversación se desvía hacia diversas aplicaciones informáticas.

Andrew Halliday es el único que no está ocupado. Las primeras ediciones ya no le interesan, como tampoco los jóvenes meseros con pantalón negro ajustado. Para él, ahora el aceite y el agua son lo mismo que el viento y el aire. Duerme el sueño eterno en un charco de sangre coagulada que atrae ya a las moscas.

19

Once de la mañana. En la ciudad la temperatura asciende a veintisiete grados y, según la radio, el mercurio puede alcanzar los treinta y dos grados antes de que el calor remita. *Tiene* que ser el calentamiento global, comenta la gente.

Morris pasa por delante del pabellón de Birch Street dos veces y le complace (aunque en realidad no le sorprende) ver que está tan desierto como siempre: una simple caja de ladrillo vacía cociéndose al sol. Ni policía, ni coches de algún servicio de seguridad. Incluso el cuervo ha emprendido el vuelo en busca de entornos más frescos. Circunda la manzana, y advierte que ahora en el camino de acceso de su antigua casa hay estacionado un pequeño y estilizado Ford Focus. El señor o la señora Saubers han salido del trabajo temprano. O quizá los dos, qué más da. A Morris lo tiene sin cuidado. Se encamina de nuevo hacia el pabellón, y una vez allí, va a la parte de atrás del edificio y se estaciona en lo que ya ha empezado a considerar su lugar.

Tiene la certeza de que nadie lo observa; aun así, le conviene actuar deprisa. Lleva sus costales a la ventana que ha forzado un rato antes y los deja caer al suelo del sótano, donde aterrizan con una reverberación hueca y levantan idénticas nubes de polvo. Echa un rápido vistazo alrededor y, tumbándose boca abajo, se cuela a través de la ventana con las piernas por delante.

Lo invade un repentino aturdimiento cuando inhala por primera vez el aire fresco y húmedo del interior. Se tambalea un poco y extiende los brazos para mantener el equilibrio. Es por el calor, piensa. Has estado tan ocupado que no te has dado cuenta, pero sudas a mares. Además, no has desayunado.

Las dos cosas son verdad, pero la cuestión principal es más sencilla y evidente: ya tiene una edad, y hace años que no lleva a cabo los esfuerzos físicos del taller de teñido. Debe graduar el esfuerzo. Junto a la caldera, hay un par de cajas de tamaño considerable con el letrero CACHARROS DE COCINA escrito con marcador a los lados. Morris se sienta en una de estas hasta que se le acompasan los latidos del corazón y desaparece el aturdimiento. Finalmente abre el zíper del costal que contiene la pequeña pistola automática de Andy, se la coloca al cinto en la espalda, oculta bajo el faldón de la camisa. Extrae cien dólares del dinero de Andy, por si le surge algún gasto imprevisto, y deja en el costal el resto para más adelante. Esta noche volverá aquí, quizá incluso se quede a dormir. En cierto modo depende del chico que le ha robado los cuadernos, y de qué medidas deba adoptar Morris para recuperarlos.

Lo que haga falta, estúpido, piensa. Lo que haga falta.

Ahora debe seguir adelante. En su juventud, podría haber salido del sótano con facilidad encaramándose a la ventana, pero ya no. Arrastra una de las cajas con el letrero CACHARROS DE COCINA —para su sorpresa, pesa mucho, probablemente contiene algún electrodoméstico averiado— y la utiliza como peldaño. Al cabo de cinco minutos va camino de Andrew Halliday, Ediciones Raras, donde estacionará el coche de su viejo amigo en el lugar de su viejo amigo y luego pasará el resto del día disfrutando del aire acondicionado y esperando a que se presente el joven ladrón de cuadernos.

Todo un James Hawkins, desde luego, piensa.

20

Dos y cuarto.

Hodges, Holly y Jerome están en marcha, camino de sus puestos en torno a la preparatoria de Northfield: Hodges ante la entrada principal, Jerome en la esquina de Westfield Street, Holly al otro lado del auditorio de la preparatoria, en Garner Street. Cuando ocupen sus respectivas posiciones, informarán a Hodges.

En la librería de Lacemaker Lane, Morris se arregla la corbata, da la vuelta al letrero de la puerta, pasándolo de CERRADO a ABIERTO, y retira el cerrojo. Retrocede hasta el escritorio y se sienta. Si entrara un cliente a curiosear —cosa muy poco probable a una hora del día de tan poca actividad, pero no imposible—, lo atenderá gustosamente. Si hay un cliente cuando llegue el chico, ya pensará en algo. Improvisará. El corazón le late con fuerza, pero no le tiembla el pulso. El tembleque ha desaparecido. Soy un lobo, se dice. Morderé si hace falta.

Pete está en la clase de Escritura Creativa. El libro de texto es *Los elementos del estilo*, de Strunk y White, y hoy están estudiando la famosa Regla Trece: *Omitir palabras superfluas*. Les han asignado como tarea el relato de Hemingway «Los asesinos», y este ha suscitado un animado debate en el aula. Hablan mucho de la manera en que Hemingway omite las palabras superfluas. Pete apenas se entera de nada. Está todo el rato pendiente del reloj, cuyas manecillas avanzan inexorablemente hacia su cita con Andrew Halliday. Y sigue repasando su guion.

A las dos y veinticinco, nota en la pierna la vibración del teléfono celular. Lo saca y mira la pantalla.

> Mamá: Ven derecho a casa después de clase, tenemos que hablar.

Se le forma un nudo en el estómago y el corazón se le acelera. Tal vez no sea más que alguna tarea que ella quiere encomendarle, pero Pete lo duda. «Tenemos que hablar» es el equivalente en la jerga materna a «Houston, tenemos un problema». Podría tratarse del dinero, y de hecho le parece probable, porque los problemas siempre vienen juntos. Si es eso, Tina ha hablado de más.

De acuerdo. Si es eso, de acuerdo. Irá a casa, y hablarán, pero antes necesita resolver el asunto de Halliday. Sus padres no son los responsables del lío en el que se ha metido, y no tiene intención de *considerarlos* responsables. Tampoco se culpa a sí mismo. Hizo lo que tenía que hacer. Si Halliday se niega a llegar a un acuerdo, si avisa a la policía pese a las razones que Pete pueda exponerle para disuadirlo, cuanto menos sepan sus padres, tanto mejor. No quiere que los acusen por complicidad, o algo así.

Se plantea apagar el celular, pero descarta la idea. Si su madre le envía otro mensaje de texto —o Tina— le conviene saberlo.

Alza la vista para mirar el reloj y ve que son veinte para las tres. Pronto sonará el timbre, y Pete saldrá de la preparatoria.

Pete se pregunta si volverá alguna vez.

21

Hodges estaciona el Prius a unos quince metros de la entrada principal de la preparatoria. Está ante una entrada, pero lleva en la guantera un antiguo letrero donde se lee POLICÍA EN MISIÓN, que guarda para esta clase de problemas de estacionamiento. Lo coloca en el tablero. Cuando suena el timbre, sale del coche y se recuesta en el cofre con los brazos cruzados, atento a la puerta principal. Por encima del umbral está grabado el lema de la preparatoria: LA EDUCACIÓN ES LA LUZ DE LA VIDA. Hodges tiene el teléfono en la mano, preparado para hacer una llamada o recibirla, en función de quién salga o no salga.

La espera no se alarga, porque Pete Saubers se encuentra en el primer grupo de alumnos que irrumpen en ese día de junio y descienden presurosos por la ancha escalinata de granito. Casi todos los chicos van en compañía de amigos. Saubers está solo. No es el único que vuela en solitario, por supuesto, pero él tiene una expresión resuelta, como si viviera en el futuro, y no aquí y ahora. Hodges conserva su fina vista de siempre, y piensa que ese podría ser el semblante de un soldado presto al combate.

O acaso sencillamente esté preocupado por los exámenes finales.

En lugar de encaminarse hacia los autobuses amarillos estacionados a la izquierda junto a la preparatoria, dobla a la derecha, hacia donde Hodges se ha estacionado. Hodges se dirige hacia él con tranquilidad a la vez que pulsa el número de Holly.

—Lo tengo. Avisa a Jerome.

Corta la comunicación sin esperar respuesta.

El chico se dispone a sortear a Hodges en la acera. Hodges se planta ante él.

—Eh, Pete, ¿tienes un momento?

El joven mira de pronto al frente y al centro. Es guapo pero tiene la cara demasiado enjuta y la frente salpicada de acné. Aprieta los labios de tal modo que casi no se le ve la boca.

—¿Quién es usted? —pregunta. No «Sí» o «¿En qué puedo servirle?». Solo «¿Quién es usted?». La voz refleja la misma tensión que el rostro.

—Me llamo Bill Hodges. Me gustaría hablar contigo.

Los chicos que pasan alrededor charlan, intercambian codazos, ríen, dicen tonterías, se ajustan las mochilas. Alguno que otro lanza una ojeada a Pete y al hombre del cabello ralo y blanco, pero ninguno muestra el menor interés. Tienen sitios adonde ir y cosas que hacer.

—¿De qué?

—Sería mejor hablar en mi coche. Para tener un poco de privacidad —señala el Prius.

—¿De qué? —repite el chico. No se mueve.

—Te explico, Pete. Tu hermana Tina es amiga de Barbara Robinson. Conozco a la familia Robinson desde hace años, y Barb convenció a Tina para que viniera a hablar conmigo. Tu hermana está muy preocupada por ti.

—¿Por qué?

—Si estás preguntándome por qué Barb le propuso hablar conmigo, la respuesta es que yo antes era inspector de policía.

Una expresión de alarma asoma a los ojos del chico.

—Si estás preguntándome a qué se debe la preocupación de Tina, la respuesta es que eso es algo de lo que no conviene hablar en la calle.

La expresión de alarma desaparece sin más, y el muchacho vuelve a su anterior inexpresividad. Es el semblante de un buen jugador de póquer. Hodges ha interrogado a sospechosos capaces de neutralizar su rostro de esa manera, y por lo general son aquellos menos propensos a venirse abajo. Si es que llegan a venirse abajo.

—No sé qué le ha dicho Tina, pero no tiene ningún motivo por el que preocuparse.

—Si lo que me ha contado es verdad, puede que sí lo tenga —Hodges dirige a Pete su mejor sonrisa—. Vamos, Pete. No voy a secuestrarte. Te lo juro por Dios.

Pete asiente a regañadientes. Cuando llegan al Prius, el muchacho para en seco. Está leyendo el letrero amarillo colocado en el tablero.

—¿*Antes* era inspector de policía, o todavía lo es?

—Lo era —afirma Hodges—. Ese letrero… digamos que es un souvenir. A veces me viene bien. Llevo ya cinco años fuera del cuerpo y cobrando la pensión. Por favor, entra para que podamos hablar. Estoy aquí como amigo. Si nos quedamos en la calle mucho más tiempo, voy a derretirme.

—¿Y si me niego?

Hodges se encoge de hombros.

—Pues vete.

—De acuerdo, entraré, pero solo un momento —responde Pete—. Hoy tengo que ir a pie a casa para pasar por la farmacia y recoger una cosa para mi padre. Toma un medicamento, Vioxx. Porque tuvo un accidente hace unos años.

Hodges mueve la cabeza en un gesto de asentimiento.

—Ya lo sé. En el Centro Cívico. Yo llevé ese caso.

—¿Ah, sí?

—Sí.

Pete abre la puerta del acompañante y entra en el Prius. No parece nervioso por estar en el coche de un desconocido. Cuidadoso y cauto, sí, pero no nervioso. Hodges, quien ha interrogado a unos diez mil sospechosos y testigos a lo largo de los años, está casi seguro de que el chico ha tomado una decisión, aunque no sabría decir si es dar a conocer lo que le ronda la cabeza o guardárselo. Comoquiera que sea, no tardará mucho en averiguarlo.

Rodea el coche y se sienta al volante. Pete no tiene inconveniente en eso, pero cuando Hodges arranca el motor, el chico se tensa y agarra la manija de la puerta.

—Relájate. Solo quiero poner el aire acondicionado. Hace un calor de mil demonios, por si no te has dado cuenta. Y más para esta época del año. Debe de ser por el calentamiento global...

—Acabemos con esto para que pueda pasar a recoger el medicamento de mi padre y volver a casa. ¿Qué le ha contado mi hermana? Ya sabe que tiene solo trece años, ¿no? La quiero con locura, pero mi madre la llama «Tina la Reina del Melodrama» —y a continuación, como si eso lo explicara todo, añade—: Ella y su amiga Ellen nunca se pierden *Pequeñas mentirosas*.

Bien, así que la decisión inicial es no hablar. Tampoco es raro. Ahora el trabajo consiste en inducirlo a cambiar de idea.

—Háblame de ese dinero que llegaba por correo, Pete.

El chico no se tensa; no pone cara de *uy, uy, uy*. Sabía ya que se trataba de eso, piensa Hodges. Lo supo en cuanto mencioné el nombre de su hermana. Incluso puede que haya recibido un aviso por adelantado. Tina podría habérselo pensado mejor y haberle mandado un mensaje.

—Se refiere al dinero misterioso —dice Pete—. Así lo llamamos.

—Sí, a eso me refiero.

—Empezó a llegar hace cuatro años, poco más o menos. Yo tenía aproximadamente la edad que tiene Tina ahora. Cada mes o así recibíamos un sobre dirigido a mi padre. Nunca iba acompañado de una carta, solo venía el dinero.

—Quinientos dólares.

—En una o dos ocasiones quizá fuera un poco más o un poco menos, imagino. Yo no siempre estaba en casa cuando llegaba, y después de las primeras veces mis padres ya no acostumbraban hablar del asunto.

—¿Como si hablar del tema pudiera traer mala suerte?

—Sí, algo así. Y en algún momento a Teens se le metió entre ceja y ceja que era yo quien lo enviaba. Como si eso fuera posible. Por aquel entonces yo ni siquiera recibía mesada.

—Si no lo mandabas tú, ¿quién lo mandaba?

—No lo sé.

Parece que va a interrumpirse allí, pero sigue adelante. Hodges lo escucha plácidamente, confiando en que Pete diga más de la cuenta. Salta a la vista que es un chico inteligente, pero a veces incluso los más inteligentes hablan más de la cuenta. Si uno se lo permite.

—Ya habrá oído en las noticias que cada Navidad alguien reparte billetes de cien dólares en un Walmart o donde sea, ¿no?

—Sí, claro.

—Yo creo que se trataba de algo así. Algún rico decidió hacer en secreto de Santa Claus con uno de los heridos del Centro Cívico, y sacó el nombre de mi padre del sombrero —se vuelve de cara a Hodges por primera vez desde que entraron en el coche, con los ojos muy abiertos y expresión seria, nada digna de confianza—. Bien podría ser que también hubiera enviado dinero a otros. Quizá aquellos que salieron peor parados y no pudieron volver a trabajar.

Hodges piensa: Muy bien, jovencito. Eso tiene sentido, hasta cierto punto.

—Repartir mil dólares entre diez o veinte personas en una tienda elegidas al azar es una cosa. Dar más de veinte mil a una familia a lo largo de cuatro años es algo muy distinto. Si añadimos a otras familias, estaríamos hablando de una pequeña fortuna.

—Podría ser alguien que se benefició de un fondo de cobertura —dice Pete—. Ya sabe, uno de esos que se enriquecieron mientras todos los demás se empobrecían, y se sentía culpable.

Ya no mira a Hodges, ahora mira el frente a través del parabrisas. Emana cierto aroma, o esa impresión tiene Hodges: no a sudor sino a fatalismo. Vuelve a pensar en soldados preparándose para el combate, conscientes de que las probabilidades de resultar muertos o heridos son del cincuenta por ciento.

—Escúchame, Pete. El dinero me da igual.

—¡No lo envié yo!

Hodges presiona. Es lo que siempre se le ha dado mejor.

—Te cayó del cielo, y lo utilizaste para ayudar a tu familia. Eso no está mal; al contrario, es admirable.

—Mucha gente no pensaría lo mismo —replica Pete—. En el supuesto de que fuera verdad, claro.

—En eso te equivocas. La mayoría de la gente *sí* lo pensaría. Y te diré una cosa que puedes aceptar como tres y dos son cinco, porque se basa en cuarenta años de experiencia en la policía. Ningún fiscal de esta ciudad, ningún fiscal de todo este *país*, presentaría cargos contra un muchacho que se encontró un dinero y lo utilizó para ayudar a su familia después de quedar desempleado su padre y acabar además con las piernas aplastadas por un demente. La prensa crucificaría a cualquier hombre o mujer que intentara procesar a alguien por una mierda *así*.

Pete guarda silencio, pero se observa movimiento en su garganta, como si contuviera un sollozo. Quiere contarlo, pero algo se lo impide. No el dinero, pero sí algo relacionado con el dinero. Por fuerza tiene que ser así. Hodges siente curiosidad por saber de dónde procedía el dinero de esos sobres mensuales —cualquiera sentiría curiosidad—, pero siente mucha más curiosidad por saber qué le ronda ahora la cabeza a ese chaval.

—Tú les enviabas el dinero…

—Se lo repito por última vez: ¡*no* era yo!

—… y todo iba a pedir de boca, pero un buen día te metiste en un lío. Dime de qué se trata, Pete. Déjame ayudarte a resolverlo. Déjame ayudarte a enmendarlo.

Por un momento el chico tiembla, a un paso de revelar su secreto. De pronto desvía los ojos a la izquierda. Hodges sigue su mirada y ve el letrero que él mismo ha dejado en el tablero. Es amarillo, el color de la cautela. El color del peligro. POLICÍA EN MISIÓN. Se arrepiente de no haberlo dejado en la guantera y haber estacionado cien metros más adelante. Por Dios, al fin y al cabo camina a diario. Cien metros no le habrían representado el menor esfuerzo.

—No hay nada que resolver —asegura Pete. Ahora habla tan mecánicamente como la voz generada por computadora que emite el GPS del tablero de Hodges, pero le palpitan las sienes, tiene las manos muy apretadas en el regazo y el rostro bañado en sudor a pesar del aire acondicionado—. Yo no envié el dinero. Tengo que ir por el medicamento de mi padre.

—Pete, escucha. Aunque yo fuera todavía poli, esta conversación sería inadmisible en un juzgado. Eres menor de edad, y no hay ningún adulto responsable presente para asesorarte. Además, no he pronunciado las palabras… la advertencia de la Ley Miranda…

Hodges ve que el semblante del chico se cierra herméticamente como la puerta de la cámara acorazada de un banco. Solo han hecho falta dos palabras: «Ley Miranda».

—Le agradezco su preocupación —dice Pete con la misma voz cortés y robótica. Abre la puerta del coche—. Pero no hay nada que resolver. De verdad.

—Sí lo hay —insiste Hodges. Saca una de sus tarjetas de visita del bolsillo superior izquierdo y se la ofrece—. Tómala. Telefonéame si cambias de idea. Sea lo que sea, puedo ayu…

La puerta se cierra.

Hodges ve a Pete Saubers alejarse a toda prisa, vuelve a guardarse la tarjeta en el bolsillo y piensa: Mierda, la cagué. Hace seis años, quizá incluso hace dos, lo habría convencido.

Pero achacarlo a la edad es demasiado sencillo. Una parte más profunda de él, más analítica y menos emotiva, sabe que en realidad no ha estado cerca en ningún momento. Pensar que quizá lo ha estado era una ilusión óptica. Pete se ha aprestado para el combate sin fisuras, hasta el punto de que es psicológicamente incapaz de batirse en retirada.

El chico llega a la farmacia, City Drug, saca la receta de su padre del bolsillo de atrás y entra. Hodges marca el número de Jerome.

—¡Bill! ¿Cómo te fue?

—No muy bien. ¿Conoces la farmacia City Drug?

—Claro.

—Ha entrado ahí con una receta. Mueve el culo y rodea la manzana lo más deprisa posible. Me dijo que se va a casa, y quizá sea verdad, pero si no lo es, quiero saber adónde *va*. ¿Crees que podrás seguirlo? Conoce mi coche. No conoce el tuyo.

—Ningún problema. Voy para allá.

Pasados menos de tres minutos Jerome dobla la esquina. Ocupa un lugar recién abandonado por una madre que acaba de recoger a un par de niños en apariencia demasiado enanos para la preparatoria. Hodges se pone en marcha, dirige una seña a Jerome y se encamina hacia la posición de Holly en Garner Street, marcando su número al mismo tiempo. Pueden esperar juntos el informe de Jerome.

22

El padre de Pete en efecto toma Vioxx, lo ha tomado desde que por fin pudo prescindir del OxyContin, pero ahora mismo tiene de sobra. La hoja de papel plegada que Pete saca del bolsillo trasero y mira antes de entrar en City Drug es una severa nota del subdirector para recordar a los alumnos de tercero que el Día Festivo Voluntario de Tercero es un mito, y la secretaría examinará todas las faltas de asistencia de ese día en concreto con especial atención.

Pete no exagera el gesto al sacar la nota; puede que Bill Hodges esté retirado, pero desde luego no parecía retrasado. No, Pete se limita a mirarla por un momento, como asegurándose de que es el papel correcto, y entra. Se acerca a toda prisa al mostrador del fondo, destinado al despacho de medicamentos con receta, donde el señor Pelkey le dirige un cordial saludo.

—Eh, Pete. ¿Qué te sirvo hoy?

—Nada, señor Pelkey, estamos todos bien, pero me persiguen un par de chicos porque no les he dejado copiar unas preguntas de un ejercicio de Historia. Me preguntaba si podría usted ayudarme.

El señor Pelkey arruga el entrecejo y se encamina hacia la puerta de vaivén. Siente simpatía por Pete, que siempre está alegre, pese a que su familia ha atravesado tiempos extraordinariamente difíciles.

—Señálamelos. Les diré que se larguen.

—No, puedo arreglarlo yo, pero mañana. Cuando hayan tenido tiempo de serenarse. Lo único… oiga, si pudiera salir por detrás…

El señor Pelkey le guiña el ojo con cara de complicidad como diciendo que también él fue niño en otro tiempo.

—Claro. Te abriré la puerta de seguridad.

Guía a Pete entre los estantes repletos de ungüentos y pastillas, y llegan al pequeño despacho del fondo. Ahí hay una puerta con un enorme letrero rojo donde se lee SONARÁ LA ALARMA. El señor Pelkey ahueca una mano en torno al teclado para ocultarlo e introduce los números del código con la otra. Se oye un zumbido.

—Sal por aquí —dice a Pete.

Pete le da las gracias, sale de inmediato a la plataforma de carga y descarga situada detrás de la farmacia y baja de un salto al suelo de cemento agrietado. Un callejón lo lleva a Frederick Street. Mira en ambos sentidos en busca del Prius del exinspector, no lo ve y se echa a correr. Tarda veinte minutos en llegar a Lower Main Street, y aunque en ningún momento detecta la presencia del Prius azul, da un par de repentinos rodeos en el camino, para mayor seguridad. Justo cuando tuerce por Lacemaker Lane, vuelve a vibrarle su celular. Esta vez el mensaje es de su hermana.

> Tina: Hablaste con el sñr Hodges? Spero q sí.
> Mama sabe. No le he dicho. Lo sabía. X favor no t enfades conmigo. ☹

Como si pudiera enfadarme contigo, piensa Pete. Si se hubiesen llevado dos años menos, tal vez hubiesen tenido el problema de la rivalidad entre hermanos, o tal vez no. En ocasiones lo irrita, pero él nunca se ha enfadado en serio, ni siquiera cuando se comporta como una niña mimada.

La verdad sobre el dinero ha salido a la luz, pero quizá pueda decir que el dinero fue *lo único* que encontró, y ocultar el hecho de que ha intentado vender el bien más privado de un hombre asesinado únicamente para que su hermana pueda estudiar en un colegio donde no tendría que bañarse en grupo. Y donde la boba de su amiga Ellen quedaría relegada al olvido.

Sabe que las probabilidades de salir de esto bien parado son escasas o casi nulas, pero en algún momento —quizá esta misma tarde, piensa, viendo las manecillas del reloj avanzar inexorablemente hacia las tres— eso ha pasado a segundo plano. Lo que en realidad desea es enviar los cuadernos, sobre todo los que contienen las dos últimas novelas de Jimmy Gold, a la Universidad de Nueva York. O quizá a *The New Yorker*, porque fueron ellos quienes publicaron casi todos los relatos de Rothstein en los años cincuenta. Y que se cojan por el culo a Andrew Halliday. Sí, y a fondo. Hasta arriba del todo. Por nada del mundo permitirá que Halliday venda *ni una sola palabra* de las últimas obras de Rothstein a algún coleccionista rico, algún chiflado que las guarde en una habitación secreta climatizada junto con sus Renoir y sus Picasso o su preciada Biblia del siglo xv.

Cuando era pequeño, Pete veía los cuadernos como un tesoro enterrado. *Su* tesoro. Ahora sabe que no es así, y la única razón no es porque se haya enamorado de la prosa cruel, divertida y a veces delirantemente conmovedora de John Rothstein. Los cuadernos nunca han sido solo suyos. Tampoco han sido solo de Rothstein, al margen de lo que él pudiera pensar, allí escondido en su granja de New Hampshire. Merecen ser vistos y leídos por todo el mundo. Quizá el pequeño corrimiento de tierra que dejó a la vista el cofre aquel día de invierno fue un mero azar, pero Pete no lo ve de ese modo. Él cree que los cuadernos, como la sangre de Abel, clamaban desde la tierra. Si eso lo convierte en un romántico de mierda, que así sea. Hay mierda que *sí* importa una mierda.

En Lacemaker Lane, a media calle, ve el anticuado cartel de letras acaracoladas de la librería. Parece uno de esos letreros que uno vería a la entrada de una taberna inglesa, por más que en este se lea Andrew Halliday, Ediciones Raras en lugar de El Descanso del Labrador o algo parecido. Al mirarlo, las últimas dudas de Pete se disipan como humo.

Piensa: Tampoco John Rothstein es su cogida de cumpleaños, señor Halliday. Ni ahora ni nunca. No voy a entregarle ninguno de los cuadernos. *Nanay*, encanto, como diría Jimmy Gold. Si acude a la policía, lo contaré todo, y después de aquel asunto suyo con el libro de James Agee, ya veremos a quién creen.

Se quita un peso de los hombros, invisible pero grande. Tiene la sensación de que en su corazón algo vuelve a ser verdad por primera vez desde hace mucho tiempo. Pete se encamina con paso decidido hacia la tienda de Halliday, no se da cuenta de que tiene los puños apretados.

23

Unos minutos después de las tres —aproximadamente a la hora en que Pete está subiendo al Prius de Hodges— *sí* entra un cliente en la librería. Es un individuo regordete cuyos gruesos lentes y barbilla cana no disimulan su parecido con Elmer el Gruñón.

—¿Puedo servirle en algo? —pregunta Morris, aunque lo primero que le viene a la cabeza es: «Eh, ¿qué hay de nuevo, viejo?».

—No lo sé —contesta Elmer, dubitativo—. ¿Dónde está Drew?

—Ha surgido una urgencia familiar en Michigan —Morris sabe que Andy era de Michigan, así que por ahí va bien encaminado, pero deberá andarse con cautela por lo que a la familia se refiere; si Andy le habló alguna vez de algún pariente, Morris no se acuerda—. Yo soy un viejo amigo. Me ha pedido que me ocupe de la tienda esta tarde.

Elmer se queda pensando. Entretanto Morris se lleva la mano discretamente a la espalda y toca el tranquilizador contorno de la pequeña automática. No quiere pegarle un tiro a ese individuo, no quiere arriesgarse con el ruido, pero lo hará si no le queda más remedio. Hay espacio de sobra para Elmer allí al fondo en el despacho de Andy.

—Tenía un libro reservado para mí, por el que pagué un depósito. Una primera edición de *¿Acaso no matan a los caballos?* Es de…

345

—Horace McCoy —termina Morris por él. Los libros del estante situado a la izquierda del escritorio (aquellos tras los que estaban escondidos los DVD con las imágenes de las cámaras de seguridad) tienen recibos asomando entre las páginas, y Morris los ha examinado todos desde su llegada a la librería esta mañana. Son encargos de clientes, y el McCoy se encuentra entre ellos—. Un ejemplar excelente, autografiado. Solo la firma, sin dedicatoria. Un poco de *foxing* en el lomo.

Elmer sonríe.

—Ese es.

Morris lo saca del estante y a la vez lanza una mirada furtiva a su reloj. 15:13 horas. En la preparatoria de Northfield las clases terminan a las tres, así que el chico debería llegar a eso de las tres y media como mucho.

Jala el recibo y ve «Irving Yankovic, 750 dólares». Entrega el libro a Elmer con una sonrisa.

—Este lo recuerdo especialmente. Andy… me parece que ahora prefiere que lo llamen Drew… me ha dicho que solo va a cobrarle quinientos. Consiguió unas condiciones mejores de lo que preveía, y quería hacer partícipe del ahorro al cliente.

Toda sospecha que Elmer pudiera haber concebido al encontrar a un desconocido en el lugar habitual de Drew se evapora ante la perspectiva de ahorrarse doscientos cincuenta dólares. Saca el talonario.

—Entonces… con el depósito, queda en…

Morris traza un gesto magnánimo con la mano.

—Se ha olvidado de decirme a cuánto ascendía el depósito. Réstelo sin más. Seguro que confía en usted.

—Después de tantos años, debería, eso desde luego —Elmer se inclina sobre el escritorio y empieza a extender el cheque. Lo hace con una lentitud insufrible. Morris consulta el reloj. 15:16 horas—. ¿Ha leído usted *¿Acaso no matan a los caballos?*

—No —dice Morris—. Ese no.

¿Qué hará si llega el chico mientras este cabrón presuntuoso de la barbilla sigue vacilando ante su talonario? No podrá decir a Saubers que Andy está en la parte de atrás, no después de decir a Elmer el Gruñón que se ha marchado a Michigan. Empieza a manarle el sudor desde el nacimiento del pelo y a bajarle por las mejillas. Lo nota. Sudaba así en la cárcel mientras esperaba a que lo violasen.

—Un libro maravilloso —dice Elmer, y se interrumpe con la pluma en alto sobre el cheque a medio extender—. Una novela negra maravillosa, y una crítica social comparable a *Las uvas de la ira* —guarda silencio por un momento, para pensar en lugar de escribir, y son ya las 15:18 horas—. Bueno... quizá no a *Uvas*, eso sería exagerar, pero desde luego es comparable a *En dudosa batalla*, que es un tratado socialista más que una novela, ¿no cree?

Morris le da la razón. Se le duermen las manos. Si tiene que sacar la pistola, podría caérsele. O pegarse un tiro en la raja del culo. Al concebir esta posibilidad, prorrumpe en una repentina carcajada, un sonido desconcertante en ese espacio estrecho y revestido de libros.

Elmer alza la vista con la frente arrugada.

—¿Qué le ha hecho tanta gracia? ¿Algo relacionado con Steinbeck, quizá?

—Ni mucho menos —contesta Morris—. Es... tengo un trastorno de salud —se pasa una mano por una mejilla húmeda—. Me provoca sudores, y de pronto empiezo a reír —la expresión en el rostro de Elmer el Gruñón le arranca otra risotada. Se pregunta si Andy y Elmer se han acostado juntos alguna vez, y al pensar en los chasquidos y bamboleos de esa carne se ríe un poco más—. Disculpe, señor Yankovic. No me río de usted. Y por cierto... ¿es usted pariente del famoso músico pop y humorista Weird Al Yankovic?

—No, no tenemos nada que ver —Yankovic se apresura a plasmar su firma, arranca el cheque del talonario y se lo entrega a Morris, que sonríe y piensa que esta es una escena que John Rothstein podría haber escrito. En el momento del intercambio, Yankovic evita a toda costa que sus dedos se rocen.

—Perdone por la risa —se disculpa Morris, y suelta otra carcajada aún más estridente. Se acuerda de que antes llamaban al famoso músico pop y humorista Al Yan-Qué-Bicho—. De verdad que no puedo controlarla —el reloj marca ahora las 15:21 horas, e incluso eso se le antoja gracioso.

—Me hago cargo —Elmer retrocede con el libro aferrado contra el pecho—. Gracias.

Se encamina a toda prisa hacia la puerta. Morris levanta la voz y dice:

—No se olvide de decir a Andy que le he hecho el descuento. Cuando lo vea.

Con esto Morris se ríe aún con más ganas, porque esa sí que es buena. ¡Cuando lo vea! ¿Lo captas?

Cuando se le pasa por fin el ataque, son las 15:25 horas, y por primera vez se le ocurre que quizá ha echado precipitadamente al señor Irving Yankovic, alias Elmer el Gruñón, sin motivo alguno. Quizá el chico ha cambiado de idea. Quizá no va a venir, y eso no tiene ninguna gracia.

Bueno, piensa Morris, si no se presenta, tendré que hacerle una visita en su propia casa. Entonces la broma será a su costa. ¿Verdad?

24

Veinte para las cuatro.

Ahora no hay necesidad de estacionarse ante una entrada; los padres que se amontonaban en las proximidades de la preparatoria hace un rato, esperando para recoger a sus hijos, se han marchado. Los autobuses también se han ido. Hodges, Holly y Jerome están en un Mercedes sedán que fue en su día de la prima de Holly, Olivia. Se utilizó como arma homicida en la Matanza del Centro Cívico, pero ahora ninguno de ellos piensa eso. Tienen otras cosas en la cabeza, en particular al hijo de Thomas Saubers.

—Puede que el muchacho esté en un aprieto, pero hay que reconocer que tiene una mente ágil —comenta Jerome. Después de permanecer estacionado diez minutos a cierta distancia de City Drug, ha entrado y descubierto que el muchacho a quien se le había encomendado seguir ha desaparecido—. Un profesional no lo habría hecho mejor.

—Cierto —coincide Hodges. El muchacho se ha convertido en un desafío, desde luego más que el señor Madden, el ladrón de aviones. Hodges no ha interrogado personalmente al farmacéutico, ni necesita hacerlo. Pete ha comprado medicamentos ahí desde hace años; conoce al farmacéutico y el farmacéutico lo conoce a él. El chamaco se habrá inventado algún cuento, el farmacéutico lo habrá dejado salir por la puerta de atrás, y párale de contar. No tenían cubierta la salida de Frederick Street, porque en principio no era necesario.

—¿Y ahora qué? —pregunta Jerome.

—Creo que deberíamos ir a casa de los Saubers. Ya de buen comienzo era muy difícil mantener a los padres al margen de esto, como pidió Tina, pero ahora, me parece, ya es del todo imposible.

—Ya deben de sospechar que era él —señala Jerome—. Son sus *padres*, al fin y al cabo.

Hodges está a punto de decir: *No hay peor ciego que aquel que no quiere ver*, pero se encoge de hombros.

Holly no ha aportado nada a la conversación hasta el momento. Sentada al volante de la enorme carroza que tiene por coche, con los brazos cruzados ante el pecho, se tamborilea ligeramente con los dedos en los hombros. De pronto voltea hacia Hodges, arrellanado en el asiento trasero.

—¿Le preguntaste a Peter por el cuaderno?

—No he tenido ocasión —contesta Hodges. Holly está obsesionada con ese cuaderno, y él *debería* haber preguntado, solo por complacerla, pero la verdad es que ni siquiera se le ha pasado por la cabeza—. Decidió irse, y se esfumó al instante. Ni siquiera tomó mi tarjeta.

Holly señala la preparatoria.

—En mi opinión, deberíamos hablar con Ricky el Hippy antes de irnos —y como nadie contesta, añade—: La *casa* de Peter seguirá donde está, ¿no creen? No va a irse *volando*, ni nada por el estilo.

—En fin, no perdemos nada —dice Jerome.

Hodges deja escapar un suspiro.

—¿Y qué vamos a decirle exactamente? ¿Que uno de sus alumnos encontró un montón de dinero y se lo dio a sus padres a modo de asignación mensual? Los padres deberían enterarse antes que un profesor que sin duda no sabe un carajo de qué va el asunto. Y debería ser Pete quien se lo dijera. Así ya de entrada le quitaría un peso de encima a su hermana.

—Pero si está metido en un lío y no quiere que ellos se enteren, y aun así necesita hablar con alguien... o sea, con un adulto...

Jerome tiene cuatro años más que cuando ayudó a Hodges con el confuso caso de Brady Hartsfield, edad suficiente para votar y comprar bebidas alcohólicas legalmente, pero todavía no es tan mayor como para no recordar lo que es tener diecisiete años y caer de pronto en la cuenta de que te has complicado la vida con algo. Cuando eso ocurre, quieres hablar con una persona que ya haya pasado por lo mismo unas cuantas veces.

—Jerome tiene razón —dice Holly. Voltea hacia Hodges—. Hablemos con el profesor y veamos si Pete le pidió algún consejo. Si nos pregunta por qué queremos saberlo...

—*Claro* que lo preguntará —ataja Hodges—, y yo no puedo aducir secreto profesional que digamos. No soy abogado.

—Ni sacerdote —añade Jerome, en un comentario no muy útil.

—Puedes decirle que somos amigos de la familia —propone Holly con firmeza—. Y es verdad —abre su puerta.

—Tienes una corazonada —dice Hodges—. ¿Me equivoco?

—Sí —responde ella—. Una de esas corazonadas de Holly. Y ahora vamos.

25

Mientras suben por la ancha escalinata de la entrada principal y pasan bajo el lema LA EDUCACIÓN ES LA LUZ DE LA VIDA, la puerta de Andrew Halliday, Ediciones Raras vuelve a abrirse y entra Pete Saubers. Empieza a recorrer el pasillo principal; de pronto se detiene y frunce el entrecejo. El hombre sentado detrás del escritorio no es el señor Halliday. Es en la mayoría de los sentidos todo lo *contrario* del señor Halliday, pálido en lugar de rubicundo (a excepción de los labios, que tiene extrañamente rojos), canoso en lugar de calvo, y delgado en lugar de gordo. Casi enjuto. Dios santo. Pete ya tenía asumido que el guion pudiera irse a pique, pero no tan pronto.

—¿Dónde está el señor Halliday? Tenía una cita con él.

El desconocido sonríe.

—Ah, sí, claro, aunque no me ha dado tu nombre. Solo ha dicho «un joven». Está esperándote en su despacho, al fondo de la tienda —de hecho, esto es verdad. En cierto modo—. Solo tienes que llamar y entrar.

Pete se relaja un poco. Tiene su lógica que Halliday prefiera no mantener una reunión de tal importancia aquí fuera, donde podría entrar e interrumpirlos cualquiera que busque un ejemplar antiguo de *Matar a un ruiseñor*. Se anda con cuidado, piensa las cosas de antemano. Si Pete no hace lo mismo, sus escasas probabilidades de salir airoso se esfumarán.

—Gracias —dice, y se dirige hacia el fondo de la tienda entre las altas estanterías.

En cuanto deja atrás el escritorio, Morris se pone en pie y se acerca rápida y sigilosamente a la entrada de la tienda. Da la vuelta al cartel de la puerta, pasándolo de ABIERTO a CERRADO.

Acto seguido, echa el cerrojo.

26

En las oficinas de la preparatoria de Northfield, la secretaria mira con curiosidad al trío de visitantes que se presentan una vez acabadas las clases, pero no pregunta nada. Quizá da por supuesto que son parientes de algún alumno suspendido y que están ahí para hablar en su defensa. Sean lo que sean, es problema de Howie Ricker, no de ella.

Echa un vistazo al tablón magnético cubierto de etiquetas multicolores y dice:

—Debería estar todavía en su aula. Es la tres cero nueve, en la tercera planta, pero sean tan amables de mirar primero por la ventana para asegurarse de que no está con un alumno. Hoy tiene tutorías hasta las cuatro, y como el curso termina dentro de un par de semanas, muchos chicos se quedan a pedir ayuda para sus exámenes finales. O solicitar más tiempo.

Hodges le da las gracias y suben por la escalera, acompañados del eco de sus tacones. En algún lugar de la planta baja, un cuarteto de músicos interpreta *Greensleeves*. En algún lugar más arriba, una campechana voz masculina exclama jovialmente: «¡Das *pena*, Malone!».

El aula 309 está hacia la mitad del pasillo del tercer piso, y el señor Ricker, que viste una chillona camisa de turquesas con el cuello desabrochado y el nudo de la corbata suelto, habla con una chica que gesticula de manera teatral. Ricker alza la vista, ve a sus visitantes y centra de nuevo la atención en la chica.

Los visitantes se quedan de pie contra la pared, donde numerosos carteles anuncian cursos de verano, talleres de verano, destinos vacacionales de verano, un baile de fin de curso. Un par de chicas se acercan contoneándose por el pasillo, ambas con camisetas y gorras de softbol. Una se pasa un guante de catcher de una mano a la otra, como si jugara a la papa caliente.

Suena el celular de Holly, reproduciendo unos amenazadores acordes de la banda sonora de *Tiburón*. Sin aflojar el paso, una de las chicas dice:

—Va a necesitar una barca más grande.

Las dos se echan a reír.

Holly mira su teléfono y a continuación lo guarda.

—Un mensaje de Tina —anuncia.

Hodges enarca las cejas.

—Su madre sabe lo del dinero. Su padre lo sabrá también en cuanto llegue a casa del trabajo —señala en dirección a la puerta cerrada del aula del señor Ricker—. Ya no tiene sentido callárselo.

Lo primero que advierte Pete cuando abre la puerta del despacho a oscuras es la vaharada de hedor que sale de dentro. Es un olor metálico y orgánico a la vez, como limaduras de acero mezcladas con col en descomposición. Lo siguiente es el sonido, un zumbido grave. Moscas, piensa, y aunque no ve lo que hay dentro, ese tufo y ese sonido se conectan entre sí en su mente con la misma contundencia y el mismo estruendo que produce un mueble pesado al volcarse. Se da media vuelta para huir.

El dependiente de los labios rojos está ahí de pie, bajo uno de los globos colgantes que iluminan el fondo de la tienda. Empuña una alegre pistola, roja y negra con flores de oro incrustadas. Lo primero que piensa Pete es: Parece falsa. En las películas nunca parecen falsas.

—Mantén la calma, Peter —dice el dependiente—. No hagas ninguna tontería y saldrás ileso. Esto es solo una conversación.

Lo segundo que piensa es: Miente. Lo veo en sus ojos.

—Voltea, da un paso al frente y enciende la luz. El interruptor está a la izquierda de la puerta. Luego entra, pero no intentes cerrar de un portazo, a menos que quieras acabar con una bala en la espalda.

Pete da un paso al frente. Tiene la sensación de que dentro de él, desde el pecho para abajo, todos sus órganos están sueltos y en movimiento. Espera no mearse encima como un bebé. Quizá no tenga mayor importancia —seguramente no sería el primero en mojarse los calzones cuando lo apuntan con un arma—, pero para él sí parece tener gran importancia. Busca a tientas con la mano izquierda, encuentra el interruptor y lo acciona. Cuando ve lo que yace en la alfombra empapada, intenta gritar, pero los músculos del diafragma no le responden y lo único que sale de su garganta es un gemido acuoso. Las moscas zumban y se posan en lo que queda de la cara del señor Halliday. Que no es mucho.

—Ya lo sé —dice el dependiente, comprensivo—. No es muy agradable, ¿verdad? Las lecciones prácticas rara vez lo son. Andy me hizo enojar, Pete. ¿Tú también quieres hacerme enojar?

—No —contesta Pete con voz aguda y trémula. Parece más la voz de Tina que la suya—. No es mi intención.

—Entonces has aprendido la lección. Entra un poco más. Muévete muy despacio, pero no tengas inconveniente en eludir el desorden.

Pete, casi sin sentirse las piernas, entra y se desplaza hacia la izquierda, arrimado a una de las estanterías, procurando pisar en la parte de la alfombra que no se ha empapado, que es muy poca. Su pánico inicial ha dado lugar a un inerte manto de terror. Sigue pensando en esos labios rojos. Sigue imaginándose al lobo grande y malo diciendo a Caperucita Roja: *Son para besarte mejor, cariño.*

Debo pensar, se dice. Debo pensar, o voy a morir en este despacho. Probablemente muera de todos modos, pero si no consigo pensar, ya puedo darlo por hecho.

Continúa bordeando la mancha de color morado negruzco hasta que un aparador de madera de cerezo le corta el paso, y ahí se detiene. Seguir adelante implicaría pisar la parte ensangrentada de la alfombra, y si está aún húmeda, se oirá el *chasquido*. En el aparador hay licoreras de cristal y varios vasos bajos y anchos. En el escritorio ve un hacha, en cuya hoja se refleja la luz del techo. Esa es seguramente el arma que el hombre de los labios rojos utilizó para matar al señor Halliday, y Pete supone que debería asustarlo aún más; sin embargo, al verla, se le despeja la cabeza como si hubiera recibido un violento bofetón.

La puerta se cierra a sus espaldas. El dependiente que Pete sospecha que no es un dependiente se apoya en ella y lo apunta con su alegre pistolita.

—Muy bien —dice, y sonríe—. Ahora podemos hablar.

—¿De... De...? —se aclara la garganta, vuelve a intentarlo, y esta vez la voz de Pete se parece más a la suya propia—. ¿De qué? Hablar ¿de qué?

—Déjate de falsedades. Hablar de los cuadernos. Esos que robaste.

Todo cobra sentido en la mente de Pete. Se queda boquiabierto.

El dependiente que no es un dependiente sonríe.

—Ah. Has caído en la cuenta, veo. Dime dónde están, y quizá salgas vivo de esta.

Pete lo duda mucho.

Piensa que ya sabe demasiado para eso.

28

Cuando la chica sale del aula del señor Ricker, sonríe, así que debe de haberle ido bien en la tutoría. Incluso mueve los dedos en un parco saludo —quizá dirigido a los tres, o más probablemente solo a Jerome— a la vez que se aleja a toda prisa por el pasillo.

El señor Ricker, que la ha acompañado hasta la puerta, mira a Hodges y sus acompañantes.

—¿Puedo ayudarlos en algo, dama y caballeros?

—No es probable —contesta Hodges—, pero vale la pena intentarlo. ¿Nos permite entrar?

—Faltaría más.

Se sientan en pupitres de la primera fila como alumnos atentos. Ricker se recuesta contra el borde de su mesa, una informalidad de la que se ha abstenido cuando hablaba con su joven tutelada.

—Estoy casi seguro de que no son ustedes padres, así que, díganme, ¿de qué se trata?

—Tiene que ver con uno de sus alumnos —dice Hodges—. Un chico que se llama Peter Saubers. Creemos que podría estar metido en un lío.

Ricker frunce el entrecejo.

—¿Pete? Eso me parece poco probable. Es uno de los mejores alumnos que he tenido. Demuestra un sincero amor por la literatura, en especial la literatura estadounidense. Entra en el cuadro de honor todos los trimestres. ¿En qué clase de lío cree que se ha metido?

—Esa es la cuestión: no lo sabemos. Se lo pregunté a él, pero me contestó con evasivas.

Ricker arruga aún más la frente.

—Ese no parece el Pete Saubers que yo conozco.

—Guarda relación con un dinero que, por lo visto, encontró hace unos años. Me gustaría ponerlo a usted al corriente de la información de la que disponemos. No nos llevará mucho tiempo.

—Díganme, por favor, que no tiene nada que ver con las drogas.

—No tiene nada que ver.

Ricker parece sentir alivio.

—Bien. De eso ya he visto más que suficiente, y los chicos inteligentes están en peligro tanto como los tontos. O más, en algunos casos. Cuénteme. Lo ayudaré si puedo.

Hodges habla en primer lugar del dinero que empezó a llegar a casa de los Saubers en lo que fue, casi literalmente, la hora más oscura de la familia. Explica a Ricker que siete meses después de interrumpirse los envíos mensuales de dinero misterioso, comenzaron a notar a Pete tenso y disgustado. Para concluir, menciona que, en opinión de Tina, su hermano intentó obtener más dinero, quizá de la misma fuente de la que procedía el dinero misterioso, y como consecuencia de ello se encuentra en el lío actual.

—Se dejó el bigote —dice Ricker en tono pensativo cuando Hodges termina—. Ahora ya no es alumno mío, asiste a la clase de Escritura Creativa de la señora Davis, pero el otro día me lo crucé en el pasillo y le hice una broma al respecto.

—¿Y él cómo se la tomó? —pregunta Jerome.

—Ni siquiera estoy muy seguro de que me oyera. Parecía en otro planeta. Pero eso no es raro entre adolescentes, como sin duda ya sabrá. En especial cuando las vacaciones de verano están a la vuelta de la esquina.

—¿Le ha mencionado alguna vez un cuaderno? —pregunta Holly—. ¿Un Moleskine?

Ricker se detiene a pensarlo mientras Holly lo mira esperanzada.

—No —contesta por fin—. No lo creo.

Ella se desanima.

—¿Alguna vez ha acudido a usted por *algo*? —pregunta Hodges—. ¿Cualquier cosa que lo preocupara, por intrascendente que fuese? Yo crie a una hija, y sé que a veces hablan de sus problemas en clave. Seguramente usted también lo sabe.

Ricker sonríe.

—El famoso «amigo que».

—¿Cómo dice?

—En el sentido de «Tengo un amigo que ha dejado embarazada a su novia». O «Tengo un amigo que sabe quién hizo las pintadas homófobas en la pared del baño de hombres». Después de un par de años en este trabajo, todos los profesores saben lo del famoso «amigo que».

—¿Tenía Pete Saubers un «amigo que»? —pregunta Jerome.

—No que yo recuerde. Lo siento mucho. Los ayudaría si pudiera.

En voz baja y no muy esperanzada, Holly pregunta:

—¿Ningún amigo que llevara un diario secreto o quizá encontrara información valiosa en un cuaderno?

Ricker niega con la cabeza.

—No. De verdad que lo siento. Dios mío, me horroriza la idea de que Pete pueda estar metido en un lío. Escribió uno de los mejores trabajos que haya presentado jamás un alumno mío. Trataba de la trilogía de Jimmy Gold.

—John Rothstein —dice Jerome, sonriente—. Yo tenía una camiseta en la que se leía…

—No me lo digas —ataja Ricker—. No hay mierda que importe una mierda.

—En realidad, no. Era una frase en la que decía que no quería ser la… este, el regalo de cumpleaños de nadie.

—Ah, ya —dice Ricker, sonriendo—. *Esa.*

Hodges se pone en pie.

—Yo soy más bien lector de Michael Connelly. Gracias por su tiempo.

Tiende la mano. Ricker se la estrecha. Jerome también está levantándose. Holly, en cambio, sigue sentada.

—John Rothstein —dice—. Escribió aquel libro sobre un chico que se hartó de sus padres y se fugó a Nueva York, ¿no?

—Esa fue la primera novela de la trilogía Gold, sí. Pete estaba fascinado con Rothstein. Seguramente todavía lo está. Puede que en la universidad descubra nuevos héroes, pero cuando estudiaba en mi curso, pensaba que Rothstein era lo máximo. ¿Usted lo ha leído?

—No —responde Holly, y se pone en pie—. Pero soy muy aficionada al cine, y visito a menudo una web que se llama Deadline. Para leer las últimas noticias de Hollywood. Sacaron un artículo sobre un montón de productores que querían hacer una película basada en *El corredor*. Pero Rothstein, por más dinero que le ofrecieran, los mandaba al infierno.

—Muy propio de él, desde luego —dice Ricker—. Era famoso por su mal genio. Detestaba el cine. Sostenía que era un arte para idiotas. La sola palabra «cine» le daba grima. Escribió un ensayo sobre el tema, creo recordar.

Holly se animó.

—Luego murió *asesinado* y no dejó *testamento*, con lo que seguían sin poder hacer la película por las complicaciones *jurídicas*.

—Holly, tenemos que marcharnos —insta Hodges. Tiene que ir a casa de los Saubers. Dondequiera que esté Pete ahora, acabará yendo allí.

—Bien... supongo... —Holly deja escapar un suspiro. Pese a tener casi cincuenta años, y a la medicación para evitar los cambios de ánimo bruscos, Holly se pasa la mayor parte del tiempo en una montaña rusa emocional. Ahora se apaga la luz de sus ojos y se ve muy abatida. Hodges se siente mal por ella, desea decirle que, por muchas corazonadas que fallen, uno no debe dejar de escucharlas. Porque las que sí se cumplen son oro puro. No puede decirse que sea un consejo muy sabio, pero más tarde, cuando disponga de un momento en privado con ella, se lo transmitirá. Procurará aliviarle un poco el escozor.

—Gracias por su tiempo, señor Ricker —Hodges abre la puerta. Débilmente, como música oída en un sueño, llegan los acordes de *Greensleeves*.

—Ah, caramba —dice Ricker—. Alto ahí.

Se vuelven hacia él.

—Pete *sí* acudió a mí por un asunto, y no hace mucho. Pero veo a tantos alumnos...

Hodges mueve la cabeza en un comprensivo gesto de asentimiento.

—Y la cuestión no tenía gran importancia, no se trataba de ningún episodio de desgarro adolescente ni nada por el estilo. Fue en realidad una conversación muy agradable. Me ha venido ahora a la memoria solo porque guarda relación con ese libro que usted ha mencionado, señora Gibney. *El corredor* —esboza una sonrisa—. Aunque en el caso de Pete no era un «amigo que», sino un «tío que».

Hodges siente una chispa de algo brillante y caliente, como un fusible encendido.

—¿Qué tenía ese tío de Pete para que mereciera la pena hablar de él?

—Pete me contó que su tío poseía una primera edición firmada de *El corredor*. Se la ofreció a Pete, porque Pete era un admirador de Rothstein... o esa fue su versión. Pete me dijo que se había planteado venderla. Le pregunté si estaba seguro de que deseaba desprenderse de un libro firmado por su ídolo literario, y él me contestó que contemplaba la posibilidad muy en serio. Su esperanza era contribuir a mandar a su hermana a un colegio privado, no recuerdo cuál...

—Chapel Ridge —apunta Holly. La luz ha vuelto a sus ojos.

—Sí, eso creo.

Hodges se acerca de nuevo a la mesa lentamente.

—Cuénteme... *Cuéntenos*... todo lo que recuerde sobre esa conversación.

—En realidad eso es todo, salvo por un detalle que medio activó mi detector de patrañas. Según Pete, su tío ganó el libro en una partida de póquer. En ese momento pensé, recuerdo, que esas cosas solo suceden en las novelas o las películas, pero rara vez en la vida real. Aunque, por supuesto, en ocasiones la vida *imita* al arte.

Hodges está formulando en su cabeza la pregunta obvia, pero Jerome se le adelanta.

—¿Le preguntó por posibles libreros?

—Sí, en realidad esa fue la razón por la que acudió a mí. Traía una breve lista de tratantes de la ciudad, sacada de internet, supongo. Lo disuadí de ir a uno de ellos. Uno con una reputación un tanto turbia.

Jerome mira a Holly. Holly mira a Hodges. Hodges mira a Howard Ricker, y hace la siguiente pregunta obvia. Ahora ya ha puesto la directa: el fusible de su cabeza está en plena incandescencia.

—¿Cómo se llama ese tratante de libros turbio?

29

Pete ve solo una posibilidad de seguir con vida. Mientras el hombre de los labios rojos y la tez amarillenta no sepa dónde están los cuadernos de Rothstein, no apretará el gatillo de la pistola, que le parece menos alegre a cada momento.

—Usted es el socio del señor Halliday, ¿verdad? —dice, sin mirar exactamente al cadáver (es demasiado horrendo), pero sí señalándolo con el mentón—. Se confabuló con él.

Labios Rojos emite una breve risa y a continuación hace algo que sorprende a Peter, que creía estar ya más allá de la posibilidad de sorprenderse. Escupe al cadáver.

—*Nunca* fue mi socio. Aunque tuvo su oportunidad, hace mucho tiempo. Antes de que tú fueses siquiera un destello en el ojo de tu padre, Peter. Y si bien considero admirable tu maniobra de distracción, debo insistir en que nos centremos en el tema que nos atañe. ¿Dónde están los cuadernos? ¿En tu casa? Que antes era *mi* casa, dicho sea de paso. ¿No es eso una coincidencia interesante?

He ahí otra sorpresa.

—*Su...*

—Más historia antigua. Da igual. ¿Es ahí donde están?

—No, ya no. Lo estuvieron por un tiempo, pero los cambié de sitio.

—¿Y yo debo creérmelo? Me parece que no.

—Por él —Pete señala de nuevo el cadáver con el mentón—. Intenté venderle unos cuantos cuadernos, y él me amenazó con avisar a la policía. *Tenía* que cambiarlos de sitio.

Labios Rojos se detiene a reflexionar por un momento; finalmente asiente con la cabeza.

—De acuerdo, eso lo entiendo. Coincide con lo que él me contó. ¿Y dónde los dejaste, pues? Suéltalo, Peter, confiesa. Los dos nos sentiremos mejor, sobre todo tú. Si hay que darle fin, más vale darle fin pronto. *Macbeth*, acto primero.

Pete no confiesa. Confesar es morir. Este es el hombre que robó los cuadernos en su día, eso ahora ya lo sabe. Robó los cuadernos y asesinó a John Rothstein hace treinta años. Y ahora ha asesinado al señor Halliday. ¿Vacilará en añadir a Pete Saubers a la lista?

Labios Rojos le lee el pensamiento sin mayor dificultad.

—No tengo por qué matarte, ¿sabes? Al menos no inmediatamente. Puedo meterte una bala en la pierna. Si sirve para aflojarte la lengua, te meteré una en los huevos. Sin esa parte, un joven como tú no tendría gran cosa por la que vivir. ¿No te parece?

Del todo acorralado, Pete únicamente puede recurrir a esa indignación impotente e intensa de la que solo es capaz un adolescente.

—¡Usted lo mató! *¡Usted mató a John Rothstein!* —las lágrimas se acumulan en sus ojos; corren por sus mejillas en hilos calientes—. Fue el mejor escritor del siglo xx, ¡y usted entró en su casa por la fuerza y lo mató! ¡Por dinero! ¡Solo por dinero!

—¡*No* por dinero! —replica Labios Rojos—. *¡Él se vendió!*

Da un paso al frente y el cañón de la pistola desciende un poco.

—¡Mandó a Jimmy Gold al infierno y a eso lo llamó publicidad! Por cierto, ¿quién eres tú para darte esos aires? ¡Tú mismo has intentado vender los cuadernos! *Yo* no quiero venderlos. Quizá en otro tiempo sí quise, cuando era joven y estúpido, pero ya no. Quiero leerlos. Son míos. Quiero deslizar la mano por encima de la tinta y sentir las palabras que él plasmó de su puño y letra. ¡Pensar en eso es lo único que me ha permitido conservar la cordura durante treinta y seis años!

Da otro paso al frente.

—Sí, ¿y qué me dices del dinero que había en el cofre? ¿También eso te lo quedaste? ¡Claro que sí! ¡El ladrón eres tú, no yo! *¡Tú!*

En ese momento Pete siente tal furia que ni siquiera piensa en escapar, porque esa última acusación, por injusta que sea, también es cierta. Se limita a agarrar una licorera y lanzársela con todas sus fuerzas a su torturador. Labios Rojos no se lo espera. Da un respingo, volviéndose ligeramente a la derecha, y la licorera lo alcanza en el hombro. El tapón de cristal se desprende en cuanto la licorera cae en la alfombra. El olor fuerte y penetrante del whisky se une al de la sangre rancia. Las moscas, viendo interrumpido su festín, se elevan con un zumbido en una nube arremolinada.

Ajeno a la pistola, Pete agarra otra licorera y, empuñándola en alto como un garrote, se abalanza hacia Labios Rojos. Tropieza con las piernas extendidas de Halliday, cae sobre una rodilla, y cuando Labios Rojos dispara —la detonación en ese espacio cerrado suena como una palmada seca—, la bala le pasa tan cerca que por poco le hace la raya en el pelo. Pete la oye: zzzzzz. Arroja la segunda licorera y da a Labios Rojos justo por debajo de la boca. Sangrando, su agresor lanza un alarido, retrocede tambaleante y choca contra la pared.

Las dos últimas licoreras se encuentran ahora detrás de él, y no tiene tiempo para volverse y echar mano a otra. Pete se obliga a levantarse y toma el hacha del escritorio, no por el mango recubierto de goma sino por la cabeza. Siente escozor cuando la hoja se le hinca en la palma de la mano, pero es un dolor lejano, sentido por alguien que vive en otro país. Labios Rojos sigue empuñando la pistola, y se dispone a disparar de nuevo. Aunque Pete, propiamente hablando, no puede pensar, una parte más profunda de su cerebro, a la que quizá no ha recurrido nunca hasta hoy, comprende que si estuviera más cerca de Labios Rojos podría forcejear con él y desarmarlo. Y no le costaría. Es más joven, más fuerte. Pero el escritorio los separa, así que opta por lanzar el hacha. Esta gira en el aire hacia Labios Rojos como un tomahawk.

Labios Rojos grita, se encoge y alza la mano con la que sostiene el arma para protegerse el rostro. El lado romo de la cabeza del hacha le golpea el antebrazo. La pistola sale volando, rebota en una de las estanterías y cae al suelo. Se dispara, con la consiguiente palmada seca. Pete no sabe adónde va esta segunda bala, pero a él no lo ha herido, y eso es lo único que le importa.

Labios Rojos se arrastra hacia el arma con el pelo blanco y fino caído ante los ojos y un hilo de sangre en el mentón. Es inquietantemente rápido, en cierto modo como un reptil. Pete hace un cálculo, todavía sin pensar, y ve que si corre hacia el arma, Labios Rojos se le adelantará. Será por poco, pero se le adelantará. Existen probabilidades de que pueda agarrarle el brazo antes de que apunte el arma y dispare, pero muy pocas.

Así pues, se dirige como una flecha hacia la puerta.

—¡Vuelve aquí, mierdecilla! —exclama Labios Rojos—. ¡Tú y yo no hemos acabado!

Por un breve instante un pensamiento coherente se forma de nuevo en la cabeza de Pete: Uy, sí, sí hemos acabado.

Abre la puerta y, agachado, la cruza. Cierra con la mano izquierda, mediante un potente golpe de muñeca, y aprieta a correr hacia la parte delantera de la tienda, hacia Lacemaker Lane y las bienaventuradas vidas de otras personas. Se oye otro disparo —ahogado—, y Pete se agacha más aún, pero no nota impacto ni dolor alguno.

Jala la puerta de entrada. No se abre. Lanza una mirada de desesperación por encima del hombro y ve a Labios Rojos salir a trompicones del despacho de Holliday con una barbilla de sangre en el mentón. Labios Rojos levanta el arma e intenta apuntar.

Pete, sin sentirse los dedos, busca a tientas el pasador, logra cerrar la mano alrededor y lo gira. Al cabo de un momento se halla en la acera soleada. Nadie lo mira; ni siquiera hay nadie cerca. En esta tórrida tarde entre semana, el centro comercial peatonal de Lacemaker Lane está casi tan vacío como puede estarlo.

Pete corre a ciegas, sin saber adónde va.

30

Es Hodges quien va al volante del Mercedes de Holly. Obedece las señales de tráfico y no serpentea alocadamente de un carril a otro, pero procura reducir el tiempo lo máximo posible. No le sorprende en absoluto que este recorrido desde el Lado Norte hasta la librería de Halliday en Lacemaker Lane le traiga a la memoria un viaje mucho más enloquecido en ese mismo coche. Aquella noche era Jerome quien iba al volante.

—¿Cómo estás tan segura de que el hermano de Tina acudió a ese tal Halliday? —pregunta Jerome. Esta tarde le toca a él ir en el asiento de atrás.

—Acudió a él —afirma Holly sin apartar la vista de su iPad, que ha sacado de la amplia guantera del Mercedes—. Lo sé, y creo que sé por qué. Además, no era un libro firmado —toca la pantalla y dice entre dientes—. Vamos, vamos, vamos. ¡*Carga* ya, estúpida!

—¿Qué buscas, Hollyberry? —pregunta Jerome, inclinándose al frente entre los asientos.

Ella se vuelve y le lanza una mirada de inquina.

—No me llames así, sabes que no me gusta.

—Lo siento, lo siento —Jerome alza la vista al techo.

—Te lo diré dentro de un momento —dice ella—. Ya casi lo tengo. Ojalá tuviera wifi en lugar de esta conexión móvil, la muy estúpida. Es *lentísima*, una verdadera *caca*.

Hodges se echa a reír. No puede evitarlo. Esta vez Holly posa en él su mirada de inquina al tiempo que da de puñetazos a la pantalla.

Hodges asciende por una vía de acceso y se incorpora a Crosstown Connector.

—Las piezas empiezan a encajar —dice a Jerome—. En el supuesto de que el libro del que Pete habló a Ricker fuese en realidad un cuaderno del autor... el que vio Tina. El que Pete, muy nervioso, escondió debajo de la almohada.

—Seguro que lo era —afirma Holly, apartando la vista del iPad—. Dalo por hecho: te lo dice Holly Gibney —golpea otra vez con el puño, desplaza la pantalla y lanza un grito de frustración que sobresalta a sus dos acompañantes—. ¡Uuuf, estos malditos *pop-ups* me ponen de *nervios*!

—Cálmate —aconseja Hodges.

Ella no le hace caso.

—Esperen. Esperen y verán.

—El dinero y el cuaderno iban en el mismo paquete —dice Jerome—. Ese muchacho, Saubers, los encontró juntos. Eso es lo que estás pensando, ¿no?

—Sí —contesta Hodges.

—Y lo que sea que contenía el cuaderno valía más dinero. Solo que un tratante de libros raros honrado no lo tocaría ni loco...

—¡*LO TENGO!* —vocifera Holly, y los dos se sobresaltan otra vez. El Mercedes da un bandazo. El conductor del carril contiguo, irritado, toca el claxon y les dirige un gesto inconfundible con la mano.

—¿Qué tienes? —pregunta Jerome.

—¡No *qué*, Jerome, *quién*! ¡Tengo al puñetero John Rothstein! ¡Asesinado en 1978! Al menos tres hombres entraron en su granja... en New Hampshire, era... y lo mataron. Abrieron también la caja fuerte. Atentos a esto: es del *Union Leader*, de Manchester, publicado tres días después de su muerte.

Mientras Holly lee, Hodges abandona Crosstown y accede a Lower Main.

—«Existe la creciente certidumbre de que los ladrones no iban solo detrás del dinero. "Es posible que se llevaran también un número indeterminado de cuadernos que contenían diversos textos que el señor Rothstein escribió después de retirarse de la vida pública", declaró una fuente cercana a la investigación. Dicha fuente especuló después con la posibilidad de que los cuadernos, cuya existencia fue corroborada ayer a última hora por la mujer de la limpieza de John Rothstein, podrían alcanzar un gran valor en el mercado negro.»

A Holly le resplandecen los ojos. Está en uno de esos trances divinos en que se olvida totalmente de sí misma.

—Los ladrones lo escondieron —dice.

—Escondieron el dinero —añade Jerome—. Los veinte mil.

—Y los cuadernos. Pete encontró al menos parte de ellos, quizá todos. Utilizó el dinero para ayudar a sus padres. No se metió en líos hasta que intentó vender los cuadernos para ayudar a su hermana. Halliday lo sabe. A estas alturas puede que incluso estén en su posesión. Deprisa, Bill. ¡Deprisa, deprisa, *deprisa*!

31

Morris se abalanza hacia la parte delantera de la tienda, retumbándole el corazón en el pecho, palpitándole las sienes. Se guarda la pistola de Andy en el bolsillo del saco, agarra un libro de uno de los expositores, lo abre y se lo aprieta contra la barbilla para restañar la herida. Podría haberse enjugado la sangre con la manga del saco, ha estado a punto de hacerlo, pero lo ha pensado mejor y sabe que no conviene. Tendrá que dejarse ver en público, y no quiere hacerlo manchado de sangre. El chico, en cambio, sí llevaba un poco en el pantalón, y eso está bien. Eso es estupendo, a decir verdad.

Vuelvo a pensar, y mejor será que ese chico piense también. Si piensa, la situación aún puede salvarse.

Abre la puerta de la tienda y mira a ambos lados. Ni rastro de Saubers. Tampoco esperaba otra cosa. Los adolescentes son rápidos. En ese sentido son como las cucarachas.

Morris se revuelve el bolsillo en busca del papel donde tiene apuntado el número del teléfono celular de Pete. No lo encuentra y por un momento sucumbe al más puro pánico. Al final toca algo arrugado en un rincón y exhala un suspiro de alivio. El corazón le retumba aún, y se golpea el pecho huesudo con la palma de la mano.

No me falles ahora, piensa. No te atrevas.

Utiliza el teléfono fijo de la tienda para llamar a Saubers, porque también eso encaja con la historia que está construyendo en su cabeza. Morris opina que es una buena historia. Duda que John Rothstein pudiera haber contado una mejor.

32

Cuando Pete recobra plenamente la compostura, se encuentra en un lugar que Morris Bellamy conoce bien: Government Square, enfrente del café Happy Cup. Para recuperar el aliento, se sienta en un banco, lanzando inquietas miradas en la dirección en la que ha venido. No ve ni rastro de Labios Rojos, y eso no le sorprende. También Pete puede pensar otra vez, y sabe que el hombre que ha intentado matarlo atraería la atención en la calle. Le he dado de pleno, piensa lúgubremente. Ahora Labios Rojos es Mentón Ensangrentado.

Hasta aquí bien, pero ¿ahora qué?

Como en respuesta a esta pregunta, el teléfono celular vibra. Pete lo saca del bolsillo y mira el número identificado. Reconoce los últimos cuatro dígitos, 8877, de cuando telefoneó a Halliday y le dejó un mensaje para anunciarle su viaje al hotel River Bend el fin de semana. Tiene que ser Labios Rojos; desde luego no puede ser el señor Halliday. Esta idea, de tan horrenda, le arranca una risa, aunque el sonido que emite su garganta semeja más bien un sollozo.

Su primer impulso es no contestar. Lo que lo induce a cambiar de idea es algo que ha dicho Labios Rojos: *Que antes era mi casa. ¿No es eso una coincidencia interesante?*

Su madre, en su mensaje de texto, le ordenaba que volviera a casa justo después de clase. El mensaje de Tina le informaba que su madre sabía lo del dinero. Así que están juntas en la casa, esperándolo. Pete no quiere alarmarlas innecesariamente —y menos cuando *él es* la causa de esa alarma—, pero necesita conocer el motivo de esta llamada entrante, sobre todo porque si ese demente llega a presentarse en Sycamore Street, su padre no está allí para protegerlas. Su padre está en Victor County, ocupado en enseñar uno de sus inmuebles.

Llamaré a la policía, piensa Pete. Cuando le diga eso, pondrá tierra por medio. No le quedará más alternativa. Esta idea lo reconforta mínimamente, y pulsa ACEPTAR.

—Hola, Peter —dice Labios Rojos.

—No necesito hablar con usted —contesta Peter—. Más le vale que huya, porque voy a llamar a la policía.

—Me alegro de haberme puesto en contacto contigo antes de que hagas semejante tontería. No me creerás, pero te lo digo como amigo.

—Tiene razón —contesta Pete—. No me lo creo. Ha intentado matarme.

—He aquí otra cosa que no te vas a creer: me alegro de no haberte matado. Porque en ese caso nunca descubriría dónde escondiste los cuadernos de Rothstein.

—Nunca lo descubrirá —dice Pete. Y añade—: Se lo digo como amigo —ahora se siente un poco más sereno. Labios Rojos no lo persigue, ni va camino de Sycamore Street. Está escondido en la librería y habla por el teléfono fijo.

—Eso es lo que piensas ahora, porque no te has parado a plantearte las cosas a largo plazo. Yo sí. He aquí la situación: acudiste a Andy para vender los cuadernos. Él intentó chantajearte, y tú lo mataste.

Pete no dice nada. No puede. Se ha quedado frío.

—¿Peter? ¿Sigues ahí? Si no quieres pasarte un año en el Centro Penitenciario de Menores de Riverview y después unos veinte años en Waynesville, más te vale. Yo he estado en los dos sitios, y puedo asegurarte que no son lo ideal para jóvenes con el culo virgen. La universidad sería mucho mejor, ¿no crees?

—El fin de semana ni siquiera estaba en la ciudad —aduce Pete—. Estaba de retiro con el colegio. Puedo demostrarlo.

Labios Rojos no vacila.

—Entonces lo hiciste antes de marcharte. O posiblemente el domingo por la noche, al volver. La policía encontrará tu mensaje de voz: me he asegurado de guardarlo. También hay imágenes en DVD de las cámaras de seguridad en las que aparecen discutiendo. Me llevé los dos discos, pero me aseguraré de que lleguen a manos de la policía si tú y yo no nos ponemos de acuerdo. Por otro lado están las huellas digitales. Encontrarán las tuyas en la perilla del despacho. Mejor aún, las encontrarán en el arma homicida. Yo diría que estás con la soga al cuello, aunque tengas coartada para todos los minutos de tu tiempo durante el fin de semana.

Pete, consternado, cae en la cuenta de que ni siquiera es así. El domingo se perdió *todas las actividades.* Recuerda que hace solo veinticuatro horas la señora Bran —alias Bran Stoker— lo esperaba junto a la puerta del autobús, teléfono celular en mano, dispuesta a llamar al 911 y comunicar la desaparición de un alumno.

Lo siento. Tenía el estómago revuelto. He pensado que un poco de aire fresco me vendría bien. Estaba vomitando.

Se la representa en el juzgado, con toda nitidez, declarando que sí, que Peter *parecía* enfermo esa tarde. Y oye al fiscal decir al jurado que posiblemente cualquier adolescente *parecería* enfermo después de reducir a astillas con un hacha a un librero ya de cierta edad.

Señoras y señores del jurado, les expongo mi hipótesis: aquel domingo por la mañana Pete Saubers volvió de aventón a la ciudad porque tenía una cita con el señor Halliday, quien creía que el señor Saubers había decidido por fin ceder a sus exigencias de chantaje. Solo que el señor Saubers no tenía intención de ceder.

Es una pesadilla, piensa Pete. Como negociar con Halliday otra vez desde el principio, solo que mil veces peor.

—¿Peter? ¿Estás ahí?

—Nadie lo creerá. Ni por asomo. No en cuanto descubran su presencia.

—¿Y yo quién soy, exactamente?

El lobo, piensa Pete. Usted es el lobo grande y malo.

Debía de haberlo visto alguien deambular por el recinto del hotel ese domingo. *Mucha* gente, porque él básicamente había andado por los caminos. Sin duda alguna lo recordaría y se prestaría a declarar. Pero, como decía Labios Rojos, aún quedaba por justificar el tiempo anterior y posterior al viaje. Sobre todo el domingo por la noche, cuando él fue derecho a su habitación y cerró la puerta. En *CSI* y *Mentes criminales*, los científicos de la policía siempre eran capaces de averiguar el momento exacto de la muerte de una persona asesinada, pero en la vida real ¿quién sabía? Pete desde luego no tenía ni idea. Y si la policía disponía de un buen sospechoso, uno cuyas huellas aparecían en el arma homicida, tal vez la hora de la muerte fuese discutible.

¡Pero *tuve* que lanzarle el hacha!, piensa. ¡No tenía otra cosa!

Convencido de que ya nada puede ir peor, Pete baja la vista y se ve una mancha de sangre en la rodilla.

Sangre del señor Halliday.

—Yo tengo la solución para eso —dice Labios Rojos diplomáticamente—, y si llegamos a un acuerdo, lo resolveré. Limpiaré tus huellas. Puedo borrar el mensaje de voz. Puedo destruir los DVD de las cámaras de seguridad. Lo único que tienes que hacer es decirme dónde están los cuadernos.

—¡Cómo voy a fiarme de usted!

—Deberías —voz baja. Tono persuasivo y razonable—. Piénsatelo, Peter. Si tú quedas fuera del asunto, el asesinato de Andy parece un intento de robo que se complicó. Un hecho fortuito, obra de algún adicto al crack o a la meta. Eso nos conviene a los dos. Si *no* quedas fuera, la existencia de los cuadernos sale a la luz. ¿Por qué habría yo de querer eso?

A usted le dará igual, piensa Pete. Le dará igual porque no estará ya cerca cuando descubran a Halliday muerto en su despacho. Ha dicho que estuvo en Waynesville, y eso lo convierte en un exrecluso, y usted conocía al señor Halliday. Si unimos lo uno y lo otro, también usted sería sospechoso. Sus huellas están allí tanto como lo están las mías, y dudo mucho que pueda limpiarlas todas. Lo que sí puede hacer, si yo se lo permito, es tomar los cuadernos y marcharse. Y en cuanto se haya ido, ¿qué le impedirá mandar a la policía esos DVD, por puro despecho? ¿Para vengarse de mí por golpearlo con la licorera y escapar? Si accedo a lo que propone…

Termina este pensamiento en voz alta.

—Estaré en peor situación. Al margen de lo que usted diga.

—Te aseguro que eso no es verdad.

Habla como un abogado, uno de esos poco fiables y muy relamidos que se anuncian en los canales por cable ya entrada la noche. De nuevo indignado, Pete se endereza en el banco como por efecto de una descarga eléctrica.

—Váyase a la mierda. *Nunca* tendrá esos cuadernos.

Corta la comunicación. El teléfono zumba en su mano casi enseguida, el mismo número, otra llamada de Labios Rojos. Pete pulsa RECHAZAR y apaga el teléfono. Ahora mismo necesita pensar más a fondo y con más inteligencia que en ningún otro momento de su vida.

Su madre y Tina, ellas son lo más importante. Tiene que hablar con su madre, decirle que ella y Teens deben marcharse de la casa inmediatamente. Ir a un motel, o algo así. Tienen que…

No, con su madre no. Tiene que hablar con su hermana, al menos por ahora.

No tomó la tarjeta del señor Hodges, pero Tina debe de saber cómo ponerse en contacto con él. Si eso no da resultado, tendrá que avisar a la policía y arriesgarse. Pase lo que pase, no pondrá en peligro a su familia.

Pete marca el número de su hermana.

33

—¿Hola? ¿Peter? ¿Hola? *¿Hola?*

Nada. Ese ladrón, ese hijo de puta, ha colgado. El primer impulso de Morris es arrancar el cable de la pared y lanzar el teléfono del escritorio contra una estantería, pero se contiene en el último instante. No es momento para dejarse arrastrar por la cólera.

¿Y ahora qué? A continuación, ¿qué? ¿Va Saubers a telefonear a la policía a pesar de todas las pruebas acumuladas contra él?

Morris no puede permitirse creer eso, porque si lo cree, los cuadernos no estarán ya a su alcance. Y se plantea esto otro: ¿daría el chico un paso tan irrevocable sin hablar antes con sus padres? ¿Sin pedirles consejo? ¿Sin prevenirlos?

Tengo que actuar deprisa, piensa Morris, y en voz alta, a la vez que limpia sus huellas dactilares del teléfono, dice:

—Si hay que darle fin, más vale darle fin pronto.

Y se lava la cara lo mejor que puede y sale por la puerta de atrás. No cree que los disparos se hayan oído desde la calle —el despacho, revestido de libros como está, debe de ser un espacio prácticamente insonorizado—, pero no quiere correr riesgos.

Se restriega la barbilla de sangre en el cuarto de baño de Halliday y deja a propósito el paño manchado de sangre en la pila donde la policía lo encontrará cuando por fin aparezca. Hecho esto, sigue el estrecho pasillo hasta una puerta con el letrero SALIDA en lo alto y cajas de libros apiladas delante. Las aparta, pensando en lo estúpido que es obstruir de ese modo la salida de incendios. Estúpido y poco precavido.

Ese podría ser el epitafio de mi viejo amigo, piensa Morris. Aquí yace Andrew Halliday, un marica gordo, estúpido y poco precavido. No se lo echará de menos.

El calor de media tarde lo golpea como un mazo. Se tambalea. Le palpita la cabeza a causa del golpe con la maldita licorera, pero dentro el cerebro le funciona a toda marcha. Monta en el Subaru, donde la temperatura es aún mayor, y pone el aire acondicionado al máximo en cuanto arranca el motor. Se examina en el retrovisor. Tiene en el mentón un feo hematoma violáceo alrededor de un corte en forma de media luna, pero ya no le sangra, y en conjunto no presenta muy mal aspecto. Lamenta no disponer de una aspirina, pero eso puede esperar.

Marcha atrás, abandona el lugar de estacionamiento de Andy y enfila el callejón hacia Grant Street. Grant tiene menos categoría como calle que Lacemaker Lane con sus tiendas elegantes, pero ahí al menos se permite la circulación de vehículos.

Cuando Morris se detiene en la boca del callejón, Hodges y sus dos compañeros llegan al otro lado del edificio y se quedan mirando el letrero que indica CERRADO en la puerta de Andrew Halliday, Ediciones Raras. Justo en el momento en que Hodges tantea la puerta de la librería y descubre que no está cerrada, Morris ve un hueco en el tráfico de Grant Street. Dobla rápidamente a la izquierda y pone rumbo a Crosstown Connector. Como la hora pico acaba de empezar, puede plantarse en el Lado Norte en quince minutos. Quizá doce. Debe impedir que Saubers acuda a la policía, en el supuesto de que no lo haya hecho ya, y existe una manera segura de conseguirlo.

Lo único que tiene que hacer es llegar hasta la hermana menor del ladrón de cuadernos antes que él.

34

Detrás de la casa de los Saubers, cerca de la valla que separa el jardín de la familia del terreno sin urbanizar, hay un viejo columpio oxidado que Tom Saubers se propone desmontar desde hace tiempo, ahora que sus dos hijos son ya demasiado mayores para eso. Esta tarde Tina, sentada en él, se mece lentamente. En el regazo tiene abierta la novela *Divergente*, pero hace cinco minutos que no pasa una página. Su madre le ha prometido llevarla a ver la película en cuanto haya terminado de leer el libro, pero hoy Tina no tiene ganas de leer sobre adolescentes en las ruinas de Chicago. Hoy eso le parece horrendo en lugar de romántico. Todavía columpiándose lentamente, cierra el libro y los ojos.

Dios mío, reza, te lo ruego, no permitas que Pete esté metido de verdad en un lío grave. Y no permitas que me odie. Me moriré si me odia, así que, te lo ruego, ayúdalo a entender por qué lo he contado. *Te lo ruego.*

Dios le contesta de inmediato. Dios dictamina que Pete no la culpará, porque su madre lo ha deducido todo por su cuenta, pero Tina no sabe bien si creérselo. Vuelve a abrir el libro, pero todavía no puede leer. El día parece en suspenso, como en espera de que ocurra algo espantoso.

El teléfono celular que le regalaron al cumplir los once años está arriba en su habitación. Es uno barato, no el iPhone con un sinfín de funciones que ella deseaba, pero es su posesión más preciada y rara vez se separa de él. Pero esta tarde sí. Lo ha dejado en su habitación y ha salido al jardín después de enviarle el mensaje a Pete. *Tenía* que enviarle ese mensaje, no podía permitir que llegara a casa sin preparación ninguna, pero no soporta la idea de que él le devuelva la llamada enfadado y en tono acusador. Tendrá que enfrentarse a él dentro de un rato, eso es inevitable, pero entonces su madre estará con ella. Su madre le dirá que no ha sido culpa de Tina, y él se lo creerá.

Probablemente.

El celular empieza a vibrar y moverse en su escritorio. Tiene un tono muy agradable de Snow Patrol, pero —con el estómago revuelto y preocupada por Pete— no ha pensado en activarlo y quitar el modo «silencio», obligatorio en el colegio, cuando ella y su madre han llegado a casa, así que Linda Saubers, en el piso de abajo, no lo oye. La pantalla se ilumina con la foto de su hermano. Al final el teléfono queda inmóvil. Después de unos treinta segundos empieza a vibrar de nuevo. Y luego una tercera vez. Después deja de sonar del todo.

La foto de Pete desaparece de la pantalla.

35

En Government Square, Pete se queda mirando su teléfono con cara de incredulidad. Por primera vez, que él recuerde, Teens ha dejado de atender una llamada al celular fuera de clase.

Entonces tendrá que ser su madre... o quizá no. Todavía no. Querrá hacerle un millón de preguntas, y el tiempo apremia.

Además (aunque no está del todo dispuesto a reconocerlo para sí), no quiere hablar con ella hasta que sea absolutamente necesario.

Recurre a Google para buscar el número del señor Hodges. Encuentra nueve William Hodges en la ciudad, pero el que a él le interesa debe de ser G. William, que tiene una agencia, Finders Keepers. Pete telefonea y sale un contestador. Al final del mensaje —que parece alargarse al menos una hora— Holly dice: «Si necesita atención inmediata, marque el 555-1890».

Pete vuelve a contemplar la posibilidad de llamar a su madre, pero decide probar antes con el número proporcionado por ese mensaje grabado. Lo que lo convence son dos palabras: «atención inmediata».

36

—Uuuf —dice Holly cuando se aproximan al escritorio vacío en el centro de la estrecha tienda de Andrew Halliday—. ¿A qué huele?

—A sangre —contesta Hodges. También a carne en descomposición, pero eso prefiere callárselo—. Quédense aquí, los dos.

—¿Vas armado? —pregunta Jerome.

—Llevo la *happy slapper*.

—¿Solo eso?

Hodges se encoge de hombros.

—Entonces te acompaño.

—Yo también —dice Holly, y agarra un mamotreto titulado *Plantas y flores silvestres de Norteamérica*. Lo sostiene como si se propusiera aplastar un insecto provisto de aguijón.

—No —responde Hodges pacientemente—, van a quedarse aquí. Los dos. Y si doy un grito desde el fondo para que avisen a la policía, a ver quién marca más deprisa el nueve uno uno.

—Bill... —empieza Jerome.

—No discutas, Jerome, y no perdamos el tiempo. Sospecho que no nos sobra.

—¿Una corazonada? —pregunta Holly.

—Quizá algo más que eso.

Hodges saca la *happy slapper* del bolsillo del saco (ya casi nunca prescinde de ella; en cambio, rara vez lleva su antigua arma reglamentaria) y la empuña por encima del nudo. Avanza con rapidez y sigilo hacia la puerta de lo que, según supone, es el despacho de Andrew Halliday. Está entornada. El extremo cargado de la *happy slapper* oscila suspendido de su mano derecha. Manteniéndose ligeramente a un lado de la puerta, llama con la izquierda. Como este parece uno de esos momentos en que la verdad rigurosa es prescindible, anuncia:

—Policía, señor Halliday.

No hay respuesta. Vuelve a llamar, levantando más la voz, y como sigue sin haber respuesta, abre la puerta de un empujón. Al instante el olor es más intenso: sangre, descomposición y alcohol derramado. También algo más. Pólvora quemada, un aroma que conoce bien. Se oye el zumbido aletargado de las moscas. Las luces están encendidas, como si enfocaran el cadáver tendido en el suelo.

—¡Dios santo, le falta media cabeza! —exclama Jerome.

Está tan cerca que Hodges, sorprendido, se sobresalta, levanta la *happy slapper* y vuelve a bajarla. Mi marcapasos ha puesto la directa, piensa. Voltea y se los encuentra a los dos apiñados justo detrás de él. Jerome se ha llevado una mano a la boca. Tiene los ojos desorbitados.

Holly, en cambio, parece tranquila. Mantiene *Plantas y flores silvestres de Norteamérica* aferrado contra el pecho y parece estar evaluando el sangrerío de la alfombra. Dice a Jerome:

—No vayas a vomitar. Esto es el escenario de un crimen.

—No voy a vomitar —dice, su voz ahogada por efecto de la mano con que se cubre la parte inferior del rostro.

—Vaya manera de hacer caso omiso de mis órdenes —reprende Hodges—. Si fuera su profesor, los mandaría a los dos al despacho del director. Voy a entrar. Ustedes dos se quedan justo donde están.

Da dos pasos al frente. Jerome y Holly lo siguen de inmediato. Uno al lado del otro. Estos dos parecen los putos gemelos Bobbsey, piensa Hodges.

—¿Ha hecho esto el hermano de Tina? —pregunta Jerome—. Por Dios, Bill, ¿ha sido él?

—Si ha sido él, no lo ha hecho hoy. Esa sangre está casi seca. Y hay moscas. No veo aún ningún gusano, pero...

Jerome tiene una arcada.

—Jerome, *no* —insta Holly con tono severo. Luego, a Hodges—: Veo un hacha pequeña. Una hachuela. O como se llame. Esa es el arma.

Hodges no contesta. Examina la escena. Piensa que Halliday —si es él— lleva muerto al menos veinticuatro horas, quizá más. *Probablemente* más. Pero aquí ha ocurrido alguna otra cosa desde entonces, porque el olor a alcohol derramado y pólvora es reciente e intenso.

—¿Eso es un orificio de bala, Bill? —pregunta Jerome. Señala un estante a la izquierda de la puerta, cerca de un pequeño escritorio de madera de cerezo. Hay un diminuto agujero en un ejemplar de *Trampa-22*. Hodges se acerca, lo mira más detenidamente, y piensa: Con eso *bajará* el precio de venta. Luego observa la mesa. Hay en ella dos licoreras de cristal, de Waterford, cree. La mesa acumula un poco de polvo, y distingue las marcas de otras dos que ya no están. Mira al otro lado del despacho, más allá del escritorio, y en efecto: están ahí, en el suelo.

—Sin duda es un orificio de bala —comenta Holly—. Huelo la pólvora.

—Ha habido una pelea —dice Jerome, y señala el cadáver sin mirarlo—. Pero él no ha intervenido, eso desde luego.

—No —confirma Hodges—, él no. Y los contendientes se han ido.

—¿Era Peter Saubers uno de ellos?

Hodges deja escapar un profundo suspiro.

—Casi con toda seguridad. Creo que vino aquí después de esquivarnos en la farmacia.

—Alguien se ha llevado la computadora del señor Halliday —observa Holly—. La grabadora DVD externa sigue ahí, al lado de la caja registradora, y el mouse inalámbrico... también una cajita con unas cuantas memorias USB... pero la computadora ha desaparecido. He visto un amplio espacio vacío en el escritorio de fuera. Con toda probabilidad era una portátil.

—¿Y ahora qué? —pregunta Jerome.

—Avisamos a la policía.

Hodges preferiría no hacerlo. Intuye que Pete Saubers está metido en un lío grave, y avisar a la policía tal vez solo empeore las cosas, al menos de entrada, pero él ya se las dio de Llanero Solitario en el caso del Asesino del Mercedes, y estuvieron a punto de morir miles de adolescentes por su culpa.

Saca el teléfono, pero cuando se dispone a encenderlo, se ilumina por sí solo y suena en su mano.

—Peter —dice Holly. Le brillan los ojos y habla con absoluta certidumbre—. Les apuesto seis mil dólares. *Ahora* sí quiere hablar. Reacciona, Bill, contesta el maldito teléfono.

Hodges así lo hace.

—Necesito ayuda —dice Pete Saubers atropelladamente—. Por favor, señor Hodges. Necesito ayuda, de verdad.

—Un segundo. Voy a poner el altavoz para que oigan también mis colaboradores.

—¿Colaboradores? —Pete parece más alarmado que nunca—. ¿Qué colaboradores?

—Holly Gibney. Tu hermana la conoce. Y Jerome Robinson. Es el hermano mayor de Barbara Robinson.

—Ah. Entonces... no hay problema, supongo —y como si hablara para sí—: No sé cómo podrían complicarse las cosas aún más.

—Peter, estamos en la tienda de Andrew Halliday. Hay un muerto en su despacho. Supongo que es Halliday, y supongo que tú ya lo sabes. ¿Son acertadas mis suposiciones?

Se produce un silencio. A no ser por el leve ruido del tráfico allí dondequiera que Pete esté, Hodges habría pensado que ha cortado la comunicación. De pronto, el chico comienza a hablar de nuevo, y las palabras brotan a borbotones.

—Ese hombre estaba ahí cuando llegué. El hombre de los labios rojos. Me dijo que encontraría al señor Halliday al fondo, y entré en su despacho. Él me siguió, y llevaba una pistola, e intentó matarme cuando yo me negué a decirle dónde están los cuadernos. Me negué porque... porque ese hombre no se los merece, y además iba a matarme *igualmente*, lo supe solo con mirarlo a los ojos. Él... yo...

—Le aventaste las licoreras, ¿verdad?

—¡Sí! ¡Las botellas! ¡Y él me disparó! Falló, pero la bala me pasó tan cerca que la oí. Me eché a correr y conseguí escapar, pero luego me telefoneó y me dijo que me cargarían a mí las culpas, la policía, porque también le aventé un hacha... ¿Viste el hacha?

—Sí —responde Hodges—. Estoy viéndola ahora mismo.

—Y... y mis huellas, dese cuenta... están en el hacha porque se la aventé... y ese hombre tiene unos discos con imágenes de una discusión entre el señor Halliday y yo... ¡porque quería chantajearme! Halliday, quiero decir, no el hombre de los labios rojos, ¡aunque ahora sí *es él* quien quiere chantajearme!

—¿Ese hombre de los labios rojos tiene el video de las cámaras de seguridad de la tienda? —pregunta Holly, inclinándose hacia el teléfono—. ¿Es eso lo que quieres decir?

—¡Sí! Ha dicho que la policía me detendrá, y tiene razón, porque el domingo, en River Bend, no fui a ninguna reunión, y además ha conseguido un mensaje de voz mío. *¡Y no sé qué hacer!*

—¿Dónde estás, Peter? —pregunta Hodges—. ¿Dónde estás ahora?

Se produce otro silencio, y Hodges sabe qué está haciendo exactamente Pete: busca lugares de referencia. Puede que haya pasado su vida en esta ciudad, pero ahora mismo está tan asustado que no distingue el este del oeste.

—Government Square —contesta por fin—. Delante de un restaurante, el Happy Cup.

—¿Ves al hombre que te disparó?

—N-no. Me fui corriendo, y no creo que él haya podido seguirme hasta muy lejos a pie. Es tirando a viejo, y en Lacemaker Lane no se puede circular en coche.

—Quédate ahí —dice Hodges—. Iremos a recogerte.

—No avise a la policía, por favor —ruega Peter—. Se morirían del disgusto, mis padres, después de todo lo que han pasado. Le daré a usted los cuadernos. No debería habérmelos quedado, ni debería haber intentado venderlos. Tendría que haberlo dejado cuando se acabó el dinero —está viniéndose abajo, y se le empaña la voz—. Mis padres... estaban metidos en una situación muy difícil. *En todos los sentidos.* ¡Yo solo quería ayudarlos!

—No dudo que eso es verdad, pero *tengo* que avisar a la policía. Si tú no mataste a Halliday, las pruebas lo demostrarán. No te pasará nada. Te recogeré e iremos a tu casa. ¿Estarán allí tus padres?

—Mi padre tiene un asunto de trabajo, pero mi madre y mi hermana sí estarán —Pete necesita tomar aliento antes de seguir—. Iré a la cárcel, ¿no? No me creerán cuando cuente lo del hombre de los labios rojos. Pensarán que me lo he inventado.

—Basta con que digas la verdad —interviene Holly—. Bill no permitirá que te pase nada malo —agarra la mano a Hodges y se la aprieta con vehemencia—. ¿No es así?

Hodges repite:

—Si tú no lo mataste, no te pasará nada.

—¡No lo maté! ¡Lo juro por Dios!

—Fue ese otro hombre, el de los labios rojos —dice Hodges.

—Sí. Mató también a John Rothstein. Ha dicho que Rothstein se vendió.

Hodges tiene un millón de preguntas, pero no es momento.

—Escúchame, Pete. Con mucha atención. Quédate donde estás. Llegaremos a Government Square dentro de quince minutos.

—Si me dejas manejar a mí, podemos llegar en diez —dice Jerome.

Hodges hace caso omiso.

—Iremos los cuatro a tu casa. Nos contarás la historia completa a mis colaboradores, a tu madre y a mí. Puede que ella quiera llamar a tu padre y hablar de la posibilidad de buscarte un representante legal. *Luego* avisaremos a la policía. Es lo máximo que puedo hacer.

Y es mucho más de lo que *debería* hacer, piensa a la vez que echa un vistazo al cadáver estragado, y recuerda lo cerca que estuvo de acabar él mismo en la cárcel hace cuatro años. Para colmo, por la misma razón: ese rollo suyo del Llanero Solitario. Pero seguramente no hay nada de malo en esperar otra media hora o tres cuartos. Y lo que Pete ha dicho sobre sus padres ha hecho mella en él. Hodges estuvo en el Centro Cívico aquel día. Vio las secuelas.

—D-de acuerdo. Vengan cuanto antes.

—Sí —corta la comunicación.

—¿Qué hacemos con *nuestras* huellas? —pregunta Holly.

—Déjalas —contesta Hodges—. Vamos a buscar a ese muchacho. Estoy impaciente por oír lo que tenga que contarnos —lanza a Jerome la llave del Mercedes.

—¡Grasia', bwana Hodges! —exclama, adoptando el dejo chirriante de Batanga el Negro Zumbón—. ¡E'te negro aquí presente e' un *condu'tó prudente*! Lo' shevaré sano y salvo a su de'ti...

—Cállate, Jerome.

Hodges y Holly lo dicen al unísono.

37

Pete toma aire con una profunda y trémula aspiración y cierra el teléfono celular. Todo le da vueltas en la cabeza como una atracción de feria en una pesadilla, y está seguro de que ha quedado como un idiota. O como un asesino que se inventa una historia descabellada por miedo a ser atrapado. Se le ha olvidado decirle al señor Hodges que Labios Rojos vivió en otro tiempo en lo que ahora es su casa, y debería habérselo dicho. Piensa en volver a llamar a Hodges, pero ¿para qué molestarse cuando él y esos otros dos vienen ya a recogerlo?

Ese individuo en todo caso no irá a la casa, se dice Pete. No puede. Debe mantenerse invisible.

«Pero igualmente sería muy capaz si cree que yo le he mentido en cuanto al traslado de los cuadernos a otra parte, entonces sí sería capaz. Porque está loco. De remate.»

Intenta telefonear otra vez a Tina y vuelve a salirle el mensaje: «Hola, soy Teens. Perdona pero ahora no puedo contestar; haz lo que tengas que hacer». *Bip.*

De acuerdo, pues.

Mamá.

Pero cuando se dispone a llamarla, ve acercarse un autobús, y en el indicador de destino, como si se tratara de un regalo del cielo, se lee LADO NORTE. Pete decide de pronto que no va a quedarse aquí sentado esperando al señor Hodges. En el autobús llegará antes, y quiere ir a casa *ya*. Telefoneará al señor Hodges en cuanto esté a bordo y le dirá que se reúna con él en la casa, pero antes llamará a su madre y le dirá que cierre bien todas las puertas.

El autobús va casi vacío, pero igualmente recorre el pasillo hasta el fondo. Y al final no hace falta que llame a su madre: el teléfono suena en su mano en cuanto se sienta. MAMÁ, reza la pantalla. Respira hondo y pulsa ACEPTAR. Ella empieza a hablar sin darle tiempo siquiera a saludarla.

—¿Dónde estás, Peter? —Peter en lugar de Pete. No es buen comienzo—. Te esperaba en casa hace una hora.

—Ya voy para allá —dice él—. Estoy en el autobús.

—Ciñámonos a la verdad, ¿quieres? El autobús ha llegado y se ha ido. Lo he visto.

—No me refiero al autobús escolar. Es el autobús que va a Lado Norte. He tenido que… —¿Qué? ¿Hacer un encargo? Eso es tan ridículo que podría echarse a reír. Solo que este asunto no da risa. Nada más lejos—. He tenido que hacer una cosa. ¿Está ahí Tina? ¿No se ha ido a casa de Ellen ni nada por estilo?

—Está en el jardín, leyendo su libro.

El autobús sortea unas obras en la calzada y avanza con desesperante lentitud.

—Mamá, escúchame. Tú…

—No, escúchame tú a *mí*. ¿Enviaste tú ese dinero?

Pete cierra los ojos.

—¿Fuiste tú? Basta con un sencillo sí o no. Ya entraremos en detalles más tarde.

Con los ojos todavía cerrados, dice:

—Sí. Fui yo. Pero...

—¿De dónde salió?

—Es una larga historia, y ahora mismo no tiene importancia. El *dinero* no tiene importancia. Hay un hombre...

—¿Cómo que no tiene importancia? ¡Fueron más de *veinte mil dólares*!

Reprime el impulso de replicar: *¿Ahora lo calculas?*

El autobús prosigue su penoso avance a causa de las obras. El sudor baña el rostro de Pete. Se ve la mancha de sangre en la rodilla, café oscuro en lugar de rojo, pero todavía tan estridente como un grito. *¡Culpable!*, acusa a voz en grito. *¡Culpable, culpable!*

—Mamá, por favor, calla y escúchame.

Un silencio de sorpresa al otro lado de la línea. Desde los tiempos de sus berrinches en la primera infancia, Pete nunca ha mandado callar a su madre.

—Hay un hombre, y es peligroso —podría decirle *cuán* peligroso es, pero la quiere en estado de alerta, no histérica—. No creo que vaya a casa, pero es una posibilidad. Haz entrar a Tina y cierra bien todas las puertas. Serán solo unos minutos. Yo enseguida llego. Y también irán otras personas. Personas que pueden ayudarnos.

O eso espero, piensa.

«Dios mío, eso espero.»

38

Morris Bellamy tuerce por Sycamore Street. Es consciente de que su vida se estrecha rápidamente orientada hacia un único punto. Solo tiene unos cientos de dólares robados, un coche robado y la necesidad de agenciarse los cuadernos de Rothstein.

Ah, y tiene también otra cosa: un escondrijo a corto plazo al que ir, un sitio donde leer y averiguar qué fue de Jimmy Gold después de alcanzar, gracias a la campaña de Duzzy-Doo, la cima del estercolero publicitario y embolsarse un buen puñado de aquellos Pavos Dorados. Morris es consciente de que se trata de un objetivo descabellado, una locura, y por tanto cabe deducir que está loco, pero es lo único que tiene, y eso le basta.

He ahí su antigua casa, que ahora es la casa del ladrón de los cuadernos. Con un cochecito rojo en el camino de acceso.

—La locura no importa una mierda —dice Morris Bellamy—. La locura no importa una mierda. *Nada* importa una mierda.

Un buen lema conforme al que vivir.

39

—Bill —dice Jerome—. Lamento decirlo, pero creo que nuestro pájaro ha volado.

Hodges, absorto en sus pensamientos, levanta la vista en el momento en que Jerome recorre Government Square con el Mercedes. Hay bastante gente sentada en los bancos —leyendo periódicos, charlando y tomando café, dando de comer a las palomas—, pero no adolescentes de ninguno de los dos sexos.

—Tampoco lo veo en ninguna de las mesas de la terraza de la cafetería —informa Holly—. ¿No habrá entrado quizá a tomar un café?

—Ahora mismo, un café sería lo último que se le pasara por la cabeza —asegura Hodges. Se golpea el muslo con el puño.

—Los autobuses de las líneas Lado Norte y Lado Sur pasan por aquí cada quince minutos —observa Jerome—. Para mí, en una situación como la suya, estar aquí sentado esperando a que vinieran a recogerme sería una tortura. Querría hacer algo.

Es entonces cuando suena el teléfono de Hodges.

—Pasó un autobús, y decidí no esperar —dice Pete. Se nota más tranquilo—. Yo ya estaré en casa cuando ustedes lleguen.

Acabo de hablar por teléfono con mi madre. Tina y ella están bien.

A Hodges ese comentario le da mala espina.

—¿Y por qué no iban a estarlo, Peter?

—Porque el hombre de los labios rojos sabe dónde vivimos. Ha dicho que *él* vivió en esa misma casa. Se me ha olvidado contárselo.

Hodges comprueba dónde están.

—¿Cuánto falta para Sycamore Street, Jerome?

—Estaremos allí dentro de veinte minutos. Quizá menos. Si hubiera sabido que el chaval iba a tomar el autobús, habría tomado por Crosstown.

—¿Señor Hodges? —Pete.

—Aquí sigo.

—En todo caso, ir a mi casa sería una estupidez por parte de ese hombre. Si lo hace, ya no podrá cargármelo a mí.

En eso tiene razón.

—¿Les has dicho que cierren bien la casa y se queden dentro?

—Sí.

—¿Y le has dado a tu madre su descripción?

—Sí.

Hodges sabe que si avisa a la policía, el señor Labios Rojos ahuecará el ala, y Pete dependerá de las pruebas forenses para quedar fuera de sospecha. Y además ellos probablemente podrán llegar antes que la policía.

—Dile que llame a ese hombre —dice Holly. Se inclina hacia Hodges y brama en dirección al teléfono—: *¡Llámalo y dile que has cambiado de idea y vas a darle los cuadernos!*

—Pete, ¿lo has oído?

—Sí, pero es que no puedo. Ni siquiera sé si tiene teléfono. Él me llamó desde la librería. No es que hayamos tenido tiempo para cruzar información precisamente, entiéndalo.

—Vaya mierda —dice Holly a nadie en particular.

—De acuerdo. Llámame en cuanto llegues a casa y compruebes que todo está en orden. Si no recibo noticias tuyas, no me quedará más remedio que avisar a la policía.

—Seguro que ellas están b…

Pero en ese momento se corta la comunicación. Hodges cierra el teléfono y se inclina al frente.

—Pisa a fondo, Jerome.

—En cuanto pueda —señala el tráfico, tres carriles en cada sentido, los cromados destellando bajo el sol—. En cuanto pasemos esa glorieta, despegaremos como un cohete.

Veinte minutos, piensa Hodges. Veinte minutos como mucho. ¿Qué puede pasar en veinte minutos?

La respuesta es muchas cosas, como sabe por amarga experiencia. La vida y la muerte. Ahora lo único que puede hacer es confiar en que esos veinte minutos no sean su tormento en el futuro.

40

Linda Saubers ha entrado en el pequeño despacho de su marido para esperar ahí a Pete, porque Tom tiene la computadora portátil en el escritorio y así ella puede jugar solitario. Está demasiado alterada para leer.

Después de hablar con Pete, está aún más alterada que antes. Y además asustada, pero no por miedo al villano siniestro que supuestamente acecha en Sycamore Street. Teme por su hijo, porque está claro que *él* sí cree en ese villano siniestro. Por fin las cosas empiezan a cuadrar. La palidez y la pérdida de peso de Pete… el absurdo bigote que intentó dejarse… la reaparición del acné y los largos silencios… ahora todo cobra sentido. Si Pete no está en plena crisis nerviosa, poco le falta.

Se levanta y mira a su hija por la ventana. Tina viste su mejor blusa, la amarilla holgada, y bajo ningún concepto debería llevarla puesta en un columpio viejo y sucio que tendría que haberse desmontado hace años. Sostiene un libro, abierto, pero no parece estar leyendo. Se ve demacrada y triste.

Qué pesadilla, piensa Linda. Primero Tom sufre lesiones tan graves que cojeará el resto de su vida, y ahora nuestro hijo ve monstruos entre las sombras. Ese dinero no era maná caído del cielo; era lluvia ácida. Quizá Pete solo necesite sincerarse. Contárnoslo todo sobre la procedencia del dinero. En cuanto hable, se iniciará el proceso de curación.

Entretanto, hará lo que él le ha pedido: llamará a Tina para que entre y cerrará bien la casa. No hay nada de malo en eso.

Una tabla cruje a sus espaldas. Se vuelve, esperando ver a su hijo, pero no es Pete. Es un hombre de piel pálida, cabello blanco y ralo, y labios rojos. Es el hombre que su hijo le ha descrito, el villano siniestro, y su primera sensación no es terror, sino, absurdamente, profundo alivio. Resulta, pues, que su hijo no tiene una crisis nerviosa.

Entonces ve la pistola en la mano del hombre, y la invade el terror, intenso y caliente.

—Usted debe de ser la mamá —dice el intruso—. Observo un marcado parecido familiar.

—¿Quién es usted? —pregunta Linda Saubers—. ¿Qué hace aquí?

El intruso —no en la mente de su hijo, sino en el umbral de la puerta del despacho de su marido— lanza una ojeada por la ventana, y Linda tiene que reprimir el impulso de decir *No la mire.*

—¿Esa es su hija? —pregunta Morris—. Vaya, es guapa. Siempre me han gustado las chicas de amarillo.

—¿Qué quiere? —pregunta Linda.

—Lo que es mío —contesta Morris, y le pega un tiro en la cabeza. Se produce una explosión de sangre y las gotas rojas salpican el cristal. Suena como la lluvia.

41

Tina oye una alarmante detonación en la casa y corre hacia la puerta de la cocina. Es la olla a presión, piensa. Mamá ha vuelto a olvidarse de la maldita olla a presión. Eso mismo había ocurrido ya una vez mientras su madre preparaba conservas. Es una olla antigua, de esas que cierran herméticamente, y Pete tuvo que estarse casi toda la tarde de un sábado subido a una escalera de mano restregando el techo para quitar las manchas resecas de las fresas. Por suerte, en ese momento su madre estaba pasando la aspiradora por la sala. Tina espera que tampoco esta vez estuviera en la cocina.

—¡Mamá! —entra corriendo. No hay nada al fuego—. Ma…

Un brazo le rodea la cintura, firmemente. Tina suelta el aire de los pulmones en un explosivo soplido. Tras perder el contacto con el suelo, patalea. Nota en la mejilla el vello de una barba. Percibe un olor a sudor, acre y caliente.

—No grites y no tendré que hacerte daño —le dice el hombre al oído, raspándole la piel—. ¿Entendido?

Tina consigue asentir, pero el corazón le late a mazazos y el mundo se oscurece.

—Déjeme… respirar —dice entre jadeos, y el brazo se relaja. Vuelve a posar los pies en el suelo. Se da media vuelta y ve a un hombre de cara pálida y labios rojos. Tiene un corte en la barbilla, al parecer profundo. Alrededor se le ve la piel hinchada, de color negro azulado.

—No grites —repite él, y levanta un dedo en un gesto admonitorio—. Eso *ni* se te ocurra —el hombre sonríe, y si con eso pretende que ella se sienta mejor, no le da resultado. Tiene los dientes amarillos. Parecen colmillos más que dientes.

—¿Qué le hizo a mi madre?

—Tu madre está bien —asegura el hombre de los labios rojos—. ¿Dónde tienes el celular? Una niña guapa como tú debe de tener un teléfono celular. Muchas amigas con las que charlar y cruzarse mensajes. ¿Lo llevas en el bolsillo?

—N-n-no. Está arriba. En mi habitación.

—Vamos a buscarlo —dice Morris—. Vas a hacer una llamada.

42

Pete tiene que bajar en la parada de Elm Street, a dos manzanas de casa, y el autobús casi ha llegado. Se dirige ya hacia la parte delantera cuando zumba el teléfono. Siente tal alivio al ver el rostro sonriente de su hermana en la pequeña pantalla que le flaquean las rodillas y debe sujetarse a uno de los asideros.

—¡Tina! Llego dentro de...

—¡Hay aquí un hombre! —Tina llora de tal modo que apenas la entiende—. ¡Estaba en la casa! Estaba...

Su hermana desaparece, y la sustituye una voz que él reconoce. Desearía con toda su alma no reconocerla.

—Hola, Peter —dice Labios Rojos—. ¿Vienes hacia aquí?

Pete es incapaz de hablar. Se le ha adherido la lengua al velo del paladar. El autobús se detiene en la esquina de Elm con Breckenridge Terrace, su parada, pero Pete se queda inmóvil.

—No te molestes en contestar, ni te molestes en venir a casa, porque si vienes, no encontrarás aquí a nadie.

—¡Miente! —exclama Tina—. Mamá está...

De pronto su hermana lanza un alarido.

—No le haga daño —dice Pete. Los otros pocos pasajeros no apartan la vista de sus periódicos o dispositivos móviles, porque él solo es capaz de hablar en susurros—. No le haga daño a mi hermana.

—No le haré nada si se calla. Tiene que guardar silencio. También tú tienes que guardar silencio y escucharme. Pero primero debes responder a dos preguntas. ¿Has llamado a la policía?

—No.

—¿Has llamado a *alguien*?

—No —Pete miente sin vacilar.

—Bien. Excelente. Ahora viene el momento de escuchar. ¿Estás escuchando?

Una mujer corpulenta, cargada con una bolsa de supermercado, sube trabajosamente al autobús, resollando. Pete se baja en cuanto ella se aparta y camina como un sonámbulo, el teléfono pegado al oído.

—Voy a llevarme a tu hermana a un lugar seguro. Un lugar donde podamos reunirnos en cuanto tengas los cuadernos.

Pete se dispone a decirle que eso no es necesario, que le revelará dónde están los cuadernos sin más, pero de pronto cae en la cuenta de que eso sería un error garrafal. En cuanto Labios Rojos sepa que están en el sótano del pabellón del polideportivo, no tendrá ya ningún motivo para conservar con vida a Tina.

—¿Sigues ahí, Peter?

—S-sí.

—Más te vale. Más te vale. Ve a buscar los cuadernos. Cuando los tengas, y no antes, llama otra vez al celular de tu hermana. Si llamas por cualquier otra razón, le haré daño.

—¿Mi madre está bien?

—Perfectamente, solo la he atado. No te preocupes por ella, y no te molestes en venir a casa. Limítate a ir a por los cuadernos y luego llámame.

Dicho esto, Labios Rojos desaparece. Pete no tiene tiempo de decirle que no le queda más remedio que volver a casa, porque necesita otra vez la carretilla de Tina para acarrear las cajas. También necesita tomar la llave del pabellón en el despacho de su padre. Volvió a dejarla en el tablón y la necesita para entrar.

43

Morris se guarda el teléfono rosa de Tina en el bolsillo y arranca el cable de la computadora de escritorio.

—¡Date la vuelta! Las manos a la espalda.

—¿La mataste? —pregunta Tina. Le corren lágrimas por las mejillas—. ¿Era eso el ruido que oí? ¿Mataste a mi mad…?

Morris la abofetea, y con fuerza. Saltan gotas de sangre de la nariz y la comisura de los labios de Tina. Atónita, lo mira con los ojos desorbitados.

—Cierra el pico y date la vuelta. Las manos a la espalda.

Tina, entre sollozos, obedece. Morris le ata las muñecas por detrás de la espalda y se ensaña ciñendo el cable.

—¡Ay! ¡*Ay*, oiga! ¡Me aprieta mucho!

—Aguántate —se pregunta distraídamente cuántas balas deben de quedar en la pistola de su viejo amigo. Con dos basta:

una para el ladrón y otra para la hermana del ladrón—. Camina. Abajo. Sal por la puerta de la cocina. Vamos. Un, dos, un, dos.

Ella voltea a mirarlo con los ojos muy abiertos, inyectados en sangre y anegados en lágrimas.

—¿Va a violarme?

—No —dice Morris. Y añade algo que es más aterrador si cabe porque ella no lo entiende—: No cometeré ese error una segunda vez.

44

Linda, al recobrar el conocimiento, ve el techo. Sabe dónde está, en el despacho de Tom, pero no qué le ha pasado. Tiene el lado derecho de la cabeza al rojo vivo, y cuando se lleva una mano a la cara, la retira manchada de sangre. Lo último que recuerda es el momento en que Peggy Moran le dijo que Tina estaba enferma en el colegio.

Ve a buscarla y llévala a casa, dijo Peggy. *Yo me hago cargo de esto.*

Ah, no, sí se acuerda de otra cosa. Algo sobre el dinero misterioso.

Iba a hablar con Pete de eso, piensa. A exigirle unas cuantas explicaciones. Estaba jugando solitario en la computadora de Tom, para matar el rato mientras esperaba a que Pete llegase, y de pronto...

De pronto, negrura.

Ahora, este atroz dolor de cabeza, como una puerta que bate sin cesar. Es aún peor que sus esporádicas migrañas. Peor incluso que el parto. Intenta levantar la cabeza y lo consigue, pero el mundo se desdibuja y vuelve a cobrar forma al ritmo de sus latidos, primero *absorbido* por la negrura, luego *nítido* de nuevo, y un espantoso sufrimiento acompaña cada oscilación.

Baja la mirada y se ve la pechera del vestido gris, que ahora ha pasado a ser de un color morado sucio. Piensa: Dios mío, eso es mucha sangre. ¿He tenido un derrame? ¿Una especie de hemorragia cerebral?

Seguramente no, seguramente en esos casos solo se sangra por dentro, pero, sea lo que sea, necesita ayuda. Necesita una ambulancia, pero no consigue obligar a su mano a llegar al teléfono. La levanta, le tiembla y vuelve a caer al suelo.

Oye un grito de dolor en algún lugar cercano y después un llanto que reconocería en cualquier sitio, incluso mientras agoniza (como, sospecha, es el caso). Es Tina.

Consigue apoyarse en una mano ensangrentada, lo suficiente para mirar por la ventana. Ve que un hombre hace salir a Tina a empujones al jardín. Ella lleva las manos atadas a la espalda.

Linda se olvida de su dolor, se olvida de que necesita una ambulancia. Un hombre ha entrado en la casa, y ahora está secuestrando a su hija. Debe impedírselo. Necesita a la policía. Se propone sentarse en la silla giratoria de detrás del escritorio, pero al principio solo consigue manosear el asiento. En un repentino esfuerzo se incorpora y por un momento el dolor es tan intenso que el mundo se vuelve blanco, pero conserva la conciencia y se agarra a los brazos de la silla. Cuando se le despeja la visión, ve al hombre abrir la verja trasera y obligar a salir a Tina. *Arreándola*, como a un animal de camino al matadero.

¡Devuélvemela!, grita Linda. *¡No hagas daño a mi niña!*

Pero solo en su cabeza. Cuando intenta levantarse, la silla gira y se le escapa de las manos. El mundo se oscurece. Oye una horrenda arcada antes de perder el conocimiento, y tiene tiempo de pensar: ¿Eso lo he hecho yo?

45

Las cosas *no* van como la seda después de la glorieta. En lugar de encontrarse la calle despejada, ven el tráfico detenido y dos letreros de color naranja. En uno se lee PERMANEZCA ATENTO A LAS SEÑALES. En el otro se lee OBRAS EN LA CALZADA.

Una fila de coches espera mientras el hombre del banderín deja pasar el tráfico en dirección al centro. Después de tres minutos de espera, que a los tres se les antoja una hora, Hodges dice a Jerome que vaya por las calles adyacentes.

—Ojalá pudiera, pero estamos inmovilizados —señala por encima del hombro con el pulgar. A sus espaldas, la caravana llega ya casi hasta la glorieta.

Holly, inclinada sobre el iPad, pasa pantallas a manotazos. De pronto alza la vista.

—Ve por la acera —dice, y vuelve a abstraerse en su tableta mágica.

—Hay buzones, Hollyberry —dice Jerome—. Y más adelante también una alambrada. No creo que haya espacio suficiente.

Ella echa otra breve ojeada.

—Sí lo hay. Quizá lo rayes un poco, pero no será la primera vez que eso le pasa a este coche. Adelante.

—¿Quién paga la multa si me detienen acusado de conducir siendo negro? ¿Tú?

Holly alza la vista al techo. Jerome se vuelve hacia Hodges, que suspira y asiente con la cabeza.

—Holly tiene razón. Hay espacio. Ya pagaré yo la puta multa.

Jerome tuerce a la derecha. El Mercedes roza la defensa del automóvil detenido ante ellos y a continuación sube con una sacudida a la acera. Ahí viene el primer buzón. Jerome gira aún más a la derecha, ya totalmente fuera de la calzada. Se oye un ruido sordo en el lado del conductor cuando el Mercedes arranca el buzón de su poste, y luego un prolongado chirrido en el lado del acompañante debido al roce con la alambrada. Hay una mujer en short y top cortando el césped de su jardín. Les grita cuando la carroza alemana de Holly se lleva un letrero situado en el lado del pasajero donde se lee PROHIBIDO ENTRAR, PRO-HIBIDO MENDIGAR, PROHIBIDO VENDER DE PUERTA EN PUERTA. La mujer corre hacia su camino de acceso, todavía gritando. De pronto se detiene y se limita a quedarse mirando con los ojos entornados, protegiéndose del sol con la mano. Hodges ve que mueve los labios.

—Vaya por Dios —dice Jerome—. Está tomando el número de placas.

—Tú conduce —insta Holly—. Conduce, conduce, conduce —y sin hacer ni siquiera una pausa, añade—: Labios Rojos es Morris Bellamy. Se llama así.

Ahora es el hombre del banderín quien les grita. Los peones, que estaban levantando la calle para dejar al descubierto una tubería, los miran fijamente. Algunos se ríen. Uno de ellos guiña el ojo a Jerome y empina el codo imitando el gesto característico de un bebedor. Han superado ya la obra. El Mercedes vuelve a la calzada con otra aparatosa sacudida. Con el tráfico en sentido norte atascado aún a sus espaldas, la calle por delante está vacía, para alegría suya.

—He consultado el registro tributario municipal —dice Holly—. Cuando John Rothstein fue asesinado en 1978, era Anita Elaine Bellamy quien pagaba los impuestos del número 23 de Sycamore Street. He buscado su nombre en Google y he encontrado cincuenta resultados. Es relativamente conocida en el mundo académico, pero solo nos interesa un resultado. Su hijo fue procesado y condenado por violación con agravantes ese mismo año. Aquí en la ciudad. Le cayó cadena perpetua. En una de las noticias aparece una foto suya. Mira.

Entrega el iPad a Hodges.

La instantánea muestra a Morris Bellamy bajando por la escalinata de un juzgado que Hodges recuerda bien, pese a que fue sustituido por la monstruosidad de concreto de Government Square hace quince años. Dos inspectores custodian a Bellamy. Hodges recuerda a uno de ellos, Paul Emerson. Un buen policía, retirado hace mucho. Va trajeado. Como también el otro inspector, solo que este ha envuelto con el saco las manos de Bellamy para ocultar las esposas que lleva puestas. Bellamy viste también traje, lo cual significa que la foto fue tomada durante el juicio o poco después de pronunciarse el veredicto. Es una foto en blanco y negro, con lo cual es aún más marcado el contraste entre la tez pálida de Bellamy y su boca oscura. Casi da la impresión de que lleva los labios pintados.

—Ese tiene que ser él —dice Holly—. Si llamas a la prisión del estado, te apuesto seis mil dólares a que ha salido.

—Nada de apuestas —replica Hodges—. ¿Cuánto falta para Sycamore Street, Jerome?

—Diez minutos.

—¿En un cálculo realista u optimista?

A regañadientes Jerome contesta:

—Bueno... quizá un poco optimista.

—Haz lo que puedas y procura no atropellar a na...

Suena el teléfono de Hodges. Es Pete. Parece sin aliento.

—¿Avisó a la policía, señor Hodges?

—No —aunque probablemente a esas alturas tengan ya las placas del coche de Holly, pero no ve motivo alguno para decírselo a Pete. El muchacho parece más alterado que antes. Casi enloquecido.

—No lo haga. Pase lo que pase. Tiene a mi hermana. Dice que si no consigue los cuadernos, la matará. Voy a dárselos.

—Pete, no...

Pero no habla con nadie. Pete ha cortado la comunicación.

46

Morris obliga a Tina a avanzar a toda prisa por el sendero. En cierto punto una rama que sobresale le rompe la vaporosa blusa y le araña el brazo, que le sangra.

—¡Señor, no me haga ir tan deprisa! ¡Voy a caerme!

Morris le da un golpe en la cabeza por encima de la coleta.

—Ahorra el aliento, zorra. Da gracias de que no te haga correr.

Mientras cruzan el arroyo, la sujeta por los hombros para que no se caiga, y cuando llegan al sitio donde los matorrales y los árboles achaparrados dan paso al recinto del polideportivo, le ordena que pare.

En el campo de beisbol no se ve a nadie, pero en el asfalto agrietado de una pista de basquetbol si hay unos cuantos chicos. Desnudos de cintura para arriba, sus hombros relucen. Ciertamente hace un calor excesivo para los deportes al aire libre, razón por la que, supone Morris, hay tan pocos.

Desata las manos a Tina. Ella deja escapar un gemido de alivio y se frota las muñecas, en las que se entrecruzan profundos surcos rojos.

—Pasaremos por el borde, junto a los árboles —indica él—. El único momento en que esos chicos podrán vernos bien es cuando nos acerquemos al pabellón y salgamos de la sombra. Si saludan, o si hay algún conocido tuyo, devuelve el saludo con la mano, sonríe y sigue adelante. ¿Entendido?

—S-sí.

—Si gritas o pides ayuda, te meteré una bala en la cabeza. ¿*Eso* lo entiendes?

—*Sí*. ¿Mató a mi madre? Sí la mató, ¿verdad?

—Claro que no, solo disparé al techo para que se calmara. Ella está sana y salva, y tú también lo estarás si haces lo que te digo. Sigue andando.

Caminan a la sombra, y el césped sin cortar de la zona derecha del campo de beisbol susurra al contacto con el pantalón de Morris y los jeans de Tina. Los muchachos están absortos en su juego y no voltean siquiera a mirar, pero si hubieran volteado, la blusa de color amarillo vivo de Tina habría destacado contra los árboles verdes como una señal de advertencia.

Cuando llegan a la parte de atrás del pabellón, Morris la lleva más allá del Subaru de su viejo amigo, sin perder de vista a los chicos. En cuanto quedan ocultos tras el muro de ladrillo del edificio, vuelve a atar las manos a la espalda a Tina. Sería absurdo correr riesgos tan cerca de Birch Street. En Birch Street hay muchas casas.

Ve que Tina respira hondo y la agarra por el hombro.

—No grites, amiga mía. Abre la boca y te la cierro a golpes.

—No me haga daño, por favor —susurra Tina—. Haré lo que usted quiera.

Morris, complacido, mueve la cabeza en un gesto de asentimiento. Es una respuesta sensata como ninguna.

—¿Ves esa ventana del sótano? ¿La que está abierta? Tiéndete boca abajo y descuélgate por ella.

Tina se acuclilla y escruta las sombras. Después voltea el rostro tumefacto y ensangrentado hacia él.

—¡Está muy alto! ¡Me caeré!

Morris, exasperado, le da un puntapié en el hombro. Tina lanza un chillido. Él se agacha y apoya el cañón de la automática en su sien.

—Has dicho que harías lo que yo quisiera, y eso es lo que quiero. Entra por esa ventana ahora mismo o te meteré una bala en ese cerebro de niña mimada.

Morris se pregunta si habla en serio. Decide que sí. Las niñas no importan una mierda.

Lloriqueando y revolviéndose, Tina entra a rastras por la ventana. Medio dentro, medio fuera, vacila y mira a Morris con ojos suplicantes. Él echa atrás el pie para ayudarla a seguir de una patada en la cara. Tina se deja caer y, pese a las explícitas instrucciones de Morris, grita.

—¡El tobillo! ¡Creo que me he roto el tobillo!

A Morris le importa un carajo su tobillo. Echa un rápido vistazo alrededor para cerciorarse de que nadie lo observa y a continuación se desliza a través de la ventana para entrar en el sótano del pabellón de Birch Street y aterriza en la caja cerrada que ha utilizado antes como peldaño. La hermana del ladrón debe de haber caído mal en ella y haber ido a parar luego al suelo. Tiene el pie torcido a un lado y ya empieza a hinchársele. Para Morris Bellamy, eso tampoco importa una mierda.

47

El señor Hodges tiene mil preguntas, pero Pete, en su apremio, no puede contestar a ninguna. Corta la comunicación y aprieta a correr por Sycamore Street hacia su casa. Ha decidido que tomar la vieja carretilla de Tina le llevará demasiado tiempo; ya se le ocurrirá otra manera de transportar los cuadernos cuando llegue al polideportivo. En realidad lo único que necesita es la llave del pabellón.

Entra precipitadamente en el despacho de su padre para tomarla y para en seco. Su madre yace en el suelo junto al escritorio, y Pete ve el brillo de sus ojos azules en medio de una máscara de sangre. Hay más sangre en la pechera de su vestido, y salpicaduras en la computadora portátil abierta de su padre, en la silla de oficina y en la ventana detrás de ella. La computadora emite una musiquilla, y Pete, pese a su estado de alteración, reconoce la melodía. Su madre estaba jugando solitario. Sencillamente jugando solitario y esperando a que su hijo llegara a casa, sin molestar a nadie.

—¡*Mamá!* —llorando, corre hacia ella.

—La cabeza —dice ella—. Mírame la cabeza.

Pete se agacha junto a ella, separa los mechones ensangrentados de pelo con la mayor delicadeza posible y ve un surco desde la sien hasta la parte de atrás de la cabeza. En cierto punto, hacia la mitad del surco, entrevé una zona de una tonalidad blanca grisácea. Es el cráneo, piensa. Es una herida grave, pero al menos no es en el cerebro. Dios mío, que no sea en el cerebro, eso no; el cerebro es blando, estaría desparramándose. Es solo el cráneo.

—Vino un hombre —dice su madre con gran esfuerzo—. Se... llevó... a Tina. La oí gritar. Tienes que... Dios santo, cómo me *zumba* la cabeza.

Pete vacila durante un segundo interminable, debatiéndose entre la necesidad de ayudar a su madre y la necesidad de proteger a su hermana, de rescatarla. Si al menos esto fuera una pesadilla, piensa. Si al menos pudiera despertar.

Primero mamá. Mamá ahora mismo.

Toma el auricular del teléfono del escritorio de su padre.

—Calla, mamá. No digas nada más, y no te muevas.

Ella, exhausta, cierra los ojos.

—¿Vino por el dinero? ¿Ese hombre vino por el dinero que encontraste?

—No, vino por lo otro que había con el dinero —contesta Pete, y pulsa los tres números que aprendió en la escuela elemental.

—Aquí el nueve uno uno —dice una mujer—. ¿Cuál es su urgencia?

—Le pegaron un tiro a mi madre —explica Pete—. Sycamore Street, número veintitrés. Manden una ambulancia, inmediatamente. Sangra mucho.

—¿Cómo se llama us...?

Pete cuelga.

—Mamá, tengo que irme. Tengo que ir a buscar a Tina.

—No... dejes que te haga daño —ahora arrastra las palabras. Mantiene los ojos cerrados, y Pete ve horrorizado que tiene sangre incluso en las pestañas. Esto es culpa suya, suya y de nadie más—. No dejes... que haga daño... a Tin...

Se queda en silencio, pero respira. Por favor, Dios, te ruego que siga respirando.

Pete toma la llave de la puerta del pabellón de Birch Street colgada en el tablón de los inmuebles de su padre.

—Te pondrás bien, mamá. Vendrá la ambulancia. Vendrán también unos amigos.

Se encamina hacia la puerta, pero de pronto lo asalta una idea y se da la vuelta.

—¿Mamá?

—¿Qué...?

—¿Papá todavía fuma?

Sin abrir los ojos, su madre dice:

—Creo... que no... lo sé.

Sin pérdida de tiempo —tiene que marcharse antes de que Hodges llegue e intente impedirle hacer lo que tiene que hacer—, Pete empieza a registrar los cajones del escritorio de su padre.

Por si acaso, piensa.

«Por si acaso.»

48

La verja de atrás está entornada. Pete ni se fija. Se lanza a correr por el sendero. Cuando se acerca al arroyo, pasa junto a un jirón de vaporosa tela amarilla prendido de una rama que sobresale del borde del camino. Llega al arroyo y, casi sin pretenderlo, voltea a mirar el sitio donde está enterrado el cofre. El cofre que ha originado todo este horror.

Cuando llega a las piedras dispuestas en el lecho, se detiene de pronto. Abre mucho los ojos. Le flojean las piernas. Se deja caer pesadamente y fija la mirada en el agua espumosa y poco profunda que tantas veces ha cruzado, a menudo con su hermana menor farfullando sobre lo que fuera que le interesaba en ese momento. La Señora Beasley. Bob Esponja. Su amiga Ellen. Su lonchera preferida.

Su ropa preferida.

La vaporosa blusa amarilla de mangas abombadas, por ejemplo. Su madre le dice que no debe ponérsela tan a menudo, porque hay que mandarla a lavar a la tintorería. ¿La llevaba puesta Teens esta mañana cuando se fue al colegio? Parece que ha pasado un siglo desde entonces, pero Pete cree...

Cree que sí la llevaba.

Voy a llevarme a tu hermana a un lugar seguro, ha dicho Labios Rojos. *Un lugar donde podamos reunirnos en cuanto tengas los cuadernos.*

¿Puede ser?

Claro que puede ser. Si Labios Rojos se crio en la casa de Pete, debió de pasar algún que otro rato en el pabellón. Todos los niños del barrio iban allí, hasta que cerró. Y debía de conocer el sendero, porque el cofre estaba enterrado a menos de veinte pasos del punto donde cruzaba el arroyo.

Pero no sabe dónde están los cuadernos, piensa Pete. Todavía no.

A menos que lo haya averiguado desde la última llamada, claro. Si es así, se los habrá llevado ya. Se habrá ido. No habría el menor problema en eso si ha dejado viva a Tina. ¿Y por qué no iba a hacerlo? ¿Qué razón podría tener para matarla una vez que consiga lo que quiere?

La venganza, piensa Pete con frialdad. Para resarcirse de mí. Soy el ladrón que se llevó los cuadernos, le pegué con una botella y escapé de la librería, y merezco un castigo.

Se levanta y, asaltado por un repentino mareo, se tambalea. Cuando se recupera, cruza el arroyo. Al otro lado, se echa a correr otra vez.

49

La puerta de la calle del número 23 de Sycamore está abierta. Hodges abandona el Mercedes antes de que Jerome pare del todo. Entra corriendo a la vez que se lleva una mano al bolsillo para empuñar la *happy slapper*. Oye una musiquilla metálica que conoce bien por las muchas horas que ha pasado jugando solitario en la computadora.

Se deja guiar por el sonido y encuentra a una mujer caída —*desmadejada*— junto a un escritorio en una pequeña habitación acondicionada como despacho. Tiene un lado de la cara hinchado y cubierto de sangre. Dirige los ojos hacia él, pero le cuesta fijar la mirada.

—Pete —dice la mujer. A continuación—: Se llevó a Tina.

Hodges se arrodilla y separa el cabello de la mujer con sumo cuidado. Lo que ve pinta mal, pero no es ni remotamente tan grave como podría ser; esa mujer ha ganado la única lotería que de verdad importa. La bala le ha abierto un surco de quince centímetros en el cuero cabelludo; de hecho, en una zona el cráneo ha quedado al descubierto, pero por una herida en el cuero cabelludo no va a morirse. Aun así, ha perdido mucha sangre, y está bajo los efectos tanto del shock como de la conmoción cerebral. No es momento de hacer preguntas, pero no le queda más remedio. Morris Bellamy está dejando un rastro de violencia, y Hodges sigue en el extremo opuesto de ese rastro.

—Holly. Pide una ambulancia.

—Pete… ya ha llamado —dice Linda, y como si la hubiera invocado con su débil voz, se oye una sirena. Aún suena lejos pero se acerca deprisa—. Antes de… irse.

—Señora Saubers, ¿se llevó Pete a Tina? ¿Es eso lo que está diciendo?

—No. *Él*. Ese hombre.

—¿Tenía los labios rojos, señora Saubers? —pregunta Holly—. ¿Tenía los labios rojos el hombre que se ha llevado a Tina?

—Labios… irlandeses —dice ella—. Pero no… pelo rojo. Blanco. Era viejo. ¿Voy a morir?

—No —contesta Hodges—. La ayuda viene en camino. Pero usted tiene que ayudarnos a nosotros. ¿Sabe adónde ha ido Peter?

—Salió… por detrás. Por la verja. Lo vi.

Jerome se asoma a la ventana y ve la verja entreabierta.

—¿Qué hay ahí detrás?

—Un sendero —dice ella, extenuada—. Antes los niños iban por ahí… al polideportivo. Antes de que lo cerraran. Se llevó… creo que se llevó la llave.

—¿Pete?

—Sí… —posa la mirada en un tablón de corcho con muchas llaves colgadas. Hay un gancho vacío. Debajo, un letrero en Dymo reza: PABELLÓN DE BIRCH STREET.

Hodges toma una decisión.

—Jerome, tú vienes conmigo. Holly, quédate con la señora Saubers. Busca un paño frío para ponérselo en la cabeza —respira hondo—. Pero antes avisa a la policía. Pregunta por mi antiguo compañero. Huntley.

Prevé resistencia, pero Holly se limita a asentir y descuelga el auricular.

—También se llevó el encendedor de su padre —dice Linda. Parece un poco más centrada—. No sé para qué. Y la lata de Ronson's.

Jerome dirige una mirada interrogativa a Hodges, quien aclara:

—Es líquido de encendedor.

50

Pete se mantiene a la sombra de los árboles, tal como han hecho Morris y Tina, aunque los chicos que antes jugaban basquetbol se han marchado a cenar a casa, y ahora en la pista quedan solo unos cuantos cuervos que picotean unas papas fritas desperdigadas. Ve un coche pequeño estacionado en la zona de carga. Oculto, de hecho, y la placa personalizada basta para disipar toda duda que Pete pudiera tener. Definitivamente, Labios Rojos está aquí, y no puede haber entrado con Tina por delante. Esa puerta da a la calle, que suele estar muy concurrida a esta hora del día, y además no tiene llave.

Pete pasa junto al coche, y en la esquina del edificio se arrodilla y echa un vistazo alrededor. Una de las ventanas del sótano está abierta. Delante, el pasto y los hierbajos se ven pisoteados. Oye una voz masculina. Definitivamente, están ahí abajo. Como están también los cuadernos. La única duda es si Labios Rojos los ha encontrado ya o no.

Pete se aparta y se apoya en la pared de ladrillo calentada por el sol, preguntándose qué hacer a continuación. Piensa, se dice. Tú metiste a Tina en esto y tienes que sacarla, ¡así que *piensa*, maldita sea!

Pero no puede. Tiene la mente saturada de ruido blanco.

En una de sus contadas entrevistas, John Rothstein, siempre irascible, expresó su disgusto ante la pregunta: ¿De dónde saca sus ideas? Las ideas en que se basa una historia surgen de la nada, declaró. Se presentan sin la influencia contaminante del intelecto del autor. La idea que se le ocurre ahora a Pete también parece surgir de la nada. Es espantosa y a la vez espantosamente atractiva. No surtirá efecto si Labios Rojos ya ha descubierto los cuadernos, pero si es así, *nada* surtirá efecto.

Pete se yergue y circunda el enorme cubo de ladrillo en sentido contrario, pasando una vez más junto al coche verde con su delatora placa. Se detiene en la esquina delantera derecha de este cuadrilátero de ladrillo abandonado y observa el tráfico de Birch Street, la gente que vuelve a sus casas. Es como escrutar a través de una ventana un mundo distinto, un mundo donde las cosas son normales. Realiza un rápido inventario: teléfono celular, encendedor, líquido de encendedor. El bote estaba en el último cajón del escritorio junto con el Zippo de su padre. El bote solo está medio lleno, a juzgar por el ruido que ha oído al agitarlo, pero con la mitad basta y sobra.

Dobla la esquina, ahora totalmente a la vista desde Birch Street, y procura caminar con normalidad, confiando en que nadie —por ejemplo, el señor Evans, su antiguo entrenador en la liga infantil— levante la voz y lo llame.

Nadie lo llama. Esta vez sabe cuál de las dos llaves debe utilizar, y esta vez la llave gira sin problema en la cerradura. Abre la puerta despacio, entra en el vestíbulo y cierra con suavidad. Dentro huele a humedad y el calor es brutal. Por el bien de Tina, espera que el sótano sea más fresco. Qué asustada debe de estar, piensa.

Si es que todavía está viva y siente algo, susurra en respuesta una voz malévola. Tal vez antes Labios Rojos hablaba solo junto al cadáver de Tina. Está loco, y eso es lo que hacen los locos.

A la izquierda de Pete, una escalera lleva al primer piso, que consiste en un único espacio amplio que ocupa todo el edificio. El nombre oficial era Sala de la Comunidad de Lado Norte, pero los niños la llamaban de otra manera, como Labios Rojos probablemente recuerda.

Cuando Pete se sienta en la escalera para descalzarse (no conviene que se oiga el eco de sus pisadas en el suelo), vuelve a pensar: Yo la metí en esto, es mi obligación sacarla. Mía y de nadie más.

Llama al celular de su hermana. Abajo, amortiguado pero inconfundible, oye el tono de Snow Patrol del teléfono de Tina.

Labios Rojos contesta de inmediato.

—Hola, Peter —ahora parece más tranquilo. Con la situación bajo control. Eso podría ser bueno o malo para el plan de Pete, no lo sabe—. ¿Tienes los cuadernos?

—Sí. ¿Está bien mi hermana?

—Perfectamente. ¿Dónde estás?

—Eso tiene su gracia —contesta Pete... y si uno se para a pensarlo, ciertamente la tiene—. A Jimmy Gold le gustaría, estoy seguro.

—Ahora no estoy de humor para enigmas. Ocupémonos de lo nuestro y perdámonos de vista el uno al otro, ¿te parece? ¿Dónde estás?

—¿Se acuerda del Palacio del Cine de los Sábados?

—¿Qué estás...?

Labios Rojos se interrumpe. Piensa.

—¿Estás hablando de la Sala de la Comunidad, donde ponían aquellas pelis cursis...? —vuelve a callar al caer en la cuenta—. ¿Estás *aquí*?

—Sí. Y usted está en el sótano. Vi el coche en la parte de atrás. Ha estado quizá a unos treinta metros de los cuadernos desde el principio —incluso más cerca, piensa Pete—. Venga a buscarlos.

Pone fin a la llamada antes de que Labios Rojos intente establecer las condiciones más a su agrado. Pete corre de puntillas hacia la cocina, con los zapatos en la mano. Tiene que esconderse antes de que Labios Rojos suba por la escalera del sótano. Si sube, quizá todo salga bien. Si no, cabe suponer que él y su hermana mueran juntos.

Abajo, más sonoro que el tono del teléfono —*mucho* más sonoro—, oye un grito de dolor de Tina.

Todavía vive, piensa Pete. Y a continuación: Ese cabrón le ha hecho daño. Aunque no es esa la verdad.

«Se lo he hecho yo. Todo esto es culpa mía. Mía, mía, mía.»

51

Morris, sentado en una caja con el letrero CACHARROS DE COCINA, cierra el teléfono de Tina y en un primer momento se queda mirándolo. En realidad hay solo una pregunta que plantearse, solo una que necesita respuesta. ¿Dice el chico la verdad o miente?

Morris cree que dice la verdad. Los dos se criaron en Sycamore Street, al fin y al cabo, y los dos asistieron a los pases de cine de los sábados en el piso de arriba, sentados en sillas plegables, comiendo palomitas de maíz que vendían las Girl Scouts del barrio. Es lógico que los dos hayan elegido este edificio abandonado cercano como escondrijo, un sitio próximo tanto a la casa que los dos habían ocupado como al cofre enterrado. El factor determinante es el letrero que Morris vio en la fachada durante su primer reconocimiento: LLAMAR A THOMAS SAUBERS, AGENTE INMOBILIARIO. Si el encargado de la venta es el padre de Peter, el chico puede haber hurtado fácilmente una llave.

Agarra a Tina por el brazo y la arrastra hacia la caldera, una reliquia enorme y polvorienta encajonada en el rincón. Ella lanza otro de esos molestos gritos cuando intenta apoyar el peso en el tobillo hinchado y le falla. La abofetea otra vez.

—Cállate —dice—. Déjate de lloriqueos, zorra.

No tiene cable de computadora suficiente para asegurarse de que ella se queda quieta en un sitio, pero de la pared cuelga una lámpara de rejilla con varios metros de cable eléctrico de color naranja enrollado alrededor. Morris no necesita la luz, pero el cable es un regalo del cielo. Creía que no podía enfurecerse ya más con ese ladrón, pero se equivocaba. *A Jimmy Gold le gustaría, estoy seguro*, ha dicho el ladrón, ¿y qué derecho tiene él a aludir a la obra de John Rothstein? La obra de Rothstein es *suya*.

—Date la vuelta.

Tina no se mueve con la rapidez que complacería a Morris, que sigue furioso con su hermano. La agarra por los hombros y la obliga a volverse. Esta vez Tina no grita, pero un gemido escapa entre sus labios apretados. Ahora su preciada blusa amarilla está manchada de mugre del sótano.

Morris amarra con firmeza el cable eléctrico naranja al cable de computadora que le inmoviliza las muñecas y luego arroja la lámpara de rejilla por encima de una de las tuberías de la caldera. Jala el cable para tensarlo, arrancando otro quejido a la chica al levantarle las manos atadas casi a la altura de los omóplatos.

Morris hace un doble nudo en el nuevo cable, pensando: Han estado aquí desde el principio, ¿y eso lo considera *gracioso*? Ya le enseñaré yo lo que tiene gracia y lo que no. Se va a morir de la risa.

Se agacha apoyando las manos en las rodillas, para que sus ojos queden a la altura de los de la hermana del ladrón.

—Voy arriba por lo que me pertenece, amiga mía. Y de paso a matar a ese insoportable hermano tuyo. Luego volveré aquí y te mataré a ti —le da un beso en la punta de la nariz—. Tu vida ha terminado. Quiero que pienses en eso durante mi ausencia.

Se marcha trotando hacia la escalera.

52

Pete está en la despensa. Ha dejado la puerta apenas entornada, lo justo para ver a Labios Rojos cuando pasa como una exhalación, la pequeña pistola roja y negra en una mano, el teléfono de Tina en la otra. Pete permanece atento al eco de sus pasos mientras cruza las salas vacías de la planta baja, y en cuanto se convierten en un *plop plop plop* en la escalera hacia lo que en otro tiempo se conoció como Palacio del Cine de los Sábados, sale como una exhalación hacia la escalera del sótano. Deja los tenis en el camino. Quiere tener las manos libres. También quiere que Labios Rojos sepa exactamente adónde ha ido. Quizá eso lo induzca a aflojar el paso.

Tina abre mucho los ojos cuando lo ve.

—¡Pete! *¡Sácame de aquí!*

Se acerca a ella y observa la maraña de nudos —cable blanco, cable naranja— que le inmovilizan las manos a la espalda y además la sujetan a la caldera. Los nudos están muy apretados, y Pete, al verlos, se sume en una súbita desesperación. Afloja uno de los nudos de color naranja para permitir a Tina bajar un poco las manos y aliviar la presión en los hombros. Cuando empieza a ocuparse del segundo, vibra el teléfono celular. El lobo no ha encontrado nada arriba y vuelve a llamar. En lugar de contestar,

Pete corre hacia la caja colocada bajo la ventana. El letrero está en el costado: CACHARROS DE COCINA. Ve las huellas de unos pies en lo alto, y sabe de quién son.

—¿Qué *haces*? —dice Tina—. ¡Desátame!

Pero liberar a Tina es solo parte del problema. Sacarla de ahí es el resto, y Pete duda que haya tiempo suficiente para hacer lo uno y lo otro antes de que Labios Rojos regrese. Ha visto el tobillo de su hermana, ahora tan hinchado que apenas parece un tobillo.

Labios Rojos prescinde ya del teléfono de Tina. *Vocifera* desde arriba.

—¿*Dónde estás, hijo de la gran puta?*

Dos cerditos en el sótano y el lobo grande y malo arriba, piensa Pete. Y nosotros sin siquiera una casa hecha de paja, y menos aún de ladrillo.

Lleva la caja que Labios Rojos ha utilizado como peldaño al centro de la sala y abre las tapas a la vez que unos pasos cruzan a toda prisa la cocina por encima de ellos con fuerza suficiente para que las viejas tiras de aislante que cuelgan entre las vigas oscilen un poco. El rostro de Tina es la viva imagen del horror. Pete vuelca la caja y desparrama un aluvión de cuadernos Moleskine.

—¡Pete! ¿Qué haces? ¡Ya *viene*!

¿Acaso no lo sé?, piensa Pete, y abre la segunda caja. Cuando añade el resto de los cuadernos a la pila en el suelo del sótano, arriba los pasos se detienen. Ha visto los zapatos. Labios Rojos abre la puerta del sótano. Ahora con cautela. Tratando de interpretar la situación.

—¿Peter? ¿Has venido a visitar a tu hermana?

—Sí —contesta Peter—. He venido a visitarla con un arma en la mano.

—¿Sabes qué te digo? —pregunta el lobo—. Eso no me lo creo.

Pete desenrosca el tapón del bote de líquido de encendedor y, sosteniéndolo boca abajo sobre los cuadernos, rocía el desordenado montón de relatos, poemas y diatribas coléricas escritas en estado de semiebriedad que a menudo concluyen en mitad de un pensamiento. También las dos novelas que completan la historia de un americano trastornado, Jimmy Gold, que avanza a trompicones por los años sesenta y busca la redención sea como sea. Busca —en sus propias palabras— una mierda que importe una mierda. Pete se palpa hasta encontrar el encendedor, que en un primer momento se le escurre entre los dedos. Dios santo, ve ya la sombra de ese hombre en la escalera. También la sombra de la pistola.

Ve a Tina muerta de miedo, maniatada, con los ojos desorbitados y la nariz y los labios ensangrentados. Ese cabrón le ha pegado, piensa Pete. ¿Por qué? Es solo una niña.

Pero sabe por qué. La hermana es un sucedáneo semiaceptable de aquel a quien Labios Rojos desea pegar *realmente*.

—*Mejor* será que se lo crea —dice Pete—. Es una cuarenta y cinco, mucho más grande que la suya. Estaba en el escritorio de mi padre. Más le vale marcharse. Sería lo más inteligente.

Por favor, Dios, *por favor*.

Pero cuando Pete pronuncia esas últimas palabras, le tiembla la voz, que se convierte en el sonido atiplado e inseguro del niño de trece años que encontró tiempo atrás esos cuadernos. Labios Rojos lo percibe, se ríe y empieza a bajar por la escalera. Pete recoge el encendedor —esta vez con firmeza— y lo destapa cuando Labios Rojos está ya claramente a la vista. A la vez que acciona la rueda de la chispa cae en la cuenta de que en ningún momento ha comprobado si el encendedor tenía combustible, un descuido que podría costarles la vida a su hermana y a él en los próximos diez segundos. Pero la chispa produce una robusta llama amarilla.

Pete sostiene el encendedor a medio metro por encima de la pila de cuadernos.

—Es verdad —dice—. No voy armado. Pero sí he encontrado esto otro en el escritorio de mi padre.

53

Hodges y Jerome cruzan a todo correr el campo de beisbol. Jerome lleva ventaja, pero Hodges no va muy a la zaga. Jerome se detiene en el borde de la patética y pequeña pista de basquetbol y señala un Subaru verde estacionado cerca de la zona de carga. Hodges lee la placa personalizada —LIBROSPARATI— y asiente.

Acaban de ponerse de nuevo en movimiento cuando oyen un alarido colérico procedente del interior:

—*¿Dónde estás, hijo de la gran puta?*

Ese tiene que ser Bellamy. El hijo de la gran puta es indudablemente Peter Saubers. El chico ha entrado con la llave de su padre, de donde se desprende que la puerta delantera está abierta. Hodges se señala primero a sí mismo y luego en dirección al pabellón. Jerome mueve la cabeza en un gesto de asentimiento, pero dice en voz baja:

—No vas armado.

—Cierto, pero mis pensamientos son puros y poseo la fuerza de diez hombres.

—¿Eh?

—Quédate aquí, Jerome. Lo digo en serio.

—¿Estás seguro?

—Sí. No tendrás una navaja, ¿eh? ¿Aunque sea de bolsillo?

—No. Lo siento.

—De acuerdo. Entonces echa un vistazo por ahí. Busca una botella. Debe de haber alguna; probablemente los chicos de noche vienen aquí a beber. Rómpela y raja ciertas llantas. Si la cosa se tuerce, ese tipo no va a marcharse de aquí en el coche de Halliday.

El rostro de Jerome indica que no le preocupan demasiado las posibles consecuencias de esta orden. Sujeta a Hodges por el brazo.

—Nada de misiones kamikaze, Bill, ¿me oyes? Porque no tienes ningún error que reparar.

—Ya lo sé.

La verdad es que su opinión es otra muy distinta. Hace cuatro años una mujer a quien amaba murió en una explosión dirigida a él. No pasa un solo día sin que se acuerde de Janey, ni una sola noche en que, tendido en la cama, no piense: Si hubiese sido un poco más rápido, un poco más listo….

Tampoco esta vez ha sido lo bastante rápido o listo, y decirse que la situación se ha desarrollado demasiado deprisa no va a sacar a esos chicos del apuro potencialmente letal en que están metidos. Lo único que sabe con certeza es que ni Tina ni su hermano pueden morir hoy durante su turno de guardia. Hará lo que sea necesario para impedirlo.

Da una palmada a Jerome en la cara.

—Confía en mí, jovencito. Yo haré mi parte. Tú ocúpate de esas llantas. Y ya puestos, también podrías arrancar los cables de alguna que otra bujía.

Hodges se aleja y vuelve la vista atrás solo una vez, cuando llega a la esquina del edificio. Jerome lo observa descontento, pero en esta ocasión se queda donde está. Lo cual le complace. Lo único peor que la muerte de Peter y Tina a manos de Bellamy sería la muerte de Jerome.

Dobla la esquina y corre hacia la parte delantera del pabellón.

Esta puerta, como la del número 23 de Sycamore Street, está abierta de par en par.

54

Labios Rojos mantiene la mirada fija en el montón de cuadernos Moleskine, como hipnotizado. Por fin alza la vista hacia Pete. También alza el arma.

—Adelante —dice Pete—. Hágalo y verá lo que pasa con los cuadernos cuando deje caer el encendedor. Solo he podido rociar los de arriba, pero ahora el líquido corre hacia abajo. Y son viejos. Arderán deprisa. Y luego quizá arda también el resto de la mierda que hay aquí.

—Es un duelo a la mexicana, pues —dice Labios Rojos—. El único problema con eso, Peter... y ahora hablo desde tu perspectiva... es que mi pistola durará más que tu encendedor. ¿Qué vas a hacer cuando se apague la llama? —se esfuerza en aparentar calma y control, pero su mirada salta continuamente del

Zippo a los cuadernos. Las tapas de los que ocupan la parte superior de la pila desprenden un resplandor húmedo, como la piel de foca.

—Cuando eso esté a punto de ocurrir, me daré perfecta cuenta —contesta Pete—. En el instante mismo en que la llama empiece a aflojar, y el amarillo pase a azul, lo soltaré. Y entonces *puf*.

—No lo harás —el lobo contrae el labio superior, dejando a la vista esos dientes amarillos. Esos colmillos.

—¿Por qué no? Son solo palabras. En comparación con mi hermana, no importan una mierda.

—¿En serio? —Labios Rojos orienta el arma hacia Tina—. Entonces apaga el encendedor o la mataré delante de ti.

Unas manos estrujan dolorosamente el corazón de Pete cuando ve el arma apuntada hacia la cintura de su hermana, pero no cierra la tapa del Zippo. Se agacha y, despacio, lo acerca a la pila de cuadernos.

—Aquí hay dos novelas más de Jimmy Gold. ¿Lo sabía?

—Mientes —Labios Rojos sigue encañonando a Tina, pero los ojos se le han ido otra vez (sin poder evitarlo, según parece) hacia los Moleskine—. Hay una. Trata del viaje de Jimmy Gold al oeste.

—Dos —repite Pete—. *El corredor se va al oeste* es buena, pero *El corredor iza la bandera* es lo mejor que escribió. Además, es larga. Una epopeya. Es una lástima que no llegue usted a leerla.

Un rubor sube por las mejillas pálidas del hombre.

—¿Cómo te atreves? ¿Cómo te atreves a tenderme ese *anzuelo*? ¡Di mi *vida* por esos cuadernos! ¡*Maté* por esos cuadernos!

—Lo sé —dice Pete—. Y como es tan gran admirador de Rothstein, he aquí un caramelo para usted. En el último libro Jimmy vuelve a encontrarse con Andrea Stone. ¿Qué le parece eso?

El lobo lo mira con los ojos desorbitados.

—¿Con Andrea? ¿Se reúne con ella? ¿Cómo? ¿Qué pasa?

Dadas las circunstancias, la pregunta es como mínimo una

extravagancia, pero a la vez es sincera. Franca. Pete comprende que la Andrea de la ficción, el primer amor de Jimmy, es real para ese hombre como no lo es la hermana de Pete. Para Labios Rojos, *ningún* ser humano es tan real como Jimmy Gold, Andrea Stone, el señor Meeker, Pierre Retonne (también conocido como el Vendedor de Coches de Mal Agüero), y todos los demás. Eso es sin duda indicio de una auténtica y profunda demencia, pero convierte en loco también a Pete, porque sabe qué siente exactamente ese chiflado. En su propio interior ardió ese mismo entusiasmo, ese mismo *asombro*, cuando Jimmy alcanza a ver a Andrea en Grant Park durante los disturbios de 1968 en Chicago. De hecho, se le saltaron las lágrimas. Esas lágrimas, comprende Pete —sí, incluso ahora, *sobre todo* ahora, porque sus vidas dependen de ello—, son prueba de la fuerza esencial del mundo imaginario. Esa fuerza es lo que llevó a miles de personas a llorar cuando se enteraron de que Charles Dickens había muerto de una apoplejía. Es lo que llevó, durante años, a un desconocido a poner una rosa en la tumba de Edgar Allan Poe cada 19 de enero, el día del nacimiento de Poe. Es también lo que llevaría a Pete a odiar a este hombre aunque no estuviera apuntando con un arma la cintura temblorosa y vulnerable de su hermana. Labios Rojos quitó la vida a un gran escritor, ¿y por qué? ¿Porque Rothstein se atrevió a seguir los pasos a un personaje cuando este tomó una dirección que a Labios Rojos no le gustó? Sí, fue eso. Lo hizo motivado por su propia convicción esencial: que los textos eran de algún modo más importantes que el escritor.

Lenta e intencionadamente, Pete menea la cabeza.

—Está todo en los cuadernos. *El corredor iza la bandera* ocupa dieciséis. Podría leerlo ahí, pero nunca sabrá nada de la historia por mí.

Pete de hecho sonríe.

—Para no estropearle la lectura.

—¡Los cuadernos son míos, cabrón! *¡Míos!*

—Van a convertirse en cenizas si no deja ir a mi hermana.

—¡Petie, ni siquiera puedo *andar*! —gimotea Tina.

Pete no puede permitirse mirarla, apartar la vista de Labios Rojos. Del lobo.

—¿Cómo se llama? Creo que merezco conocer su nombre.

Labios Rojos se encoge de hombros, como si ya diera igual.

—Morris Bellamy.

—Tire esa pistola, señor Bellamy. Empújela con el pie hacia debajo de la caldera. Cuando lo haga, apagaré el encendedor. Desataré a mi hermana y nos iremos. Le dejaré tiempo de sobra para que se lleve los cuadernos. Lo único que quiero es llevarme a Tina a casa y conseguir ayuda para mi madre.

—¿Y se supone que tengo que fiarme de ti? —pregunta Labios Rojos con una mueca de desdén.

Pete baja aún más el encendedor.

—Fíese de mí o vea arder los cuadernos. Decídase deprisa. No sé cuándo rellenó mi padre por última vez este encendedor.

Pete alcanza a ver algo con el rabillo del ojo. Algo que se mueve en la escalera. No se atreve a mirar. Si lo hace, Labios Rojos mirará también. Y ya casi lo tengo, piensa Pete.

Parece que así es. Labios Rojos empieza a bajar la pistola. Por un momento aparenta hasta el último día de todos los años que tiene, e incluso más. De pronto vuelve a levantar el arma y apunta a Tina.

—No la mataré —habla con el tono concluyente de un general que acaba de tomar una decisión crucial para el desenlace de la batalla—. No al principio. Solo le pegaré un tiro en la pierna. La oirás gritar. Si prendes fuego a los cuadernos, le pegaré un tiro en la otra pierna. Luego otro en el estómago. Morirá, pero antes tendrá tiempo de sobra para odiarte, si es que no t…

Se oye un doble ruido sordo a la izquierda de Morris. Son los tenis de Pete, que acaban de caer al pie de la escalera. Morris, con los nervios a flor de piel, gira sobre los talones en esa dirección y dispara. El arma es pequeña, pero en el espacio cerrado del sótano la detonación es muy sonora. Pete da un respingo y, sin querer, el encendedor se le cae de la mano. Se produce un *zumbido* explosivo, y en los cuadernos de la parte superior de la pila se forma súbitamente una corona de fuego.

—¡*No!* —grita Morris, y gira de nuevo sobre los talones dando la espalda a Hodges a la vez que Hodges se precipita escalera abajo a tal velocidad que a duras penas mantiene el equilibrio. Morris está muy cerca de Pete. Levanta la pistola para disparar, pero cuando se dispone a apretar el gatillo, Tina, colgada de sus ataduras, se balancea hacia delante y le golpea en la pierna por detrás con el pie ileso. La bala pasa entre el cuello y el hombro de Pete.

Entretanto los cuadernos arden con llama viva.

Hodges se abalanza sobre Morris antes de que pueda disparar nuevamente y le agarra la mano con la que empuña el arma. Hodges es el más corpulento de los dos y está en mejor forma, pero Morris Bellamy posee la fuerza que le confiere la demencia. Bailan como borrachos por el sótano, Hodges con una mano en torno a la muñeca derecha de Morris para que la pequeña automática apunte al techo, Morris hincándole los dedos de la mano izquierda en el rostro a Hodges para sacarle los ojos.

Peter rodea a la carrera los cuadernos —ahora resplandecen, al prenderse el líquido inflamable que se ha filtrado hasta lo más hondo de la pila— y agarra a Morris por detrás. Este vuelve la cabeza, enseña los dientes y lanza una dentellada. Sus ojos giran en las órbitas.

—¡*La mano!* ¡*Sujétale la mano!* —exclama Hodges. A trompicones, han acabado bajo la escalera. Hodges tiene la cara ensangrentada y le cuelgan en tiras varios trozos de mejilla—. ¡Sujétasela, o va a despellejarme vivo!

Pete agarra la mano izquierda a Bellamy. A sus espaldas, Tina chilla. Hodges asesta dos puñetazos a Bellamy en el rostro: con dureza, como golpes de pistón. Con eso cree haber sometido a Morris, que queda boquiabierto y tambaleante. Tina sigue gritando, y el resplandor en el sótano es cada vez más intenso.

—¡*El techo, Petie!* ¡*El techo se está prendiendo!*

Morris cae de rodillas. Le cuelga la cabeza y le sangran el mentón, los labios y la nariz rota. Hodges le agarra la muñeca derecha y se la retuerce. Esta se parte con un crujido, y la pequeña automática resbala por el suelo. Por un momento Hodges piensa que la lucha ha terminado, hasta que el cabrón, lanzando la mano libre al frente y hacia arriba, lo alcanza de pleno con el puño en los huevos, y un dolor líquido se propaga por su vientre. Morris se escabulle entre sus piernas abiertas. Hodges ahoga una exclamación y se lleva las manos a la entrepierna palpitante.

—*¡Petie, Petie, el techo!*

Pete piensa que Bellamy va por el arma, pero el hombre se olvida de esta por completo. Su objetivo son los cuadernos. Convertidos ya en una hoguera, las tapas se abarquillan, las hojas se ennegrecen y escupen chispas al aire, que han prendido en varias de las tiras de aislante que cuelgan del techo. El fuego se extiende por ellas y llueven serpentinas en llamas. Una de estas va a parar a la cabeza de Tina, y un olor a pelo chamuscado se suma al hedor del papel y el aislante quemados. Ella se la sacude con un grito de dolor.

Pete corre hacia su hermana y a la vez aleja de un puntapié la pequeña automática. Sofoca con las palmas de las manos el pelo humeante de Tina y acto seguido vuelve a pugnar con los nudos.

—*¡No!* —grita Morris, pero no a Pete. Se arrodilla frente a los cuadernos como un fanático religioso ante un altar en llamas. Tiende las manos hacia el fuego en un intento de disgregar la pila. Con esto ascienden más nubes de chispas en espiral—. *¡No, no, no, no!*

Hodges desea correr hacia Peter y su hermana, pero lo máximo que consigue es avanzar medio a rastras como un borracho. El dolor en la entrepierna se difunde hacia abajo por sus extremidades y le debilita los músculos que tanto esfuerzo le ha costado desarrollar. Aun así, logra forcejear con uno de los nudos del cable eléctrico de color naranja. Una vez más desearía disponer de una navaja, pero se necesitaría un cuchillo de carnicero para cortar el puto cable, que es muy *grueso*.

Caen alrededor más tiras de aislante incandescentes. Hodges las aleja de la niña a manotazos, temiendo que la blusa de gasa se prenda. El nudo empieza a ceder, por fin empieza a ceder, pero la chica se revuelve…

—Para, Teens —dice Pete. El sudor le corre por la cara. La temperatura aumenta por momentos en el sótano—. Son nudos corredizos. Estás apretándolos más. Tienes que quedarte quieta.

Los gritos de Morris dan paso a aullidos de dolor. Hodges no tiene tiempo de mirarlo. El nudo del que está tirando se afloja de pronto. Aparta de la caldera a Tina, con las manos todavía atadas a la espalda.

No será posible salir por la escalera; el tramo inferior está ardiendo y el fuego ya ha llegado al superior. Las mesas, las sillas, las cajas de documentos almacenados: todo en llamas. Las llamas envuelven también a Morris Bellamy. Le arden la chamarra y la camisa. Con todo, sigue adentrándose en la hoguera en su esfuerzo por rescatar alguno de los cuadernos indemnes de debajo de la pila. Se le ennegrecen los dedos. Aunque el dolor debe de ser insoportable, sigue adelante. Hodges tiene tiempo para acordarse del cuento en que el lobo baja por la chimenea y cae en una olla de agua hirviendo. Ese, su hija, Alison, no quería oírlo. Decía que daba mucho mie...

—¡Bill! ¡Bill! ¡Por aquí!

Hodges ve a Jerome en una de las ventanas del sótano. Hodges recuerda haber dicho «Vaya manera de hacer caso omiso de mis órdenes», y ahora le complace que así sea. Jerome, tumbado en el suelo, tiende los brazos hacia abajo.

—¡Levántala! ¡Levántala! ¡Deprisa, antes de que se asen todos!

Es básicamente Pete quien lleva a Tina a cuestas hasta la ventana del sótano por entre las chispas y las cintas de aislante en llamas. Una cae en la espalda del chico, y Hodges la aparta. Pete levanta a su hermana. Jerome la agarra por las axilas y la jala hasta sacarla, con el enchufe del cable de computadora que Morris ha usado para atarle las manos arrastrando y dando golpes a sus espaldas.

—Ahora tú —dice Hodges con voz ahogada.

Pete mueve la cabeza en un gesto de negación.

—Usted primero —mira a Jerome—. Tú jalas. Yo empujo.

—De acuerdo —dice Jerome—. Levanta los brazos, Bill.

No hay tiempo para discutir. Hodges alza los brazos, y Jerome se los agarra. Tiene tiempo para pensar: Esto es como llevar esposas, y acto seguido es izado. Al principio sube despacio —pesa mucho más que la niña—, pero entonces nota que dos manos se plantan firmemente en su trasero y empujan. Se eleva hacia el aire claro y limpio —caliente pero más fresco que el del sótano—, y va a parar junto a Tina Saubers. Jerome vuelve a tender los brazos.

—¡Vamos, muchacho! ¡Mueve el culo!

Pete levanta los brazos, y Jerome lo agarra por las muñecas. El sótano está llenándose de humo, y Pete empieza a toser, casi vomita, a la vez que se ayuda a subir apuntalando los pies en la pared. Se desliza a través de la ventana, se da la vuelta y mira hacia el interior del sótano.

Dentro, un espantapájaros carbonizado, de rodillas, escarba entre los cuadernos en llamas con brazos de fuego. El rostro de Morris se funde. Lanza un alarido y se abraza al resplandor, disolviendo restos de la obra de Rothstein contra su pecho encendido.

—No mires, muchacho —dice Hodges, a la vez que apoya una mano en su hombro—. No mires.

Pero Pete quiere mirar. Necesita mirar.

Piensa: Ese que arde podría haber sido yo.

Piensa: No. Porque yo sé diferenciar. Yo sé qué es lo importante.

Piensa: Por favor, Dios mío, si existes… permite que eso sea así.

55

Pete permite que Jerome lleve a Tina a cuestas hasta el campo de beisbol y una vez allí dice:

—Déjamela a mí, por favor.

Jerome lo observa: la palidez, la cara de conmoción, las ampollas en una oreja, agujeros de contornos chamuscados en la camiseta.

—¿Estás seguro?

—Sí.

Tina tiende ya los brazos hacia él. Ha guardado silencio desde que la sacaron del sótano incendiado, pero cuando Pete la levanta en el aire, le rodea el cuello con los brazos, apoya la cara en su hombro y rompe a llorar a lágrima viva.

Holly se acerca corriendo por el sendero.

—¡Gracias a Dios! —exclama—. ¡Están aquí! ¿Dónde está Bellamy?

—Allí, en el sótano —dice Hodges—. Y si aún no está muerto, desea estarlo. ¿Tienes el teléfono celular? Llama a los bomberos.

—¿Cómo está nuestra madre? —pregunta Pete.

—Creo que saldrá de esta —contesta Holly, y se desprende el teléfono del cinturón—. La ambulancia la lleva ya al Kiner Memorial. Estaba consciente y hablaba. Según los auxiliares médicos, tenía bien los signos vitales.

—Gracias a Dios —dice Pete. Ahora también él se echa a llorar, y las lágrimas abren surcos claros en los manchurrones de hollín—. Si ella muriera, me mataría. Porque todo esto es culpa mía.

—No —dice Hodges.

Pete lo mira. Tina mira también a su hermano, los brazos todavía alrededor de su cuello.

—Encontraste los cuadernos y el dinero, ¿verdad?

—Sí. Por casualidad. Estaban en un cofre enterrado junto al arroyo.

—Cualquiera habría hecho lo que tú hiciste —dice Jerome—. ¿No, Bill?

—Sí —coincide Bill—. Por la familia, uno hace todo lo que puede. Igual que has ido tras Bellamy cuando se llevó a Tina.

—Ojalá nunca hubiese encontrado ese cofre —dice Pete. Lo que no dice, ni dirá nunca, es lo mucho que le duele saber que los cuadernos han desaparecido. Saber eso quema como el fuego. Entiende cómo se ha sentido Morris, y eso también quema como el fuego—. Ojalá hubiera seguido bajo tierra.

—El infierno está lleno de buenas intenciones, y el cielo de buenas obras —dice Hodges—. Vamos. Necesito ponerme una bolsa de hielo antes de que la hinchazón aumente.

—Hinchazón ¿dónde? —pregunta Holly—. Yo te veo bien.

Hodges le rodea los hombros con un brazo. A veces Holly se pone tensa cuando hace eso, pero no hoy, así que además le da un beso en la mejilla. Eso le provoca una sonrisa de incertidumbre.

—¿Te ha dado ahí donde duele a los hombres?

—Sí. Ahora calla.

Caminan despacio, en parte en atención a Hodges, en parte por Pete. Su hermana le pesa, pero no quiere dejarla. Quiere llevarla todo el camino hasta casa.

DESPUÉS

PICNIC

El viernes que da inicio al puente del día del Trabajo, a primeros de septiembre, un Jeep Wrangler —que tiene ya sus años pero que su dueño adora— entra en el estacionamiento situado por encima de los campos de beisbol del McGinnis Park donde se juega la liga infantil y se detiene junto a un Mercedes azul, que también tiene ya sus años. Jerome Robinson baja por la pendiente cubierta de césped hacia una mesa de picnic en la que ya está puesta la comida. En una mano lleva una bolsa de papel oscilante.

—¡Eh, Hollyberry!

Ella voltea.

—¿Cuántas veces tengo que decirte que no me llames así? ¿Cien? ¿Mil? —pero Holly sonríe a la vez que lo dice, y cuando él le da un abrazo, ella se lo devuelve. Jerome no abusa de su suerte; después de un buen apretón, pregunta por la comida—. Hay ensalada de pollo, ensalada de atún y ensalada de col. También he traído un sándwich de rosbif. Eso es para ti, si lo quieres. Yo no como carne roja. Altera mis ritmos circadianos.

—Entonces procuraré librarte de esa tentación.

Se sientan. Holly sirve Snapple en vasos de papel. Brindan por el final del verano y, mientras se atracan, charlan de películas y series de televisión, para eludir de momento la razón por la que están ahí: es una despedida, al menos por un tiempo.

—Es una lástima que Bill no haya podido venir —dice Jerome cuando Holly le entrega un trozo de pastel de chocolate—. ¿Te acuerdas de aquel picnic que hicimos aquí después de comparecer él a la vista? ¿Para celebrar que el juez decidiera no mandarlo a la cárcel?

—Me acuerdo perfectamente —responde Holly—. Tú querías venir en autobús.

—¡Porque el autobú' era grati'! —exclama Batanga el Negro Zumbón—. ¡Yo asepto tó lo que pue'o consegui' grati', señorita Holly!

—Eso ya está muy visto, Jerome.

Él deja escapar un suspiro.

—Es posible, supongo.

—Bill recibió una llamada de Pete Saubers —dice Holly—. Por eso no ha venido. Me pidió que te saludara de su parte, y que ya se verían antes de que vuelvas a Cambridge. Límpiate la nariz. Te has manchado de chocolate.

Jerome contiene el impulso de decir: «¡El shocolate e' mi colo' preferí'o!».

—¿Cómo le va a Pete?

—Bien. Tenía una buena noticia y quería dársela a Bill en persona. Yo no puedo acabarme el pastel. ¿Quieres el resto? A no ser que prefieras no comer lo que yo ya he probado. Tú sabrás, pero no estoy resfriada ni nada por el estilo.

—Incluso usaría tu cepillo de dientes —dice Jerome—, pero ya estoy lleno.

—Uuuf —dice Holly—. Yo nunca usaría el cepillo de dientes de otra persona —recoge los vasos y platos de papel y los lleva a un bote de basura cercano.

—¿A qué hora te vas mañana? —pregunta Jerome.

—El sol sale a las seis cincuenta y cinco. Espero estar en la carretera a las siete y media, como muy tarde.

Holly viaja en coche a Cincinnati para ver a su madre. Ella sola. A Jerome le cuesta creerlo. Se alegra por su amiga, pero también teme por ella. ¿Y si algo se tuerce y le entra un ataque de pánico?

—Deja ya de preocuparte —dice Holly cuando vuelve y se sienta—. No me pasará nada. Solo autopistas, nada de conducir por la noche, y hará buen tiempo, según el informe meteorológico. Además, tengo mis tres bandas sonoras preferidas en CD: *Camino a la perdición*, *Cadena perpetua* y *El Padrino II*. Que es la mejor, en mi opinión, aunque Thomas Newman es, en conjunto, mucho mejor que Nino Rota. La música de Thomas Newman es *misteriosa*.

—John Williams, *La lista de Schindler* —dice Jerome—. Es insuperable.

—Jerome, me duele decir que no tienes ni la más remota idea, pero… así es, la verdad.

Él se echa a reír, complacido.

—Llevo el celular y el iPad, los dos con carga completa. El Mercedes acaba de pasar una revisión a fondo. Y en realidad son solo setecientos kilómetros.

—Genial. Pero llámame si me necesitas. A mí o a Bill.

—No lo dudes. ¿Cuándo te marchas a Cambridge?

—La semana que viene.

—¿Ya has acabado en los muelles?

—Sí, y lo cierto es que me alegro. Puede que el trabajo físico sea bueno para el cuerpo, pero no tengo la sensación de que ennoblezca el alma.

A Holly le cuesta aún mirar a los ojos incluso a sus amigos más íntimos, pero hace un esfuerzo y fija la mirada en los de Jerome.

—Pete está bien, Tina está bien, y su madre ya se ha recuperado. Por ese lado estupendo, pero ¿está bien *Bill*? Dime la verdad.

—No sé a qué te refieres —ahora es a Jerome a quien le resulta difícil mantener el contacto visual.

—Ha adelgazado mucho, eso para empezar. Se está excediendo con su régimen a base de ejercicio y ensaladas. Pero no es eso lo que en realidad me preocupa.

—¿Qué es, pues? —pero Jerome ya lo sabe, y no le sorprende que *ella* lo sepa, pese a que Bill cree habérselo ocultado. Holly tiene sus artes.

Ella baja la voz como si temiera que pudiesen oírla, pese a que no hay nadie en cien metros a la redonda.

—¿Cada cuánto lo visita?

Jerome no necesita preguntarle de quién habla.

—La verdad es que no lo sé.

—¿Más de una vez al mes?

—Eso creo, sí.

—¿Una vez por semana?

—Seguramente no tan a menudo —aunque ¿quién sabe?

—¿*Por qué*? Ese... —a Holly le tiemblan los labios—. ¡Brady Hartsfield es poco menos que un *vegetal*!

—No debes sentirte culpable por eso. Ni se te ocurra. Le pegaste porque iba a volar por los aires a dos mil adolescentes.

Jerome intenta tocarle la mano, pero ella la retira en el acto.

—¡*No* me culpo! ¡Volvería a hacerlo! ¡Una vez y otra vez y otra más! Pero no me gusta la idea de que Bill esté obsesionado con él. Bien sé yo lo que es la obsesión, ¡y *no es agradable*!

Holly cruza los brazos ante el pecho, un gesto para reconfortarse que apenas hace ya.

—No creo que sea una obsesión, no exactamente —Jerome habla con cautela, tanteando el terreno—. No creo que tenga que ver con el pasado.

—¿Y con qué tiene que ver, si no? ¡Porque ese monstruo no tiene futuro!

Bill no está tan seguro de eso, piensa Jerome, pero nunca se lo contará a Holly. Aunque su amiga ha mejorado, aún es frágil. Y como ella misma ha afirmado, sabe bien lo que es la obsesión. Además, Jerome desconoce las razones del permanente interés de Bill en Brady. Solo tiene un presentimiento. Una corazonada.

—Dejémoslo en paz —dice. Esta vez, cuando apoya la mano en la de Holly, ella no la aparte, y hablan de otras cosas durante un rato. Al final, él consulta su reloj—. Tengo que irme. He prometido a Barbara y Tina que las llevaría a la pista de patinaje.

—Tina está enamorada de ti —comenta Holly con toda naturalidad mientras suben por la pendiente hacia los coches.

—Si es así, ya se le pasará —afirma él—. Yo me voy al este, y muy pronto algún chico encantador aparecerá en su vida. Ella escribirá su nombre en las portadas de los libros.

—Supongo —concede Holly—. Así suele ser, ¿no? Pero no quiero que te burles de ella. Pensaría que lo hacías por maldad y se pondría triste.

—Descuida —dice Jerome.

Han llegado a los coches, y una vez más Holly se obliga a mirarlo a la cara.

—*Yo* no estoy enamorada de ti, no como ella, pero te quiero mucho igualmente. Así que cuídate, Jerome. Algunos universitarios hacen tonterías. No seas uno de ellos.

Esta vez es ella quien lo abraza.

—Ah, oye, casi me olvidaba —dice Jerome—. Te traje un regalito. Es una camiseta, aunque dudo que quieras ponértela en la visita a tu madre.

Le entrega la bolsa. Holly saca la camiseta, de un color rojo subido, y la despliega. Estampado en la pechera, en negro muy visible, se lee:

NO HAY MIERDA
QUE IMPORTE UNA MIERDA

Jimmy Gold

—Las venden en la librería del City College. La compré en talla XL, por si quieres usarla de camisón —observa el rostro de Holly mientras ella reflexiona sobre las palabras escritas en la pechera de la camiseta—. Por supuesto, también puedes cambiarla por otra cosa, si no te gusta.

—Me gusta mucho —dice ella, y de pronto sonríe. Es esa sonrisa que gusta a Hodges, la que tanto la favorece—. Y *sí* me la pondré cuando vaya a visitar a mi madre. Solo para molestarla.

Jerome se queda tan sorprendido que Holly se ríe.

—¿Tú nunca has querido hacer enojar a tu madre? —pregunta ella.

—De vez en cuando. Y otra cosa, Holly... yo también te quiero. Ya lo sabes, ¿no?

—Sí —responde ella, y se sostiene la camiseta ante el pecho—. Y me alegro. Esa mierda sí importa mucho.

EL COFRE

Hodges recorre el sendero que atraviesa el terreno sin urbanizar desde el extremo de Birch Street y encuentra a Pete sentado en la orilla del arroyo con las rodillas encogidas contra el pecho y los brazos alrededor. Cerca, un árbol achaparrado se inclina sobre el cauce, que ha quedado reducido a un hilo de agua después de un verano largo y tórrido. Al pie del árbol ha vuelto a excavarse el hoyo donde estaba enterrado el cofre. El propio cofre se encuentra a un paso, dispuesto oblicuamente en la orilla. Se ve viejo y cansado y un tanto siniestro, como un viajero en el tiempo llegado de un año en que la música disco estaba aún en pleno apogeo. A corta distancia se alza un tripié de fotógrafo. Hay también un par de bolsas como las que llevan los profesionales cuando viajan.

—El famoso cofre —comenta Hodges, y se sienta al lado de Pete.

Pete mueve la cabeza en un gesto de asentimiento.

—Sí. El famoso cofre. El fotógrafo y su ayudante se han ido a comer, pero no tardarán en volver, creo. No parecían muy entusiasmados con ninguno de los restaurantes de la zona. Son neoyorquinos —se encoge de hombros, como si eso lo explicara todo—. Al principio el fotógrafo quería que me sentara encima, con la barbilla apoyada en el puño. Como esa famosa estatua, ya sabe. Se lo he quitado de la cabeza, pero me ha costado.

—¿Esto es para el periódico local?

Pete niega con la cabeza, y una sonrisa se dibuja en sus labios.

—Esa es la buena noticia, señor Hodges. Es para *The New Yorker*. Quieren un artículo sobre lo ocurrido. Y no uno corto. Lo quieren para lo que llaman «el cuerpo» de la revista, que es la parte central. Todo un reportaje, quizá el más extenso que hayan publicado.

—¡Eso es fantástico!

—Lo será si no la cago.

Hodges lo observa por un momento.

—Alto ahí. ¿Vas a escribirlo *tú*?

—Sí. Al principio querían enviar a uno de sus redactores... George Packer, que es francamente bueno... para entrevistarme y escribir el texto. Para ellos tiene mucha importancia, porque John Rothstein había sido una de sus estrellas literarias, a la altura de John Updike, Shirley Jackson... ya sabe a quiénes me refiero.

Hodges no lo sabe, pero asiente con la cabeza.

—Rothstein vino a ser la referencia de la angustia adolescente, y después de la angustia de la clase media. Más o menos como John Cheever. Ahora estoy leyendo a Cheever. ¿Ha leído su relato «El nadador»?

Hodges mueve la cabeza en un gesto de negación.

—Debería. Es extraordinario. El caso es que quieren la historia de los cuadernos. Entera, de principio a fin. Eso fue después de que tres o cuatro peritos caligráficos analizaran las fotocopias que hice, y los fragmentos.

Hodges ya sabe lo de los fragmentos. En el sótano incendiado se rescataron trozos chamuscados suficientes para validar que los cuadernos perdidos eran, en efecto, obra de Rothstein, como afirmaba Pete. Las indagaciones de la policía sobre las andanzas de Morris Bellamy habían corroborado aún más la versión de Pete. De la que Hodges nunca había dudado.

—Rechazaste a Packer, deduzco.

—Rechacé a *todo el mundo*. Si la historia ha de escribirse, debo escribirla yo. No solo porque estaba presente, sino porque leer a John Rothstein cambió mi...

Se interrumpe y menea la cabeza.

—No. Iba a decir que su obra cambió mi vida, pero eso no es correcto. No creo que un adolescente tenga mucha vida que cambiar. El mes que viene cumpliré dieciocho años. Lo que quiero decir, me parece, es que su obra me cambió el *corazón*.

Hodges sonríe.

—Eso lo entiendo.

—El director de sección responsable del artículo dijo que yo era demasiado joven... peor habría sido que dijera que no tengo talento, ¿no?... así que le mandé unos textos de muestra. Eso ayudó. Además, me mantuve firme ante él. Tampoco fue muy difícil. Negociar con alguien de una revista de Nueva York no me pareció nada del otro mundo después de enfrentarme a Bellamy. *Eso* sí fue una negociación.

Pete se encoge de hombros.

—Lo corregirán de arriba abajo, claro. He leído bastante sobre el proceso de edición y sé en qué consiste. Por ese lado no tengo inconveniente. Pero si quieren publicarla, será mi nombre el que aparezca.

—Un negociador duro, Pete.

Fija la mirada en el cofre, y por un momento aparenta muchos más años de los casi dieciocho que tiene.

—Este es un mundo duro. Eso lo aprendí cuando atropellaron a mi padre en el Centro Cívico.

Ninguna respuesta parece apropiada, así que Hodges guarda silencio.

—Ya se imaginará qué es lo que quiere básicamente *The New Yorker*, ¿no?

Hodges no en vano ha sido inspector de policía durante casi treinta años.

—Un resumen de los últimos dos libros, supongo. Jimmy Gold y su hermana y todos sus amigos. Quién hizo qué a quién, y cómo, y cuándo, y de qué manera acaba todo.

—Sí. Y soy el único que lo sabe. Lo que me lleva a la parte de la disculpa —mira a Hodges con expresión solemne.

—Pete, no hace falta ninguna disculpa. No hay cargos legales contra ti, y yo no te guardo el menor resentimiento por nada. Holly y Jerome tampoco. Y nos alegramos de que tu madre y tu hermana estén bien.

—Lo están pero por poco. Si aquel día, en el coche, yo no le hubiera contestado a usted con evasivas ni me hubiera escabullido luego por la farmacia, seguramente Bellamy no habría venido a casa. Tina todavía tiene pesadillas.

—¿Te culpa a ti de eso?

—La verdad es que… no.

—Pues ahí tienes —dice Hodges—. Estabas con una pistola en la cabeza. En sentido figurado y literal. Halliday te metió el miedo en el cuerpo, y tú no tenías manera de saber que él había muerto cuanto fuiste a su tienda aquel día. En cuanto a Bellamy, ni siquiera sabías que aún vivía, y menos que había salido de la cárcel.

—Todo eso es verdad, pero las amenazas de Halliday no fueron la única razón por la que me negué a hablar con usted. Aún creía que tenía la posibilidad de quedarme los cuadernos, ¿entiende? Por *eso* me negué a hablar con usted. Y por eso me escapé. Quería quedármelos. No era mi mayor preocupación, pero sí me rondaba la cabeza en segundo plano, eso sin duda. Esos cuadernos… en fin… y esto tengo que contarlo en el artículo que escriba para *The New Yorker*… me tenían hechizado. Necesito disculparme porque en realidad yo no era tan distinto de Morris Bellamy.

Hodges sujeta a Pete por los hombros y lo mira a los ojos.

—Si eso fuera verdad, no habrías ido al pabellón dispuesto a quemarlos.

—El encendedor se me cayó por accidente —dice Pete en voz baja—. El disparo me sobresaltó. *Creo* que lo habría hecho igualmente… si él le hubiera pegado un tiro a Tina… pero nunca lo sabré con seguridad.

—*Yo* sí lo sé —afirma Hodges—. Y lo sé con seguridad suficiente por ambos.

—¿Sí?

—Sí. ¿Y cuánto te pagan por esto?

—Quince mil dólares.

Hodges lanzó un silbido.

—Primero tienen que aceptar el artículo, pero lo aceptarán, eso por descontado. El señor Ricker me ayuda, y está quedando muy bien. Tengo ya la primera mitad en borrador. La narrativa no es lo mío, pero con algo así me las arreglo. Algún día podría dedicarme profesionalmente, quizá.

—¿Qué vas a hacer con el dinero? ¿Ingresarlo en un fondo para tus estudios?

Niega con la cabeza.

—Iré a la universidad, de una manera u otra. Eso no me preocupa. El dinero es para Chapel Ridge. Tina irá a ese colegio este mismo curso. No se imagina lo entusiasmada que está.

—Eso está bien —dice Hodges—. Eso está muy bien.

Miran el cofre en silencio durante un rato. Se oyen unos pasos en el sendero, y voces de hombre. Los dos tipos que aparecen visten camisas de cuadros casi idénticas y jeans en los que se ven aún los pliegues de la tienda. Hodges sospecha que creen que así es como viste todo el mundo en la América profunda. Uno lleva una cámara colgada del cuello; el otro acarrea un segundo reflector.

—¿Qué tal la comida? —pregunta Pete mientras ellos cruzan el arroyo por las piedras con paso vacilante.

—Bien —contesta el de la cámara—. Hemos comido en el Denny's. Sándwiches de huevo, jamón y queso. Las papas con cebolla salteadas eran por sí solas un sueño culinario. Acércate, Pete. Primero haremos unas cuantas contigo arrodillado al lado del cofre. También quiero sacarte algunas mirando dentro.

—Está vacío —objeta Pete.

El fotógrafo se apoya un dedo entre las cejas.

—La gente se lo *imaginará*. Pensarán: ¿Qué sentiría cuando abrió ese cofre por primera vez y vio todos esos tesoros literarios? ¿Entiendes?

Pete se pone en pie y se sacude las nalgas de unos jeans que están mucho más descoloridos y tienen un aspecto mucho más natural.

—¿Quiere quedarse por aquí durante la sesión de fotos, señor Hodges? No todo chico de dieciocho años consigue un retrato a toda plana en *The New Yorker* junto a un artículo que ha escrito él mismo.

—Me encantaría, Pete, pero tengo un recado pendiente.

—De acuerdo. Gracias por venir y por escucharme.

—¿Añadirás otra cosa en tu artículo?

—¿Qué?

—Que esto no empezó cuando encontraste el cofre —Hodges mira el cofre, negro y gastado, una reliquia con las guarniciones rayadas y la tapa enmohecida—. Empezó con el hombre que lo escondió ahí. Y cuando sientas la necesidad de culparte por cómo han acabado las cosas, quizá te convenga recordar eso que dice Jimmy Gold una y otra vez. No hay mierda que importe una mierda.

Pete se echa a reír y le tiende la mano.

—Es usted un buen hombre, señor Hodges.

Hodges niega con la cabeza.

—Llámame Bill. Y ahora ve a sonreír a la cámara.

Se detiene en la otra orilla del arroyo y voltea a mirar. Por indicación del fotógrafo, Pete se arrodilla con una mano apoyada en la tapa gastada del cofre. Es la clásica pose de apropiación, y recuerda a Hodges una foto que vio una vez de Ernest Hemingway arrodillado al lado de un león recién cazado. Pero el rostro de Pete no muestra ni por asomo la estúpida sonrisa de seguridad y autocomplacencia de Hemingway. El rostro de Pete expresa: *Esto nunca ha sido mío.*

Sigue pensando así, jovencito, se dice Hodges cuando se pone de nuevo en marcha de camino hacia su coche.

«Sigue pensando así.»

CLOC

Ha dicho a Pete que tenía un recado pendiente. Eso no era del todo verdad. Podría haber dicho que un caso reclamaba su atención, pero tampoco eso era del todo verdad. Aunque se habría acercado más.

Poco antes de salir camino de su encuentro con Pete, ha recibido una llamada de Becky Helmington, la enfermera jefa de la Unidad de Traumatismos Craneoencefálicos. Le paga una pequeña cantidad mensual para que lo mantenga al corriente sobre el estado de Brady Hartsfield, el paciente a quien Hodges llama «mi muchacho». También lo pone al corriente sobre cualquier suceso anómalo que se produzca en esa sección del hospital, y le hace llegar los últimos rumores. La mente racional de Hodges insiste en que estos rumores carecen de fundamento, y en que existen explicaciones racionales para ciertos sucesos anómalos, pero su mente no se reduce a la parte racional que opera en la superficie. Muy por debajo de esta parte racional hay un océano subterráneo —lo hay en todas las cabezas, cree— donde nadan criaturas extrañas.

—¿Cómo está su hijo? —ha preguntado a Becky—. No se habrá caído de ningún árbol últimamente, espero.

—No, Robby está la mar de bien. ¿Ha leído ya el periódico de hoy, señor Hodges?

—Ni siquiera lo he sacado del envoltorio todavía —en esta nueva era, donde todo está al alcance de la mano en internet, algunos días ni siquiera llega a sacarlo del envoltorio. Se queda ahí, al lado de su La-Z-Boy, como un niño abandonado.

—Eche un vistazo a la sección metropolitana. Página dos. Luego vuelva a llamarme.

Cinco minutos después eso ha hecho.

—Dios mío, Becky.

—Eso mismo he pensado yo. Era buena chica.

—¿Estará usted hoy en la planta?

—No. Me voy a casa de mi hermana, que vive al norte del estado. Pasamos allí el fin de semana —Becky se ha interrumpido por un momento—. En realidad, estoy planteándome pedir el traslado a la unidad de cuidados intensivos del hospital cuando vuelva. Hay una plaza vacante, y además estoy hasta la coronilla del doctor Babineau. Es cierto eso que dicen: a veces los neurólogos están más locos que los pacientes —se interrumpe otra vez. Luego añade—: Diría que también estoy hasta la coronilla de Hartsfield, pero faltaría a la verdad. Lo que ocurre es que ese hombre me da un poco de miedo. Tal como me daba miedo la casa encantada del barrio cuando era niña.

—¿Ah, sí?

—Ajá. Yo sabía que allí no había fantasmas, pero, claro, ¿y si los había?

Hodges llega al hospital poco después de las dos del mediodía, y en esta tarde previa al puente la Unidad de Traumatismos Craneoencefálicos está casi tan vacía como puede llegar a estar. Durante el día, al menos.

La enfermera de guardia —Norma Wilmer, según su placa— le entrega el identificador de visitante. Hodges, mientras se lo prende de la camisa, hablando por hablar, comenta:

—Según tengo entendido, ayer hubo una tragedia en esta sección.

—No puedo hablar de eso —contesta la enfermera Wilmer.

—¿Estaba usted de guardia?

—No —vuelve a centrarse en sus papeles y sus monitores.

Da igual; puede obtener más información por medio de Becky en cuanto ella vuelva y tenga ocasión de consultar sus fuentes. Si Becky sigue adelante con su plan de solicitar el traslado (en su fuero interno, Hodges considera que esa es la mejor señal hasta el momento de que algo real puede estar pasando aquí), ya buscará a alguna otra persona que lo ayude un poco. Varias enfermeras son fumadoras empedernidas, a pesar de lo que saben sobre los efectos del tabaco, y esas siempre están dispuestas a ganarse unos dólares para financiar el hábito.

Hodges avanza parsimoniosamente hacia la habitación 217, consciente de que el corazón le late con más fuerza y más rapidez que de costumbre. Otra señal de que ha empezado a tomarse esto en serio. La noticia publicada en la edición matutina del periódico lo ha alterado, y no poco.

En el camino se encuentra con Al el Bibliotecario, que empuja su carrito. Hodges le dirige su habitual saludo:

—Hola, amigo. ¿Cómo estás?

En un primer momento Al no contesta. Ni siquiera parece verlo. Las ojeras como hematomas son más visibles que nunca, y pese a que suele ir bien peinado, hoy lleva el pelo revuelto. Además, se ha puesto la jodida placa del revés. Hodges vuelve a preguntarse si Al está empezando a perder el juicio.

—¿Todo en orden, Al?

—Claro —dice Al vacuamente—. Nunca hay nada tan bueno como lo que uno no ve, ¿eh?

Hodges no sabe qué contestar a este sinsentido, y Al pasa de largo sin darle tiempo a pensar una respuesta. Hodges, desconcertado, lo observa alejarse por un momento y sigue adelante.

Brady está sentado en el sitio de costumbre, junto a la ventana, con su indumentaria habitual: jeans y camisa de cuadros. Alguien le ha cortado el pelo. Se lo ha cortado mal, un auténtico desastre. Hodges duda que su muchacho le dé gran importancia a eso. No puede decirse que vaya a irse de fiesta en fecha próxima.

—Hola, Brady. ¡Cuánto tiempo sin verte! Y el otro contesta: «¡Y porque me has visto tú primero!».

Brady sigue mirando por la ventana, y las mismas preguntas de siempre se toman de la mano y juegan a la rueda de San Miguel en la cabeza de Hodges. ¿Ve Brady algo ahí fuera? ¿Sabe que tiene compañía? Si es así, ¿sabe que es Hodges? ¿Piensa siquiera? *A veces* sí piensa —lo suficiente para pronunciar unas cuantas frases sencillas, como mínimo— y en el centro de fisioterapia es capaz de recorrer arrastrando los pies los veinte metros poco más o menos de lo que los pacientes llaman la Avenida de la Tortura, pero ¿qué significa eso en realidad? También los peces nadan en un acuario, y no por eso puede decirse que piensen.

Hodges piensa: Nunca hay nada tan bueno como lo que uno no ve.

Signifique lo que signifique *eso*.

Toma el marco de plata con la foto en la que aparecen Brady y su madre abrazados, deshaciéndose en sonrisas. Si ese cabrón ha sentido afecto por alguien en su vida, ha sido por su querida mamá. Hodges escruta a Brady en busca de alguna reacción por el hecho de que su visitante tenga entre las manos la foto de Deborah Ann. Aparentemente no la hay.

—Se ve cachonda, Brady. ¿Era una cachonda? ¿Era una auténtica vampi?

No hay respuesta.

—Lo pregunto solo porque cuando entramos en tu computadora, encontramos alguna que otra foto de ella de lo más picante. Ya me entiendes, negligés, nailon, brasieres y tangas, esas cosas. A mí, así vestida, me pareció la mar de cachonda. Y también a los otros polis, cuando las hice circular.

Aunque deja caer esta mentira con su acostumbrado gracejo, sigue sin haber reacción. Nada.

—¿Te la cogías, Brady? Seguro que al menos le tenías ganas.

¿Ha sido eso una mínima contracción de la ceja? ¿Un ligerísimo movimiento descendente en la comisura de los labios?

Quizá, pero Hodges sabe que podrían ser solo imaginaciones suyas, porque *quiere* que Brady lo oiga. En todo Estados Unidos nadie se merece tanto que hurguen en sus heridas como este asesino, este hijo de puta.

—A lo mejor la mataste y *luego* te la cogiste. A esas alturas ya no hacía falta andarse con miramientos, ¿verdad que no?

Nada.

Hodges se sienta en la silla de las visitas y pone la foto otra vez en la mesa junto a uno de los lectores electrónicos Zappit que Al deja a los pacientes que los quieren. Entrelaza las manos y mira a Brady, que nunca debería haber salido del coma, pero ha despertado.

Bueno.

Más o menos.

—¿Estás fingiendo, Brady?

Siempre le hace esta pregunta, y nunca ha habido respuesta. Tampoco hoy la hay.

—Anoche una enfermera de la planta se quitó la vida. En uno de los baños. ¿Lo sabías? De momento no se ha revelado su nombre, pero, según el periódico, murió desangrada. Deduzco que eso implica que se cortó las venas, pero no estoy seguro. Si lo supieras, seguro que te haría feliz. Nada te gustaba tanto como un buen suicidio, ¿verdad?

Espera. Nada.

Hodges, inclinándose al frente, fija la mirada en el rostro inexpresivo de Brady y habla con toda seriedad.

—La cuestión es... lo que no me explico... es cómo lo hizo. Los espejos de esos lavabos no son de cristal; son de metal pulido. Podría haber utilizado el espejo de su polvera, o algo similar supongo, pero a mí me parece que una mierdecilla así no basta para un trabajo como ese. Sería como ir con una navaja a un duelo con pistolas —se recuesta—. Aunque, oye, quizá sí *tenía* un cuchillo. Una de esas navajas suizas, ¿sabes? En la bolsa. ¿Tú has tenido alguna vez una de esas?

Nada.

¿O sí hay algo? Hodges tiene la sensación, muy clara, de que Brady, detrás de esa mirada inexpresiva, está observándolo.

—Brady, algunas enfermeras creen que puedes abrir y cerrar la llave del agua de tu cuarto de baño desde aquí. Piensan que lo haces solo para asustarlas. ¿Eso es verdad?

Nada. Pero la sensación de ser observado es clara. Brady *en efecto* disfrutaba con el suicidio, esa es la cuestión. Incluso podría decirse que el suicidio era su sello personal. Antes de que

Holly le pegara con la *happy slapper*, Brady intentó inducir a Hodges a matarse. No lo consiguió... pero *sí* lo consiguió con Olivia Trelawney, la mujer cuyo Mercedes tiene ahora Holly Gibney y con el que planea marcharse a Cincinnati.

—Si eres capaz, hazlo ahora. Vamos. Lúcete un poco. Alardea. ¿Qué me dices?

Nada.

Algunas enfermeras creen que los repetidos golpes que Brady recibió en la cabeza la noche que intentó volar el auditorio Mingo de algún modo han reorganizado su cerebro. Que esos repetidos golpes lo han dotado de... poderes. El doctor Babineau sostiene que eso es ridículo, el equivalente hospitalario a una leyenda urbana. Hodges está seguro de que tiene razón, pero esa sensación de ser observado es innegable.

Como lo es la sensación de que, en algún lugar muy profundo, Brady Hartsfield está riéndose de él.

Toma el lector electrónico, este de color azul. En su anterior visita a la unidad, Al el Bibliotecario le contó que Brady se entretenía con las demos. *Se queda mirándolas durante horas*, dijo Al.

—Como esto otro, ¿no?

Nada.

—Tampoco es que puedas hacer gran cosa con ello, ¿verdad?

Nanay. Nones. Nada.

Hodges deja el lector junto a la foto y se pone en pie.

—A ver qué averiguo sobre esa enfermera, ¿sale? Lo que yo no pueda desenterrar lo averiguará mi ayudante. Tenemos nuestras fuentes. ¿Te alegras de que la enfermera haya muerto? ¿Te trató mal? ¿Te pellizcó la nariz o te retorció ese pito minúsculo e inútil, quizá porque atropellaste a un amigo o pariente suyo en el Centro Cívico?

Nada.

Nada.

Nad...

Los ojos de Brady giran en las órbitas. Mira a Hodges, y Hodges por un momento siente un terror profundo, irracional. Esos ojos están muertos en la superficie, pero ve algo debajo que no parece del todo humano. Le recuerda aquella película sobre la niña poseída por Pazuzu. Después los ojos vuelven a posarse en la ventana, y Hodges se dice que ya está bien de idioteces. Según Babineau, Brady ha vuelto ya todo lo que puede llegar a volver, y eso no es mucho. Es la clásica tabla rasa, y no hay en ella nada escrito excepto los sentimientos del propio Hodges por ese hombre, el ser más despreciable que ha conocido durante todos sus años en el cuerpo de policía.

Quiero que esté ahí dentro para poder hacerle daño, piensa Hodges. A eso se reduce todo. Al final resultará que a la enfermera la ha abandonado su marido, o era drogadicta e iban a despedirla, o lo uno y lo otro.

—De acuerdo, Brady —dice—. Me voy con la música a otra parte. Andando se quita el frío. Pero, aquí entre nos, te diré que ese puto corte de pelo *da pena*.

No hay respuesta.

—Hasta luego, cocodrilo. No pasaste de caimán.

Se marcha, y cierra la puerta con delicadeza al salir. Si Brady *está* ahí dentro, un portazo podría proporcionarle el placer de saber que ha sacado de quicio a Hodges.

Como en efecto así es.

Cuando Hodges se va, Brady levanta la cabeza. Junto a la foto de su madre, el lector electrónico azul cobra vida de pronto. Peces animados nadan de aquí para allá a la vez que suena una música alegre y burbujeante. La pantalla salta a la demo de Angry Birds, luego a Barbie Pasarela de Moda y luego al Guerrero Galáctico. Después, la pantalla vuelve a oscurecerse.

En el cuarto de baño, el agua del lavabo sale a chorro; al cabo de un momento se detiene.

Brady mira la foto de su madre y él, sonrientes ambos, mejilla con mejilla. La mira fijamente. La mira fijamente.

La foto se cae.

Cloc.

26 de julio de 2014

NOTA DEL AUTOR

Escribes un libro en una habitación, tú solo, así es como se hace. Yo escribí el primer borrador de este en Florida, contemplando las palmeras. Lo reescribí en Maine, contemplando los pinos que descendían hacia un hermoso lago donde los somormujos conversan al ponerse el sol. Pero no estaba totalmente solo en ninguno de los dos sitios; pocos escritores lo están. Cuando necesité ayuda, ayuda recibí.

NAN GRAHAM corrigió el libro. SUSAN MOLDOW y ROZ LIPPEL también trabajan para Scribner, y no habría podido arreglármelas sin ellas. Estas dos mujeres son de un valor inestimable.

CHUCK VERRILL actuó como agente del libro. Ha sido la persona a quien he acudido durante treinta años; inteligente, divertido y temerario. No es de esos que dan la razón así como así; cuando mi material no le parece bien, no tiene la menor duda en decírmelo.

RUSS DORR se ocupa de la investigación, y con los años hace su trabajo cada vez mejor. Como un buen médico ayudante en el quirófano, siempre tiene preparado el siguiente instrumento que necesito antes de pedírselo. Hay aportaciones suyas a este libro en casi todas las páginas. Literalmente: Russ me dio el título cuando no se me ocurría ninguno.

OWEN KING y KELLY BRAFFET, ambos excelentes novelistas, leyeron el primer borrador y lo pulieron en gran medida. También hay aportaciones suyas en casi todas las páginas.

MARSHA DEFILIPPO y JULIE EUGLEY organizan mi oficina en Maine, y me mantienen amarrado al mundo real. BARBARA MacINTYRE organiza la oficina en Florida y hace lo mismo. SHIRLEY SONDEREGGER es emérita.

TABITHA KING es mi mejor crítica y mi único verdadero amor.

Y tú, LECTOR CONSTANTE. Gracias a Dios, sigues ahí después de tantos años. Si tú te diviertes, yo también.